W0377379

Des cailloux dans le ventre

La Cosmopolite

Jon Bauer

Des cailloux dans le ventre

roman

Traduit de l'anglais (Australie)
par Virginie Buhl

Stock

TITRE ORIGINAL :
Rocks in the Belly

Couverture Atelier Didier Thimonier
Photo de couverture : © Agence Christophel.

ISBN 978-2-234-07173-5

Je disais à tout le monde que j'avais été adopté. Petit, je l'annonçais à tous les nouveaux venus, si bien que cela a fini par s'insinuer en moi comme une sorte de vérité. Une vérité qui m'habite toujours et m'empêche de me sentir à ma place.

Je disais que j'avais été adopté, moi, le seul enfant chez nous à ne pas avoir été placé en famille d'accueil. Et maintenant que je suis censé être un homme, tout en moi est adopté : mon pays, le récit que je fais de mon passé.

Même dans mon enfance, je n'étais pas chez moi.

Pourtant je sens qu'elle est toujours là, même si j'ai déménagé à l'étranger et renié tout mon passé. Où qu'on aille, quoi qu'on fasse de ses sentiments, notre vérité nous guette. Mon enfance me hante comme mes poings hantent mes mains.

Partir ne m'a pas non plus permis d'en finir avec mes parents. Je les emporte partout dans cette mémoire imposée. Maman surtout. C'est drôle, de tous ces souvenirs pesants, celui où je la revois le plus nettement est un jour de grisaille absolue. Le jour où nous avons enterré Robert. Nous étions tous autour de la télévision pour regarder la vidéo que nous avions de lui.

Pas du Robert qui était arrivé chez nous des années plus tôt, caché derrière l'assistante sociale. Ce Robert pensif et intelligent. Le garçon *pas comme les autres*. Non, le Robert que nous en avons fait.

Je me souviens que le volume était trop fort et je revois Robert tout en sourire démesuré face à la caméra pendant qu'on lui met son harnais. Son visage ressuscité me regarde droit dans les yeux. Quelqu'un a commenté sa belle allure en tenue orange et Maman a réussi à sourire, elle aussi.

Ensuite les cheveux de Robert flottent à l'écran et, comme l'homme derrière lui, il porte des lunettes d'aviateur. On ne voit que sa langue, ses dents et ses mouvements. Jouet de son cerveau vacillant, il trépide sous l'effet de l'excitation.

Il existe une version longue de l'enregistrement.

Ses cheveux volent dans tous les sens et, sanglé au moniteur, il hurle de peur et de bonheur. On le pousse sur les fesses et, selon les déplacements de la caméra, on voit Robert – les parois – Robert. Ensuite, par la porte ouverte, on aperçoit les nuages. De gros nuages ondoyants dans un ciel immense. Robert des nuages, comme l'appelait toujours Papa, Robert McCloud. Notre salon était plein à craquer. Tous portaient du noir, comme on porte un fardeau. Tous pleuraient face au bonheur de Robert qui fonçait sur nous à travers l'écran. Resurgi du passé. Ils pleuraient parce que ces images étaient tout ce qui restait de ce qu'il aurait pu devenir.

La caméra fait un panoramique de Robert, perché au bord du vide.

« Un ! »

Il tremble toujours, ses yeux sourient. L'homme lui dit de pencher la tête en arrière et l'euphorie de Robert fait jaillir un rire aigu.

« Deux ! »

Il est parfaitement immobile. Je me souviens que toute l'assemblée s'était figée, elle aussi. Tous ceux qui étaient venus à ses obsèques avaient retenu leur souffle.

1

Je sors de la gare et je descends la rue en traînant ma valise devant la rangée de magasins que je connais si bien. Pendant tout le temps que j'ai passé à l'étranger, ils sont restés là, qu'il pleuve ou qu'il vente. Les gens assis à l'intérieur ont attendu que l'argent se gagne peu à peu. Tout ici est resté douloureusement familier et pourtant tout a subi des changements très subtils, presque imperceptibles, comme si les boutiques glissaient sous l'effet d'une lente fonte des glaces sur le trottoir en pente.

Encore un million d'années et ils ne formeront plus qu'une congère fondue au bas de la rue.

Ils n'ont pas effacé mon graffiti derrière l'Abribus. Les traces délavées du marqueur indiquent que le temps a passé, comme des initiales gravées sur un tronc d'arbre alors que les amoureux se sont séparés depuis longtemps et moi j'ai perdu de vue le garçon qui se glissait parmi les détritus et les fourrés, là-derrière, pour sniffer le diluant planqué dans la manche de mon blazer au lieu d'aller en cours.

Le bus arrive, je le hèle.

Je paie le chauffeur en me demandant s'il était au volant il y a sept ans quand j'ai fait le trajet dans l'autre sens et si mon retour va anéantir tout le travail que j'ai accompli à l'étranger pour devenir invincible.

Je hisse ma valise dans le compartiment à bagages et j'avance en titubant dans le bus qui redémarre. Assise à l'avant, une vieille femme me dévisage et, tout au fond, deux écoliers excités ont posé leurs pieds sur les sièges en face : invincibles eux aussi, à leur échelle.

Ma ville natale défile derrière les vitres sales, l'image tremble lorsque le bus accélère et redevient nette le temps qu'il débraye et change de vitesse. Je contemple le paysage, sensible à ce qu'il fait vibrer en moi.

En haut de la côte de Hawke Street Hill, je me lève lentement et j'appuie sur le bouton pour signaler mon arrêt.

Voilà la maison de mon enfance. Je descends mais le chauffeur me rappelle d'un signe de tête et je remonte en rougissant récupérer mes bagages.

Le bus me laisse fulminer tranquille en traînant lourdement ma valise derrière moi jusqu'au moment où elle se renverse et me tord le poignet. Je la remets d'aplomb et reprends mon chemin entre les maisons silencieuses, au son des petites roues en plastique.

Arrivé au portail, je fais une pause. Ce moment, je le reconnais. C'est l'instant d'avant. Celui où l'on retient son souffle.

Je regarde la porte d'entrée, son chambranle moisi et les nuages, là-haut. J'ai passé mon enfance sous ce morceau de ciel, avec ses athlètes en coton, ses lapins blancs et autres silhouettes bulbeuses qui flottaient au gré de courants invisibles. Un jour, le monstre du loch Ness est passé par là.

Mais, la plupart du temps, ce sont les enfants placés qui nous apportaient la pluie. Pour ces âmes en peine, notre allée bordée de haies débouchait sur les tabliers et les câlins de ma mère. Le passé de ces enfants était censé susciter ma pitié.

J'allais toujours poser mes petites fesses sur ce perron d'où je lançais des pierres sur des cibles improvisées et Papa, à quelques pas de moi, regardait en buvant à petites gorgées sa grande tasse de thé, son indomptable chevelure ornée de quelques feuilles de troène. Il ne me laissait jamais toucher au taille-haie mais il m'approvisionnait en argent de poche pour des bonbons et des catapultes si je transportais les sacs noirs remplis de feuillages coupés.

Je soulève le loquet du portail sans y penser, comme toujours. Désormais, les haies débordent sur l'allée et je dois me frayer un chemin jusqu'à la maison. Je porte ma valise pour étouffer les bruits de mon arrivée. Je la pose devant la porte, je frotte les marques rouges qu'elle a imprimées sur ma paume.

Quand je frappe à la porte, un silence me répond.

Je regarde par la fenêtre l'élégante table de la salle à manger qui ne servait jamais, couverte d'une poussière semblable aux sédiments qui se sont déposés sur nos vies, après Robert. Nous n'avions aucun besoin à l'époque de ce meuble des grandes occasions : nous utilisions la table familiale tout usée de la cuisine.

J'entends quelqu'un longer le couloir en traînant les pieds. Je rectifie ma posture, j'aplatis mes cheveux. Le bruit de pas arrive de l'autre côté de la porte et je me fige, le ventre serré, devant le judas. L'œilleton se précise. Je tente un sourire mais il est triste.

La porte s'ouvre lentement comme dans un film d'horreur. À croire qu'Igor m'attend derrière et que des éclairs vont zébrer le ciel. Mais la journée est radieuse et il n'y a aucun Igor en vue sur le seuil même si la personne que je découvre m'a tout l'air d'un Frankenstein en jupons. C'est ce que Papa disait des laiderons. Et en particulier de ma tante Debbie. Alias Vieux Débris, comme il l'appelait.

« Bonjour, Maman. »

On dirait une inconnue qui se ferait passer pour ma mère. Ou Maman déguisée. Elle me regarde avec les mêmes yeux bleus qu'autrefois mais son visage est bouffi et incertain. Elle pense me connaître sans en être tout à fait sûre… une trace de bave sèche au coin de sa bouche.

Nous restons là tandis que j'essaie d'étouffer un soupir en constatant les ravages que le temps lui a fait subir – le temps ou la maladie qui est la raison de mon retour.

Je franchis l'espace qui nous sépare et, pour ne plus frémir face à elle, je la prends dans mes bras mais en reculant le bassin.

Elle sent les vêtements restés trop longtemps humides et son corps, bien que gonflé, est frêle, pareil à celui d'un oiseau. Je regarde ailleurs en la serrant contre moi : dans le couloir chaque détail a creusé son sillon dans ma mémoire comme un sentier à flanc de colline, le vase plein de bâtons de marche taillés par mon grand-père, l'inquiétant fragment de roche à mica, des yeux qui me fixent sur les vieilles photos accrochées au mur – dans ce visage déformé.

Maman se dégage et s'écarte. Les mains posées sur mes avant-bras pour me garder près d'elle, elle scrute mes yeux l'un après l'autre et s'imprègne de mon image.

« Bonjour, dis-je encore une fois en me ratatinant. C'est moi. »

Sa bouche s'ouvre, essaie de former des mots mais les sons lui restent au fond de la gorge et elle referme la cavité responsable de ce raté en secouant la tête. On m'avait prévenu.

Elle me conduit dans la cuisine aux vieilles odeurs familières en se tournant de temps à autre vers moi avec l'envie de m'adresser des propos anodins et accueillants. Les tiroirs de son cerveau sont vides mais elle retourne sans cesse les ouvrir.

Nous voilà tous deux dans la cuisine où la végétation folle du jardin de derrière me regarde. Ma valise est restée près de la porte comme un chien qui veut sortir.

« Ça va au travail ? » demande-t-elle, surprise par ce décollage réussi. Ensuite elle me tourne le dos car elle semble avoir besoin de se concentrer sur la préparation du thé.

Sept brèves années l'ont transformée en une de ces personnes hésitantes, âgées. À présent, elle a cette façon qu'ont les vieux de traverser la rue ou de raconter une histoire : avec un temps de retard, mais jamais au bon moment. Comme on dit Hong-Kong au lieu de King Kong – ou le contraire.

« Oui, ça va, Maman... comme ça peut aller, le travail. »

Elle me sourit mais la moue concentrée reparaît avant même qu'elle se soit détournée et je contemple son crâne en me rappelant ce qu'on voyait sur l'encéphalogramme, il y a quelques semaines, lors de ma visite éclair. Quand Maman gisait intubée, adossée à des oreillers, inconsciente. Un praticien pointait son stylo sur les radios comme un présentateur météo ajoute le geste à la parole. D'un ton égal, il parlait de la vie de ma mère, exposée en pleine lumière. Il avait une façon de lâcher des bribes de réalité, comme on distribue la nourriture aux prisonniers. L'esprit de ma mère, lumineux à part cette noix obscure qui grossissait dans son cerveau. Nichée en elle.

Je me demande quelle partie de son cerveau la tumeur ronge en cet instant précis où elle est immobile devant la bouilloire.

Mais je me souviens d'avoir contemplé la noix sur le scanner en me disant que c'était moi. Moi qui la dévorais de l'intérieur. Et si cette obscurité grandissante représente une partie bien précise de Maman, je suis cette part d'elle. La part du fils. La déception. Le responsable de ce qui est arrivé il y a des années.

Je suis la noix obscure.

2

S'asseoir sur le siège de devant est interdit aux enfants de moins de 13 ans et à l'avant tout le monde doit porter une ceinture, c'est le gouvernement qui l'a dit. *Clic clac !* Moi, je suis pas obligé de m'attacher à l'arrière, c'est comme un prix de consolation quand on monte pas devant, mais quand même j'ai toujours envie d'aller « du côté où ça se passe ».

C'est Papa qui l'appelle comme ça quand il me laisse faire comme les grands. D'habitude, c'est seulement quand on a tourné au coin et remonté un peu la route à cause de Maman. Et je dois m'asseoir sur la trousse de secours vu que le siège est trop bas.

Chaque fois que je passe à l'avant, Papa me fait dire quand je suis né et je dois répondre aujourd'hui, mais treize ans en arrière, comme si c'était mon treizième anniversaire. Je dois avoir l'air tout fier pour l'expliquer aux policiers s'ils nous attrapent et aussi leur raconter qu'on va le fêter au McDo.

Papa dit qu'on peut raconter n'importe quoi du moment qu'on rajoute des détails à ses mensonges. Alors si on est arrêtés en voiture, tout ce que je dois faire quand on me posera des questions, c'est me rappeler la date et, ça, je le sais toujours vu que j'ai un calendrier au mur de ma chambre et un thermomètre juste devant la fenêtre : tous les matins, j'écris la température la plus basse de la nuit et je vérifie combien de pluie il y a dans mon pluviomètre sur le rebord.

J'aime bien la météo et, quand je serai grand, je veux être présentateur météo parce qu'ils sont célèbres et qu'ils disent l'avenir ; alors les gens m'écouteront et mettront des habits différents à cause de ce que j'expliquerai. En plus, quand je serai devenu M. Météo, la technologie sera tellement géniale qu'on pourra demander à l'ordinateur de la météo, qui s'appelle Nimbus, de prévoir quand il y aura une bombe ou une guerre ou un accident de voiture.

On a un enfant placé chez nous, un nouveau. Papa l'appelle Robert McCloud vu qu'il adore les nuages. Il est là depuis quatre jours mais il fait tout le temps la tête, il est supersage et il dit rien du tout – la barbe ! Il reste longtemps assis dehors dans le jardin à regarder les nuages ou il lit dans sa chambre, mais il fait rien de mystérieux ou de bizarre alors je m'ennuie beaucoup quand je l'espionne, et supervite.

« Allez, venez ! dit Maman en se penchant par la porte qui donne sur le jardin de derrière alors que je suis dans la cuisine. J'ai une ou deux courses à faire mais après je vous emmène dîner dehors. » Elle a sa voix spéciale enfants placés au lieu de sa voix pour moi et Papa.

Comme Robert a 12 ans, il reste peut-être plus beaucoup de jours dans l'année jusqu'à ses 13 ans. Et s'il avait menti sur son anniversaire après l'avoir fêté pour de vrai il y a pas longtemps avec ses mauvais parents rien que pour s'en refaire fêter un par nous, les gentils au grand cœur qui aident les autres ? Maman dit que c'est les gens bien qui devraient faire des enfants, sauf qu'elle en a eu qu'un : moi.

On court vers la voiture comme des bossus de Notre-Dame vu qu'il s'est remis à pleuvoir. C'est la première fois que Robert monte dans notre voiture à part le jour où on est allés au magasin de vidéos avec Maman et Papa qui étaient devant et jouaient aux parents normaux.

« Toi aussi, tu dois t'asseoir derrière, Robert », je lui dis pendant qu'on court. En se protégeant les cheveux avec la main, Maman fait le tour de la voiture. « Pas du tout ! Monte à l'avant, Robert. »

Je m'arrête net sur la pelouse et je les regarde. Je bouge plus du tout et au lieu de penser à ce que Maman vient de dire, je me demande pourquoi les gens en font toujours toute une histoire quand il pleut. C'est rien que de l'eau. Au moment où il ouvre la portière de devant, Robert se retourne et me regarde en fronçant les sourcils. Il s'assoit sans trousse de secours et il claque la portière.

Maman démarre la voiture mais après elle en ressort à moitié même si la fumée sort déjà par-derrière – je vois la figure rose de Robert bien au chaud mais l'eau qui dégouline sur la fenêtre lui donne l'air encore plus triste.

Maman commence vraiment à se fâcher et elle est pressée à cause de la pluie. Je me demande combien de millimètres sont tombés dans mon pluviomètre.

Dans chaque goutte de pluie il y a une poussière. C'est peut-être pour ça que les gens en font toute une histoire. Dieu a mis des petites saletés dans l'eau de pluie parce que les nuages doivent se changer en pluie mais il leur faut quelque chose pour y arriver. Comme la buée, dans la salle de bains : elle a besoin du miroir ou des murs ou des fenêtres pour faire des gouttes d'eau. Les nuages se servent de la saleté qui flotte dans l'air pour fabriquer de la pluie, c'est pour ça que les mamans n'aiment pas ça quand il pleut sur leur linge.

« Monte immédiatement dans cette voiture ou c'est moi qui vais te donner à réfléchir, jeune homme !

– On doit avoir 13 ans pour aller devant ! »

Je me sens tout petit, là, au milieu de la pelouse.

« Un !

– C'est pas juste ! »

Je suis tout penaud – j'ai mon air de chien battu, comme dirait Papa. C'est bien moi, sur la pelouse, mais tout à coup j'ai des petites pattes couvertes de poils et un pelage bouclé à la place des cheveux.

Sauf que ce serait un chiot, vu que j'ai pas 13 ans. À 13 ans, on commence sa vie pour de vrai et on peut sûrement être un chien battu. Moi, je serais juste un chiot battu pour l'instant.

« Deux !

– C'est interdit par la loi ! »

La pluie, ça fait parler les gens très fort. Sûrement à cause de la saleté.

Maman avance vers moi à grands pas avec sa bouche qui fait peur. Celle de quand elle est fâchée. Sa lèvre descend un peu d'un côté et ses dents sortent pour en grignoter un bout. Comme la mamie de mon ami Ralph, après son attaque.

Au moment où je fonce vers la voiture, Maman m'attrape par le poignet mais la pluie tombe fort sur le toit et j'entends pas ce qu'elle me dit alors elle le répète encore plus fort et en même temps sa main me tape sur les fesses et les jambes.

Je pousse un long cri de chien battu pour qu'elle frappe pas autant que si j'avais pas hurlé.

La portière avant s'ouvre et Robert sort, tout sec, chaud et pâle. Il la referme très doucement pour pas énerver ma maman. Après, il monte à l'arrière et referme tout doucement. Maman me tire par le poignet en parlant tout près de ma figure avec de la salive sur la lèvre et les cheveux mouillés.

Elle a l'air d'une folle et, comme ça, de tout près, je vois les points noirs sur son nez.

« T'as pas compté jusqu'à trois ! » je dis en me retenant de pleurer de toutes mes forces. Elle me pousse dans la voiture et claque la porte presque sur mes jambes. Je me retrouve à moitié sur Robert. Il s'écarte.

Et voilà l'horrible moment où lui et moi on attend tout seuls dans la voiture pendant qu'elle fait le tour par-derrière ; j'ai une goutte de pluie au bout du nez avec une minuscule poussière invisible dedans.

Maman se parle à moitié à elle-même et à moitié à moi à travers le toit de la voiture pendant qu'elle retourne à sa place en soufflant fort et, moi, je suis rouge comme une tomate à cause de Robert qui me regarde ; c'est peut-être pour ça que je me précipite pour bloquer la portière de Maman. Je ferme celle de Robert juste après sans lui laisser le temps de rien. Je fais pareil pour les autres et je me rassois : je suis dans de très vilains draps.

Maman se tait. On n'entend que la pluie, moi qui respire et le moteur. Je vois pas sa figure, juste son chemisier et son manteau imperméable un peu ouvert.

Elle fait rien du tout pendant un instant électrique. Après elle se met à tirer plein de fois sur la poignée en hurlant.

Je crois que je me mets à rire même si mon cœur bat supervite.

Je souris à Robert mais il trouve pas ça drôle. J'arrête de sourire et je regarde les clés de la voiture qui tremblent sur le contact à cause de Maman qui tire sur la poignée. Le moteur tourne tout doucement, un peu comme un ronron. Elle marche vraiment superbien la voiture. « Je tripatouille le moteur », dit Papa quand il met sa tête sous le capot. D'habitude, c'est pendant que Maman passe l'aspirateur. Je lui tends ses outils et on fait semblant d'opérer.

« Tournevis ! »

Les chirurgiens ont même pas besoin de dire *s'il te plaît* et *merci*.

Tout seul avec moi dans la voiture, Robert n'arrête pas de s'agiter et je me demande s'il entend mon cœur et mes fesses qui battent comme une cloche qui continue à sonner tout doucement, longtemps après le coup : on peut pas le savoir sauf si on s'approche vraiment près ou si on touche la cloche mais ça tue le minuscule *ding ding*. J'aime bien ça.

Je regarde le ventre de Maman par la fenêtre et je me retiens de pleurer. Après, elle parle d'une voix très différente pour me dire d'ouvrir la portière immédiatement.

« Tu devrais ouvrir », rajoute Robert mais sans me regarder. Il regarde pas beaucoup les gens : il doit avoir un vilain secret.

« Tu dois avoir 13 ans, je lui réponds. Il a pas 13 ans ! » Après, je croise les bras, au cas où ils obéiraient à Maman. Robert se penche et pose la main sur le verrou.

« Non, Robert, dit Maman en jetant un coup d'œil à l'intérieur. Je veux que ce soit *lui* qui l'ouvre. »

Je fais le dos rond et je regarde mes chaussures avec leurs petits brins d'herbe mouillée collés dessus. J'ai une autre goutte de pluie sur le nez ou peut-être une larme, mais alors ça serait du sel dedans, pas de la poussière. Comme si notre corps avait besoin de sel pour fabriquer du chagrin.

Ou peut-être qu'il y a aussi des petites saletés dans les larmes en plus du sel et c'est pour ça qu'on pleure, pour chasser les poussières. C'est pour ça que, normalement, on se sent mieux quand on a pleuré. Même devant Robert.

La voix de Maman devient toute prudente, on dirait que je suis un cheval sauvage dans une prairie et qu'elle attend avec une bride. J'aime bien l'entendre parler comme ça, même si j'ai peur. Si j'étais un héros, je conduirais la voiture et je partirais pour toujours. En plus, c'est pas une mauvaise idée vu que je vais sûrement être privé de repas dans ma chambre pendant très longtemps.

Elle m'appelle par mon prénom entier, ça veut dire que j'ai des ennuis vu que les gens sont toujours plus polis quand il y a des ennuis dans l'air. Après, elle dit mon petit nom comme quand je suis sage. J'ai envie de les enfermer tous les deux sous la pluie et Robert me parle mais je mets mes doigts dans mes oreilles : « La-la-la ! Je t'écoute même pas ! Je t'écoute même pas ! »

Comme ses lèvres s'arrêtent de bouger, je ressors mes doigts de mes oreilles et j'entends Maman dire : « Ne t'en mêle pas, Robert. Je m'en occupe. Merci de ton aide, c'est gentil de ta part. » Elle a sa voix qui tremble comme quand elle parle de Mamie. C'est sûrement que moi aussi je serai mort dès qu'elle m'aura mis la main dessus.

« Tu ne seras pas puni », elle dit. Ouais, c'est ça ! « Si tu ouvres la portière, tu ne seras pas puni, tu as déjà reçu une bonne fessée aujourd'hui. » Elle parle avec plusieurs voix mélangées. « Je suis désolée de m'être mise en colère mais il pleut très fort et... Bon, d'accord, il ne montera pas à l'avant jusqu'à ses 13 ans !

– C'est quand, ton anniversaire ?

– Le 14 mai, répond Robert et il me regarde comme s'il était pas sûr que ça m'aille, comme date.

– Taureaux... » Je cherche dans ma tête. « Les Taureaux sont forts et têtus. »

Dès que j'arriverai mieux à réfléchir, je compterai exactement combien de temps il reste jusqu'au 14 mai, mais c'est pas si loin vu qu'on est en février : bientôt, je serai toujours coincé derrière alors que Robert ira du côté où ça se passe avec ma maman.

J'essuie mes larmes salées, je grimpe sur le siège arrière et je me blottis dans le coffre à côté de la trousse de secours. Je pleure et il pleut et je me roule en boule.

Quand j'entends le *tac !* du verrou, mon ventre disparaît et il reste plus qu'un trou à la place.

La portière s'ouvre et le moteur s'arrête. Robert se tait si fort qu'on croirait qu'il est dans de vilains draps, et pas moi – c'est comme ça qu'il dit, Papa, quand je vais avoir de gros ennuis. Parfois c'est lui qui s'y retrouve et il fait *tss tss* en souriant : « Ton papa s'est encore mis dans de beaux draps ! »

Je suis pas sûr que Maman y a déjà été. Elle commencerait par les laver, les draps.

Le coffre s'ouvre et elle tire sur le même poignet où elle m'a fait mal tout à l'heure pour m'entraîner avec mes jambes qui courent à moitié en l'air et à moitié par terre, on dirait. Elle me donne d'autres claques, ça fait mal quand ses bagues cognent mon oreille. Je pleure pour des tas de millions de raisons et aussi parce que je pleure. Pleurer, ça me rend triste comme vomir me donne envie de vomir encore plus.

Pendant ce temps, Maman essaie de trouver les clés de la maison sans s'arrêter de parler, si vite qu'on y comprend rien et je déteste le monde entier parce que c'est vraiment pas juste d'être un enfant et que Robert me regarde. Lui, je le déteste plus fort que tout. Et je déteste encore plus ses parents d'être des mauvais parents vu que si c'étaient des gens bien comme ma maman, j'aurais pas besoin de la partager.

Maman dit toujours que si j'aime pas les enfants placés chez nous c'est parce que je suis fils unique mais, moi, je trouve que ça serait génial d'avoir des vrais frères et sœurs. Parfois je me fais croire que j'en ai. Je pense que j'aimerais bien avoir un frère jusqu'à mes 13 ans et après qu'il se change en fille, comme ça elle amènerait ses copines à la maison vu que moi, à cet âge-là, ça me plairait, les filles, et je les prendrais dans mon Harlem.

Papa dit qu'il veut avoir un Harlem. S'il en avait un, il pourrait le tripatouiller pendant que Maman passe l'aspirateur.

Maintenant, je suis dans ma chambre et je n'ai pas le droit d'en sortir tant qu'elle ne m'a pas donné la permission. Elle me dit de pas me retenir de respirer.

Mais je le fais quand même et je me chronomètre.

Trente-huit secondes ! Mes poumons grandissent encore.

J'écris le chiffre sur mon relevé. Après j'enlève mes habits et j'en remets des secs pour aller vérifier mon pluviomètre sur le rebord de la fenêtre. Trente-quatre millimètres. C'est vraiment beaucoup. Je l'écris sur mon relevé. J'imagine trente-quatre millimètres partout partout où la pluie est tombée. Après, je les imagine sur la carte aérienne et, avec ses bras, M. Météo ramasse toute la pluie de la carte pour la mettre dans un gigapluviomètre accroché au rebord de la fenêtre du centre météorologique. Je me demande quelle taille il devrait avoir pour contenir les trente-quatre millimètres qui sont tombés sur un aussi grand espace. Imaginez un peu ! C'est pour ça que ça fait beaucoup, trente-quatre millimètres, quand je vois la chose comme ça. Parce que trente-quatre millimètres, c'est peut-être qu'un pipi de Robert mais tous les trente-quatre millimètres tombés partout dans le pays, ça ferait un énorme pipi. Le monde fait peur, tellement il est grand.

Après j'essaie de me faire une idée de toute la saleté qui est tombée en même temps que les trente-quatre millimètres de pluie mais à force ça me gratte les méninges.

Quand Papa rentre à la maison, je suis toujours puni dans ma chambre. Il me fait passer un yoghourt en cachette (goût fraise) et une pomme (goût pomme) pour mon dîner. Et aussi il me fait la leçon, mais sans me gronder, en fait. Il trouve que c'est un peu fort de piquer une crise parce que Robert est monté du côté où ça se passe vu qu'il aura l'âge légal dans quelques mois alors que je suis plutôt un bébé qu'un grand de 13 ans et que ça m'empêche pas de monter à l'avant parfois.

C'est vrai, ce qu'il dit, sauf pour l'histoire du bébé. Je lui demande de me border dans mon lit et de me caresser le front pour m'endormir.

Il me borde et il me caresse le front, ça me calme toujours même s'il l'a jamais fait jusqu'à ce que je dorme pour de bon, mon papa. Faut dire qu'il finit toujours par s'ennuyer et que j'essaie tellement de m'endormir vite vite avant qu'il s'ennuie que j'ai jamais assez sommeil. En plus, Papa finit toujours par m'enlever les crottes de nez pour de rire et ça m'horripile toujours à la fin mais lui, il rigole, il me donne mon bisou du soir et quand je demande : « Encore une minute s'il te plaît », il dit : « Trente secondes. »

C'est notre petit câlin-jeu d'habitude et, après ce qui s'est passé aujourd'hui, ça m'aide à avoir le ventre moins écorché en dedans.

« Et Robert, à quelle heure il va se coucher ? » je demande au moment où Papa sort de ma chambre mais il me répond de ne pas tant m'occuper de Robert qui est plus grand que moi. Après il rajoute : « Comparaison n'est pas raison », un de ses proverbes préférés qui veut rien dire sauf que c'est non.

« Mais est-ce qu'il a une heure de coucher ? »

Il me fait *chut !*, revient et me caresse encore un peu le front. Il sent les carottes bouillies et la bière. Après, il me dit lentement, en me caressant doucement la tête à chaque mot et sans me mettre les doigts dans le nez du tout : « C'est toi mon fils. »

3

Un bref instant de bonheur sépare le moment où je me réveille et celui où je m'aperçois que je suis dans mon lit d'enfant, dans la maison de mon enfance. Je le devine à mon pied qui dépasse du matelas.

Quand j'ouvre les yeux, il est onze heures passées : encore une matinée de perdue ou presque. Aucun message sur mon téléphone et j'ai le cerveau encore encrassé par tous les verres que je me suis servis hier soir, assis dans le jardin pendant que la vieille dame ronflait sur le canapé.

C'est mon troisième jour de vie entre parenthèses.

Je longe le couloir à pas feutrés et je trouve la porte de sa chambre ouverte. Je me demande avec un peu d'appréhension si elle est morte pendant la nuit mais son lit est vide.

Je reste sous la douche aussi longtemps que possible. Ensuite je me sèche et je m'habille lentement pour descendre aussi tard que possible retrouver la femme avec qui je suis coincé sur l'île déserte de mon enfance.

Quand je finis par m'aventurer en bas, le lave-linge est en marche, mais son bac à lessive est resté ouvert, une partie de la poudre intacte à l'intérieur et, l'essentiel, répandu par terre.

Une culotte traîne sur le carrelage, elle semble bien trop petite pour un corps dilaté par les médicaments et les glaces.

Les stéroïdes qui jugulent son cancer accroissent aussi son appétit mais, moi, j'ai l'impression qu'elle a besoin de manger toute la nourriture qui l'attendrait si elle ne devait pas mourir si jeune. Soixante-deux ans. On vivait plus longtemps au dix-neuvième siècle.

J'entre dans la cuisine où je trouve la porte du freezer ouverte et une flaque au pied du frigo. Il y a une boîte de glace vide sur le comptoir et, debout devant l'évier, Maman regarde par la fenêtre en mâchant. Quand elle a fini, elle remet la main dans l'évier, y trouve ses petites friandises et, au moment où elle penche la tête en arrière pour les lâcher dans sa bouche, il en tombe un peu sur son épaule et par terre.

Je m'approche encore. « Maman, ne mange pas ça ! »

Elle tourne la tête, la main en l'air et les doigts tout sales. Je les essuie avec le chiffon à vaisselle et je prends le petit filtre métallique qui retient les déchets de la vaisselle pour le lui montrer. « Ne mange pas ça, Maman, ça va te rendre malade ! »

Elle me regarde et avale avec un grognement satisfait. J'ouvre le frigo : nous avons vraiment besoin de faire des courses. Je pose mon front sur le battant pendant que mes chaussettes absorbent la glace fondue du freezer.

Quand je claque les deux portes du Frigidaire, Maman sort de la cuisine à petits pas pressés et je la suis. « Où sont tes médicaments, Maman ? Tu les as pris ? »

Le lave-linge entame son bruyant cycle d'essorage en sautillant d'un pied sur l'autre. C'est la même machine à laver que lorsque je suis parti, le gémissement aigu de son moteur antique ricoche sur le sol et envahit la maison… Maman continue à me fuir, la main levée pour repousser ma question.

Je la rattrape, la retiens par le bras et elle se met à crier à tue-tête.

« Si tu ne prends pas tes cachets, ton état va empirer. »

La machine à laver mugit comme une sirène d'alerte aérienne et la vieille dame hurle, pleure, essaie d'arracher ma main de son bras. Le cancer lui a ôté toute retenue : elle donne libre cours à ses émotions crues, la bouche ouverte et la langue colorée par les saletés qu'elle a trouvées dans l'évier.

Je retourne à la cuisine d'un pas décidé à la recherche du petit boîtier blanc à volets et petites lettres qui contient ses cachets, ses sept jours de régime médicamenteux.

« S'il te plaît, prends tes comprimés, Maman. Tu n'es pas la seule concernée. Je suis là, moi aussi. »

C'est ma vie qui est sur pause.

Comme elle pousse de petits grognements plaintifs dans l'autre pièce, je reviens rapidement sur mes pas et au passage je heurte un pot de glace qui va s'écraser contre le freezer avec un bruit sourd de plastique et glisse sur le sol jusqu'à un pied de la table. La glace à la vanille fondue commence à se répandre sur le lino. Une chose de plus à nettoyer.

Quand j'arrive à sa hauteur, Maman tire sur le hublot du lave-linge qui n'a pas fini d'essorer, elle s'acharne avec force pleurs et grognements, agrippée à la poignée.

« Tu ne peux pas l'ouvrir pendant qu'elle tourne ! »

Mais la machine entre dans sa phase d'atterrissage, ses secousses s'accélèrent comme les tourbillons d'une pièce de monnaie qu'on a jetée sur une table. Maman renonce, s'assied par terre, la tête entre les mains, et inspire plusieurs fois à fond. Ensuite elle me regarde, les yeux pleins de larmes qui ruissellent sur son visage – pourtant elle ne pleure pas vraiment, on ne peut pas appeler ça pleurer. Elle serre mes jambes dans ses bras et se colle à moi, le visage sur mes cuisses.

Ce n'est pas ce que j'avais imaginé chaque fois que j'avais pensé à revenir à la maison affronter cette femme. Je m'étais représenté une confrontation avec celle qu'elle était autrefois. Une personne tout aussi décevante mais cent fois plus forte.

« Maman. Je t'en prie ! » Je me dégage et bats en retraite jusqu'à la cuisine où je recommence à chercher sa boîte de médicaments que je finis par trouver coincée entre la nappe et la table : la bosse me saute aux yeux dans ma tristesse alors même qu'elle m'avait échappé dans ma colère.

J'ouvre le volet d'aujourd'hui ; les voilà, les petits cachets de stéroïdes qui enrayent son déclin. Eux seuls empêchent la pression qui s'exerce à l'intérieur de son crâne d'affecter son cerveau. Ou ce qu'il en reste. Cette tumeur n'a pas fini de gagner en puissance, elle grossit et prend ses droits sur l'espace limité de la boîte crânienne. Elle expulse ma mère de sa propre vie.

Je vais chercher de l'eau au robinet et jeter le petit tamis de l'évier, tant que j'y suis.

Lorsque je reviens, Maman est partie et la porte de devant pivote sur ses gonds. Je sors au soleil, le pilulier et un verre d'eau à la main : une de ses chaussures est dans l'allée. Arrivé à la route, je la vois remonter la pente en boitillant, un pied nu et l'autre chaussé. Quand je l'appelle, elle accélère sans se retourner.

Je me lance à sa poursuite mais la frustration et la fatigue me tiraillent d'un côté puis de l'autre, me poussent à parler tout seul. L'eau du verre m'éclabousse la main jusqu'à ce que je le vide sur le bas-côté, et mes chaussettes, encore imprégnées de la glace fondue du freezer, se sont toutes salies sur la route.

Je la rattrape sans peine : elle ne pleure pas, elle est résolue dans sa confusion, voilà tout. Comme je me plante devant elle, elle s'arrête, dans l'expectative, hors d'haleine, le regard ailleurs.

Maintenant, je vois à quel point elle a peur. Pas forcément de moi. Simplement peur. Tout en moi se ramollit, ma main, celle qui tient les comprimés, retombe le long de ma cuisse avec un bruit de crécelle car je reconnais Maman, à présent, malgré cette irréversible déchéance. La voilà.

Nous ne bougeons plus, je la regarde et une brise agite ce qu'il lui reste de cheveux.

Peut-être reconnaît-elle les changements que j'ai subis, moi aussi, à moins qu'elle ne redécouvre qui je suis, parce qu'elle se tourne du même côté que moi et, quand je lui tends mon coude, elle sourit sous ses cils humides, mi-noirs mi-châtains depuis leur dernière teinture. Nous nous donnons le bras et elle pose doucement la tête sur mon épaule pendant une seconde. Ensuite, nous rebroussons chemin ensemble sur Hawke Street Hill, vers notre maison et les haies de Papa qui ont débordé par-delà la clôture du voisin.

« Il faut que tu prennes tes médicaments, Maman. D'accord ? » Elle contemple ses pieds en marchant, soudain perturbée par la différence entre celui qui est chaussé et l'autre. Elle s'arrête et inspecte la rue.

« Ta chaussure est dans le jardin, Maman. Ne t'en fais pas, j'irai te la chercher. »

Nous franchissons le portail mais, en arrivant à la hauteur de sa chaussure qui se trouve à l'endroit précis où Robert s'est disloqué, Maman s'immobilise. Elle regarde la chaussure en poussant un énorme soupir et se tourne vers moi avec cette expression que je connais si bien. Elle scrute mes yeux, son regard va de l'un à l'autre. Elle me sonde.

« Allez, rentrons maintenant, dis-je en essayant de l'entraîner vers la maison.

– Non. » Comme elle se raidit et me résiste, je la laisse là et j'entre dans la maison conscient de chacun de mes pas, des yeux qui me suivent. Sa chaussure abandonnée signale l'endroit. Son visage rappelle la question.

La question posée depuis toujours.

4

« Enlève tes coudes de la table. Et évite de manger la bouche ouverte, merci. » Maman est un vrai tyran des bonnes manières. C'est Papa qui l'a dit. Elle, elle pose son couteau et sa fourchette à chaque fois pour mâcher. « Encore un peu de viande, Robert ? Tu voudras un fruit après ? Un petit dessert peut-être ? » Elle a sa plus gentille voix de maman d'accueil, ce soir – et ses peintures de guerre sur la figure. « On pourra aller chercher une vidéo après dîner, ça te dirait ?

– *Dumbo ! Dumbo !*

– Robert est trop grand pour *Dumbo.* N'est-ce pas, Robert ? »

Dès qu'on a fini, elle m'envoie dans ma chambre comme si j'avais été méchant, sauf que je peux jouer et me coucher quand je veux comme si j'avais été sage.

À mon avis, Dumbo se sent très seul. Un jour, j'ai écrit un poème à l'école, ça s'appelait *Le Petit Tout-Seulitaire.* Miss Marshall a dit qu'il était parfait, surtout à cause du tout nouveau mot que j'avais inventé. Mais quand je l'ai montré à Maman, elle est devenue très bizarre, elle a chiffonné la feuille et elle l'a jetée à la poubelle. J'étais déjà au lit quand Papa est rentré à la maison mais, le lendemain matin, mon poème tout froissé était collé sur le frigo avec un magnet.

J'ai pas envie d'aller au lit et de laisser Robert avec eux mais, comme j'essaie d'être le plus sage possible, je décide de pas discuter. Je passe sur la pointe des pieds devant l'énorme vase toujours sans bouquet de fleurs et toujours avec les bâtons de marche fabriqués par mon papy qui dépassent.

Mamie a eu un cancer et Papa a dû nettoyer tout son sang dans notre salle de bains quand elle est tombée raide morte pendant la nuit. Il l'a fait avant de réveiller Maman, pour qu'elle voie pas tout ça par terre.

Ils savent que Mamie était morte avant de se cogner vu qu'elle s'est pas protégé la figure avec ses bras. Je le sais parce qu'un jour j'ai espionné une conversation de Papa. Il a dû ramasser les dents de Mamie dans le sang.

Personne l'a vu, mais il en reste une tache derrière les toilettes, là où le tuyau fait un looping en arrière. Je regarde le sang de sa mort presque chaque fois que je fais pipi ou caca. Des fois, rien que de le regarder, ça fait gicler mon pipi tout fort.

D'habitude, les enfants placés sont vraiment pas sages mais Robert se tient toujours bien et tranquille alors je dois être deux fois plus sage. Je passe ma brosse sous le robinet et je me mets du dentifrice dans la bouche, après j'enfile mon pyjama et je me faufile dans ma tanière secrète du lion (en vrai, c'est mon sac de couchage sauf que j'y rentre la tête en premier). J'aime bien y rester avec ma lampe de poche et mon Transformer qui peut se changer en monstre vert et bleu ou en robot bleu et vert. Sauf qu'il est plutôt violet, là-dedans, vu que le sac de couchage est rouge à l'intérieur. Comme si j'avais été avalé par un serpent.

J'ai deux moments les plus supergéniaux de ma vie. Le numéro un, c'est toutes les fois où il ne reste plus d'enfants à placer et où on reste entre nous, Maman, Papa et moi. Ces moments-là, c'est comme si on avait pris Noël, un anniversaire et un jour où les routes sont fermées pour en faire une boule de neige en chocolat ! J'aime le chocolat sauf qu'il m'attire des ennuis vu qu'il me change en vraie pile électrique. Ces jours-là, mon papa m'appelle Nutella le Hun (c'est juste sa façon de le dire qui est drôle, en plus je sens qu'il m'adore quand il m'appelle comme ça). Nutella le Hun est un méchant d'il y a très très longtemps.

Les enfants placés, ils gâchent tout quand ils sont ici. En plus, Maman et Papa font plein d'efforts mais, eux, ils sont presque jamais polis ni contents et ils leur rendent même pas leur amour. Moi, j'aime Maman et Papa et je suis content de vivre avec eux alors je vois pas pourquoi ils arrêtent pas de prendre tous ces sales gosses chez nous.

Le dernier, il m'a dit de monter sur un arbre et après il a pas voulu m'aider à descendre. Il m'a laissé là. Maman a dû attendre que Papa rentre à la maison pour qu'il monte me chercher et ça a duré deux heures ! J'ai été obligé de faire pipi de tout là-haut sur la branche.

Celui-là, c'était Marcus. C'est le gouvernement qui s'en occupe maintenant.

Le deuxième moment le plus supergénial de ma vie, c'est après que j'avais vomi, quand Maman m'a laissé venir dans leur lit : ils regardaient la télé, il y avait une émission sur les dauphins et on s'est serrés tous les trois ensemble.

Ensemble, c'est mon mot préféré.

Et Robert, ils le laisseraient aller dans leur lit s'il vomissait ? Je me demande. Peut-être que c'est interdit par les règles spéciales pour les familles d'accueil – j'espère. Sauf que Maman dit qu'elles sont presque toutes idiotes, ces règles, et qu'ils peuvent bien l'envoyer en prison pour avoir bien pris soin d'un enfant si ça leur chante.

Il y a toujours une raison pour qu'on les place chez nous. Par exemple, des fois, le parent est en prison alors son fils vient habiter avec nous pendant un petit moment. Ou sinon sa maman ou son papa est malade ou bien ils se disputent au tribunal.

Certains papas et mamans sont juste meilleurs que les autres. Ma maman dit qu'elle est une superbonne maman et que c'est pour ça qu'elle a le droit d'accueillir des enfants qui ont des moins bons parents ou des parents qui ont des problèmes, c'est tout, même si, au fond, ils sont bien.

Normalement, Maman m'explique ce qui ne va pas chez eux seulement quand l'enfant est reparti, sauf si c'est un truc que je dois savoir. Comme le jour où on a eu un garçon qui adorait mettre le feu : Maman a dû acheter un truc électrique pour allumer la gazinière et jeter toutes les allumettes.

En plus, je dois surtout pas aller ouvrir la porte quand on sonne, ni oublier de la fermer à clé, ni donner mon nom et mon adresse quand je réponds au téléphone sinon un jour un mauvais parent pourrait trouver où on habite et venir essayer de reprendre leur enfant.

On a jamais de filles. Jamais jamais. Sûrement que les filles sont mieux traitées que les garçons, c'est pour ça. Ou alors elles sont plus sages. Ou bien les parents les aiment plus fort que les garçons. Ou sinon, elles naissent que chez les bons parents.

J'entends Maman et Papa parler à Robert en bas, mais je me couche dans mon lit et je joue à des jeux avec la lune. Si je détends mes yeux, j'en vois deux et elles ressemblent à un loup qui me regarde.

Je me demande si la lune fait des arcs-en-ciel la nuit quand il pleut. Oui, à mon avis, sauf que j'en ai jamais vu. Moi, je pense que, dans ces arcs-en-ciel, il doit y avoir toutes les couleurs tristes comme noir et bleu nuit. Donc ils existent peut-être, c'est juste qu'ils sont invisibles vu qu'ils sont de la même couleur que la nuit.

Il y a que les chouettes qui peuvent les voir.

Ce matin, je me réveille tout content sauf qu'après je me souviens que Robert est là. Il me fait le même effet qu'un contrôle de maths, que le dentiste ou les dimanches soir. L'impression d'avoir un serpent dans le ventre. En plus, je les entends tous en bas, ils sont déjà ensemble comme s'ils étaient même pas allés se coucher, qu'ils avaient fait un festin de minuit et joué à des jeux.

Je regarde s'il a plu pendant la nuit mais il y a qu'un tout petit peu d'eau, sûrement à cause de la rosée, alors je le note pas. Je me coiffe bien les cheveux et je mets mes plus beaux habits qui grattent. Je me brosse même les dents. Après, j'ai peur de descendre mais aussi de rester en haut et de les laisser jouer à la famille heureuse sans moi.

Quand j'arrive en bas, Maman aussi est bien habillée et coiffée. Elle dit : « Mais pourquoi tu t'es mis sur ton trente et un, andouille ! » et elle se moque de moi. Robert est à la table et il nous regarde pendant que Papa est dehors, en train de bêcher le jardin mais pas dans ses habits de jardinier.

Tout le monde s'est fait beau pour Robert sauf que lui il porte les mêmes habits tous les jours vu qu'il a dû partir de chez lui très vite.

Aujourd'hui, c'est son onzième petit-déjeuner chez nous et je demande à Maman combien d'autres petit-déjeuner elle pense qu'il prendra avec nous mais elle fait une de ces réponses qui disent rien et ses yeux me lancent deux rayons laser. Robert s'agite sur sa chaise.

Je mange autant que lui, peut-être plus, et je finis son reste de jus d'orange même si j'ai l'impression d'être un boa constricteur qui a mangé un autre boa constricteur qui vient juste d'avaler une chèvre. Papa dit presque toujours ça après dîner.

Robert a 12 ans, c'est beaucoup plus que moi. Je voudrais bien avoir 12 ans mais, quand je les aurai, Robert, ça lui fera…

17 ans !

Je le rattraperai jamais.

Le jour où il est arrivé, Maman m'a demandé de lui montrer la maison pendant qu'elle parlait avec les assistantes sociales. Il y avait plein de papiers à signer.

« Et si tu emmenais Mic… pardon, Robert, visiter toute la maison et le jardin ? » elle a dit. Et elle est devenue rouge comme une tomate. « Excuse-moi, Robert. »

Moi aussi, elle m'appelle Michael sans faire exprès, des fois.

L'assistante sociale qui a des gros nénés la regardait et je me suis dépêché d'enlever mon *Petit Tout-Seulitaire* du frigo pour le cacher dans ma poche, sauf qu'après Maman me l'a fait raccrocher. « Tu avais beaucoup insisté pour afficher ce poème, jeune homme ! »

Après le petit-déjeuner, elle nous donne un gâteau au chocolat à chacun. Robert avale le sien en vitesse dans le salon. Il mange tout à toute allure. J'attends et, quand il a fini, j'y vais et je lui montre mon biscuit juste un peu grignoté.

« Et alors ? il répond. J'ai bien profité du mien et toi non. C'est kif-kif. » Il hausse les épaules et il regarde la télé derrière moi. Il commence à être un peu moins peureux.

J'éteins la télé et je sors du salon en courant. Il se lève pour la rallumer en me traitant de petit morveux.

Je vais mettre mon gâteau sur le four qui est encore tiède et j'attends que le chocolat change de couleur en fondant. Après, je m'approche du congélateur qui est tout gros et long comme un énorme coffre de pirate. Je l'ouvre et je me mets sur la pointe des pieds pour poser mon biscuit sur une boîte de poulet à la Kiev.

« Mais qu'est-ce que tu fabriques dans ce congélateur ? » Maman sait arriver sans un bruit mieux que n'importe quel espion. « Tu ne serais pas en train de chaparder de la nourriture, toi ?

– Non, je posais juste mon gâteau.

– Pour quoi faire ? »

Je hausse les épaules. Robert vient se planter derrière elle, il se demande ce qui se passe.

« Je te prie de ne plus jouer avec le congélateur, merci !

– Mais pourquoi ?

– Parce que. En plus, si tu tombais à l'intérieur, tu ne pourrais plus en ressortir. »

Je regarde Robert dans les yeux pendant une seconde, un regard vraiment méchant. « Mais si. Trop facile !

– La porte est très lourde et elle peut devenir très difficile à rouvrir. Referme-la, c'est bien.

– Moi je pourrais ressortir. Les hommes sont forts et les femmes sont faibles.

– Ah, vraiment ? » Elle me soulève et elle me met dans le congélateur, sur la nourriture et après, *bam !* le couvercle se referme. Il fait tout noir et très froid. Je pousse sur la porte, je me glisse dans un meilleur endroit pour pousser encore mais, quand j'appuie, ça s'ouvre pas et mon cœur se serre fort comme quand ça fait un nœud dans le tuyau d'arrosage.

Parfois, quand Papa arrose le jardin, j'entortille le tuyau. À chaque fois je cours me cacher et, lui, il soupire et vient défaire le nœud en regardant pour voir si c'est moi qui ai fait ça. Mais j'y retourne en cachette au bout d'une minute. À la fin, je me fais toujours arroser un bon coup.

Je m'entends respirer partout dans le congélateur, très fort et supervite comme s'il y avait cent petits garçons en train de paniquer là-dedans avec moi. Tout à coup, j'ai envie de faire pipi.

La voix de Maman est tout étouffée. « Vas-y, monsieur Costaud ! Tu essaies d'ouvrir, là ? » J'entends un petit rire comme si Robert la chatouillait.

Je me mets à hurler sans m'arrêter et enfin, quand la lumière revient, Maman me sort de là en disant : « Tu vois ce qui arrive aux petits garçons qui se prennent pour des hommes ? Donc on ne joue plus avec le congélateur, merci beaucoup. »

J'ai du chocolat et des miettes sur ma chemise pour l'école et en ressortant de la cuisine Robert se retient de rire. Je m'essuie les yeux, je monte dans ma chambre et je vais dans ma tanière du lion. Je me sens lourd comme quand je reste dans la baignoire en train de se vider.

À la fin, j'ai trop chaud alors je ressors et je vais regarder mes triceps dans le miroir. J'ai pas fini de grandir.

Un peu plus tard, Maman vient dans ma chambre : elle me fait asseoir et elle me caresse les cheveux en arrière. « Pardon, je n'aurais pas dû faire ça mais parfois tu cherches vraiment les ennuis. Tu sais que nous avons un enfant placé chez nous, qu'est-ce que ça veut dire ?

– Qu'il faut être supersage.

– Exactement. T'es encore plus jaloux que ton père, hein, mon bonhomme ! » Elle m'ébouriffe les cheveux. « Robert n'est pas un garçon comme les autres et en ce moment il a besoin de beaucoup d'amour. Ne fais pas cette tête, ce n'est pas la fin du monde. D'autres enfants doivent partager leur papa et leur maman. Ils y arrivent. »

Elle me serre très très fort et me laisse même manger dans ma chambre à midi, mais comme je les entends tous parler, j'ai envie de redescendre. « Pardon », c'est comme « Abracadabra » et « Hop-la-hop » mais en vrai c'est rien que des mots. La vraie magie, ça marche pas comme ça.

Je cache les trucs verts de mon déjeuner dans ma poubelle, sous des papiers, et je descends tout doucement les écouter manger et parler.

Ils ont fait un feu dans la cheminée !

Maman et Papa sont en train d'expliquer à Robert que je suis souvent comme ça quand un nouveau garçon arrive chez nous et qu'il ne doit pas s'inquiéter. Maman dit que je suis pas méchant et que je finis toujours par me calmer.

J'aime pas qu'ils parlent de moi et le serpent dans mon ventre non plus.

En plus, Papa a allumé un feu alors qu'il ne fait même pas froid dehors et que, moi, j'en réclame toujours un mais il répond presque toujours : « Ne sois pas idiot, on est presque en été ! » Sauf qu'il le dit toute l'année et qu'il trouve ça drôle mais moi, je veux juste nous sentir blottis au chaud. Tous les trois.

Peut-être que Papa a fait un feu pour réchauffer l'humeur de Robert.

La lumière des flammes fait briller le vase aux bâtons. J'ai pas le droit de les toucher parce que Maman en est très très fière. Sauf que c'est pas elle qui les a faits, c'est Papy.

Robert et Maman se lèvent de table et sortent de la maison. Je remonte l'escalier à toute vitesse, je grimpe sur mon lit avec mes chaussures aux pieds et je les regarde. J'entends Papa laver la vaisselle dans l'évier.

Je baisse la tête pour les espionner du coin de ma fenêtre : Robert lui montre des trucs barbants dans le ciel, Maman regarde beaucoup Robert quand il ne la regarde pas et elle lui sourit quand il la regarde. Sinon, elle se tourne vers la maison, je pense qu'elle regarde Papa à la fenêtre de la cuisine en prenant ces stupides petits airs heureux dans le dos de Robert.

Il se couche dans l'herbe, le soleil a disparu et Maman se couche presque à côté de lui. Ils sont tout colorés de lumière, on dirait une pub pour une lessive. Après elle cherche la main de Robert dans l'herbe et elle la prend. Il la laisse faire !

Je sais pas ce qu'ils font après vu que j'ai mis ma figure dans mon oreiller pour hurler en serrant les draps dans mes poings.

Quand je retourne à la fenêtre, ils sont partis et je vois une autre couleur verte dans l'herbe où ils étaient couchés ensemble.

Je sens l'odeur de la fumée qui sort de la cheminée. Je regarde le thermomètre qui dit vingt-deux degrés dehors.

Je descends l'escalier en courant avec le serpent tout gonflé dans mon ventre et je me mets à marcher devant la cheminée. Je prends un des bâtons de Papy et j'essaie de le casser en deux mais il est trop fort pour moi, comme la porte du congélateur. Alors je m'en sers pour taper sur le canapé, je le jette par terre et je me remets à marcher devant le feu pendant que Maman et Robert et Papa sont ensemble dans la cuisine. J'ai envie d'y aller aussi sauf que j'ai la tête qui tourne à cause de tout ça. Après, Maman dit quelque chose et Robert se met à rire ! Son premier rire depuis qu'il est chez nous.

Un jour, Papa m'a raconté que, quand ils sont dans les moments vraiment terribles où ils pourraient mourir, les gens sont capables de faire des trucs incroyables. C'est peut-être pour ça que j'arrive à laisser ma main dans le feu très très très longtemps.

Quand j'arrive dans la cuisine avec ma main brûlée, Maman m'entraîne dans la salle de bains. J'ai l'impression d'être très loin et ma main brille aussi fort que le soleil ou quelque chose comme ça. Maman me fait entrer dans la baignoire tout habillé, je vois la figure pâle de Robert mais Papa lui dit de s'en aller, sauf qu'il bouge pas. Ma main fait plein de cloques, elle est toute noire comme celle d'un monstre. La baignoire se remplit d'eau froide et Maman me plonge la main dedans en criant à Papa d'aller chercher des trucs dans le congélateur. Moi, je pleure parce que j'ai fait une bêtise.

Maman pleure aussi mais avec de la peur et de la colère mélangées et elle est presque avec moi dans la baignoire ; ma main est si chaude dans l'eau qu'elle pourrait faire bouillir le bain.

Papa arrive en courant avec de la glace, des sacs de petits pois et du poulet à la Kiev (mon plat préféré) et il jette tout ça dans l'eau. Maman lui hurle quelque chose et, lui, il lui crie dessus si fort que les racines d'arbre se voient sur son cou. Mais je les entends pas vraiment. Ni le torrent d'eau qui coule du robinet ni les petits pois qui s'échappent du côté flou où le sachet en plastique a été ouvert : ils font des petites taches vertes et brillantes qui s'agitent sur l'eau.

En tout cas, Robert pleure. Je suis presque sûr qu'il pleure.

5

Nous sommes assis à la table familiale, moi à la place qui a toujours été la mienne et Maman à la sienne. De vieilles habitudes. Il y a aussi deux chaises vides entre nous, bien rangées tout contre la table. Et une certaine qualité de silence.

Dehors, l'après-midi prend peu à peu la couleur du soir, mais le décalage horaire me donne l'impression désagréable que ce n'est pas dans l'ordre naturel des choses. Nous restons là malgré tout sans trop savoir que faire de la présence de l'autre en attendant l'arrivée de l'infirmière. C'est la période creuse, comme l'âge de glace après la chute de la comète.

Mon quatrième jour de vie entre parenthèses.

Mon regard, craintif mais avide, est attiré par la cicatrice qui barre un côté de sa tête et les agrafes métalliques qui suturent la peau de son crâne. Par les cheveux qu'elle a perdus. Et les photos de famille qui colonisent les murs… tout ce passé. Les assiettes sales traînent dans l'évier. La porte du freezer est à nouveau entrouverte et une flaque d'eau de fonte s'étale par terre.

Je mets les coudes sur la table, les mains dans mes cheveux, et mes yeux se posent sur le lait caillé et périmé qu'elle a versé dans mon thé. Sur tous les traits et les égratignures si familiers qui marquent le plateau de la vieille table en bois.

« L'infirmière arrive souvent aussi tard, Maman ? »

Elle me répond par un haussement d'épaules enjoué si bien que j'ignore si elle est incapable d'encoder la réponse ou de décoder la question. Je lui fais un de mes minces sourires polis. Nos regards se posent de temps à autre sur les deux chaises vides et même Maman semble avoir une notion palpable de l'ancien ordre des choses, celui d'avant la chute de la comète Pourtant elle me dévisage comme si j'étais un inconnu.

« Travail ? » parvient-elle à dire en le prononçant un peu à la manière des sourds, la langue pâteuse.

« Tu m'as déjà posé la question. Il n'y a rien à en dire. Tu te rappelles ce que je fais ? »

Comme elle cherche la réponse sur mon visage, je détourne forcément les yeux, que je pose sur mon thé grumeleux, mais quand je les relève, elle me fixe toujours.

Alfie II (notre chatte, baptisée d'après le premier Alfie) est lovée au soleil sur le rebord de la fenêtre. Quand l'autre est mort, Maman et Papa sont tout simplement allés en chercher un nouveau et lui ont donné le même nom, alors que c'était une femelle. Elle ronfle bruyamment à travers la protubérance croûteuse qui lui sort du nez.

Même le chat a le cancer.

« Je vais te donner un indice, dis-je, et j'arrive à faire en sorte que ma voix garde une certaine douceur, comme si c'était moi le parent.

– Prison !

– Très bien. Et tu te rappelles mon prénom ? » Cette question la replonge dans la béance de son cerveau, comme si j'étais bel et bien le morceau qu'ils lui ont enlevé.

« Robert », répond-elle en souriant et elle regarde ses mains en donnant l'impression de ne pas les reconnaître, elles non plus.

Quand on frappe à la porte nous sursautons tous les deux. Je quitte la table en me recoiffant.

Je n'avais jamais le droit d'aller ouvrir. Avant l'accident, on avait toujours de la visite. Mais, après, c'étaient surtout des infirmières, comme celle-ci. Avec un temps de retard, elle semble surprise en me voyant.

Nous voilà tous à table même si personne ne veut de thé. L'infirmière a pris la place de mon père et je lutte contre l'envie de lui apporter une chaise de la salle à manger. Maman s'agite et plaque un sourire figé sur son incapacité à prendre part aux politesses les plus simples : « Bonjour ! – Très bien, merci. – Et vous ? ». Elle ne peut que hocher la tête et bredouiller des bribes de mots pour ensuite la secouer en souriant comme s'il s'agissait en fait d'une simple confusion. Mieux vaut être risible qu'irrémédiablement atteinte.

Lorsque je lui prends la main, elle sourit. Elle a même oublié qu'elle ne me laisse pas la toucher. Elle retourne ma paume parce qu'elle a senti la rugosité et elle s'immobilise un instant, troublée par la cicatrice.

Elle n'est pas mal, l'infirmière : petite trentaine, des rondeurs accueillantes là où il faut, un accent sud-africain et un bronzage qui pèle sous le col ouvert de son uniforme. Les seins d'un blanc éclatant doivent contraster avec la peau brune et tavelée de sa poitrine.

Pendant qu'elle me pose des questions sur ma vie, je vois Maman écouter les réponses, pendue à mes lèvres.

« Je ferais mieux de me mettre au travail, finit par dire la visiteuse, je ne suis pas en avance, comme d'habitude. » Ensuite elle se baisse pour ouvrir sa sacoche. Gros cul. Enfin, pas seulement gros : beau cul.

« Bon, je devrais peut-être vous laisser seules, dis-je, conscient que Maman a surpris mon regard sur l'infirmière.

– Non, restez. Ce sera mieux si vous savez à quels signes être attentif. Vous ne voyez aucun inconvénient à ce qu'il reste, n'est-ce pas, Mary ? »

Elle déballe un tensiomètre compact, remonte la manche de Maman mais elle s'interrompt et pousse un soupir théâtral. « Je vous l'avais pourtant bien dit, non ? » commente-t-elle en lui ôtant ses bagues non sans peine.

Je ne les avais pas remarquées : à mi-chemin sur ses doigts, elles compriment sa chair enflée. Tandis que l'infirmière s'acharne à tirer dessus, Maman secoue la tête, l'air grave et triste, elle voudrait tant les garder.

« Je sais qu'elles comptent beaucoup pour vous, Mary, mais les stéroïdes vont vous faire gonfler. Vous voulez qu'on soit obligé de vous couper les doigts pour les enlever, c'est ça ? » Cette femme est en train de houspiller ma mère, ma mère toute-puissante et invincible.

Pendant que le tensiomètre vrombit, Maman contemple les marques que les bagues ont laissées sur ses phalanges et l'infirmière me lance des œillades furtives, se recoiffe ou tire sur son uniforme comme pour se donner l'impression que son corps lui va bien.

Elle braque un faisceau lumineux dans les yeux de Maman, note quelque chose sur un graphique.

Le bruit du Velcro qu'on arrache me tire d'un moment de déprime ; Maman se frotte le bras en souriant à l'infirmière qui écrit, tête baissée, et lui dit : « … et s'il y a bien une chose que Mary déteste, c'est prendre ses médicaments, pas vrai ? »

La visiteuse farfouille dans son sac et en sort un petit livret relié avec l'image d'une voiture sur la première page. Le sourire irrépressible de Maman retombe un peu. Elle se laisse aller en arrière sur sa chaise et regarde ses mains.

« Je sais que vous détestez cet exercice, Mary, reprend l'infirmière en posant le livret debout sur la table, mais essayez de me dire le mot si c'est possible. »

Elle laisse Maman fixer l'image et ma chaise grince dans le silence électrique. Alfie ronfle sur le bord de la fenêtre à côté du fragment de roche à mica qui s'est mis à briller au soleil. Maman contemple l'image, le front plissé, la bouche ouverte.

« Laissez-la essayer la suivante. » La dame en blanc me regarde et tourne la page : nouvelle image, un tire-bouchon. Les mots échappent à Maman, elle qui brûle d'envie de les dire. Qui les connaît peut-être. Sa bouche s'ouvre comme celle d'un poisson hors de l'eau.

Mais l'infirmière est dans son élément. Elle passe ses journées dans l'inconfortable silence de la maladie comme les serveurs dans celui qui entrecoupe les conversations lorsqu'ils s'activent à une table. À chaque emploi sa qualité de silence. Comme celui qui s'installe juste après la fermeture des portes, dans la prison où je travaille, quand chaque détenu fait le compte : une journée de plus derrière les barreaux.

Comme le silence qui sépare deux amants désenchantés.

« Ce n'est pas grave, Mary. Essayez celle-ci. » À chaque page, les images deviennent de plus en plus faciles à reconnaître, jusqu'aux dessins les plus simples, les plus naïfs. Celle-ci représente un chat et Maman pousse un cri d'excitation en montrant Alfie, mais ensuite elle pose la main sur sa bouche pour retenir cet élan humiliant.

« Alfie, dis-je gaiement pour l'encourager.

– Ah, c'est donc Alfie son nom ! répond l'infirmière. Je me demandais comment il s'appelait. Je vous avais posé la question, n'est-ce pas, Mary ? Oui, je vous l'avais posée. »

Il semble que toutes les questions à ma mère relèvent désormais de la rhétorique.

« “Elle”, pas “il”, dis-je entre mes dents.

– C'est ce que je pensais, enchaîne-t-elle imperturbable. *Je vous l'avais dit qu'il avait l'air d'une femelle, pas vrai, Mary ?* Oui, je l'avais dit.

– Vous la prenez pour une idiote ?

– Pardon ?

– Vous pourriez peut-être arrêter de lui parler sur ce ton. »

Cette fois encore, le masque de la bonne infirmière ne bouge pas d'un millimètre, à peine fissuré par un clignement d'yeux un peu lent.

« On était bien tranquilles, votre maman et moi, en attendant que vous vous décidiez à venir ici. »

Ma chaise gémit quand je la repousse pour sortir faire les cent pas dans le jardin en rêvant de cigarettes. Je n'en ai pas fumé une seule en trois ans, n'en ai pas eu une telle envie depuis des mois.

Lorsque l'infirmière finit par sortir à son tour, je la rejoins à pas lents, devant le portail, tout sourire. « Excusez-moi, j'ai oublié votre prénom.

– Vicky.

– Vicky. Bon. Désolé pour tout à l'heure. C'est juste que je suis un peu secoué, la maladie de Maman et tout ça. » Je penche la tête sur le côté en souriant, attentif à la façon dont elle réagit à notre proximité.

« Bien sûr. Vous êtes en terrain inconnu. Je comprends. Moi, j'ai dû m'endurcir pour exercer ce métier. Ce n'est rien. » Elle voudrait partir mais je reste devant le portail et elle a l'air moins à l'aise soudain. Elle ne peut plus se cacher derrière son statut d'infirmière. Ici, elle n'est qu'une femme.

Je lui prends le bras avec douceur, elle détourne légèrement la tête et se met à rougir.

« Vicky, j'apprécie vraiment ce que vous faites pour ma maman. » Je suis si près d'elle que je sens l'odeur de sa sueur. « Peut-être que vous devriez vous organiser pour nous rendre visite en fin de journée la prochaine fois. Comme ça on pourrait passer un peu de temps ensemble, vous et moi, ça vous dirait ? » Et je la regarde comme je sais le faire.

« Euh, je... » Elle pouffe. Je lâche son bras, elle pose la main sur le portail. « C'est terriblement... » Elle regarde le loquet en fronçant les sourcils. « Mais j'ai un planning très... »

Je me penche tout près d'elle pour soulever la clenche et j'ouvre le battant juste assez pour la laisser se glisser dehors. « Au revoir, Vicky ! » Je souris pour la première fois depuis des jours en regardant l'imperturbable infirmière s'éloigner, toute perturbée.

Si je dois rester coincé ici, il va me falloir un peu de distraction.

J'essuie soigneusement mes chaussures sur le paillasson en sifflotant. Comme Maman n'est pas à l'intérieur, je traverse la cuisine jusqu'au jardin de derrière où le prunier a l'air aussi déprimé que si personne ne voulait de ses fruits.

Là-bas, près de la cabane de jardin, il y a une de ses chaussures, posée sur le côté. Ce pied gauche fugueur qui s'obstine à abandonner sa chaussure rappelle que notre hémisphère droit commande le côté gauche de notre corps – et la tumeur dévore le cerveau droit de ma mère.

La voilà, avec sa chaussure droite et une ecchymose qui s'étale autour d'un point focal sur sa cheville gauche. Je ferme les yeux à l'idée qu'elle a dû sortir d'un pas mal assuré, seule et toute perdue, se tordre la cheville et fuir la douleur en boitillant. Cette chaussure délaissée sur la pelouse ressemble à un vestige de celle qui était ma mère.

Elle contemple les nuages dans la lumière qui décline rapidement autour de nous. Je l'épie un peu comme un extraterrestre et un peu comme une star. Je ne la reconnais toujours pas. Elle est devenue si petite, cette femme qui sourit au ciel et cherche à distinguer des formes dans les nuages.

Les vérités les plus simples, les plus évidentes, ne sont plus que des incertitudes pour elle. Son identité lui échappe comme si, enfermée dans une cabine, en haute mer, elle voyait son passé glisser sur les tables cirées du navire et se fracasser par terre. Plus rien n'est stable autour d'elle, elle titube d'un côté et de l'autre en essayant de sauver les meubles, de redresser les souvenirs sur un mur alors qu'ils se détachent d'un autre et volent en éclats. Les visages presque familiers la contemplent sous le verre brisé.

Comme elle, je tends le cou, tourné vers la maison, pour regarder là-haut ; c'est un ciel tout droit sorti des *Simpson* dont la flottille de nuages aux proportions parfaites avance vers l'est, au gré du vent. Il y en a un qui ressemble à un cochon coiffé d'un toupet qui saute au ralenti par-dessus nos têtes. Le jeu de Robert est devenu celui de toute la famille.

Je regarde Maman pour lui montrer le cochon, mais l'expression de son visage m'en dissuade. « Qu'est-ce qu'il y a ? » L'espace d'un instant, elle me dévisage sans me reconnaître. Ensuite elle renifle, s'essuie les yeux, les relève vers le ciel et les repose sur moi. « C'est à cause de Robert ? » et, à ces mots, elle fond en larmes pour de bon.

Je franchis la distance qui nous sépare et je la prends dans mes bras, le regard perdu derrière ses épaules secouées par les sanglots. L'odeur de ses cheveux me rappelle l'époque où j'espionnais les autres derrière la rampe de l'escalier, les bains bien chauds et le thé.

« Toi qui as oublié tant de choses. »

Pas lui en tout cas.

Pendant que je la serre contre moi, je contemple ce jardin si familier. Cette pesanteur familière. Familiale. Tout m'y rappelle cette partie de moi que j'ai essayé si longtemps d'effacer.

C'est effrayant : si cette part d'ombre a poussé un enfant de huit ans à aller si loin, de quoi suis-je capable à vingt-huit ans ?

6

À l'école, je le dis à personne et personne le sait sauf Maman et Papa, et aussi Robert, mais maintenant je dois aller voir un psychologue. Papa pense que c'est pareil qu'un bilan de santé, que la plupart des enfants en ont un et qu'en fait c'est exactement comme quand le docteur nous regarde le zizi et nous dit de tousser, mais pour le cerveau.

Au premier rendez-vous, c'est Papa qui m'emmène. La semaine prochaine, ce sera Maman, comme ça ils me guériront tous les deux à tour de rôle.

Robert dit qu'ils vont peut-être m'électrocuter la tête. Je demande à Maman si c'est vrai et du coup Robert a enfin des ennuis. Je suis bien content.

Je suis prêt, tout habillé avec mes cheveux coiffés et mon robot pour m'empêcher de rien sentir. Quand je vais voir Robert dans sa chambre où il est privé de manger, il me traite de rapporteur et me dit que je suis cinglé.

« Ceux qui ont des mauvais parents ne doivent pas la ramener, Robert.

– Tu t'es vu avec ta main bandée, petit cinglé ? On dirait une momie déjantée.

– Et toi… c'est TA MAMAN QUI EST FOLLE ! »

Papa attend dans la voiture et, au lieu de ne nous empêcher de nous battre, Maman hurle jusqu'à ce que Robert me lâche. Je lui donne un coup de pied et je pars en courant retrouver mon papa ; j'ai mal à la main et Maman derrière moi a sa bouche qui fait peur.

Elle se met à crier sur Papa qui reste assis à sa place avec la radio en train de parler. D'ici, les voix de la radio font le même bruit que quand je pète dans le bain.

« On vit dans une maison de FOUS ! »

Papa sort pour lui parler mais elle m'embrasse fort sur le front, elle dit : « Sois sage », et après elle claque la porte alors on se retrouve sur le perron comme des témoins de Jé-Où-Va.

On remonte l'allée en marche arrière et la boîte de vitesses de Papa gémit comme toujours. Elle aime pas aller à reculons. Robert met la tête à la fenêtre de ma chambre pour me voir partir. Il a pas le droit d'entrer dans ma chambre ! J'écrase ma figure contre la vitre pour le regarder mais, lui, il fait loucher ses yeux et semblant d'être électrocuté ou d'avoir des convulsions.

Sarah Loe, de l'école, elle a fait une crise de convulsions un jour, à la réunion du matin : tout à coup elle s'était fait dessus et elle se tordait par terre dans son pipi, Mr Jones lui tenait la tête et disait à tout le monde de s'écarter. Mrs Halmer, qui n'avait rien remarqué, a continué à jouer du piano pendant superlongtemps. Nous, on l'appelle Mrs Hammer[1]. Elle est nulle au piano mais on a personne d'autre à mettre à sa place.

Quand Papa s'arrête au coin de la rue, j'ai déjà la trousse de secours et je souris si fort que mes oreilles sont dressées.

« Allez viens, p'tit loup ! » C'est pas mon nom mais j'aime bien sa voix quand il le dit. Je grimpe devant : j'ai le droit

1. Mme Marteau. (*N.d.T.*)

de changer les vitesses, on chante les chansons de la radio et même si le son est trop fort pour entendre le moteur, j'arrive à remuer la manette à temps vu que je regarde le genou de Papa sur la pédale. Je suis trop fort ! Heureusement que j'ai pas brûlé ma main-qui-commande-les-vitesses.

Parfois, il bouge son genou pour de faux comme s'il voulait que je change de vitesse mais c'est juste un truc pour me piéger et même si on va chez le psychologue, ça me fait rigoler comme un fou à chaque fois.

Je tire la langue quand je me concentre. Papa m'appelle Macavoy aux trois lippes quand je fais ça. J'imagine que Macavoy aux trois lippes peut se concentrer superfort et qu'il est détective. En plus, il doit être un superjoueur de saxo.

Quand on se gare sur le parking, je sens que le serpent m'écrase l'estomac mais, en fait, Mr Gale, le psychologue, a l'air très gentil et il fait pas peur.

Après la visite, Papa l'appelle Dents d'acier, comme le méchant de *L'espion qui m'aimait* de James Bond.

Papa dit ça parce que Mr Gale a un appareil sur les dents même s'il est vieux. Papa pense qu'il est coquet ou alors c'est un adolescent attardé et peut-être même qu'il fait toujours le livreur de journaux !

C'est Papa qui va parler à Dents d'acier en premier et il me laisse dans la salle d'attente. Je les entends mais je comprends pas les paroles.

Quand ils ressortent, Mr Gale redit bonjour et me demande comment va ma main brûlée. J'ai un gros bandage et une housse en plastique par-dessus.

Dents d'acier nous regarde pendant que Papa m'emmène dans la grande salle avec un bureau et des affaires de travail superchic d'un côté et des jouets et tout ça de l'autre. Il y a une ligne blanche collée sur la moquette pour partager la salle en deux : la moitié pour jouer et la moitié bureau chic. En plus il y a une grande fenêtre en verre sur un mur sauf qu'on y voit rien à travers et que c'est pas un vrai miroir non plus.

Dents d'acier nous regarde pendant que Papa m'explique que je dois m'amuser avec certains jouets et pas dépasser la ligne collée par terre entre le coin jeux et le coin du travail. Après ils me laissent tout seul mais je dois pas m'inquiéter vu qu'ils sont juste à côté.

J'ai peur sans personne d'autre mais je me fais croire que je suis un robot. Je joue surtout avec mon monstre robot sans toucher aucun des jouets du psychologue à cause de tous les garçons zinzin qui ont dû les toucher et de Robert qui a dit : « Me touche pas sinon je vais attraper tes microbes de cinglé. » Je crois pas que je suis cinglé, mais j'ai pas envie d'avoir les microbes des autres fous qui viennent ici.

C'est dur de jouer avec une seule main mais j'aime bien quand Maman est obligée de s'asseoir à côté de moi tous les jours pour changer le bandage, en plus elle y va plus doucement maintenant, comme si la chaleur de ma brûlure l'avait fait fondre.

Les docteurs disent que je garderai la cicatrice toute ma vie. Maman dit qu'elle aussi.

À la fin, Papa vient jouer avec moi mais il est un peu bizarre et il n'arrête pas de se regarder dans la fenêtre miroir.

Après, quand on peut partir, il m'emmène acheter un fish and chips et je suis tout content de pas m'être fait griller la cervelle.

L'intérieur de la friterie est toujours embué et le comptoir sent le vinaigre. En plus, d'habitude, on peut chiper une frite juste après que le monsieur les a salées et vinaigrées mais avant qu'il les emballe. Et elles sont toujours si chaudes qu'on les mâche comme un chien qui mange de la guimauve.

J'aime bien la friterie sauf qu'aujourd'hui, avec toutes ces plaques superchaudes, j'ai peur que ma main se rebrûle.

J'arrête pas de faire des cauchemars tout réveillé où il arrive des choses horribles et si vraies que je sursaute.

Quand nos commandes sont bien emballées et payées, au moment où Papa les prend, ça laisse toujours une trace sur le comptoir et moi, je reste pour regarder la trace de chaud disparaître parce que sinon Maman et Papa vont mourir.

Après, je cours rattraper Papa et il fait semblant d'être surpris en train de s'empiffrer avec sa figure dans le paquet.

On mange le poisson et les frites dans la voiture, sur le parking. Je mange moins vite que d'habitude vu que je peux me servir que d'une main. Quand Papa a fini son dîner il attaque le mien et il me retient même ma bonne main prisonnière pour pas que je l'en empêche ! J'adore quand on rigole comme des fous.

De là où on est garés, je vois les lumières de la cheminée de l'usine chimique clignoter derrière les fenêtres embuées de la voiture. Il y a toujours des oiseaux qui tournent dans la lumière. « Ils sniffent la fumée de l'usine », comme dit Papa. Moi, j'ai peur de la fumée mais Maman dit que c'est juste de la vapeur.

Papa me laisse changer les vitesses jusqu'à la maison et je fais craquer la boîte qu'une seule fois, mais c'est quand il dit que Robert va peut-être rester chez nous assez longtemps et : « Il faudrait peut-être que tu commences à t'y faire. »

Il me donne une tape sur la main parce que j'ai mis la marche arrière à la place de la troisième et sûrement que j'ai arraché trois dents à la boîte de vitesses. Peut-être qu'elle va avoir besoin d'un appareil, elle aussi. Papa me crie dessus. Je pars du côté où ça se passe et je vais me coucher à l'arrière. J'ai beaucoup mangé mais je me sens tout vide. Mes mains sont tout près de ma figure et mes doigts sentent le sel et le vinaigre – ou le pipi au lit.

Quand on arrive à la maison, Papa m'a déjà pardonné. Il reste jamais fâché contre moi très longtemps, il dit que pour mes bêtises il a autant de mémoire qu'un poisson rouge.

On ouvre la porte de devant, on sent l'odeur de quelque chose au four et on voit qu'une jolie table est toute préparée alors Papa cache le papier chiffonné du fish and chips derrière son dos mais Maman dit qu'elle s'est donné tout ce mal pour rien !

Maman et Papa vont dans la voiture où c'est elle qui s'assoit au volant pendant que moi et Robert on les espionne de la fenêtre du haut : on voit leurs lèvres bouger supervite comme dans un film muet.

C'est déjà mardi et au tour de Maman de m'emmener chez Dents d'acier. Elle et Papa se parlent plus depuis la dernière fois où on y est allés. Papa appelle ça la nouvelle guerre froide.

Maman est en retard et en plus elle doit faire plein de petits arrêts en chemin pour ceci et cela. Moi, j'attends dans la voiture et mon ventre s'enserpente encore plus fort que la semaine dernière.

Maintenant on est encore plus en retard, Maman a perdu notre route et elle voudrait que je m'en souvienne de la semaine dernière, sauf que je chantais en changeant les vitesses et qu'en plus Papa connaît bien la ville puisqu'il l'habite depuis qu'il était petit et qu'il aidait le laitier à faire ses livraisons pour gagner du lait.

Chaque fois qu'on y va, il sait à quoi certains immeubles servaient, dans le temps, ou même ce qu'il y avait avant le bâtiment. Parfois, il prend un air rêveur et il dit : « Je me rappelle l'époque où tout ça n'était que des champs. »

Il aime beaucoup dire ça quand on est très loin de la ville où il y a rien d'autre que des champs.

Maman vient d'une grande ville du Nord mais Papa a toujours habité ici et il dit que c'est pour la vie. Maman fait une grimace quand il dit qu'il aime tant cet endroit. Elle, elle l'appelle Morne-Ville.

Il pleut, je suis assis à l'arrière et même si Maman veut pas me regarder dans le rétroviseur, je vois que sa figure est plus dure. Les gens ont toujours l'air plus sérieux ou triste quand ils croient que personne les voit mais plus sévère quand ils croient qu'on les regarde mais qu'ils font semblant de pas le savoir. Un espion connaît ces trucs-là.

Maman se met à parler et je regarde les gouttes de pluie glisser tout horizontales sur ma fenêtre. Plus la voiture va vite et plus les gouttes coulent en arrière, sauf que parfois le vent souffle et alors elles s'aplatissent, elles tremblotent et elles font du surplace.

Je renifle la housse en plastique sur ma main bandée avec dessous ma cicatrice à vie et Maman me demande pourquoi on va chez le psychologue, à mon avis. Avant, j'avais aussi une housse en plastique sur mon matelas quand j'étais petit et que je faisais pipi au lit.

Je hausse les épaules.

« Papa n'en a pas discuté avec toi quand vous êtes allés voir Mr Gale, la semaine dernière ?

– Pas vraiment. »

Elle se tait une minute.

« Il n'a pas parlé de Robert et de moi ?

– Non. »

Elle se tait encore. Après elle fait un grand discours sur Mr Gale qui est un monsieur très spécial et qui peut m'aider parce que je leur ai fait beaucoup de peine quand je me suis brûlé comme ça et qu'il n'est pas question d'avoir un fils qui se blesse exprès vu qu'il y a déjà plein de gens qui souffrent dans le monde. « Qu'est-ce qu'il deviendrait, le monde, si les petits garçons s'amusaient à se blesser tout le temps ?

– Et pourquoi c'est pas Robert et ses parents qui vont voir un monsieur très spécial ? »

Elle inspire un grand coup. « Ce n'est pas Robert qui s'est brûlé la main. » Après elle rajoute avant que j'ai eu le temps de le dire : « Je sais, je sais, c'était un accident. Mais Robert a besoin de notre aide, un point c'est tout. Et ça n'empêche pas qu'on t'aime très très fort, ton père et moi. » Elle change les vitesses d'un coup et pas très bien. « J'espère que tu finiras par t'habituer à la présence de ces enfants placés. Il se trouve que tu es né dans une famille bien, qui essaie de changer les choses et pas dans une famille normale qui ne pense qu'à elle-même. Nous ne sommes pas une famille comme les autres, p'tit loup. Estime-toi heureux d'être né parmi nous. »

J'aime pas qu'elle m'appelle p'tit loup. C'est le truc de Papa. Ça sonne pas pareil quand il le dit.

« Compris ? »

J'agite la tête. « Compris. » Je serre mon robot en regardant la pluie rebondir sur la route comme l'huile bouillante sur la poêle à frire.

Il y a des tas de gens qui courent dans les rues, je me fais croire que je suis dans un gros camion qui roule exprès dans les flaques pour lancer des vagues énormes qui les emportent tous et font s'écrouler les immeubles : leur électricité gicle en étincelles qui prennent feu et il y a de la fumée noire partout.

Je me demande combien d'eau j'ai dans mon pluviomètre.

Je vois plein de monde là-dehors, certains ont leurs manteaux presque enlevés pour se couvrir le dessus de la tête, comme les criminels, à la télé, ceux qui veulent pas être reconnus en sortant du tribunal.

Quand on arrive chez Mr Gale, je cours devant pendant que Maman ferme la voiture, avec un sac plastique au-dessus de la tête à cause de la pluie. J'appuie sur la sonnette de Mr Gale mais ça fait un bruit enroué. On dirait les vieux papys qui se raclent le nez pendant qu'ils jouent aux cartes près du supermarché. Maman a envie de vomir chaque fois qu'ils se mouchent comme ça. Elle a horreur du vomi. J'arrive à lui faire très peur rien qu'en me mettant les doigts dans la bouche pour me chatouiller le bouton de la gorge. C'est mon arme secrète. Même si je fais juste semblant d'être malade, elle devient plus gentille avec moi.

On attend, Maman se recoiffe et moi je sens le gros serpent tout gonflé et sifflant dans mon ventre. Au moment où la porte fait *clic*, Maman dit : « Je t'aime », très vite juste avant que Dents d'acier l'ouvre avec son sourire en métal et me serre la main en regardant Maman. Elle est pas chaude, sa main, et très petite pour un monsieur. J'aime pas les hommes aux petites mains.

« Comment va ta main ? il demande. Ça guérit bien ? »

Il arrive sûrement à lire dans mes pensées, comme Dieu et Mamie. Je fais oui de la tête et j'essaie de pas avoir des idées qui lui plairaient pas.

Il me demande de rester dans la salle d'attente (je peux pas m'empêcher de regarder son appareil quand il parle). Parfois, mes lèvres bougent quand les gens me parlent, comme si nos bouches étaient connectées. À chaque fois que je fais ça Papa rigole et m'ébouriffe les cheveux.

Dents d'acier met son bras derrière le dos de Maman pour l'emmener et je reste assis avec mon robot sur les genoux. Je ferme les yeux et je me fais croire que je suis à la maison. Après, je me mets à penser que Dents d'acier déchire Maman avec ses crocs en métal : il tire dessus comme si elle était une de ces barres dures à mâcher qui font des fils quand on arrache un bout. Pendant ce temps, elle lui caresse les cheveux et elle adore se faire dévorer.

Je bouge plus et j'essaie de pas penser, comme mon robot.

J'ai envie d'aller aux toilettes.

Quand ils reviennent, Maman n'a rien et Mr Gale pas de sang sur les dents mais j'ai quand même l'impression que je vais me faire pipi dessus. En plus Maman a son petit air spécial et, derrière elle, Mr Gale me regarde comme s'il savait tout ce qu'elle va dire et ce qui va se passer : la grosse assistante sociale est juste à côté, et elle va m'emmener. Mr Gale me dévore des yeux.

« Où tu vas, Maman ? »

Assis sur ma chaise, je me sens comme Alice en train de se rétrécir. Quand je veux me lever, je tombe pendant une heure avant que mes pieds touchent le sol. Je m'accroche très fort à Maman.

Elle regarde Mr Gale et il agite la tête. Ils ont un secret sur moi ! Elle m'écarte un peu pour m'expliquer ce que j'ai le droit de faire et ce qui est interdit, comme la semaine dernière, mais je me serre contre elle en retenant mon pipi dans ma vessie avec mon robot. Je veux qu'elle m'emmène aux toilettes et qu'on voie plus Dents d'acier, rien qu'une minute, j'ai envie de lui parler et aussi d'un câlin. Rien qu'une minute.

« Je serai juste à côté. » Ses yeux sont un peu mouillés parce qu'elle me dit au revoir. Je la reverrai jamais. Je suis trop méchant et maintenant que j'ai une cicatrice pour la vie, elle veut plus de moi. Elle veut Robert.

Je m'accroche à elle mais elle me pousse dans la salle et elle ferme la porte.

« Il n'y en a pas pour longtemps. » Sa voix tremble derrière la grosse porte en bois. J'essaie la poignée mais c'est fermé à clé.

« Maman, mon robot ! MAMAN ! » Je lâche mon zizi que j'aidais à se retenir pour pouvoir taper sur la porte. Mon robot est tout seul de l'autre côté et je suis ici avec le python. Il grossit dans mon ventre comme s'il gonflait tous ses muscles. Ils sont tout durs. Il va bientôt sortir de mon ventre pour m'avaler de l'intérieur. Je me retourne et je regarde les jouets, là-bas, dans le coin coloré, et, après, toutes les affaires sérieuses du côté bureau chic.

Je sais pas combien de temps passe avant que Maman et Dents d'acier arrivent en criant. Je cours me cacher dans la cabane en plastique. Ici, ils peuvent pas m'attraper. Je ferme les yeux, comme ça il fait aussi noir que dans ma tanière du lion. Je suis tout essoufflé et mon pantalon est tout chaud, il sent comme le comptoir de la friterie. En plus, j'ai mal à ma main brûlée à vie vu que je m'en suis servi. Je me fais tout petit dans la cabane pendant que Maman hurle. Ils vont me renvoyer de la maison, c'est sûr.

Maintenant je suis dans une serviette qui était dans la salle de bains de Dents d'acier. Une grande serviette. Dans la salle d'attente, Maman doit avoir de la fumée qui lui sort des oreilles. Elle a pris mes habits mouillés mais le pipi est toujours sur le bureau avec toutes les pages arrachées et les livres abîmés. J'adore ça. C'est comme la tache de sang sur le tuyau en looping des toilettes, à la maison. J'adore. Certains trucs pas bien, je les aime. Et d'autres qui sont bien, non. Tout ça à cause du serpent.

Mr Gale a mis ses mains comme un présentateur de journal à la télé sauf qu'il est pas à son bureau. Il a l'air de réfléchir très fort comme s'il avait très envie de faire caca. On voit plus ses lèvres.

« Qui est-ce qui va réparer les dégâts que tu as faits dans mon bureau aujourd'hui, à ton avis ? il demande.

– Vous allez m'envoyer vivre dans une autre famille ? »

Ses sourcils se soulèvent et la peau de son front ressemble au sable ratissé par les vagues. Je m'agite sur ma chaise.

Quand il ouvre la bouche pour parler, je vois un tout petit bout de son déjeuner sur son appareil. « Pourquoi penses-tu que ça pourrait arriver ? Qu'est-ce qui a pu te donner cette idée ? »

Je hausse les épaules et je regarde ses chaussures. « Ils brillent, vos souliers.

– Oui. » Il les regarde comme s'il venait de se rappeler qu'il a des pieds. « En fait, j'adore les cirer, je...

– Peut-être que vous pourriez changer de travail, alors ?

– Quoi ? Devenir cireur de chaussures ? » Il rit un peu et après il s'arrête très vite comme s'il trouvait ça pas drôle, en fait. « Je ne pense pas que ce serait aussi bien payé. Mais je me sens très calme quand je les cire. Et toi, il y a des choses qui t'aident à te calmer ? »

Je hausse les épaules. Mais Macavoy aux trois lippes essaierait de faire ami-ami avec lui. « Ma tanière du lion.

– Et où elle se trouve ta tanière du lion ?

– L'entrée, c'est mon sac de couchage. »

Il sourit. « Dis-moi, comment penses-tu que ton papa ressente la présence de Robert chez vous en ce moment ? »

Je vois le ventilateur du plafond tourner tourner dans les chaussures qui brillent. Il l'a allumé pour chasser l'odeur de vinaigre mais il a fait croire qu'il avait trop chaud.

« Je sais pas. Sûrement que ça lui plaît. Mais pas autant qu'à Maman.

– Ah bon ? »

Je le regarde.

« Alors ta maman aime avoir Robert chez vous ?

– Elle adore.

– Quelle note sur 10 ? » Il attend la bouche ouverte comme si ma réponse était un biscuit.

« 9 +

– 9 + ?

– Je peux avoir mon robot ?

– Dans une minute. Tu vas bientôt rentrer chez toi. Mais pourquoi pas 10, si c'est plus que 9. Pourquoi pas 10 ? Qu'est-ce qu'il manque pour que ça fasse 10 pour ta maman, la présence de Robert ? »

Je soupire et je regarde le ventilateur. En fait, si on force ses yeux à le suivre, on arrive à voir la pale à la place du tourbillon flou. Ça me plaît.

« Maman adore ça à 9,9999567 sur 10.

– C'est très précis. » Il se lèche les lèvres, s'agite et se penche vers moi. « Et le petit quelque chose en moins, qu'est-ce que c'est ? C'est lorsqu'elle souffre un peu, elle aussi ? Comme toi ?

– Je peux m'en aller maintenant, s'il vous plaît ? » Je cherche des idées de choses à faire vu que je vais rester puni dans ma chambre pendant trois cents ans.

« Encore deux petites minutes. C'est important. Tu sais que tu es ici parce que Maman et Papa se font du souci pour toi ? Tu vis une période difficile. C'est pour ça que tu t'es brûlé la main et que tu t'es déchaîné dans mon bureau. Mais tu n'as pas besoin de souffrir. Ce n'est pas juste, c'est trop dur pour un enfant. »

Je hausse les épaules.

« Alors, pourquoi pas 10 sur 10 ? Qu'est-ce qui manque à ta maman ? »

Je lui montre mon bandage.

« Tu crois que c'est le petit quelque chose en moins, que tu te sois fait mal ? Vraiment ? D'accord. Il y a autre chose ? »

Il se penche tout tout près, il a rouvert la bouche : je vois le jaune poisseux sur sa langue, une tache jaune transparente dans le blanc d'un de ses yeux et aussi les restes de son repas sur son appareil dentaire. Les gens sont plus beaux de loin.

« Rien d'autre ? Tu ne penses pas qu'elle trouve ça dur d'accueillir des enfants placés *et* d'avoir un fils *et* un mari en même temps ?

– C'est à cause de Michael.

– Qui est Michael ?

– Je veux partir maintenant, s'il vous plaît, Mr Gale. Je vous demande pardon pour votre bureau. »

Quand il soupire, je sens l'odeur de sa bouche pâteuse. Il écrit quelque chose sur un bloc de papier. « Je sais que tu regrettes. J'apprécie tes excuses. Ce n'est pas grave. Ce ne sont que des objets. Mais le petit quelque chose qui fait que c'est neuf virgule plein de chiffres et pas dix pour ta maman, est-ce qu'au fond tu penses que c'est toi ? Que c'est ta faute ? Ce n'est pas ta faute, tu sais. Mais je me demande si tu n'aurais pas décidé que si.

– Pourquoi vous avez du métal sur les dents ?

– Pour les rendre plus jolies. Tu as entendu ce que j'ai dit ? »

Je fais oui de la tête mais je pense que ses dents sont beaucoup plus moches que sans l'appareil. Comme il soupire, je panique : peut-être qu'il peut lire dans mes pensées pour de vrai.

« Et comment vis-tu tout ce qui se passe chez toi ? Parce que c'est important, ce que tu ressens, non ? »

Je hausse les épaules.

Il se lèche les lèvres en vitesse. « Tu sais ce que je pense ? »

Il pose des tas de questions idiotes. Je hausse les épaules.

« Je crois que si un petit garçon aussi exceptionnel que toi s'est brûlé la main et déchaîné comme ça dans mon bureau, c'est pour exprimer de la tristesse. À mon avis, les petits garçons qui agissent comme tu l'as fait sont poussés par des sentiments dont ils ne sont pas responsables. Ils ont juste besoin qu'on s'occupe un peu plus d'eux. Les sentiments, c'est compliqué. Je ne pense pas que tu sois responsable de ce que tu as fait dans mon bureau. Je pense que c'est un peu méchant mais ça ne veut certainement pas dire que toi tu es méchant. Ne l'oublie pas, c'est important. Tu crois que tu sauras t'en souvenir ?... Bien. Tu veux que je te dise autre chose ? »

Je regarde son tapis en haussant les épaules.

« Je pense que c'est bien triste, mais les enfants sont parfois les seuls à avoir le courage d'exprimer les sentiments des autres membres de la famille. Comme un baromètre. Tu sais ce que c'est un baromètre ? Mais bien sûr ! Un garçon aussi intelligent que toi. Donc tu es très courageux, tu vois ? Pas méchant. Regarde-moi bien. Tu n'es pas méchant. Peut-être que tu fais des choses méchantes, comme tous les enfants – et les grandes personnes aussi –, mais ça n'empêche pas ta maman et ton papa de t'aimer très fort. »

Je fais oui avec la tête mais mes yeux fixent toujours le même morceau de tapis comme si on les avait collés dessus et qu'il faudrait le découper pour me ramener à la maison.

« Bien sûr, ils apprécient beaucoup Robert, explique Mr Gale, mais ils t'aiment bien plus fort que lui... Qu'est-ce qu'elle voulait dire cette grimace ? »

Je hausse les épaules.

7

« Oui, Maman », dis-je en jetant un coup d'œil par la fenêtre – elle vient de me montrer le ciel pour attirer mon attention sur la météo. Elle essaie de beurrer son toast mais il n'est pas assez grillé et son couteau déchire le pain.

« Tiens, prends cette tartine, elle est prête. »

Elle me regarde mais la lame continue son va-et-vient sur son mont de Vénus, ce renflement de la paume qui est censé donner la mesure de notre libido, de notre tendresse. Ensuite elle examine sa main comme si quelqu'un la lui avait beurrée, et la porte à sa bouche pour la lécher pendant que le couteau enduit ses cheveux de beurre.

Mes yeux se posent sur les marques de brûlure toujours visibles sur mon propre mont de Vénus et je recule ma chaise. Maman me suit du regard jusqu'à l'évier où j'essore le chiffon à vaisselle tout froid et humide. Quand je m'approche pour nettoyer sa paume, elle me laisse faire, l'air inquiet. Voilà, le beurre est essuyé mais j'en ai entre les doigts et le chiffon sent si mauvais que nous avons tous les deux les mains sales.

Son visage est impassible mais elle observe tout d'un œil vigilant. Elle est toujours là, enfouie sous les décombres de sa déchéance. Je le vois. Je le sens. Et c'est ce fragment d'elle que j'essaie d'atteindre. Que je veux aider. Même si c'est tout ce qu'il reste de la femme que je tiens pour responsable de tous mes malheurs.

« Je dois…, dit-elle. Nous… » Elle se lève.

Si la noix obscure correspond à une partie clairement identifiable de son cerveau, c'est celle qui commande la parole. Elle cherche toujours le mot-clé dans une phrase, jamais les éléments contextuels. Ce n'est pas la grammaire qu'elle a perdue mais les choses de la vie. Les mots importants, le nom des gens qu'elle est censée avoir aimés, les choses dont elle a besoin.

« Le… » Elle ouvre la bouche, tend le doigt vers la porte du placard. « Je dois… » Elle s'interrompt et se laisse retomber sur sa chaise où, tassée par l'abattement, elle perd encore quelques centimètres. Elle secoue sa tumeur.

« Essaie la manière détournée, Maman. Si tu ne trouves pas le bon mot, fais-le-moi comprendre autrement, comme on te l'a conseillé. » Elle fronce les sourcils, mécontente d'elle-même, mais elle me montre le chiffon. « Laver ? Tu veux laver le placard ? »

Si c'était un jeu télévisé, je serais l'heureux gagnant du lot de couteaux à steak.

Je regarde la porte du placard en soupirant. Je n'ai pas envie de passer cette journée de mon existence à nettoyer un garde-manger. Pourtant, dans un avenir pas si lointain, je le viderai seul. Je revendrai toute mon enfance. Ensuite je partirai retrouver la sécurité de ma petite vie. Un billet d'avion. Un aller simple.

« D'accord, Maman. »

J'ai presque fini de faire la vaisselle quand elle revient avec un peu de dentifrice sur le menton et l'air de s'être remonté le moral en pratiquant la méditation positive dans la salle de bains. Prête à passer à l'action. Elle me sourit et ouvre son pilulier à la lettre d'aujourd'hui puisqu'il y a une case pour chaque jour de la semaine. Je lui remplis un verre d'eau et elle me montre bien qu'elle prend ses cachets.

« Bon, dit-elle. Laver ! » Et la voilà partie dans le garde-manger dont elle ressort avec des cerises au sirop et des bocaux de lentilles ; il y a des boîtes de conserve dont la base est rouillée, Maman va et vient en traînant ses pantoufles et ce qu'elle tient dans ses bras vacille. Elle pose son butin sur la table et me sourit, l'œil pétillant.

« Bon, alors qu'est-ce qu'on fait, Maman ? » Elle revient avec une nouvelle brassée de provisions. « Il faut vraiment que tu mettes tout ça *là* ? »

Elle me regarde, les entasse sur la pile : une boîte de conserve roule et tombe par terre où elle s'immobilise, déformée par sa chute. Le sourire aux lèvres, ma mère disparaît à nouveau dans le garde-manger en essayant de fredonner un air dont les paroles lui échappent.

« Maman. » Inspirer profondément. « Si tu ne m'expliques pas ce que tu fais, comment veux-tu que je t'aide ? »

Elle tend le doigt vers le chiffon à vaisselle tout graisseux, près du robinet qui goutte, et je vais le chercher.

« Tu veux laver les étagères ? »

Elle secoue la tête et disparaît à nouveau dans le placard. Je m'approche, j'allume la lumière et m'adosse contre le mur, les bras croisés. Elle ressort avec un Tupperware de céréales, de vieilles boîtes à biscuits en fer-blanc.

J'essaie la nonchalance. La patience. J'essaie de me dire que je m'en fiche.

« Attends, tu ne peux pas jeter ça. Est-ce que tu veux manger de la glace tous les jours ?

– Non... » La phrase devait être plus longue, mais elle la laisse en suspens avec toutes celles qu'elle n'a jamais terminées.

Avec tout le non-dit. Les paroles qu'elle allait prononcer sont restées sur un haricot, dans la salle d'opération. Incinérées. La fin de cette phrase n'est peut-être plus que de la suie dans la grosse cheminée de l'hôpital. Ou des atomes de poussière en suspension dans l'air… Ça me fait penser aux gouttes de pluie.

Maman m'entraîne vers la table où se trouvent tous les paquets de farine, les épices, les conserves et autres légumineuses.

Je prends un petit bocal de romarin et je l'examine. « Du romarin. Quoi, tu as quelque chose contre le romarin tout à coup ? Tu t'en débarrasses ? »

Bingo, j'ai gagné la voiture ! Maman revient en trottinant avec un grand sac-poubelle noir.

Elle va moins bien aujourd'hui. Acharné, implacable, le cancer s'obstine à croître dans l'espace minuscule qui sépare son crâne de son cerveau. Comme si elle était prise au piège dans une cellule avec un château gonflable en train de se déployer. La pompe fonctionne sans relâche et le remplit d'air. Maman se retrouve écrasée contre le mur, sa cage thoracique comprimée l'empêche de respirer correctement. De parler correctement. Peu à peu, elle est expulsée de son propre univers et les stéroïdes sont sa seule arme contre l'assaut de la maladie mais la posologie est limitée.

Dans sa tête, le crash est imminent – et, nous, on nettoie le garde-manger.

Nous nous prélassons sur des transats… à bord du *Titanic*.

« À consommer avant… wouah ! dis-je en regardant le bocal de romarin. C'est très vieux ! »

Voilà, j'ai gagné les vacances au soleil : Maman me sourit. Je prends le cumin. « Merde alors ! On ne distingue même plus la date limite là-dessus. »

La main plus ou moins devant la bouche, Maman est en proie à un fou rire silencieux ; son cardigan a glissé sur son épaule.

« Et ces cerises sont périmées depuis huit ans ! On dirait des raisins secs, mais rouges. »

L'hilarité qui la secoue commence à me gagner. Je prends la farine. « Ça peut se gâter, la farine ? » Maman serre les jambes, les mains entre les cuisses, comme si elle avait envie de faire pipi mais je crois qu'elle s'étrangle de rire, toute tremblante, en attendant le verdict. « Cinq ans ! Cinq. De la farine ! Comment ça peut se gâter ? »

Je prends le paquet de préparation pour falafels mais, au lieu de lui lire la date, je m'esclaffe. Je ris de si bon cœur que ce doit être une sorte d'exutoire, mais quand Maman se laisse aller à son tour, elle rit aux larmes. D'un pas presque sautillant, elle file dans le garde-manger pour en ressortir les bras chargés d'autres boîtes, suivie par une traînée de sucre glace. Pendant ce temps, j'annonce les dates de péremption comme des millésimes, des horaires de train ou les scores d'une compétition de gymnastique. Nous voilà hilares, portés par une bulle de soulagement : on dirait qu'il nous reste encore un peu de temps pour nous retrouver.

« Ça existe, les antiquaires, dans l'épicerie ? » Au fond du garde-manger, un grognement amusé me répond.

J'allume la radio. C'est la demi-heure ABBA dont les chansons me rappellent les moments où j'attendais, à table, que Maman finisse de me préparer mon déjeuner. Les jours où on restait entre nous pendant que le petit vaurien placé chez nous était à l'école et Papa au travail en train d'aligner des chiffres pour ses clients. Il bossait dans la comptabilité.

Maman fredonne harmonieusement les mélodies et quelques paroles qui lui reviennent facilement, pour une raison qui m'échappe. Je chante à mi-voix, moi aussi.

Nous mettons tout dans un sac-poubelle, ce qui revient à jeter des choses qui étaient peut-être sur ces étagères du vivant de Papa. Des témoins muets qui l'ont peut-être vu entrer dans le garde-manger et faire son petit numéro : debout, le regard vide, il demandait : « Où ça, chérie ? Où est-ce que tu l'as cachée, tu dis ? » Maman retrouvait la boîte les yeux fermés alors qu'il l'avait cherchée sans vraiment regarder.

Je ris avec elle mais la tristesse ne tarde pas à suivre à cause de tout le passé mis au rancart, au rebut, dans un sac en plastique noir. À cette idée, je m'interromps et je regarde Maman s'activer, pleine d'énergie. Elle entre et sort du garde-manger, rit, sourit et chante tandis que les boîtes et autres emballages s'accumulent sur la table. Elle s'arrête, essaie de faire un commentaire mais la voilà déjà repartie.

Tout finit dans un sac noir, au bout du compte.

À la radio, un DJ se met à bavarder, la voix altérée par un sourire factice. Je baisse le volume et Maman descend de nouvelles provisions des étagères mais quand j'aperçois une tache d'humidité entre ses jambes, quelque chose en moi se tasse, écrasé par la tristesse.

Je reste là à me demander ce que fait le reste du monde à cet instant précis. Les voitures crachent leurs gaz d'échappement sur les routes mais j'ai l'impression que personne là-dehors ne comprend ni ne vit comme Maman et moi. C'est ce que je ressens, en tout cas. Ce que j'éprouve en ce moment même, comme si cette frêle dame qui ressemble un peu à Maman et moi étions les seuls être humains à vivre vraiment. Ainsi heurtés de plein fouet par l'existence. Un des rares moments où on se dit qu'un petit voyant doit signaler un record, en haut à gauche de notre tableau de bord.

Maman ressort du placard avec des flocons d'avoine.

« Viens par ici », dis-je en l'attirant vers moi malgré la boîte de porridge qui appuie sur nos ventres. Je l'entoure de mes bras mais, au bout d'une seconde, elle se dégage en riant, va s'asseoir sur une chaise et l'instant d'après elle est triste et silencieuse.

En un instant, elle est passée d'une émotion à une autre, du rire à la tristesse. Exactement comme Robert, après son accident. Il pouvait sourire alors que les larmes n'avaient pas encore séché sur ses cils.

La voilà qui sanglote en serrant le porridge comme si c'était une bouillotte ; je lui demande ce qu'elle a mais, au lieu de m'approcher d'elle pour la consoler, je reste planté là. Son visage me demande comment c'est arrivé. Ses larmes me montrent qu'elle comprend enfin ce que signifient ces dates de péremption. Elle a perdu le contrôle. Elle est dépassée. Elle court pour ne pas se laisser distancer mais la vie continue sans elle.

Tout continue sans elle. Même moi, je vais devoir le faire.

« C'est rien, on va arranger ça, Maman. » Je me tourne vers la table surchargée et mes yeux cherchent les siens, mais en vain. « Regarde, dis-je en prenant un paquet de purée instantanée, elle n'est périmée que depuis trois mois : on peut attendre au moins dix ans avant de la jeter. »

Un sourire fugace éclaire son visage baigné de larmes. Elle se lèche les lèvres et une larme aussi. Il y a du sucre glace et de la farine sur son cardigan. Je reste là, à tourner en rond, en marchant sur tout ce qui est tombé par terre.

Maman n'est pas la seule que sa maladie a acculée contre un mur.

Quand la sonnette retentit, je traverse la maison en trébuchant, une main sur le mur du couloir. Dans l'œilleton, je reconnais Mandy, l'assistante sociale – plus vieille, mais c'est bien elle. Lien essentiel entre notre famille et le service de protection de l'enfance, elle nous rendait visite à tout bout de champ. Il y a un homme derrière elle : il a à peu près mon âge, peut-être plus, et il porte un bouquet de fleurs.

Je jette un coup d'œil à mes vêtements et je fais mine d'y essuyer les traces du passé mais c'est peine perdue. Dès que j'ouvre la porte, les visiteurs et leur joie emphatique font irruption dans l'entrée.

« Bonjour, comment ça va ? Voici Marcus. Tu te souviens de Marcus ? »

Comment aurais-je pu oublier Marcus ? J'ai passé deux heures sur un arbre à cause de Marcus. Marcus la colère, qui s'amusait à mettre des épingles (pointe en haut) sur le tapis de ma chambre.

« Comment va ta mère ? » demande-t-elle d'un ton pressant et sérieux.

Plutôt que de rester planté là pendant qu'ils me dévisagent, je les conduis à l'intérieur. « Nous étions en train de vider le garde-manger, en fait. La plupart des provisions datent du jurassique.

– Oh, vous pouvez encore en manger pendant des décennies », répond Mandy et Marcus ajoute une petite blague que je n'entends pas.

Quand nous entrons dans la cuisine, Maman est toujours assise sur la même chaise, le paquet de porridge serré contre elle. Elle fixe quelque chose, très loin, par la fenêtre.

« Je vous laisse vous retrouver », dis-je, incapable de la regarder se débattre dans le décalage entre ses facultés d'autrefois et celles qu'il lui reste. Ces gens l'ont connue forte et directe. Et la voilà presque réduite à rien. Usée jusqu'à la corde.

Je ferme la porte d'entrée derrière moi et je remonte la rue avec une furieuse envie de cigarettes. Ça suffit comme ça, ce n'est pas le moment de jouer les martyrs. Même les condamnés ont droit à leur cigarette et à un appel téléphonique.

Dans le ciel, les nuages sont bas mais intermittents : le soleil réapparaît de temps à autre, la lumière varie sans cesse et la température me fait regretter de ne pas avoir mis de manteau. Rien qu'un T-shirt plein de farine. J'ai l'air d'un cocaïnomane qui aurait éternué.

En revenant du magasin, j'empoche ma monnaie et, la cigarette aux lèvres, je sors une allumette. Mais alors que je vais enfin céder à la tentation, que j'en salive déjà, j'en ai déjà moins besoin. Le meilleur dans la tentation, c'est le plaisir de craquer plus que le moment où notre faiblesse est récompensée. Ce que nous aimons, c'est céder.

Quand j'arrive à la maison, Mandy et Marcus referment la porte, l'air grave, mais changent très vite d'expression en me voyant, la cigarette toujours aux lèvres, toujours éteinte.

« On a oublié son briquet ? dit Marcus, tout sourire.

– J'ai dû le laisser sur une branche d'arbre. » Sur ces mots, je me tourne vers l'assistante sociale mais je devine que Marcus s'assombrit.

« Dis-moi, demande Mandy, que disent les docteurs ? Qu'est-ce qu'elle a comme traitement ?

– Elle a suivi tous les traitements, j'en ai peur. Maintenant, ce n'est plus qu'une…

– Pauvre chérie. C'est vraiment terrible. » Elle pousse un petit soupir chuintant entre ses dents. « Écoute, je repasserai. D'ici là, prends bien soin de vous deux. » Ensuite elle s'éloigne dans l'allée et trébuche entre les haies qui l'obligent à les contourner. Vraiment très pressée de partir.

Je ne regarde pas Marcus, derrière elle, et je vais me poster sur le seuil où la lumière baisse à mesure que les nuages gagnent du terrain ; au moment de refermer le portail, Marcus me lance un dernier regard pressant, comme si j'étais son frère trop longtemps perdu de vue et non pas le gamin qu'il terrorisait quand il était en famille d'accueil.

Tellement de gens font des enfants et se retrouvent incapables de faire face. Des enfants qui se retrouvent ensuite parachutés chez les autres. Parfois ce n'est pas la faute des parents. Parfois la vie est trop dure. Mais pas toujours. Prenons Robert, le pire de tous ces oiseaux tombés du nid, et ses parents qui l'ont laissé grandir dans celui d'un autre. Or nous savons tous ce qu'il advient de l'enfant qui se retrouve avec un pique-assiette dans son nid.

Je remets la cigarette dans ma bouche, l'allumette à la main, prêt à renouer avec une vieille et lugubre amie. C'est incroyable l'influence exercée par le contexte familial, sa capacité à faire resurgir si facilement les vieux démons et les personnages d'autrefois. Les vieilles rancunes nées de la colère, cette vieille habitude de fumer. Coincé sur le perron entre ce que je dois affronter à l'intérieur et la pluie qui menace là-dehors, je regarde mon allumette. Dans la rue en pente, une voiture roule déjà tous phares allumés. Il fait nuit en plein jour.

Le temps va se gâter. Je le sens. La pluie menace et je me retrouve seul avec mes anciennes manies.

8

Moi qui croyais être dans de très très très vilains draps, en fait Maman et Papa sont allés embuer la voiture pendant des heures et, le lendemain, j'ai eu ma télé à moi et je retournerai plus jamais voir Mr Gale.

Ma télé à MOI. Dans ma chambre ! Robert, il a pas de télé et pas le droit d'entrer dans ma chambre sous aucun prétexte – sauf si je lui dis d'accord et ça serait gentil de ma part. C'est Papa qui l'a dit.

« T'as pas une famille unie, Robert, c'est pour ça que tu es ici et que t'as pas de télé dans ta chambre. Quand ça ira mieux chez toi, peut-être que tu en auras une, toi aussi. »

Parfois, je la regarde même si je préférerais aller dehors ou en bas faire des trucs, juste parce que c'est bien d'en avoir une et pas lui.

Quand je suis dans ma chambre avec la télé allumée mais le son tout bas et que j'écoute le blablabla de leurs voix monter d'en bas, je l'entends, Robert. Il se fait tout petit quand je suis là mais je l'entends beaucoup plus quand j'y suis pas. En plus, Maman et Papa ont toujours l'air content quand il devient bavard, comme si ça voulait dire qu'ils sont fantastiques. Comme si c'était grâce à eux.

Mais moi, j'ai ma télé.

Il a des bonnes notes à sa nouvelle école depuis qu'il m'emprunte mes parents. Maman dit que ses résultats s'améliorent et que je devrais le laisser m'aider ; vu qu'il n'est pas chez nous pour toujours, je devrais profiter de son cerveau tant que je peux. Elle me répète tout le temps : « Il n'est pas chez nous pour toujours. » Ça m'aide à me sentir mieux pendant un petit moment. Sauf que j'ai déjà l'impression qu'il est là depuis toujours.

En plus, Robert est toujours sage, pas comme les enfants placés d'habitude. Son seul point faible, c'est qu'il mange trop vite. Papa dit qu'il aime pas qu'on fasse la course à table. Mais, un jour, il m'a expliqué qu'en fait Robert mange comme ça parce que avant il ne savait jamais de quoi serait fait le prochain repas.

Ils le grondent pas à cause de ses manières, en plus, ils le laissent s'empiffrer. Alors que moi, on me gronde tout le temps. « Enlève tes coudes de la table. N'expédie pas ton repas. Mâche correctement. Coupe les aliments, ne les arrache pas. »

Ils disent qu'il faut juste attendre que ça lui passe, à Robert, mais quand c'est moi qui le dis, ça marche jamais.

La seule chose qui fait un peu des ennuis à Robert, c'est que Maman et Papa n'arrêtent pas de trouver des trucs cachés dans sa chambre. À manger, en général, mais aussi des trucs dégoûtants qui vont à la poubelle : des peaux de banane et paquets de chips vides et tout plein de petits cotons que Maman utilise pour s'enlever le maquillage. Même son parfum et du linge sale. Et des culottes !

Il y a souvent des affaires à Maman mais surtout à manger. Maman vérifie la chambre de Robert tous les deux ou trois jours et, s'il a rien caché, il gagne une récompense. Moi je cache rien et j'en ai jamais, enfin presque. Des fois elle m'en donne une aussi. C'est vrai.

Comme Robert est resté à l'école après les cours pour je sais pas quoi aujourd'hui, je suis tout seul à l'arrière de la voiture quand on va le chercher. Je change mon robot en monstre et je me demande ce qui m'attend vu que j'ai dû rester dans la classe tout à l'heure pendant que Maman et Miss Marshall parlaient seule à seule. Donc de moi.

Maman dit mon prénom et, rien qu'à sa façon de le faire, je sens que quelque chose se prépare. Je regarde par la fenêtre et après je me dépêche de rechanger mon monstre en robot. Les robots n'ont pas de sentiments. Comme les Robert, peut-être.

« Oui ? » je réponds en regardant un monsieur qui frappe son chien près du feu rouge alors que le chien peut même pas se défendre. Il est couché par terre et il se colle encore plus sur le trottoir en se léchant les babines, tout doucement.

« Miss Marshall m'a parlé de toi aujourd'hui, p'tit loup. »

Un robot ne sent rien, il est surhumain, mais les monstres ont des sentiments comme King Kong qui est tombé amoureux d'une femme trop petite pour lui.

« C'est quand ton anniversaire ? » elle demande.

J'arrête un peu de changer le Transformer parce que ma main brûlée à vie me fait mal. On vient juste de m'enlever les bandages et le docteur ne sait pas trop comment la cicatrice réagira quand ma main grandira. Moi, je croyais que Maman allait me parler de ce que j'ai fait à Simon pendant le cours d'anglais.

Je réponds sans lâcher le robot, je fais changer ses jambes. De vert et bleu en bleu et vert. J'y suis presque : allez, encore plus vite ! Avant, je me chronométrais quand je passais du robot au monstre et mon record c'est quarante-deux secondes, mais c'était quand j'avais la grippe et seulement 7 ans. Sauf que maintenant je suis sûrement plus lent à cause de ma main qui fait mal.

« Et où j'étais quand tu es né, hum ? »

J'assois mon robot sur mes genoux et je le serre fort. Ma brûlure picote et crie au feu.

« Tu peux te redresser ? demande Maman. Non, passe sur l'autre siège que je te voie. »

Comme je me décale un tout petit peu, je pense qu'elle voit juste le haut de ma casquette d'uniforme et je la baisse sur mes yeux. Sa main vient me toucher le genou et retourne changer les vitesses. Elle se débrouille pas trop mal, pour une femme.

« Où était ta maman quand tu es né ?

– À l'hôpital.

– Le même que celui où tu es né ? »

Elle est devenue zinzin. Je fais oui avec la tête.

« Oui. Donc tu es sorti de mon ventre, c'est ça ?

– Ouiiiii.

– Et c'est bien Papa qui m'avait mis un bébé dans le ventre ? »

Je rigole et elle tourne la tête pour me sourire. Mais quand elle se retourne, sa figure devient dure.

« Alors pourquoi as-tu dit à ta maîtresse que tu avais été adopté ? »

Je hausse les épaules et je souris à mon robot, la figure un peu rouge et aussi chaude que ma main.

« Robert est "un enfant placé", mon cœur. Nous ne sommes pas ses parents et nous…

– Je sais.

– Il est placé chez nous en attendant que ses parents arrivent à remettre de l'ordre dans leur vie. Certaines personnes ont plus de mal que…

– Je sais, je sais, je sais, JE SAIS ! »

Je respire vite et le serpent est tout gonflé dans mon ventre.

« D'accord, d'accord. Donc, tu ne pourras être "adopté" que s'il arrive quelque chose à Maman et Papa et si tu dois aller vivre chez d'autres gens. Mais tu sais que nous avons tout prévu dans ce cas. Même s'il y a très peu de chances pour que ça arrive. »

Je crois que j'aimerais encore mieux aller vivre avec le vrai Dents d'acier que d'être livré à ma tante Debbie, alias Vieux Débris. Quand elle me serre dans ses bras, j'ai la figure coincée entre ses énormes sacs à malice. Papa aime beaucoup les sacs à malice mais je comprends pas pourquoi il dit qu'elle devrait soulever sa robe pour les faire voir.

Elle est vieille maintenant et, en fait, c'est la tante de Maman. Ma grand-tante. Sauf qu'elle est pas grande, elle est nulle. Un jour elle a fait une grosse chute et, d'après Papa, elle s'est pris les pieds dans ses nénés.

Ceux de Maman sont très petits mais c'est pas important, on est tous pareils à l'intérieur. Sauf moi. Elle recommence à parler des familles d'accueil, comme quoi c'est notre devoir de jouer un rôle dans le monde et pas juste dans notre petit bout de monde à nous et patati et patata, j'ai déjà entendu ça mille fois, alors moi et mon robot on regarde par la fenêtre et on oublie de répondre à voix haute au lieu de faire oui oui ; du coup Maman n'arrête pas de nous faire répéter nos oui oui en mots. C'est le robot qui parle. Moi, je suis pas là.

« Mais tu peux comprendre que ça nous fasse de la peine que tu dises ça en classe, non ? Tu peux comprendre que ça m'inquiète que tu le penses ? » Et après elle rajoute : « Je t'aime, tu sais, bêta. » Mais c'est juste pour que je ne lui fasse plus honte à l'école.

On est en retard pour aller chercher Robert mais ça ne me dérange pas. À chaque fois qu'on arrive à son école, j'essaie d'être le premier à le voir, avant Maman et avant qu'il nous regarde. C'est plutôt facile vu qu'il est le seul à pas avoir d'uniforme et que tous les autres en ont un. C'est sa nouvelle école tant qu'il est chez nous et les services sociaux n'ont pas encore lâché les sous pour lui en acheter un. Maman déteste ça, leur réclamer de l'argent. Donc Robert porte juste une chemise blanche et un pantalon en attendant qu'ils lui achètent un uniforme. On peut même pas aller lui faire couper les cheveux sans permission.

Aujourd'hui, j'arrive à le voir en premier. Il est pas assis dans un des coins où il lit d'habitude : il est debout, il se tient les bras et il grelotte.

« Maman, Robert est tout mouillé ! »

Quand il nous voit, il se penche pour ramasser son cartable et s'approche tout doucement.

« Pauvre amour ! Qu'est-ce qui lui est arrivé ? » dit Maman qui détache sa ceinture, tire le frein à main et ouvre la porte tout d'un coup. Elle se précipite vers lui et je regarde leurs figures et leurs bouches comme un film à la télé mais sans le son. Comme à la friterie. Ou dans ma télé.

Robert dit presque rien, ses cheveux ont l'air plus noirs et tout collés sur sa tête, comme son pantalon et sa chemise. On voit ses tétons !

Maman prend son sac et veut lui mettre la main sur l'épaule mais il se jette dans ses bras.

« Tu vas la mouiller, Robert. ROBERT ! » Ils m'entendent pas à cause des fenêtres fermées.

Ils arrivent ensemble à la voiture et, quand il monte, il me lance juste un regard, sans dire bonjour. D'habitude il dit un petit bonjour. Et Maman rajoute toujours : « Eh bien, réponds ! » avant que j'aie eu le temps de le faire.

Elle monte et n'arrête pas de le regarder dans le rétroviseur pendant qu'elle met sa ceinture et desserre le frein à main.

Elle met le clignotant et elle commence à rouler au milieu des voitures – moi, j'espionne Robert qui regarde les rues.

« Tu veux bien me dire pourquoi tu es trempé, Robert ? » elle demande de sa voix superspéciale rien que pour lui. La voix au miel et au beurre de cacahuète. Il regarde son pantalon, les poings serrés de colère.

« Pourquoi t'es tout mouillé, Robert ? je répète. Tu es tombé dans la piscine ? Il a pas plu depuis mardi. Neuf millimètres. »

Il secoue la tête sans regarder personne. « C'est rien. » On dépasse une voiture sombre garée dans la rue et le fantôme de Robert pleure, dans la vitre.

« Ils t'ont encore embêté ? » demande Maman et la voiture ralentit un peu. On dirait qu'elle attend la réponse, elle aussi.

Il s'essuie les yeux avec sa manche mouillée.

« On va te ramener au chaud, à la maison, d'accord mon chou ? C'est toi qui choisis ce qu'on mange ce soir. Ce que tu veux. De la soupe à la glace, pourquoi pas ? » Elle se penche vers le rétroviseur pour lui sourire mais, en même temps, elle s'éloigne de lui. Elle a les yeux humides.

« C'est lui qui décide juste parce qu'il a pleuré ?

– Tais-toi, toi, si tu ne veux pas être privé de dîner. Robert a eu une mauvaise journée. »

Il s'essuie encore les yeux avec sa manche trempée.

« Prends la mienne, Robert, elle est sèche. » Et je lui tends mon bras mais il me répond par un sourire mouillé et se tourne vers le fantôme de la vitre en reniflant.

9

Je mets en sac les feuillages de la haie que je viens de tailler. Il y a encore des branches qui dépassent mais cela peut attendre. On ne peut pas tout couper d'un coup. Ni ensacher d'un coup tous ces souvenirs de Papa et les jeter au feu, le soir venu – un feu dont la fumée jouera avec les derniers rayons du soleil dans l'air fraîchissant.

Pendant qu'à l'étage Maman se compose une tenue aux couleurs mal assorties, j'essaie de trouver où elle a bien pu cacher son pilulier en plastique. Je finis par mettre la main dessus : il était coincé entre le micro-ondes et de vieux menus de cuisine à emporter – Papa y a entouré les plats dont elle criait les noms d'une pièce à l'autre, le dimanche soir, pendant qu'elle donnait son bain à Robert ou le couchait non sans difficultés. Moi, l'adolescent maussade, je préférais broyer du noir dehors.

J'ouvre le compartiment d'aujourd'hui et en constatant qu'il est plein, je me dirige vers l'escalier d'un pas impérieux puis je m'arrête. Pourquoi les prendre ? Pourquoi aller se faire couper les cheveux (c'est le petit a de notre superprogramme de la journée) ? Pourquoi ne pas attendre la mort, tout simplement ? C'est incroyable que nous continuions tous à vivre nos vies alors que nous allons tous disparaître, quand on y pense.

Maman descend, vaguement présentable dans une robe à fleurs et un cardigan bleu mais en oubliant de rentrer le ventre, à peine contenu par ses vêtements.

Bien sûr qu'elle continue à avancer face à la mort – comme elle a continué à accueillir des enfants chez nous en dépit du mal que cela me faisait.

Je ferme la porte à clé et nous montons en voiture ; en marche arrière, nous sortons sa Volvo orange délavé du garage d'un bleu passé pour aller faire des courses de la plus haute importance alors que nous devrions penser à sa pierre tombale, choisir les hymnes et nous dire tout ce qui reste à nous dire.

Mais ces choses-là, je les garde pour moi. Garé à quelques mètres du salon de beauté, je reste dans la voiture pendant que Maman se débarrasse de son air de fiancée de Frankenstein.

Sur le tableau de bord, l'horloge bourdonne doucement et la trotteuse tourne en continu sur le cadran. Je me rappelle l'époque où cela m'émerveillait, cette aiguille qui glissait au lieu de faire tic-tac.

Je sors faire les cent pas sur le trottoir en fumant une cigarette et je donne un coup de pied dans un pneu. J'enfonce les mains dans mes poches. Je les ressors. Je chasse un peu de gravier de sous mes chaussures. Contrarié de m'être remis à fumer – y verrais-je un signe que mon autre vieille faiblesse reprend le dessus ?

Je retourne dans la voiture, la remplaçante de celle que j'avais verrouillée de l'intérieur. J'aperçois les gribouillis que Robert a fait au stylo-bille sur la paroi intérieure du toit. C'est aussi la voiture dans laquelle ils devaient l'installer et le sangler, après l'accident. Pour l'emmener à la piscine ou chez le kiné. Chez le médecin. Pas le Robert réfléchi et mesuré : le garçon détruit.

Lorsque deux vieilles dames sortent du salon de beauté, le visage empreint de tristesse et de compassion, je sais qu'elles parlent de Maman. Branlantes, elles s'approchent de moi sur le trottoir et, manifestement, elles discutent de la gravité de son cas avec une commisération feinte. Ce n'est pas de la gentillesse, elles jouent les gentilles dames. Les gens méchants ou gentils, cela n'existe pas : il n'y a que des gens qui agissent bien ou mal. Et on peut très facilement échanger les rôles.

Avec un sourire méprisant, je les regarde avancer vers moi en secouant la tête, l'air solennel. Elles ne pensent qu'à elles-mêmes. Il n'y a pas de véritable compassion. Seule l'empathie existe. Il faut un germe d'égoïsme pour plaindre les autres. Regardez le geste instinctif d'un homme qui en voit un autre se prendre un coup de pied dans les couilles.

Vous y voyez de la compassion ?

Travailler en milieu carcéral m'a enlevé ce qui me restait de foi en l'humanité. À force de voir ce qui arrive aux gens et à leur prétendue bonté lorsqu'ils se retrouvent dos au mur – même les détenus ordinaires. Mais surtout ce qui arrive aux gardiens. Même les bons gars, les gentils qui avaient rejoint nos rangs. Le pouvoir corrompt si vite ! On ignore la nature des gens tant qu'on ne les a pas vus tenir autrui à leur merci ou être à la merci d'un autre.

Je sors de la voiture, je claque la portière et je gratifie les deux vieilles d'un sourire mauvais qui leur fait accélérer le pas ; elles s'éloignent en se prenant par le bras et me surveillent par-dessus leurs épaules.

« Bonjour, mesdames ! »

Elles n'avancent plus si lentement tout à coup. Je ne les lâche plus du regard même lorsqu'elles cessent de se retourner.

Encore une cigarette.

Quelques années après l'accident de Robert, je l'ai aperçu en ville avec des bénévoles des Sunshiners, l'association qui l'emmenait en sortie un samedi sur deux et apportait à tous la bonne parole en même temps que sa compassion.

Ces samedis devaient nous apporter un peu de répit mais la maison nous semblait triste et fragile sans lui. Nous nous sentions tous coupables d'être soulagés de ce fardeau et on ne savait pas trop quoi faire de nous-mêmes quand il était parti. Une sorte de plaisir honteux. C'était cela vivre avec Robert, son absence nous résonnait dans les oreilles comme le souvenir d'un concert de rock. Il savait être encore plus présent lorsqu'il n'était pas là.

Je devais avoir environ quatorze ans ce jour-là et je me baladais en ville avec le dernier album que je venais de m'acheter. J'ai vu les Sunshiners de l'autre côté de la rue. Robert prenait le frais dans une chaise roulante avec ses amis attardés et toute cette petite troupe remplissait la rue de sa folie joyeuse. Je me suis arrêté pour les regarder de loin et j'ai eu l'impression de voir Robert sous un nouveau jour, comme les autres le voyaient, peut-être. J'ai savouré cette sensation, sans doute parce qu'il n'avait l'air ni tragique ni vindicatif pour une fois. Il avait l'air heureux.

À ce moment-là, un type est descendu de leur trottoir et a traversé la route ; nos regards se sont croisés avec une certaine complicité au-dessus du troupeau de gamins. « Un bon coup de fusil, voilà ce qui leur faut ! » a-t-il dit en me souriant comme s'il était certain que nous partagions le même avis.

Je regarde ma cigarette. Chaque fois que j'ai repensé aux paroles de ce type, j'ai regretté de ne pas avoir défendu Robert au lieu d'avior feint la connivence.

J'ai dû regarder Robert atteindre la puberté dans cet état, le visage ombré par sa première barbe naissante – Robert, notre petit volcan humain, si déformé mais d'autant plus humain à sa façon. Il débordait toujours de vie et d'émotions sauf qu'elles sortaient pêle-mêle dans un magma incontrôlable.

Lui, si incohérent, il savait me toucher comme personne n'a su le faire. Il savait vous caresser le visage avec une telle candeur, les yeux pleins de larmes. Et maintenant Maman exprime ses émotions avec cette même candeur bouleversante.

Je m'éloigne de la voiture d'un pas traînant puis je reviens. Je pose mon pied sur le rétroviseur latéral et j'appuie sur le câble à ressorts qui lui permet d'absorber les chocs. J'assure mon équilibre pour pousser le miroir aussi loin qu'il peut aller, et même un peu plus. Le câble grince, je force encore un peu, juste pour voir si je suis chiche.

Ensuite je relâche la pression et il se déplie d'un coup sec.

Quand je m'adosse à la carrosserie, je la sens ployer un peu sous mon poids. Il faudra vendre cette voiture quand Maman ne sera plus là. Tout ce qui faisait partie de notre quotidien devra disparaître.

J'écrase ma cigarette et je croise les bras. Tous les talismans de mon enfance devront être vendus et j'ignore ce qu'il se passera après. Parce que, lorsqu'on vous enlève votre maison et votre famille, qu'est-ce qui vous rattache à la vie ?

Une question que Robert a dû affronter à 13 ans.

Un train approche dans un crissement métallique familier. Voilà, je l'aperçois : il transporte une poignée de voyageurs et une tonne de graffitis. Il traverse le pont en acier dans un bruit fracassant et j'aperçois de petites taches marron sur les rivets piqués de rouille par la pluie. Ensuite, le soleil apparaît derrière un nuage et noie tout dans une lumière aveuglante. De l'autre côté de la rue, le salon de beauté attire le regard avec ses deux auvents roses au-dessus de la vitrine – on dirait des paupières fardées. Le train s'éloigne et le silence des faubourgs engloutit son vacarme.

Voilà Maman, elle sort soutenue par une blonde décolorée qui parcourt la rue des yeux et m'aperçoit ; elle se détend et m'adresse un signe de la main. Je n'y réponds pas mais, en traînant les pieds, je fais quelques pas à la rencontre de Maman qui avance sur le trottoir, s'arrête et se retourne pour saluer la blonde. Cette dernière laisse soudain retomber sa main et la pose sur ses lèvres, inquiète ; elle se demande sans doute si c'est la dernière fois.

Maman doit traverser une rue secondaire avant de me rejoindre en haut de la route. Elle trébuche un peu sur le trottoir puis elle se redresse comme si la dignité résidait dans les couches supérieures de l'atmosphère. Surtout depuis que ses rares cheveux ont subi une teinture suivie d'une coupe avec brushing. Elle paraît moins frêle, un peu remplumée. Un sourire facétieux joue sur ses lèvres et une aura de satisfaction émane de sa personne. Comme si elle avait réussi à porter un coup au monstre qui la dévore.

Quand je desserre les poings, de petits croissants rouges marquent la paume de mes mains. Elle paraît si petite là-bas, au milieu de la rue, et pourtant je reconnais sa silhouette, familière depuis l'enfance.

Je m'approche de sa portière et je l'ouvre. La voilà, ma maman, si douce et fragile maintenant qu'elle est malade. Je me redresse, moi aussi, pour l'attendre près de la voiture comme un soldat. Attention, voilà le général ! Invaincue, même face au cancer… Une voiture approche à toute allure du carrefour qu'elle traverse. Je laisse la portière ouverte et je descends la rue en regardant la voiture puis ma maman, rayonnante – frêle poupée de porcelaine dans ce monde de métal et de macadam.

La voiture freine à contrecœur pour laisser passer Maman qui s'immobilise, désorientée et perplexe. Le conducteur s'arrête à quelques centimètres d'elle et donne un coup de klaxon impatient qui la fait tomber en avant. Un autre train s'engage sur le pont avec force claquements métalliques et, toujours sans fermer notre portière, je descends la rue à grands pas.

Je commence à trotter.

Je finis par courir.

Maman est à quatre pattes sur la route, le contenu de son sac éparpillé par terre et un mouchoir en papier chiffonné roule, poussé par le vent. Toute rouge, elle lève la tête et me regarde, le ticket de caisse du salon de beauté dans une main et l'autre tendue vers moi. Le macadam blesse ses genoux nus. Je cours de toutes mes forces et je ne vois plus que la poignée de la voiture qui a agressé ma mère, sa carrosserie qui luit au soleil. À l'arrêt, le conducteur fait gronder son moteur. Je n'entends plus que mon souffle. D'un bond, j'enjambe Maman et l'automobiliste verrouille sa portière mais il blêmit en voyant que sa fenêtre est restée ouverte. Je me mets à pousser des cris aussi incompréhensibles que ceux de Maman, là-bas, sur l'asphalte. Le conducteur passe fébrilement en marche arrière et son moteur monte en régime mais je poursuis la voiture qui recule ; je tire sur la poignée de sa portière en hurlant et je cours comme un fou jusqu'à ce qu'il me distance. Ensuite, je fouille dans mes poches pour trouver des pièces de monnaie à lui lancer.

Boum !

Je le rattrape près de la voiture qu'il a emboutie (la blonde sort du salon de beauté et crie quelque chose) et le type se couvre le visage quand je m'engouffre par sa fenêtre ouverte : qu'il est pathétique maintenant que j'ai crevé la petite bulle où il se sentait à l'abri ! La sensation de mes poings sur sa figure. Le bruit des os qu'on cogne. Ce choc sourd. Le python gonfle mon ventre. Le conducteur tombe sur le siège d'à côté et reste à moitié couché sur le frein à main, entravé par sa ceinture. Il se cache le visage, la musique s'échappe de sa radio et les perles d'un rosaire oscillent sous le rétroviseur. J'ai la moitié du corps dans l'habitacle, comme un lion en semi-liberté dans un parc animalier. Le bras dont je me sers pour le frapper s'accroche au rosaire et le casse, le rétroviseur se détache du pare-brise et tombe sur le levier de vitesse. Je lance les perles à la figure du type en hurlant, j'en ramasse sur le siège pour les enfoncer dans sa putain de bouche. Je sens sa salive sur ma peau et ses dents qui mordent. J'empoigne son visage à pleines mains, j'appuie sur sa bouche et je lui cogne la tête contre la portière opposée. Il saigne mais je recommence à le rouer de coups et je frappe pour faire mal : mon coude rebondit sur la paroi intérieure de la voiture et s'abat d'autant plus fort sur sa cible. Je lui balance encore un coup de poing dans la figure mais il atterrit sur son oreille. Il se débat avec le bouton de sa ceinture de sécurité, le moteur a calé, son tableau de bord se met à sonner et le type hurle.

Je sens comme un déclic. En un instant, je me retrouve à court de rage. J'ai brûlé mes réserves de carburant. Les clés de la voiture oscillent d'avant en arrière ; quand je coupe le contact, la musique et la sonnerie s'arrêtent. Silence. Tout essoufflés, nous restons corps à corps dans cet espace confiné. Les mains tremblantes, j'arrache les clés du contact et quelque chose tombe sur le plancher avec un petit bruit métallique. Le type pleurniche maintenant, les cheveux en bataille et les yeux remplis de terreur, il est rouge et tout égratigné comme s'il sortait d'une bousculade ou d'une mêlée.

Le silence est assourdissant après tant de bruits et de violence. Aucun train ne fait claquer les rails sur le pont, on n'entend que la faible plainte de Maman. Debout, elle me regarde derrière le pare-brise, moi, toujours à moitié engouffré dans cette voiture. Son maquillage et ses crèmes lui coulent sur le visage. Elle s'approche un peu en trébuchant et laisse échapper un sanglot, la main tendue, tandis que la blonde du salon de beauté retourne à sa boutique comme si elle y entendait un téléphone.

Le conducteur est juste là, avec moi, arc-bouté en arrière. Je l'entends respirer. Il a le corps raidi par la peur, les mains levées et sa veste lui pend dans le dos. J'ai ses clés de voiture. Je sens l'odeur de son eau de Cologne. Une intimité dont je me serais bien passé. Abandonné par la colère qui m'avait propulsé dans cette voiture, me voilà confronté à la promiscuité et aux conséquences de ce que je viens de faire. La passion a disparu mais l'intimité est toujours là. Comme après l'amour.

Je me contracte pour me dégager de l'habitacle où tout tremble autour de moi ; je n'arrive pas à croire que je suis la cause de l'expression peinte sur les traits de ce type. Cette expression, je l'ai déjà vue.

Quand je sors la tête de la voiture et que je me retrouve à l'air libre, haletant, j'entends Maman geindre deux fois plus fort. Elle implore mais sans les mots. Un doux roucoulement s'échappe de ses lèvres qu'elle cache d'une main alors que l'autre est toujours tendue vers moi. Son maquillage ne ressemble plus à rien. Son sac à main oscille sous son coude.

Mon genou commence à trembler sous mon pantalon, le soleil m'écrase. Je regarde le trousseau de clés que j'ai dans la maison : la clé de contact est à moitié cassée, des filets de sang serpentent autour de mes doigts et coulent par terre. Je passe mon pied sur les taches qui font une traînée sur la ligne blanche.

Je me penche pour regarder le conducteur et, avec un calme glacial qui me surprend moi-même, la voix altérée par les battements de mon cœur, je lui dis : « Tu ne pouvais pas attendre deux secondes et laisser traverser une femme sur le point de mourir ? Tu étais vraiment si pressé. Alors va te faire foutre, connard. Merde ! » Mais le dernier mot sonne presque comme « merci ». Mon genou tremble vraiment très fort maintenant. Maman a mis son lamento sur pause, le conducteur est toujours cambré en arrière dans sa voiture et tout le monde attend la suite.

À court d'idées, je balance ses clés dans un jardin et, en voyant que j'en ai fini avec lui, le type reprend courage.

Je suis soulagé de m'éloigner, moi aussi, gêné, le pas lourd, car je sais qu'il me suit des yeux. La blonde du salon de beauté est ressortie et elle m'observe, elle aussi. Dans la vitrine aux paupières roses, une cliente regarde bêtement ; elle a des feuilles d'aluminium dans les cheveux et une blouse de coiffeur sur ses vêtements. Moi, j'ai les oreilles qui bourdonnent, comme après l'accident de Robert.

Je m'avance à pas lents vers Maman et je lui prends le bras ; j'essaie de la faire taire mais elle se dégage et se met à crier, défiante et immobile au milieu de la route. Un autre véhicule s'arrête derrière la voiture accidentée. Tout le monde me regarde, moi et ce que j'ai fait. Tous les yeux se tournent vers Maman qui commence à pleurer à chaudes larmes, me frappe, perd un peu l'équilibre et me laisse la remettre d'aplomb mais me repousse encore. Tout le monde dévisage l'homme qui la fait pleurer.

« Viens, Maman. S'il te plaît. » Mais je parle à une de ses tempes en évitant son regard où je lis qu'elle ne doute plus de ma culpabilité. Elle sait enfin.

« Allons-y, sinon je vais avoir de gros ennuis Maman. »

Le type de la voiture ouvre sa portière et pose un pied à terre pour se pencher à l'extérieur de sa voiture. « Vous avez vu ça ! Vous êtes tous témoins ! Il m'a agressé. Vous l'avez tous vu. Ne bouge pas, mon gars ! Que quelqu'un appelle la police !

– C'est bon, monsieur, je les ai appelés. Ça va ? »

Quand je la regarde, la blonde se précipite dans la boutique et son visage va rejoindre celui de l'autre curieuse qui a collé son nez à la vitrine.

« Maman, il faut vraiment qu'on y aille, dis-je d'une voix calme. Qui s'occupera de toi s'ils me mettent en prison, hein ? Tu resteras toute seule. »

Ses pleurs redoublent d'intensité mais elle me laisse l'emmener ; un train approche, les rails crissent et le pont résonne à nouveau de claquements métalliques. Je tremble tellement que j'arrive à peine à marcher. Je sens leurs regards dans mon dos. Notre voiture nous attend là-haut, la portière ouverte.

« C'est ça, rentre chez toi avec ta petite Maman ! Ne t'en fais pas, on a ton numéro d'immatriculation. »

Dès que la vieille dame est dans la voiture, je file m'asseoir à la place du conducteur. La voiture démarre et nous nous éloignons tranquillement dans la rue qui paraît abasourdie par tant de violence. Tout a l'air bleui, couvert d'ecchymoses. Les jointures endolories de mes mains saignent sur le volant. Le conducteur m'a mordu au sang. Je passe machinalement les vitesses et je garde un œil sur le rétroviseur mais personne ne nous suit – ni le type ni la police. Pas encore.

Au bout d'un moment, Maman dit : « Toi. » Elle me regarde et ses lèvres se contractent pour former un mot, comme si elle l'appelait de ses vœux ou tirait dessus pour qu'il vienne.

Tout à coup, le mot jaillit : « Robert. » Elle laisse échapper un petit rire dément en me voyant changer d'expression.

« Ce n'est pas le moment, Maman.

– Robert, Robert, ROBERT ! » Elle approche son visage tout près du mien pour le répéter, encore et encore. Une voiture qui arrive en sens inverse me fait un appel de phares et je rectifie notre position sur la route. « ROBERT ! » Elle me frappe la tempe du bout des doigts qui serrent toujours le ticket de caisse du salon de beauté.

« Arrête, Maman. Je te préviens.

– Toi ! »

Le sang colle mes mains au volant. J'essaie de me concentrer sur mon souffle ou sur mes pieds, de trouver un point d'ancrage pendant que l'ecchymose se répand dans mon corps, coagule le sang sous ma peau, étend ses ramifications partout en moi, remonte vers le col de mon T-shirt et envahit mon cou : des bleus verdâtres et violacés se disséminent de l'intérieur vers la surface où tout le monde les verra. Un monstre vert et violet. Les voitures foncent tout autour de nous, il y en a trop, elles changent de voie – quand une camionnette blanche nous serre de trop près, je me dis que c'est un véhicule de police banalisé. Les passants au téléphone dans la rue : ils parlent de moi. Les têtes se tournent pour nous regarder rouler au pas sur la route. Je suis coincé dans la voiture avec cette folle qui braille. Avec sa figure barbouillée de maquillage.

Je suis parti vivre à l'étranger pour échapper à cette ecchymose tentaculaire.

« Robert. » Elle recommence à me frapper sur la tempe, me tire les cheveux.

« Lâche-moi ! Arrête ça ! »

Elle a fait bouger le rétroviseur, c'est mon visage que j'y vois. Je le redresse et la route réapparaît.

« Ne me pousse pas à bout, Maman. » Mais le tremblement de ma voix me trahit. Maman saisit la poignée et ouvre la portière pour sortir : le vacarme de la route, des pneus et les bruits de la rue envahissent l'habitacle. Je me penche pour refermer la portière mais sa cheville reste coincée dans l'entrebâillement. Elle rejette la tête en arrière et pousse un long hurlement : on dirait qu'on lui a troué la poitrine et qu'un peu de son âme s'en échappe.

Je lâche la poignée le temps de rectifier notre trajectoire et de ralentir, Maman se tient la cheville qu'elle s'est déjà foulée plusieurs fois. La portière pivote sur ses gonds, va heurter une voiture garée au bord de la route et se referme en claquant si fort que la vitre explose et nous asperge d'éclats de verre.

Nous sommes deux à pleurer maintenant. J'appuie sur l'accélérateur et à mesure que le moteur monte en régime, les bruits de la rue et le vent s'engouffrent de plus en plus par la fenêtre béante.

Je quitte la route pour m'engager dans des rues secondaires, je tourne plusieurs fois à droite et à gauche. La camionnette blanche a disparu et Maman sanglote, couverte de petits cubes de verre aux formes parfaites qu'elle détache un à un. De temps en temps, elle se penche pour toucher sa cheville. Encore un bleu.

« Je suis désolé, Maman. JE SUIS VRAIMENT DÉSOLÉ ! Maintenant arrête de pleurer, s'il te plaît. » Elle n'écoute pas, son ventre tressaille sous ses vêtements. « Eh, Maman, tu défais ta jolie coiffure ! Arrête, je t'en prie. »

Je m'engage dans une nouvelle rue, je ralentis et je me force à respirer à travers les larmes que j'essuie sur mon avant-bras pour épargner mes mains endolories par les coups que j'ai donnés.

« Robert », gémit-elle d'une voix pleine de regret.

Ça suffit. Je m'arrête dans un crissement de freins et le visage de Maman est projeté en avant. Sans ceinture pour la retenir, elle s'accroche au tableau de bord, le ticket de caisse toujours à la main. Je serre le frein à main d'un coup sec.

« Mets ta ceinture et ferme-la ! »

Sans me regarder, elle essaie frénétiquement d'empoigner la clenche de la portière. Je lui donne une tape sur les mains, j'attrape ses poignets et je serre si fort qu'elle grimace de douleur.

Elle s'arrête de pleurer d'un coup. Quelque chose en elle se remet en place. Je la lâche, elle s'essuie le visage. Ensuite elle pousse un long soupir.

J'inspire tout aussi profondément. « Il faut que tu te calmes. » J'essaie d'enlever quelques éclats de verre de ses vêtements mais elle repousse ma main.

« Non. » Les larmes lui montent encore aux yeux mais elle les ravale. « NON ! » rugit-elle, le visage tout près du mien, déformé par la colère.

Je sens mes dents mordiller ma lèvre inférieure et une rage familière monter en moi : nous nous faisons face avec la même expression furieuse.

« On discutera de ça quand on sera rentrés à la maison. Et maintenant tu vas la fermer avec ton Robert. Il n'aurait pas dû prendre l'échelle et le taille-haie ! »

Je reste assis à côté d'elle, les mains sur le volant. J'écoute le moteur ronronner et je regarde au loin, droit devant moi : et si je fonçais vers ces maisons, au bout de la rue ? Est-ce que j'irais assez vite pour déclencher le condensateur de flux temporel et nous renvoyer tous les deux dans le passé ? Ou est-ce qu'on réussirait juste à s'écraser dans une façade et à arrêter le temps pour de bon ?

Tout est préférable au présent.

10

Robert veut dîner au restaurant pour son anniversaire. Après, ses parents vont venir et ça sera leur première visite autorisée depuis qu'il a envahi notre maison. Mais il faudra qu'une assistante sociale les accompagne vu qu'on peut pas leur faire confiance.

Je suis tout seul avec lui au petit-déjeuner. Comme je mange moins vite que lui, il est déjà en train de laver son bol et de débarrasser la table. Moi je l'ai à l'œil.

« Pourquoi on va pas à la patinoire, Robert ? » Il hausse les épaules et range le sucre. « J'ai encore besoin du sucre. »

Il le ramène en levant les yeux vers le plafond comme si je le fatiguais vraiment beaucoup.

« J'ai changé d'avis pour la patinoire, voilà. » Il hausse encore les épaules et il attend, les mains posées sur la chaise de Maman, pour voir si je vais dire autre chose. Il avale sa salive. « T'as pas envie d'aller au restaurant ?

– La baaarbe !

– Non, ça sera marrant. »

Tout à coup, il a la bougeotte. Je crois que ça le rend nerveux les anniversaires. C'est peut-être parce qu'il a menti sur sa date de naissance pour avoir des cadeaux gratuits de notre part à nous, les gens bien, tout ça pour lui et sa famille.

« Et après, tes vrais parents vont venir te chercher, hein Robot ? »

Il bouge plus. Je mets une tonne de sucre sur mes Krispies. J'aime bien quand on arrive au fond du bol où il reste que du lait et du sucre à moitié fondu qui croustille. On a même pas vraiment besoin des Krispies, en fait.

« Essaie de sourire quand tu verras tes parents, Robot. Tu devrais peut-être essayer d'être moins crétin et tout. Comme ça, ils t'aimeront plus et ils voudront te reprendre avec eux. Hein, mon p'tit gars ! » J'ai l'impression d'être Macavoy aux trois lippes. Comme si je pouvais faire ami-ami avec Robert. Sauf qu'à voir sa tête, on dirait qu'il est très constipé et qu'il pousse fort.

« Tu es pressé de revoir tes mauvais parents, Robot ?

– Arrête de m'appeler comme ça !

– Comme quoi, Robot ? Comme quoi ? »

Ses mains se sont changées en poings tout blancs. Et sa figure est rouge. Un robot rouge et blanc. Ou un monstre blanc et rouge. Il ressemble à la cheminée de l'usine chimique debout comme ça avec la fumée qui lui sort par les oreilles. « C'est ton anniversaire, Robot, tu devrais être content.

– Je serais plus content si t'étais mort, espèce de cinglé.

– Je vais le dire à Maman que tu m'as traité de cinglé.

– Elle te croira pas, c'est toujours moi qu'elle croit.

– ELLE T'AIME PAS ! C'EST MOI QU'ELLE AIME ! TOI, PERSONNE NE T'AIME ! »

Les sentiments, c'est comme si on était hanté par des fantômes. Normalement, c'est nos sentiments à nous sauf qu'ils font ce qu'ils veulent. Voilà, j'ai crié trop fort alors Maman arrive derrière moi et elle me force à me lever sans finir mon lait au sucre. Elle me parle avec son doigt près de ma figure mais j'entends pas ce qu'elle dit vu que je me concentre pour pas pleurer (le truc c'est de penser à mes pieds et d'agiter les orteils comme Papa m'a appris). Robot me fixe avec son petit air sournois.

« Demande pardon à Robert ! »

Je regarde ses chaussures. Devant, leurs pointes sont tournées l'une vers l'autre comme si elles discutaient ensemble.

« Un !

– Lui aussi, il m'en dit des trucs ! »

Robert prend son air blessé et innocent.

« Deux ! »

J'obéis.

« Je veux qu'il t'entende !

– Pardon… » Robot.

« C'est mieux. Maintenant, file dans ta chambre. »

Je sors de la cuisine et Maman marche juste derrière moi. Robert débarrasse mon lait au sucre en faisant un petit sourire content à la table.

Comme Maman me suit jusqu'en haut, je m'attends à une fessée sauf qu'elle reste dans le couloir et moi dans ma chambre où le thermomètre me regarde sur le rebord de la fenêtre.

« Arrête de dire des méchancetés à Robert, il n'a rien fait pour mériter ça. Il restera ici aussi longtemps qu'il aura besoin de nous, comme toi. Il faut t'y faire.

– Lui aussi, il dit des trucs, mais MOINS FORT !

– Je lui en toucherai un mot aussi. »

Elle ferme la porte et je ne sais pas quoi faire du serpent dans mon ventre : il veut que je me déchaîne contre ma chambre. Et contre Robert. En plus, vu qu'il a 13 ans aujourd'hui, il aura sûrement le droit de monter à l'avant pour aller à sa grande soirée barbante où il faudra pas mettre les coudes sur la table alors qu'on aurait pu s'amuser à la patinoire et manger des hamburgers ! Et je parie que ses parents sont pas guéris et qu'ils prennent toujours leurs sales trucs !

Je parie que je vais me coltiner Robert jusqu'à 99 ans.

Je retourne tout doucement écouter si Maman parle de moi. Alfie est couché en rond devant la cheminée vide comme s'il attendait qu'on allume un feu. Il ne sait même pas qu'on en fait plus jamais. Maintenant, le vase monte la garde dedans, avec ses bâtons de marche.

Robert lit son devoir pour l'école à Maman. Un exposé sur les nuages. À mourir d'ennui ! Moi, quand je devrai en faire un, ça sera sur les espions, sur les détectives privés ou sur le sang. J'écoute un peu : Maman l'encourage avec des « Humm », des « Oui » et des « Très bien ».

Si Maman est la maîtresse de la maison alors Alfie en est l'esclave – même si c'est qu'un chat. Normalement, il m'évite mais là, vu qu'il dort, il s'y attend pas quand je l'attrape pour l'emmener en haut de l'escalier.

Les chats retombent toujours sur leurs pattes. C'est leur don extraordinaire. Tous les animaux en ont un. Par exemple, les puces font des bonds cent fois plus loin que leur taille et les chiens ont des langues antiseptiques. Tous les animaux ont un superpouvoir. Les mouches savent marcher au plafond. Les éléphants ont de la mémoire. Les ours peuvent vous serrer dans leurs bras. Les lapins regardent sans cligner des yeux.

L'escalier a douze marches mais d'habitude je teste le superpouvoir d'Alfie à la sixième. Je le suspends au-dessus du vide, je fais un compte à rebours comme à Cap Canaveral et après je le lâche. Il arrive toujours à retomber sur ses pattes.

Aujourd'hui, c'est l'anniversaire de Robert et il y avait des fleurs sur la table pour lui ce matin. En plus, Maman lui a acheté des cadeaux dans les magasins. C'est pour ça qu'elle était en retard à la sortie de l'école hier.

Alfie a réussi à tomber de la neuvième marche hier, mais aujourd'hui ça sera son grand jour, comme à Robert. Je le monte jusqu'à la douzième marche, je le glisse entre les poteaux de la rampe et je le tiens au-dessus du vide. J'aime bien sentir ses griffes s'accrocher à mes bras. Après je le retourne : c'est plus impressionnant avec le dos en bas. En plus, je décide que je vais le lancer, pas juste le lâcher.

Il atterrit avec un supergros *boum !* Son superpouvoir a marché mais après il s'en va en tremblant sur ses pattes, vu qu'il a perdu une vie.

Je descends l'escalier en courant pour le reprendre dans mes bras et le caresser parce que je l'aime. J'adore comme il est gros et chaud. Parfois, il dort sur mon lit si je l'oblige et, quand je le caresse, ça me radoucit toujours le cœur.

Maman vient me demander ce que je fabrique en dehors de ma chambre et si je suis prêt pour l'école ; je réponds oui même si j'ai pas préparé mon cartable et qu'en plus j'ai piscine aujourd'hui (cours de noyade !). Je lui donne un coup de pied pour de faux dès qu'elle me tourne le dos.

Elle retourne dans la cuisine parler joyeusement à Robert qui a sa voix contente, lui aussi, et je l'avais jamais entendu faire des superlongues phrases comme celles qu'il dit à Maman.

Je mets ma figure dans la fourrure d'Alfie mais il sent un peu mauvais et son corps est tout dur, comme quand j'ai mal au ventre. Je l'emmène dans la salle de bains et je ferme la porte à clé.

« Tu sens pas bon, Alfie. Tu as besoin d'une douche. » Je le pose dans la cabine encore un peu mouillée de tout à l'heure. Je ferme la porte en verre. Alfie essaie de pas marcher dans l'eau. Les chats détestent l'eau. C'est leur kryptonite à eux.

J'ouvre le robinet d'eau chaude sauf que l'eau sort froide au début et ça me mouille le bras. Je referme la porte et je regarde par la vitre. Les chats ne doivent VRAIMENT pas aimer l'eau !

Le chaud arrive quand la longueur d'eau froide qui a coulé du tuyau est pareille que celle entre la douche et le chauffe-eau. J'aime bien les choses comme ça. Les choses du monde qui n'oublient jamais de faire ce qu'elles doivent faire. Par exemple, un vélo n'oublie pas de rouiller ni un ballon de retomber par terre. Pendant ce temps, Alfie court sur le sol mouillé de la douche. Ça me rend triste mais ça m'aide aussi à me sentir mieux. De toute façon, c'est un chat : il retombe toujours sur ses pattes.

Maintenant l'eau commence à lâcher de la vapeur et Alfie devient vraiment trempé. Il pousse des petits *miaous* tout doux en me regardant mais je garde la porte fermée et je mets un peu de buée de mon côté de la vitre. Sauf que ça s'embue aussi en dedans, mais plus haut, pas là où il y a Alfie. La chaleur, ça monte.

Wouah ! Les chats DÉTESTENT VRAIMENT l'eau. Je tire la chasse pour pas que Maman s'inquiète à cause du bruit. Elle sera contente qu'il se lave. Elle aime les choses propres.

Le réservoir des toilettes se re-remplit en sifflant. Alfie a un drôle d'air avec sa fourrure toute aplatie et la comédie qu'il fait parce que c'est très chaud. Il a même l'air maigre maintenant qu'il est douché. Tout petit. Ses oreilles sont aplaties, et sa queue aussi.

Comme Maman m'appelle, je me brûle presque en fermant le robinet. Je regarde ma main arrosée d'eau avec les couches de peau un peu fondue, là. Je la déteste et en même temps je l'aime bien ma main brûlée à vie.

Je m'essuie avec une serviette. Alfie, lui, il halète comme un chien et il essaie toujours de pas poser les pattes dans l'eau bouillante. Il y a de la vapeur qui sort de son corps.

Il miaule en me regardant, un gros gros *miaou* suppliant.

« Tu es propre, maintenant, espèce de petit cochon ! Oh, personne ne t'aime, hein, mon pauvre Alfie ? Allez, va donc jouer au milieu de la rue ! »

Il secoue toute l'eau de sa fourrure ; je croyais pas que les chats savaient le faire, je pensais que c'était que les chiens, les castors et les tigres. Je lui ouvre la porte de la cabine, je l'emmène jusqu'à la porte d'entrée et je le laisse dehors, comme ça il pourra sécher tranquille. Après, je vais enlever tous ses poils du carrelage pour que Maman s'inquiète pas.

Je siffle en préparant mon sac pour l'école. J'ai appris à siffler à Noël l'année dernière. Bientôt, j'arriverai à lever un sourcil comme Papa. Je me suis entraîné dans le miroir. Macavoy aux trois lippes, il saurait siffler, lever un sourcil et se battre en même temps.

Je me sens un peu mieux maintenant. Et aussi un peu plus mal. Comme si deux ascenseurs se croisaient dans ma poitrine, un qui monte et un qui descend.

Quand j'arrive en bas, Maman s'occupe de la pâte à gâteau pour l'anniversaire de Robert. Elle me regarde comme pour me mesurer. Je garde la même figure sans rien bouger. Robert arrête de lui lire son exposé, il referme le cahier et il se lève de table.

« Pourquoi tu t'arrêtes, Robert ? » demande Maman. Il hausse les épaules en me regardant et il monte dans sa chambre. Elle continue à préparer son gâteau d'amour. J'agite les doigts pour jeter un sort : qu'il se renverse dans le four, qu'il brûle ou que Robert s'étouffe avec !

C'est l'heure de partir mais, quand on arrive à la voiture, Maman veut absolument prendre une photo de Robert d'abord, vu qu'il porte un vrai uniforme et pas la chemise et le pantalon qu'il devait mettre pour l'école. L'uniforme, c'est un des cadeaux d'anniversaire qu'on lui a faits, comme ça il se fera plus embêter. D'après Maman, le temps que les services sociaux donnent l'argent pour en acheter un, Robert sera en maison de retraite.

Après, elle me passe l'appareil photo et elle me demande d'en prendre une d'elle et Robert. Ils se mettent devant les haies de Papa en se tenant par les épaules ; Robert regarde Maman comme si elle était le paradis sur terre.

Je leur coupe la tête mais ils le sauront pas avant qu'on développe le film ! Papa peut nous avoir les photos pour pas cher vu qu'il jongle avec les sous d'un labo.

Maintenant, Maman demande à Robert de nous prendre nous deux et pendant qu'il essaie de comprendre comment ça marche, elle passe son bras autour de mes épaules, elle me regarde droit dans les yeux avec un air tout doux et elle me dit : « Tu finiras par me tuer, p'tit loup. Tout ça parce que je t'adore ! » Elle se tourne vers Robert : « Alors, tu la prends, cette photo, au lieu de nous regarder ? »

Après, Robert met l'appareil photo de Maman dans son cartable mais je dis rien et je retiens mon souffle vu qu'elle essaie d'attraper Alfie pour savoir ce qu'il a.

Robert va s'asseoir devant. Au moment de monter, il m'observe en se mordant la lèvre. Maman s'approche de moi et dit : « Tiens, mets ça dans ta boîte à sandwiches, c'est une friandise pour l'occasion. » Il y a trois petits gâteaux au chocolat enveloppés dans du plastique avec un papier à l'intérieur. « Tu peux les manger dans la voiture si tu veux », elle ajoute.

Macavoy aux trois lippes ne se laissera pas acheter !

Dans la voiture, je regarde par la fenêtre ou je joue avec le robot mais je fais tout pour pas voir Robert assis du côté où ça se passe, sauf une fois où je peux pas m'empêcher de jeter un coup d'œil : sa tête dépasse juste un peu en haut du siège. La ceinture est très haute, près de son cou, ça veut dire qu'il devrait vraiment s'asseoir sur la trousse de secours. Je dis rien et je le regarde plus, sauf une autre fois en rêvant d'un accident où on rentre dans une autre voiture et où la ceinture lui coupe la tête.

Juste un petit accident mais Robert a plus de tête et ses mauvais parents pleurent à l'enterrement vu que, tout ça, c'est leur faute. Bien fait pour eux !

On passe devant une affichette « chien perdu » accrochée à un poteau électrique en bois. On en voit jamais qui parlent des animaux retrouvés. Ça m'inquiète les animaux perdus. Il y a tellement de papiers collés sur les lampadaires et sur les murs de notre ville, tout ça pour les concerts, les chiens perdus et les brocantes. Mais d'autres gens viennent coller leurs annonces de vente de vieux trucs par-dessus les chiens perdus. C'est très triste. Parfois je me demande si le premier papier tout au fond serait pas un avis de recherche pour un dinosaure.

Le serpent reste gonflé dans mon ventre pendant toute la journée d'école et après c'est Papa qui est venu m'attendre à la sortie.

« Pourquoi t'es pas au travail, Papa ?

– Tu n'aimes pas que ton papa vienne te chercher ? » Il a la trousse de premier secours à la main et il me tient la portière ouverte comme un chauffeur (en plus, il porte son costume de travail).

« Maman veut plus venir me chercher ?

– Arrête de dire des bêtises et en voiture ! »

Je cours vers la portière en espérant que tout le monde me voit repartir avec mon papa et monter du côté où ça se passe.

Quand on arrive à la maison, Robert a une lèvre fendue et des bouts de mouchoir en papier dans le nez. En plus, l'épaule et la poche de son uniformée tout neuf sont déchirées, et Maman, on dirait qu'elle a un ciel d'orage à la place des cheveux.

Maintenant il y a de l'orage dans l'air pendant qu'on roule : on va tous au restaurant mais le parfum de Maman se dispute avec l'after-shave de Papa et Robert n'est plus assis devant vu qu'il s'est battu.

Super !

« T'as gagné la bagarre, Robert ?

– Chut ! Je ne veux pas en entendre parler », dit Papa et il lance un coup d'œil à Maman. Elle a posé sa tête sur sa main, sa figure est tout près de la vitre et elle regarde Morne-Ville par la fenêtre.

« Papa, est-ce que Robert va avoir des problèmes avec l'école ?

– Qu'est-ce que tu vas prendre au restaurant, bonhomme ? »

Ça sera crevettes sauce cocktail, je pense, et, après, poulet à la Kiev. Il le sait, Papa. Lui, il choisira un steak, mais avant il voudra des petits poissons frits. D'habitude, Maman boit un verre de vin pendant qu'on mange l'entrée et, comme plat, elle commande jamais vraiment le même truc. En général, elle en laisse un peu dans son assiette alors Papa picore ses restes et, moi, je le traite d'Alfie, vu qu'Alfie est gros. Sauf qu'Alfie a pas voulu de son dîner ce soir, pour la première fois de sa vie. Peut-être parce qu'on lui a voulu le lui donner plus tôt que les autres jours.

Ça fait drôle d'aller dîner si tôt. Ça devrait être l'heure des devoirs. En plus, ils sont tous supersérieux pour un anniversaire. Moi, je suis content vu que Robert s'est mis dans de sales draps, ça rend la soirée presque aussi géniale que si on avait été à la patinoire. Jusqu'au moment où je renverse ma coupe de crevettes et que la sauce s'étale partout dans l'assiette. J'en mange un peu quand même et ce soir Maman ne m'embête pas à cause de mes manières. Normalement, Robert aurait déjà fini les siennes mais il a juste un peu grignoté. C'est peut-être parce que ses parents vont venir.

Quand la serveuse prend mon assiette, son pouce trempe dans ma sauce cocktail et je trouve ça vraiment dégueu qu'elle touche mes restes. Elle va peut-être toucher ma prochaine assiette après avoir mis son pouce dans les restes de quelqu'un d'autre. Ça veut dire que dans nos plats, on a de la bave et des trucs que les gens ont laissés et que j'ai sûrement mangé les microbes de leur nourriture avec ma sauce cocktail, vu qu'en plus j'en avais renversé dans l'assiette qu'elle a tenue avec son pouce sale.

Le sida s'attrape peut-être par les pouces des serveuses. Le sida, tout le monde en parle en ce moment et parfois je crois que je l'ai sauf que, d'après Papa, c'est rien que pour les homos.

Je regarde la serveuse débarrasser l'assiette de Papa mais elle rate la graisse et le jus de citron qui sont dessus : on dirait que c'est la chance qui décide ce qui se met dans nos dîners.

J'espère que personne n'a mangé des brocolis dans ce restaurant.

Robert fait la tête. Maman et Papa commencent par essayer de le remettre de bonne humeur et après ils le laissent tranquille. Il y a un sac avec ses cadeaux et ses cartes d'anniversaire à l'arrière de la voiture et je le trouve plus gros qu'un sac normal pour un garçon qui est même pas leur fils.

J'ai laissé ma portière ouverte exprès. Ce soir, ce serait le moment idéal pour se faire voler notre voiture.

Papa me laisse goûter un peu de sa bière. Il se frotte les mains quand le pouce sale de la serveuse lui apporte sa tranche de vache, toute saignante vu que la dame lui a demandé comment il l'aime et qu'il a répondu : « Comme si elle meuglait encore dans mon assiette. »

Elle veut savoir si ça saigne assez et Papa fait son intéressant avec elle et lui parle comme si elle sortait d'*Alerte à Malibu*. Pendant ce temps, Maman la regarde de la tête aux pieds comme si elle venait de Mars.

Quand elle repart chercher les autres plats, je demande à Papa si elle vient de Suède. Il dit toujours que c'est là-bas que le mot « jolie » a été inventé.

Kiev, c'est en Russie. Le meilleur dans le poulet à la Kiev, c'est quand il arrive avec tout son beurre d'ail encore dedans. Mais parfois ça fuit et, d'habitude, si on est à la maison, Maman veut bien échanger avec moi. Après, on plante son couteau dans le poulet, tout doucement, pour le voir gicler comme si on l'avait tué et qu'il avait du beurre et des herbes à la place du sang.

Quand la serveuse m'apporte mon poulet à la Kiev, Maman nous regarde, moi et mon assiette, et elle dit « Oh, Seigneur ! »

C'est le pire jour de ma vie.

Robert n'a presque pas touché à ses lasagnes et Maman chipote son risotto. Je parie qu'Alfie aurait bien voulu être ici. Si Papa n'arrive pas à finir tous les restes, il va sûrement demander un *doggy bag*, sauf que le nôtre, c'est un *kitty bag*. Mais le plus souvent, quand on arrive à la maison, à la fin ça devient un *daddy bag* !

Après le plat, ils nous apportent le gâteau que Maman a préparé pour Robert, avec plein de bougies allumées dessus, et ils baissent les lumières : tous les gens des autres tables s'arrêtent de manger. Le gâteau n'est pas brûlé du tout et Maman, Papa, plus certains des autres gens et même la serveuse, chantent *Joyeux anniversaire*. Robert baisse la tête en souriant comme s'il venait de faire un bon coup en secret. Moi je chante mais juste avec les lèvres.

Je fais un vœu de toutes mes forces juste au moment où Robert ferme les yeux pour souffler les bougies. Si on se concentre vraiment dessus, on peut voler son vœu d'anniversaire à quelqu'un. Mon vœu, c'est que Robert meure.

« Qu'est-ce que tu as demandé, Robert ?

– S'il te le dit, ça ne se réalisera pas, bêta ! » me répond Papa.

Maman regarde Robert avec la tête penchée sur le côté et la figure pleine de lumière comme des petites flammes de bougies.

Robert n'a reçu que des livres barbants pour son anniversaire. Plus un nécessaire de géométrie et une boîte de crayons de couleur. Les livres parlent des nuages et du ciel. Maman et Papa se blottissent l'un contre l'autre pour le regarder ouvrir les paquets, comme si c'était pour eux. Il n'arrache pas le papier et il décolle les morceaux de scotch !

« Ils sont trop gonflants ces cadeaux », je dis, mais personne m'entend.

Robert se lève, va embrasser Papa sur la joue et après Maman. Il la serre fort fort dans ses bras et, moi, comme je sais pas où regarder, je prends ma serviette roulée en boule sur mes genoux et j'essaie de la raplatir. Je fais toujours ça aux serviettes. On dirait une pierre en papier.

« Tes vrais parents vont t'apporter des cadeaux, je suppose ? »

Ça plaît pas à Maman, « vrais parents », mais elle me lance juste un regard fâché – vu qu'on est en public, elle veut pas piquer une crise.

« Dépêche-toi de manger ton gâteau, Robert McCloud, dit Papa. Tes parents seront là dans une minute ! C'est pas génial, ça ? »

Robert fait un petit sourire et mange le nez sur son gâteau – enfin, il le pousse avec sa fourchette. Après, il regarde Maman mais elle a les yeux perdus dans le vide. Elle est triste. Papa la regarde aussi, après il se penche en avant et se met à couper d'autres tranches. « Il faudrait que tes parents y goûtent, Rob. Sinon c'est moi qui vais le terminer et on peut pas s'empiffrer comme ça au restaurant, hein ? »

On a fini et tous nos verres sont vides mais il faut quand même attendre. Même si je m'ennuie, je suis impatient de voir les parents de Robert. Ils sont en retard. Peut-être parce qu'ils lui ont acheté des cadeaux.

La serveuse revient demander à Maman si elle est bien Mary. Je n'aime pas entendre son vrai prénom. Maman s'appelle Maman. La serveuse lui dit que quelqu'un veut lui parler et elle lui montre le comptoir où la barmaid nous regarde avec un téléphone à la main. Celles qui servent au bar, Papa les appelle des charmeuses.

En se levant, Maman fait tomber sa serviette pas froissée sur sa chaise et elle remet ses habits bien droits comme si elle allait faire un discours. Elle lance un regard à Papa qui le fait passer à Robert qui le pose sur son gâteau à moitié mangé.

Pendant ce temps, la serveuse trempe son pouce dans la crème en débarrassant toutes nos assiettes. Robert ne sait plus de quel côté tourner les yeux, Maman est au téléphone et on reste assis à rien faire comme si quelqu'un d'important venait de péter et qu'on attendait que l'odeur parte.

Papa ouvre le livre sur les nuages et il le tourne pour nous montrer une grande photo avec un ciel tout noir et menaçant où il y a des trous et les rayons de Dieu qui descendent vers la terre. Il le reprend et se penche vers la page. « Ça alors ! Devinez comment s'appellent ces magnifiques lueurs. » Il ferme le livre en coinçant son doigt à la bonne page.

« Des lueurs crépusculaires, dit Robert sans lever les yeux des miettes qu'il a sur son coin de nappe.

– Pile-poil, mon gars. » Papa regarde encore le livre. « Non mais visez-moi ça ! De si jolis nuages et ils leur donnent des noms pleins de pus comme cré*pus*-culaire. »

Maman raccroche en claquant fort le téléphone et dit quelque chose à la barmaid qui prend un verre et tire sur le bouchon d'une bouteille de vin. Quand Maman revient, on voit plus ses lèvres du tout du tout. On la regarde tous les trois. Papa a toujours le doigt coincé dans le livre.

Elle ramasse sa serviette et reste debout pour la plier et la poser sur la table. Elle ne chiffonne jamais la sienne comme moi. Elle s'assoit et la serveuse apporte un grand verre de vin blanc tout embué en dehors, comme le miroir après une douche.

« C'est toi qui conduis », commande Maman et Papa pose les yeux sur sa bière, baisse les épaules et repousse son verre. Maman regarde Robert juste au-dessus de la tête. « Tes parents ont dû annuler leur visite, Robert. Je suis désolée. »

D'abord il ne fait rien mais après il s'essuie la figure et il y a du sang sur la serviette.

« Oh, tu saignes encore du nez, Robert ! » je m'écrie.

Il se lève, Maman veut s'approcher de lui mais Papa pose la main sur elle et Robert dit qu'il va aux toilettes. Il garde sa serviette bien propre et lisse près de sa tête.

Il avance tout doucement sur la moquette sans balancer l'autre bras. Nous, on reste à table où Maman a déjà bu la moitié de son vin et Papa la regarde comme si elle avait besoin d'une ambulance.

Sur le chemin du retour, personne ne parle dans la voiture et Papa conduit doucement. La radio est allumée mais le son est si bas qu'on pourrait aussi bien l'éteindre.

En me couchant, j'entends des voix marmonner dans la chambre de Robert vu que Maman le borde dans son lit. Je ressors du lit pour écouter et j'entends Robert lui dire : « Tu es ma meilleure amie », et elle s'écrie : « Oh, que c'est gentil, Robert ! Mais parmi les jeunes de ton âge ? Qui est ton meilleur ami ?

– Toi, quand tu étais plus jeune. »

Je retourne tout lentement au lit comme si je marchais au fond de l'océan.

Je crois que c'est Ralph mon meilleur ami. Sauf que Simon est le meilleur ami de Ralph et pareil pour Ralph avec Simon.

Je connais pas les règles pour savoir si on a le droit d'être meilleur ami avec quelqu'un qui l'est déjà avec un autre.

En plus, c'est une de ces nuits où la lune reste cachée et peut-être que je suis triste vu que je me mets à pleurer en pensant à la mort de Maman et Papa. Ça m'arrive souvent depuis que Robert est ici mais je l'ai dit à personne au cas où ça se réaliserait. Je veux pas que Maman et Papa meurent.

11

Du haut de mon tabouret, je m'avachis sur le comptoir, comme écrasé par le poids de l'alcool. Je m'assieds toujours au bar quand je suis seul. Et c'est souvent le cas en début de soirée.

L'infirmière devait passer cet après-midi mais j'ai annulé à cause de l'état de Maman. Sans parler du mien. J'aurais bien besoin de ses bons soins, cela dit.

Je suis dans un de ces endroits qui se cherchent encore, à mi-chemin entre le restau chic, le bar à vin et je ne sais pas trop quoi. Un lieu qui n'a pas le cran de se présenter sous une étiquette bien définie et cherche à les porter toutes. Raison pour laquelle je reconnais sans hésitation son gérant et ses employés rien qu'en observant les expressions des visages, le style du service.

Il y a des miroirs partout pour agrandir la salle et j'aperçois mon moi inversé dans l'autre dimension, assis derrière l'autre comptoir, là-bas : il a des croûtes de sang sur les jointures de ses mains et une morsure cachée sous un sparadrap.

Quand je commande encore à boire, la barmaid a l'air d'hésiter. Pour finir elle pose une nouvelle boisson sur un nouveau dessous-de-verre et je reste vissé sur mon siège comme si j'étais dans l'œil d'un cyclone. Tout autour de moi, les gens passent une soirée normale ; la tête en arrière, offrant leurs plombages aux regards de l'être aimé, les couples s'esclaffent. Les rires sont exagérés si on les rapporte aux plaisanteries qui les ont provoqués. Quel bon lubrifiant pour leurs relations, cette façon de rendre l'autre plus séduisant, plus intéressant, plus drôle ! En attendant le moment de partir.

Le comptoir est une longue table polie et plutôt basse qui crée une barrière symbolique entre le personnel du bar et moi. Certains boivent des bières entre amis dans des verres où la mousse dessine des colliers de dentelle. D'autres scrutent les lueurs de leurs téléphones portables : le pouce sur le clavier, ils tentent d'y dénicher de la compagnie. J'observe tout cela, moi, l'inconnu dont les gens évitent le regard tout en me détaillant – à mon insu, pensent-ils.

Deux femmes entrent et vont s'asseoir à l'autre bout du comptoir. Un homme s'approche du bar sur ma gauche et je fais mine de lui laisser de la place pour me décaler vers les nouvelles venues.

L'une d'elles montre des clichés à l'autre, on dirait des photos de vacances. Elle a encore le teint hâlé. J'imagine l'ennui de l'autre, celle qui regarde.

La barmaid s'aperçoit que la musique s'est arrêtée depuis un bon moment et la remet ; le gérant la regarde en fronçant les sourcils, elle baisse un peu le son et le remonte dès qu'il se retourne vers un portefeuille sur pattes qui lit le menu.

Les clients haussent la voix pour couvrir les mélodies qui, comme leurs conversations, sont aussi légères et insipides qu'un sirop trop dilué. Mais ils parlent plus fort, la musique force les lèvres à s'approcher, les mots effleurent cheveux et boucles d'oreilles. On dirait que toute la salle chuchote autour de moi. À croire qu'ils savent…

Je rote dans mon verre – une bulle d'air qui empeste la bière – et, toujours avachi sur mon tabouret de bar, je lorgne mes voisines comme le dernier gâteau sur une assiette. Un regard à l'opposé de celui que m'a lancé la vieille dame aujourd'hui. À cette pensée, je claque mon verre un peu trop fort sur le comptoir et quelques visages se tournent vers moi.

Regarde ce type, celui qui est tout seul.

Je me tasse un peu comme si Maman était ici, parmi tous les clients attablés, à m'accabler de sa colère rien qu'en gémissant. L'index braqué sur moi. Les gens ouvrent de grands yeux et elle reste là, en larmes, à moitié chauve, elle crie et elle me montre du doigt. Moi. Assis au bar.

Cette douleur familière me ramène toujours à la quête d'un réconfort familier. Les femmes, il n'y a que ça qui marche. J'en séduis une à chaque fois pour trouver l'absolution dans ses caresses et ses soupirs. Par la grâce de leur reconnaissance et de leurs étreintes ondoyantes, chacune de leurs capitulations est une sorte d'approbation. De pardon.

Au comptoir de ce bistro-bar, je cherche à entrer en contact avec les femmes qui m'entourent. Je note chacun des regards que j'intercepte. Plus attentif encore lorsqu'elles ne font pas attention à moi. Me voilà en train de jouer au chat et à la souris avec des gens qui ne s'en doutent pas.

Les femmes assises à ma droite sont tout à leur conversation, mais celle qui me tourne le dos me lance des coups d'œil de temps à autre. Elle a le buste fin, un pull rouge près du corps et une large ceinture en cuir par-dessus – purement décorative, la ceinture. Elle ne porte sans doute rien sous ce pull à part le soutien-gorge que je distingue. J'aime la façon dont il mord sa chair. Je m'imagine en train de le dégrafer, de libérer sa cage thoracique. La peau rougie sous le tissu, un peu de sueur sous l'armature, ses seins qui retombent de cette manière si particulière au creux des mains – sauf que c'est ma bière que je serre en fixant ma voisine.

Je baisse les yeux sur mes doigts crispés et je revois la cheville de ma vieille mère coincée dans la portière de la voiture, sa tête rejetée en arrière. De retour à la maison, elle n'a pas bronché quand je la lui ai bandée. À croire qu'elle avait déjà oublié comment c'est arrivé. Je lui ai préparé un bon petit repas et j'ai filé dès qu'elle s'est endormie sur le canapé.

La fille au pull rouge porte une jupe en velours côtelé et un collant. Je me servirais de mes dents pour tirer sur le tissu de l'entrejambe jusqu'à ce qu'il cède : ce ne serait plus les photos mais le sommet de mon crâne qu'elle regarderait avec un mélange de crainte, de consternation et d'excitation. Le visage rougi par le désir, par l'agréable frisson que fait toujours naître mon côté imprévisible – et ma façon de lui montrer que je connais mon affaire. Mes mains se promèneraient sur elle sans le moindre tremblement, sans hésitation ni retenue. Ses lèvres laisseraient échapper de faibles protestations. Ses mains sur ma nuque, ses doigts dans mes cheveux.

Pourtant, je serais toujours seul. À chaque rencontre charnelle, je reste enfermé quelque part dans mon enfance. Égaré dans les couloirs vides du passé. Le sexe me fait toujours cet effet : il me volatilise. Je retourne hanter mes jeunes années et je me retrouve échoué parmi les souvenirs de solitude. D'esseulitude.

J'avale ma bière d'un trait, j'en commande une autre. Miss Pull rouge me guette du coin de l'œil et son amie fronce un instant les sourcils.

Pour moi, faire l'amour c'est toujours la même expérience : les images de l'enfance remontent à la surface. Comme si l'effort provoquait une légère déchirure et que le muscle ou le ligament laissait échapper un peu de celui que j'étais quand il s'est formé, chacune de mes cellules ressemble à une capsule remplie d'autrefois. Si bien que, pendant l'acte sexuel, mes pensées me ramènent à la cabane du jardin ou au panier à linge en osier où je me cachais, devant la chambre de Maman et Papa, jusqu'au jour où ils ont découvert l'astuce et mis le panier dans la salle de bains.

Je peux aussi me retrouver à l'endroit qui a changé Robert.

Quand l'amie de Miss Pull rouge lui demande si ça va, elle répond par un hochement de tête enthousiaste. La vacancière n'a sans doute pris toutes ces photos que pour les montrer. En guise de preuves. La plupart des gens sont incapables de profiter de leurs voyages parce qu'ils restent toujours à distance, à se demander quelles sortes de vacances ils passent, ce qu'on en penserait, chez eux, et comment donner l'impression qu'ils ont passé des moments *sensationnels*. Ils ne prennent pas les photos pour eux-mêmes, pour se souvenir, ils les prennent pour les exhiber. Pas vraiment des vacances.

Quand son amie s'en va aux toilettes, Miss Pull rouge se tourne vers sa boisson sur le comptoir et me lance un coup d'œil. Je décale encore un peu mon tabouret et je lève mon verre dans sa direction. Elle me répond par un sourire, baisse les yeux ; accoudée au bar surbaissé, elle laisse son autre main jouer avec les boucles noires qui tombent en cascade de sa queue-de-cheval – son cou est lisse, pur, surmonté de frisettes.

À cet instant, elle ressemble à la Perfection.

Elle se tortille sur son siège, sa jupe en velours côtelé se soulève un peu et j'aperçois une toute petite maille filée dans son collant. C'est là que je le déchirerai.

« Des photos de vacances ? » je demande, et elle se penche vers moi en rougissant parce qu'elle n'a pas entendu à cause de la musique. Je dois faire un effort pour serrer moins fort le verre de bière.

« Des photos de vacances ? je répète en montrant les clichés posés près d'une petite flaque sur le bar.

– Ah, oui, dit-elle en les touchant. La Gambie. Ça a l'air bien. »

Je lève les sourcils en sirotant ma bière. « Impressionnant. Ça vous dirait de prendre un verre avec moi quand l'intrépide exploratrice sera rentrée chez elle ? » Je pose la question comme si sa réponse n'avait pas d'importance.

Elle se penche plus près et pique encore un fard ; je la regarde glisser les fesses vers le bord du siège. Une fois de plus, elle ne m'a pas entendu et son amie réapparaît entre les tables.

« J'ai dit, quand vous aurez fini d'échanger des nouvelles avec votre copine, ça vous dirait qu'on prenne une bière ensemble ?

– Tous les trois ? » demande-t-elle, sans doute pour s'assurer que c'est bien à elle que je m'intéresse. Son amie l'a rejointe et attend derrière elle. Debout, elle observe notre échange comme une mariée que personne n'attend à l'autel.

Je sais qui est Miss Pull rouge. C'est la fille à l'écoute des autres, elle leur en veut de monopoliser le temps d'antenne sans pour autant se lancer elle-même. Comme elle se trouve ennuyeuse, elle est très douée pour retenir les particularités des gens qu'elle rencontre. Elle sait probablement déjà quelle marque de bière je bois. Sa mémoire des détails est telle qu'à la deuxième rencontre, dans le désert de solitude – froid, impitoyable et infini – qui a sa fonction dans notre société, elle est capable de dire : « Oh, comment s'est passé ceci ou cela ? » ou : « Vous avez eu le temps d'y aller à Blablabla ? » Elle est du genre à vous effleurer le bras ou l'épaule pour souligner sa gentillesse. Elle est gentille. Elle fait de la lèche. Elle n'aime pas qu'on soit trop attentif à son plaisir, au lit. Elle est habituée aux amants égoïstes. Elle est sortie avec des tas d'hommes faibles qui se sentaient menacés. Des hommes qui aiment les femmes discrètes. Elle craque pour les hommes en demande. Pas pour les types comme moi, ceux qui ont besoin de se sentir réhabilités et de rendre la pareille.

Miss Pull rouge couche avec des types égoïstes, donc elle doit avoir l'air surprise quand elle a un orgasme.

Lorsque ma bière arrive, je laisse la barmaid flirter un peu avec moi en observant la réaction de Miss Pull rouge. Je la vois attendre, ce qui force son amie à patienter, elle aussi – et je sens la nausée monter en moi à cause de tout l'alcool que j'ai bu.

Le problème, c'est qu'après l'orgasme, la vie va de nouveau tout rétrécir et je succomberai à mon habitude de me considérer comme un second choix. Dans le meilleur des cas. Pour l'instant, je traverse l'existence comme une de ces ampoules fluorescentes incapables de s'allumer pour de bon. Je ne peux que clignoter péniblement au lieu de briller. C'est pareil pour tout le monde, pas vrai ? On a tous besoin d'un autre pour faire naître l'étincelle qui permet de franchir le gouffre, pour nous retrouver à mi-chemin et nous accorder un moment de répit et de chaleur.

Pendant un petit moment, après nous être gavés l'un de l'autre, nous serons allongés, tout vibrants ; alors je finirai par avoir l'impression qu'un chiropracteur vient de remettre mon cerveau en place et que – jusqu'au lendemain matin, peut-être – ma boîte crânienne l'accueillera comme un trône blanc d'où il contemplera son royaume, heureux. Nous serons ensemble, Miss Pull rouge et moi, main dans la main, la poitrine dilatée. Brièvement, je ressentirai cette insaisissable plénitude.

Miss Pull rouge me dit : « Peut-être », assez fort pour couvrir la musique avant de se tourner, rougissante, vers son amie. L'amie n'est pas habituée à ce que Miss Pull rouge monopolise l'attention. Elle qui la fréquente justement parce que Miss Pull rouge reste au second plan.

Pas pour moi en tout cas. À mes yeux, c'est une de ces tentatrices tout droit sorties des films des années 1950. Au début, elles apparaissent toujours en flou artistique, comme si on les regardait au moment où les larmes nous montent aux yeux.

Je reste assis là comme un gong qui vient de retentir. Si les autres clients se taisaient une seconde, ils entendraient la résonance presque inaudible qui émane de ma personne. Miss Pull rouge fait vibrer en moi la promesse d'une délivrance. D'une intimité. Oui, quand l'amie de Gambie aura repoussé autant que possible le moment de s'en aller, elle restera avec moi jusque tard dans la soirée. Miss Gambie souligne son insignifiance absolue en s'attardant parce qu'elle est outragée et refuse d'être estimée quantité négligeable à côté de Miss Pull rouge. N'empêche qu'elle est de trop.

Mais le plus beau, dans cette situation, c'est que Miss Pull rouge, mon élue, ne va pas tarder à rejeter son amie. En voyant venir son heure de gloire, elle va prendre l'ascendant et lui faire sentir sa toute nouvelle insignifiance. Ses témoignages d'intérêt se tariront, toute sa sollicitude feinte disparaîtra si bien que sa *non*-amie partira d'ici en se sentant dépréciée. Presque trahie sans doute. Lésée de la priorité que lui vaut l'échelle des valeurs en cours.

Je commande une autre bière pour fêter ça en l'honneur de Miss Pull rouge mais la barmaid fixe mon verre encore plein et tout embué devant moi.

Je suis la cloche ivre qui sonne au bar. Parce que Miss Pull rouge et moi, on finira la soirée ensemble et que, au moins pour cette nuit, je me trouverai sympathique.

12

C'est la boîte de vitesses de Papa qui me réveille, comme d'habitude, mais je sors pas tout de suite du lit. Je repense à la semaine dernière, quand les parents de Robert l'ont oublié. J'ai pas le droit d'en parler et Maman est encore plus gentille avec lui, même si elle a découvert qu'il avait encore caché des tas de trucs dans sa chambre. Des trucs encore plus bizarres qu'avant.

Je descends. Normalement, Maman est déjà levée à cette heure-ci mais, là, il n'y a que Robert. Il cire nos chaussures.

« À ton avis, qu'est-ce qui leur est arrivé à tes parents, Robot ? »

Il me regarde. « Ta maman a dit que je suis pas obligé de t'en parler.

– "Ta maman a dit que je suis pas obligé de t'en parler."

– Tais-toi, espèce de malade ! »

Il balance une de mes chaussures à l'autre bout de la cuisine et il se dirige vers la porte.

« Tais-toi TOI-MÊME, Robert ! »

Lui, il pense toujours à parler moins fort quand il est méchant.

Quand je suis habillé, je reviens manger des Krispies. Je sais que c'est son truc préféré mais il fait croire à maman qu'il aime les légumes et les fruits et boire de l'eau plutôt que de la limonade.

Il revient dans la cuisine. « Où est ta maman ? »

Il l'appelle toujours comme ça. Sauf un jour où il a dit « Maman » et tout le monde est devenu rouge tomate.

Je hausse les épaules.

« Je vais la chercher, il dit. Ça lui ressemble pas de rester au lit si tard. »

Il s'y croit, l'expert !

Je remets du sucre sur mon petit-déjeuner en l'écoutant marcher dans la maison et redescendre l'escalier comme un éléphant. Il arrive, tout pâle.

« Elle se réveille pas ! » Il prend le téléphone et fait le numéro d'urgence.

On peut avoir de gros ennuis quand on fait ça. Je le sais, moi.

« Peut-être qu'elle est fatiguée, Robot.

– Peut-être qu'elle va MOURIR !

– D'accord, pas la peine de crier », je lui dis, mais mon cœur bat tout fort. Lui, il pleure un peu.

« Une ambulance s'il vous plaît. Oui. »

Je repousse mon lait au sucre. Rien que de regarder mon bol, ça me donne envie de vomir. Quand je recule ma chaise, elle fait un gros bruit de pet.

« Pardon ? » Robert parle au téléphone en s'essuyant les yeux. « J'en sais rien. » Après, il se tourne vers moi. « Vite, ils veulent qu'on vérifie si elle respire ! »

On devrait être excités d'être dans l'ambulance. Robert tient la main de Maman sauf que, elle, elle serre pas la sienne. L'ambulancier prend sa température ; les tubes, les trucs d'oxygène et les sachets pleins de piqûres se balancent vu que ça bouge. Le chauffeur met la sirène juste un coup à chaque fois – aux carrefours, je pense. Donc Maman va peut-être pas mourir sinon les sirènes marcheraient tout le temps. Ou pas du tout si elle était morte.

« Tu ferais mieux d'appeler ton papa », a dit l'ambulancier à Robert quand ils ont mis Maman sur la civière, à la maison, et moi j'ai rien dit, j'ai juste regardé Robert être le fils à ma place.

C'est moi l'adopté maintenant.

Quand on arrive à l'hôpital, Papa y est déjà. Il a la figure toute rouge et le cou gonflé mais c'est moi qu'il serre le plus fort. Il serre aussi Robert. Après, on se tient par la main et on reste près du lit de Maman sauf qu'elle est sous un grand truc en plastique comme Michael Jackson parce qu'elle a peut-être une maladie très compliquée qui fait gonfler le cerveau.

Papa pleure. Beaucoup. Je lui dis que ça va aller et j'essaie de le faire rire.

Quand Tante Debbie arrive, elle fait des histoires. Moi, je devrais aller chez elle mais Robert a le droit de partir nulle part sans la permission des services sociaux et Papa n'a pas encore réussi à les contacter. Ça veut dire que Robert pourra peut-être rester à l'hôpital avec Papa et Maman et moi je serai obligé d'aller chez Vieux Débris.

Comme je me mets à pleurer, Papa m'embrasse partout sur la figure ; ses petits poils me chatouillent mais je rigole pas. C'est trop injuste. Vieux Débris commence à m'emmener en me disant d'être un grand garçon pour une fois alors Papa la dispute et je vois Maman froncer les sourcils sous son espèce de tente – elle fronce les sourcils même avec les yeux fermés.

À la fin, Papa donne nos clés à Tante Debbie et lui dit de nous ramener à la maison, Robert et moi.

Je déteste quitter Maman et Papa et surtout je veux pas que Papa attrape la maladie sinon je vais les perdre tous les deux et je devrais vivre chez Vieux Débris.

C'est contre les règles que Robert reste seul avec Tante Debbie si les assistantes sociales l'ont pas vue d'abord mais quand je le dis à Papa, il me serre dans ses bras sans répondre. Peut-être qu'ils vont nous enlever Robert.

Dès qu'on arrive à la maison, je monte me mettre dans ma tanière du lion vu que je suis coincé ici avec mes deux pires ennemis.

Plus tard, quand Papa appelle, je décroche le téléphone d'en haut pour espionner, avec ma main posée sur le côté où on parle. Quand il dit que Maman a bien la ménintruc, Tante Debbie fait : « Super, maintenant on l'a tous. » Papa lui dit qu'elle doit pas nous laisser sortir, rien raconter à l'assistante sociale si elle sonne à la porte et qu'on devra voir un docteur à l'hôpital, nous aussi. Pas d'école. Après, il rajoute : « Surveille le petit, il fait encore des siennes à cause de Robert mais vas-y mollo avec lui. »

Ça fait deux jours que Papa est tout le temps à l'hôpital et Robert tout le temps dans sa chambre. Il ne veut rien manger. Aujourd'hui, on a dû y retourner et un docteur nous a expliqué qu'on doit prendre d'énormes cachets juste au cas où. Et aussi quels symptômes il faut guetter, par exemple si on a des rougeurs ou qu'on peut pas coller son menton sur la poitrine. Je m'entraîne beaucoup à le faire depuis qu'il me l'a dit. C'est impossible de coller son menton sur la poitrine sans faire une grimace débile.

Vieux Débris dit qu'on ne doit pas regarder la télé pendant la journée et hier soir elle nous a préparé une « soupe maison » tellement maison que ma cuillère s'enfonçait pas dedans. En plus, j'avais pas le droit de quitter la table avant d'avoir tout fini. J'y suis resté quatre heures. Elle a dû la réchauffer plein de fois et à chaque cuillère, ça me faisait comme à Alfie avec ses boules de poils.

Tante Debbie dit qu'on mange surtout pour se nourrir mais, d'après Papa, c'est surtout pour se mettre des bonnes choses dans le ventre.

Hier, elle nous a donné des SANDWICHES À LA BETTERAVE ! Même Robert a avoué qu'il n'aimait pas. Il a quand même fini le sien pendant que je glissais ma betterave dans ma culotte et que je mangeais juste le pain avec du rouge. Je lui ai proposé de me faire passer ses bouts de betterave mais il a fait son raisonnable.

Après, je suis allé aux toilettes sans trop lever les pieds, j'ai tout jeté dedans et j'ai tiré la chasse. Facile ! Personne n'empoisonnera Macavoy aux trois lippes.

Sauf qu'aujourd'hui, pendant qu'elle était devant la machine à laver, Tante Debbie m'a appelé. Elle avait la figure un peu rouge betterave, elle aussi, quand elle m'a demandé si je n'avais pas « des petits problèmes au bas du ventre, tu vois ? »

La prochaine fois, je mettrai ma culotte noire.

13

La musique s'est arrêtée mais je continue à boire. Les employés du bar se sont regroupés au fond de la salle où ils se détendent dans le calme qui suit le coup de chauffe. Leurs propres verres traînent près d'eux maintenant que le gérant est parti. Tout en bavardant, ils observent les postures des quelques clients attardés – et leurs boissons –, curieux de savoir à quelle heure ils pourront rentrer chez eux.

Mais le plus important c'est que Miss Gambie vient de quitter les lieux et que, restée seule, Miss Pull rouge fixe son verre, mise à nu par son attente.

La voilà qui approche d'un pas incertain, en portant son tabouret. Elle le pose.

« Coucou ! dit-elle tout enjouée avant de se détourner vers son sac, le temps que le sang reflue de son visage.

– C'est sympa ici », dis-je une fois qu'elle est assise. Je lui souris. Elle arrange ses cheveux et me regarde. Ses pensées se concentrent peut-être sur son bas-ventre, à l'écoute des sensations que je fais naître dans cette région de son corps. Je nous commande à boire et nous attendons nos verres en silence comme si notre conversation ne pouvait pas commencer sans eux.

Je coupe court à ses pâles efforts pour retrouver son porte-monnaie et fais mettre les boissons sur ma note.

« Et cette conférence sur la Gambie, c'était bien ? » Elle lève les yeux au ciel et sourit.

Notre première plaisanterie complice.

« À croire qu'elle y a passé un an, pas quelques jours de vacances.

– C'était donc vrai, il n'y a pas plus chiant que la Gambie. »

Je souris à nouveau et je me présente. Sans donner mon vrai prénom. Je hais mon vrai prénom.

« Patricia. Enchantée », dit-elle et elle s'apprête à me serrer la main mais, ce soir, pas besoin de sortir une de mes excuses toutes faites, je n'ai qu'à lui montrer mes jointures couvertes d'entailles et mon sparadrap pour y échapper.

« Je me suis battu avec la haie ce matin. Négligée depuis trop longtemps. Elle était *énorme.* »

Elle rit un peu trop, vu le commentaire, et elle en profite pour effleurer mon bras.

La plupart des femmes ont les mains froides. Mauvaise circulation. Surtout si elles prennent la pilule et j'espère sincèrement que c'est le cas pour Patricia.

C'est pas trop mal « Patricia », mais je ne lui donnerais des petits noms ni par amour ni pour tout l'or du monde.

« J'ai l'impression que tu as un léger accent, non ? dit-elle.

– Oh non ! Tu l'entends, toi aussi ? Je vis au Canada. Je m'y suis installé il y a environ six ans… Ça m'énerve de perdre mon accent d'ici.

– Wouah, le Canada ! » Mais je vois qu'elle a comme un pincement au cœur. Elle est peut-être déçue d'apprendre que je n'habite pas dans le coin.

« Oui, je m'y plais bien. » Tu parles ! « Un pays civilisé. Plein de place.

– Ta famille ne te manque pas ? Tu vis là-bas de façon permanente ?

– Moi… » Le côté rituel de cette conversation fait littéralement plonger mon ascenseur intérieur. « Je crois que j'en apprends beaucoup plus sur moi-même en vivant loin de là où j'ai grandi. »

Elle boit quelques gorgées. « Je suis allée à l'étranger. En Asie surtout. » Elle regarde sa main sur le verre de vin blanc d'un œil un peu distrait. « Mais pour moi ce n'était pas la même chose. Ce n'était qu'une fuite. Voyager permet de rompre les liens, tu vois ? Pas de famille, pas de vieux amis. Un nouveau passé si ça me chantait. J'étais avec l'amie qui vient de partir. » Elle fronce le nez et me fait une sorte de sourire. « On s'amusait à ce jeu idiot, celui où on s'invente un nouveau prénom et un nouveau boulot à chaque rencontre. Qu'est-ce que j'ai été, encore… ? » Elle compte sur ses doigts : « Dresseuse de dauphins – belle trouvaille, celle-là ! – prothésiste spécialisée dans les orteils artificiels. Ah oui, j'ai aussi raconté que mon arrière-arrière-grand-père avait inventé le point d'interrogation. »

Nous en rions un instant, mais l'hilarité est de courte durée et nous contemplons tous deux le fond de nos verres.

« Au final, les voyages ne sont qu'une forme de distraction, non ? reprend-elle en rompant le silence. Une façon de tricher. Je ne dis pas du tout que c'est ton cas. Vivre à l'étranger, c'est autre chose. Mais quand on revient, on retrouve les mêmes problèmes, plus les dettes. »

Je m'apprête à boire mais mon verre est vide. Patricia regarde l'expression qui se peint sur mes traits, lance un « Enfin, bref ! » en forçant sa voix, sa posture et son visage à s'égayer – mais pas pour longtemps. Ses paroles déprimantes lui font autant d'effet qu'à moi.

« Si je vis à l'étranger, c'est parce que je m'y sens bien, Patricia. J'aime ma vie au Canada – et ma carrière dans l'administration pénitentiaire. » Je fais signe à la barmaid. « Je n'ai pas forcément besoin d'aller plus loin, vous voyez ? Mais en creusant j'en arriverais sans doute à la même conclusion que vous, en gros. »

Cela ne m'amuse pas de lui mentir mais je n'ai pas vraiment le choix. L'homme que je suis en réalité, personne n'aurait envie de le ramener chez soi et de coucher avec.

Cette fois, je n'accueille pas la barmaid avec mon air enjôleur : pour séduire Patricia, je ne témoigne aucun intérêt à cette charmante jeune femme.

« Un autre ? » dis-je à Patty qui, l'air un peu abattu, reste un instant perdue dans ses pensées. Elle se ranime, hoche la tête et l'employée s'éloigne d'un pas traînant (au-dessus de sa tête son lit flotte dans un nuage de plus en plus petit).

Quand les boissons arrivent, je laisse Patricia payer. La barmaid ignore sa main tendue, pose la monnaie sur le comptoir et s'en retourne bouder à l'autre bout du bar. J'estime à une dizaine de minutes le temps qu'il me reste avant qu'on se fasse virer et que tout soit terminé. J'en serai quitte pour rentrer chez moi tout seul.

Je me penche en avant, ma main atterrit sur le genou de Patricia et en profite pour se glisser un peu plus loin, sur les sillons du velours côtelé. Je reste assis là, soûl, le bas-ventre palpitant du risque que je viens de prendre.

Je pourrais résister à la tentation stupide de compter sur une inconnue pour me réconforter mais je choisis de poursuivre dans cette voie simpliste et stupide. Comment échapper à ses propres mécanismes ? Appuyez sur le bouton et vous aurez un bonbon. Si basique que ce soit, un bonbon reste un bonbon. Qu'importe si on est esclave de soi-même : pas de bouton, pas de bonbon. La vie est trop dure pour qu'on puisse se permettre d'ignorer ces petits réconforts. Pourquoi s'en vouloir d'être d'une nature aussi rudimentaire ? La culpabilité et la gêne, je m'en occuperai plus tard. Pour l'instant je suis vivant, je le sens à mon cœur qui tambourine et au renflement niché entre mes jambes. Patricia regarde ma main couverte d'entailles sur sa cuisse et, moi, je fixe le sommet de sa tête. Les employés du bar doivent attendre, eux aussi : leur conversation s'est interrompue d'elle-même. Nous nous demandons tous ce que va faire Patricia.

En tout cas, elle ne se presse pas.

« Gardien de prison, c'est ça ? » Elle prend son verre d'une main mal assurée puis s'arrange les cheveux en souriant. « Moins original que dresseuse de dauphins. Mais c'est pas mal comme idée.

– Ha ! ha ! Il n'y a rien d'exotique à passer son temps dans un endroit où la société envoie les gens qu'elle a punis.

– Je t'aurais cru si tu m'avais raconté que tu étais mannequin », répond-elle avec un rire forcé en décochant une œillade à mes lèvres.

Bingo ! Je m'étonne toujours du décalage entre l'effet que je fais aux autres et ce que je vois en me regardant dans le miroir. Je provoque souvent ce genre de réaction mais j'en suis toujours surpris : c'est comme se découvrir plus riche qu'on ne le croyait.

« Tu es allé à l'école dans le coin ?

– Oui. » Je m'entends parler dans une sorte de brouillard – l'effet cumulé de tout l'alcool que j'ai bu et des endorphines qui commencent à se répandre dans mes veines.

« Laquelle ?

– Oh, j'en ai fréquenté des tas. J'étais un peu rebelle. » Elle essaie de me classer en fonction de mon ancienne école, cela ne me plaît pas.

« Tu es allé à Wilson ?

– Pendant quelque temps, oui. Pourquoi ? »

Elle hausse les épaules. « Pourquoi es-tu revenu ? Simple visite ? »

Du bout du doigt elle caresse le dos de ma main, trace un cercle autour de mes jointures meurtries ; quand elle retourne mon poignet, elle sursaute un peu en découvrant les lésions sur ma paume : la peau flétrie ressemble à de la cire fondue qui s'est figée. Elle lève les yeux vers moi puis les repose sur ma main et dessine les contours de ma brûlure avec son doigt. Elle décide de ne pas poser de questions et se contente d'observer un silence poli avant de reposer délicatement ma main sur mon genou en souriant. Je nous console, ma cicatrice et moi, en prenant le verre de bière dont je bois une bonne lampée.

« Je suis là parce que ma maman va bientôt mourir. » J'aime lui assener cette réponse alors qu'elle vient de me repousser.

« Oh, mon Dieu ! dit-elle. Désolée.

– Pas grave. Mais je ne voulais pas jeter un froid dans la conversation. » Notre conversation, j'ai l'impression qu'elle s'essouffle sur la bande d'arrêt d'urgence après avoir filé sur l'autoroute.

« Pourquoi, qu'est-ce qu'elle… ?

– Cancer. » Je me donne une tape sur le front. « Tumeur au cerveau.

– Oh, quelle horreur ! » Non, sans blague ! « Comment tu vis ça, toi ? » demande-t-elle et en m'effleurant le bras sur le « toi ».

Je vous l'avais bien dit qu'elle était ce genre de fille. Mais ce n'est que sa façon d'être, rien de plus profond. Un bouton sur lequel on appuie.

« Je ne sais pas ce que je ferais si…

– Bien sûr que si. » Sur ces mots, je lui touche à nouveau la jambe, un peu plus haut et avec la bonne main cette fois-ci. « Tout le monde dit : “Comment tu t'en sors ?” ou : “Je n'y arriverais pas.” Mais qu'est-ce que tu ferais ? Tu rentrerais dans ton trou pour ne plus en ressortir ? À la place de ma mère, je voudrais rentrer dans mon trou. À sa place je serais incapable d'affronter ça. »

Ses yeux s'embuent et les miens aussi – sales traîtres !

« Je suis désolée. » Elle baisse à nouveau les yeux et prend ma main dans la sienne. Je ne veux pas de sa compassion mais je la laisse faire. Si ça peut l'aider à se décider. Je suis prêt à tout pour ne pas rester assis là avec ma tristesse. Pas aujourd'hui, non merci.

« Et toi ? Qu'est-ce que tu fais dans la vie ?

– Mais je te l'ai dit, répond-elle. Dress…

– Dresseuse de dauphins. Ouais, ouais. Allez ! »

Mais, à cet instant, alors que j'essaie de nous faire décoller de la bande d'arrêt d'urgence, la barmaid vient nous annoncer qu'il est temps de partir.

« Oh ! » dit Patricia en se redressant. Elle me regarde et je cherche un moyen de renouer le fil de notre conversation mais la fille reste plantée là, en face de nous. Je me tourne vers elle : « Merci » – en clair : « Dégage. » En effet, elle s'en va échanger une plaisanterie avec ses collègues et, quand je me retourne, Patricia a un stylo à la main et cherche un bout de papier.

Pas question, ma jolie ! « Et si nous allions prendre un verre ailleurs, Patricia ? »

Elle relève la tête des tréfonds de son sac et, pendant quelques instants, nous restons nez à nez pendant qu'elle effectue une équation extrêmement complexe où entrent sans doute en ligne de compte l'image qu'elle se fait de son physique aujourd'hui, l'heure de sa dernière douche, ses projets pour demain, mon physique, son cycle menstruel… sans parler de toutes les foutaises qui peuplent son inconscient et des aspects de sa personnalité qui font vibrer le mien sur cette longueur d'onde invisible qui s'établit entre les gens et explique les schémas récurrents.

Pendant que cette équation s'écrit sur le tableau noir de son cerveau, je me penche rapidement vers son oreille pour lui dire que j'aimerais vraiment passer la nuit avec elle, pas pour le sexe, juste parce que je la trouve très jolie. Que j'ai envie d'être aux petits soins pour son corps. En lui soufflant ces paroles à l'oreille, je hume sa peau toute proche et le parfum de cette intimité me plaît.

Quand je me redresse, je n'y comprends plus rien : c'est peut-être à cause du manque que j'essaie de cacher. Elle s'est peut-être aperçue qu'une partie de moi cherche désespérément à parvenir à ses fins et appuie discrètement mais frénétiquement sur le bouton parce qu'elle se remet à chercher un papier dans son sac. Elle s'interrompt un instant, pose la main sur mon bras et me dit que ça lui plairait beaucoup à elle aussi, mais qu'elle doit remettre ça à une autre fois.

Mais quelle autre fois, bon Dieu ? Si seulement on pouvait tuer certains mots !

Pendant que Patricia note son numéro de téléphone, je fixe le sommet de sa tête d'un regard noir ; la barmaid est derrière le bar, la boîte où sont stockées les cartes de crédit à la main, et elle me sourit de toutes ses dents.

Miss Pull rouge me tend le papier et appuie sur le bouton de son stylo-bille rétractile tandis que je fais de mon mieux pour sourire comme si ce n'était pas si grave. Comme si je n'avais pas envie de partir en courant et de laisser tous mes sentiments ici.

« Merci. »

Quel réconfort trouve-t-on dans un bout de papier ? Un numéro de téléphone, on ne peut pas le prendre dans ses bras.

« Cuthbertson ? Teichmann ? Ou Wilkinson ? » demande la barmaid en lisant les noms imprimés sur les trois dernières cartes de crédit et Patricia me regarde, curieuse d'entendre mon vrai nom de famille.

En attendant la fin de la transaction bancaire, je contemple ses genoux.

« Appelle-moi. Ça me ferait vraiment plaisir. » Elle se penche vers ma joue mais je fais volte-face et j'intercepte ses lèvres que j'embrasse avec toute la fougue dont je suis capable.

Quand je m'écarte, elle baisse la tête pour cacher son visage rouge tomate et range son stylo dans son sac. Je hais tout ça : l'odeur douceâtre de la bière éventée qui monte du bar, les gens qui enfilent leurs manteaux pour rentrer ensemble. Je hais les employés du bar, Maman, Robert… et les parents de Robert !

« Je n'y manquerai pas, Patricia. »

Je prends le papier qu'elle me tend et je m'éloigne en titubant puis je reviens signer la note. La barmaid me décoche un regard.

Je récupère ma carte de crédit, serre Patricia contre moi un instant, juste pour lui donner le temps de me retenir si elle a changé d'avis.

Je passe la porte et, dès que je suis assez loin, je me mets à courir sans pour autant réussir à mettre la moindre distance entre moi et tout le reste. En tout cas, l'alcool que j'ai dans le ventre m'oblige à m'arrêter sous peine d'en ressortir. Plié en deux, je respire quelques bouffées d'air puis je repars au petit trot en laissant la déception s'éloigner et la colère monter en moi.

La colère n'est pas impuissante, elle.

En l'espace de quelques rues, je me consume de rage. Je m'approche d'une vitrine et je regarde mon reflet pour essayer d'y apercevoir ce qu'a vu Patricia et savoir si j'ai vaguement réussi à sauver la face, au bar.

C'est la boutique d'un photographe, pleine de sourires coquets et de femmes trop maquillées qui me fixent dans leurs cadres dorés.

Je jette un coup d'œil sur le numéro de Patricia puis je froisse le papier, le lance par terre et je m'acharne à le piétiner. Ensuite je le ramasse, le défroisse, l'essuie et le mets dans ma poche.

Je scrute l'atelier du photographe. « Don Vincenzo », annonce l'enseigne qui surmonte la grande vitrine. Il doit s'appeler Mark ou Gary, sûrement. Je trouve son petit studio de quartier pathétique avec ses photos de mariage et ses portraits de famille totalement artificiels. Un artiste raté.

Ça me rappelle le jour où nous sommes tous allés, Robert y compris, dans une boutique de ce genre. J'avais l'impression d'être un bébé devant ce photographe qui essayait d'obtenir un sourire d'une marionnette. J'avais huit ans et il voulait que je lui fasse risette devant Robert – moi, qui me disais avant que Robert n'avait rien à faire dans notre portrait de famille ! Le photographe m'agitait une marionnette sous le nez alors qu'il traitait Robert comme un adulte.

Je cherche un objet par terre, n'importe lequel. Je trouve une bouteille de bière vide dans le caniveau et je l'empoigne. Je recule un peu, je la lance et la vitrine du photographe cesse de me renvoyer mon image pour se couvrir de craquelures étincelantes – striures, lignes brisées et toiles d'araignée scintillent, orangées, à la lumière des réverbères. Les fragments de bouteille retombent en tintant sur le trottoir mais la vitrine tient bon.

Je ramasse le goulot de la bouteille et je m'approche tranquillement d'un pan de vitrine encore intact derrière lequel le grand portrait d'une blonde me sourit. Mes yeux font la mise au point et j'y aperçois mon reflet. Je pose le fragment de bouteille juste en dessous de mon œil : chiche ? Je repense aux employés du bar qui s'amusaient de me voir éconduit par Patricia.

Quand j'appuie sur le goulot, je sens le tesson le plus pointu s'enfoncer dans ma peau ce qui m'apporte un certain soulagement. J'enlève ma main et je regarde poindre une minuscule larme de sang sur mon visage.

Je parie que ce photographe a d'autres clichés planqués quelque part : de vraies œuvres qu'il garde pour lui. Avec cette immense vitrine à sa disposition, la seule chose à laquelle il a le courage de se consacrer, ce sont ces portraits kitsch de gens ternes et ordinaires. Ces tentatives de sortir du quotidien aboutissent à un résultat d'une banalité extraordinaire. Raison pour laquelle Gary, ou Paul, ne peut pas se présenter sous son vrai nom. Il est bien obligé d'être Don Vincenzo puisqu'il n'a pas le cran d'être lui-même.

J'arpente ce bout de trottoir comme un ours en cage. Au coin de la rue, j'aperçois une brique cassée et le trou qui correspond dans le mur. Je lance la brique en l'air, la rattrape et ensuite je m'éloigne de la devanture. Une fois sur la route, je soupèse la pierre.

Que c'est bon cette colère assouvie dans le fracas assourdissant de la vitrine ! Je me couvre le visage, le verre n'en finit pas de se briser et de tinter.

Un éclat de rire m'échappe alors même que je m'effraie de ce tapage nocturne et une petite sonnerie insistante se déclenche dans le système d'alarme fixé au mur.

J'entre dans sa boutique, à ce photographe responsable de tous les maux de la terre ! Le sol tangue, mes chaussures crissent sur un tapis de verre brisé et le bruit de la sonnette d'alarme m'engloutit. J'arrache la blonde de son présentoir pour lui piétiner le visage. Ensuite je prends autant de photos que possible, sur les chevalets, sur les murs. En riant, je fourre une partie de ce butin inutile sous ma veste et je cale le reste sous mes bras, j'en amasse autant que je peux en chantant une chanson d'ivrogne – la sirène change brusquement de tonalité. Je sens le parfum d'ambiance qu'il a choisi pour son atelier, ce lâche, ce photographe amateur de pot-pourri !

Quand l'alarme se met à hurler, je dois résister à l'envie de me couvrir les oreilles. Vacillant, j'enjambe l'encadrement de la vitrine avec ma moisson de familles faussement heureuses et mes pieds s'enfoncent dans la flaque de verre brisé. Les fragments de la bouteille y sont mêlés, avec mes empreintes digitales, et le système d'alarme fait tournoyer un faisceau de lumière bleue autour de la boutique.

Les images d'enfances, de familles et de couples serrées contre moi, je prends la fuite. Je cours en riant bêtement. L'alarme perd en intensité à mesure que je m'éloigne et que ma colère reflue, elle aussi. Quand un portrait m'échappe et tombe sur le béton, je reviens sur mes pas et je me précipite pour le ramasser comme si je portais une brassée de linge et qu'une chaussette venait de tomber.

J'entends une sirène quelque part mais je ne peux plus courir. J'opte pour les ruelles secondaires jusqu'à notre rue en pente que je traverse à l'endroit où le bord du trottoir s'incurve pour rejoindre la chaussée. Comme je l'ai fait il y a tant d'années en apercevant Robert dans le jardin. Maman était aussi malade à l'époque, mais en voie de guérison. Elle allait rentrer de l'hôpital. Elle allait vivre, cette fois. Pas comme aujourd'hui.

Lorsque je franchis le portail d'un pas mal assuré, la haie m'accroche au passage et me chatouille le visage. Au moment où j'entre dans la maison, les portraits glissent un peu entre mes bras et je me penche en avant pour les retenir. Je les serre tendrement contre moi en longeant le couloir jusqu'au salon.

J'y dépose mon fardeau pour allumer la lumière puis je m'adosse contre le mur ; la fatigue et les effets de l'alcool me submergent un instant. Aucune trace de Maman à part des miettes sur le canapé. Les photos volées détonnent dans notre salon si ordinaire. Des visages plus grands que nature hâlés au pistolet et maquillés se détachent sur leur fond neutre et verni. Ces sourires ravis, ces familles heureuses, c'est du toc.

Je sors mon téléphone, je cherche la carte de visite de l'infirmière dans mon portefeuille et je me sens moite de sueur tout à coup. Je compose le numéro : une voix préenregistrée m'annonce que, si ma correspondante n'est pas joignable, je peux essayer un autre numéro. Quand elle le dicte avec son accent sud-africain, j'ai l'impression de la voir. Mon cœur se serre à cette pensée mais j'entends déjà le bip.

« Eh, salut ! Je voulais juste, ça n'a rien d'urgent en fait… Je n'aurais sans doute même pas dû appeler… » Tout en laissant mon message, je traverse plusieurs pièces en quête d'alcool et je trouve la lumière encore allumée dans la cuisine. « … un peu honte d'appeler sur un numéro d'urgence comme ça, quoi qu'on puisse appeler ça une urgence, si on veut… » Mais je ne finis pas ma phrase : la table familiale est jonchée de photos de Robert. Robert dans le jardin ; Robert en train de regarder les nuages ; Robert chez le photographe, avec des habits assortis aux miens ; Robert qui lève le nez de son livre. Et le Robert tout déglingué dans sa combinaison orange, le jour du grand saut, des années après son accident. Le jour où on l'a fait monter là-haut.

Je raccroche et je contemple tous ces visages qui me font face. Ce n'est pas un accès de nostalgie qui a poussé ma mère à ressortir ces photos. Madame ne perd la mémoire que quand ça l'arrange. Non, cet étalage n'a rien de fortuit. Elle veut jouer, c'est évident.

Mais je peux jouer, moi aussi.

14

Aujourd'hui, Papa a arrêté de faire le garde du cœur pour revenir à la maison. C'est la première fois qu'il rentre depuis que Maman est tombée malade. Sa figure est toute piquante, il sent vraiment pas bon et il est très fatigué mais il dit que Maman sera bientôt tirée d'affaire et en superforme. Et que c'est une bonne chose qu'elle soit si douillette vu que sinon ils n'auraient pas découvert sa maladie aussi vite. Si elle était plus costaude, elle serait morte.

Il ne se passe rien dans mon ventre quand il nous dit que Maman va bien. Robert se met à pleurer et va s'enfermer dans sa chambre. Vieux Débris s'essuie les mains avec un torchon et dit : « Ah, ce garçon ! » en secouant la tête.

Elle l'appelle toujours comme ça.

Maintenant que Papa est revenu, Tante Debbie peut repartir – peut-être même que Maman sera de retour dans quelques jours. Papa reste presque tout le temps avec nous et il est un peu plus joyeux. En plus il fait bien la cuisine et il m'oblige jamais à manger des soupes où ma cuillère s'enfonce même pas.

N'empêche que je me sens un peu malade. Je veux que Maman vive mais je veux pas retrouver mes sentiments, ceux qui me viennent quand Maman et Robert sont là.

Mais on pourra aller la voir aujourd'hui quand Papa aura fait un bon somme et pris une douche. Quand il monte le crier à Robert à travers la porte, il pousse des cris de joie et sort de sa chambre comme une tornade et dévale l'escalier comme un éléphant.

Je déteste l'hôpital. Ça sent bizarre, c'est plein de malades, de taches et de microbes. En plus, il y a des gens avec des aiguilles enfoncées dans leurs veines et le sang qui passe dans les tuyaux. On vous rentre la pointe en métal juste là, dans la peau, et vous devez rester couché pendant que ça rouille !

Quand on arrive sur le parking, il est plein et je peux pas m'empêcher de regarder la grande cheminée de l'hôpital.

Papa nous dit d'y aller les premiers pendant qu'il essaie de garer cette satanée voiture. Robert et moi on marche dans les couloirs pour trouver la chambre de Maman.

« Moins vite, Robert, elle est pas en train de mourir ! »

À sa figure, on dirait que c'est Noël.

La salle où est Maman s'appelle « Rossignol » et, pendant qu'on suit les panneaux, j'ai presque envie de donner la main à Robert mais je me concentre sur mes pieds : je les tourne pour faire couiner mes chaussures sur le lino. Sûrement qu'un hôpital, c'est propre comme un soulier neuf.

J'essaie de pas trop respirer pour pas attraper des maladies.

Quand on arrive dans la chambre, Maman a l'air jaune comme le beurre. Il y a quelqu'un sous les couvertures du lit d'à côté, un verre avec des dents sur la tablette et une télé au fond : elle est si haut qu'on peut pas la toucher et une balle de golf vole au milieu de l'écran. On voit le golfeur qui la regarde en faisant un salut militaire avec la main sur son front et son club toujours à l'épaule. Il se penche pour ramasser un truc et la balle reste en l'air : un peu vers l'avant de l'écran, un peu vers l'arrière sur l'autre image et, après, en plein milieu du ciel avec les nuages qui défilent. Quand elle tombe, elle rebondit presque pas et elle s'arrête très vite de bouger. La foule applaudit et le golfeur essaie de cacher son air content.

Maman nous dit : « Hé, coucou ! Bonjour ! ». Elle fait plein de bisous sur le front de Robert et elle me tend la main sauf qu'elle a un tube en plastique transparent qui part d'une aiguille enfoncée dans son poignet. Je reste où je suis, je tourne ma chaussure et ça couine. J'ai l'impression d'être un truc gonflable troué et qu'on laisse tout mon air s'échapper.

« Je ne suis plus contagieuse », explique Maman.

J'agite la tête en souriant. Mon corps m'oblige à respirer. Pendant ce temps, Robert lui fait son regard spécial rien que pour elle.

« Ça va ? elle demande. Tu es bien pâle, toi. »

Elle touche mon front en regardant par terre : ça l'aide à mieux mesurer ma température. Quand elle a fini, je m'essuie avec ma manche pour enlever ses microbes.

Même si c'est l'après-midi, on dirait que Maman vient juste de se réveiller. À mon avis, elle sent aussi comme Papa quand il sort du lit. Il a une grosse odeur de sommeil marron comme de la boue. J'évite de lui faire un câlin tant qu'il a pas pris sa douche.

« Quoi de neuf, p'tit loup ? »

Je hausse les épaules. J'aime pas être gentil avec elle devant Robert. J'aspire des tout petits coups d'air par le nez et après je me retiens encore de respirer.

« Elle t'a manqué ta maman ? Je t'ai fait une belle frayeur en tombant malade comme ça, hein ? Mais qu'est-ce que tu as ? On dirait que tu es constipé ! »

Robert se met à rigoler comme un fou et il s'assoit sur son lit ; elle le regarde une seconde mais après elle se remet à fixer ses lasers sur moi. Il y a une dame qui pleure derrière des rideaux près de nous. Maman chuchote en haussant les épaules : « Qu'est-ce que tu veux, c'était mieux quand j'étais contagieuse et que j'avais ma chambre à moi. Des lustres que je n'avais pas joui d'une tranquillité pareille. Sauf que ton père ronflait dans le fauteuil d'à côté. »

Robert joue avec la main de Maman, celle qui a le tuyau ; il regarde sa paume avec des yeux amoureux !

« Arrête de faire couiner tes chaussures, mon cœur, dit-elle. Ça me vrille les tympans.

– Je peux aller regarder la télé ?

– Du golf ? Tu préfères regarder le golf plutôt que rester près de ta maman ? Il y a si longtemps que je ne t'ai pas vu ! Maman a été très malade. »

Je hausse les épaules et je deviens rouge comme une tomate.

« Bon, vas-y. Vas-y, si tu veux. Tu me tiendras compagnie, hein, Robert ? »

Il la serre dans ses bras, ça arrache presque l'aiguille. Peut-être même qu'il va la casser dans sa veine : le sang va emporter la pointe et elle ira se planter dans son cœur. S'il lui fait du mal, il est mort !

Je m'approche de la télé en essayant de pas voir les lits avec toutes ces dames qui ressemblent à des marionnettes en caoutchouc sans mains pour les faire bouger. J'en vois une qui me sourit et me fait signe d'approcher. Je me retiens encore plus de respirer et je me concentre sur la télé avec un golfeur qui regarde une balle et le trou dans la pelouse. Il y a un monsieur à côté de lui, il porte des clubs de golf et il tient un parapluie au-dessus du golfeur comme si c'était le roi d'un pays.

Robert parle à toute vitesse en agitant les bras, assis sur le lit de Maman avec ses chaussures par terre et ses chaussettes qui se voient… Maman sourit et bouge un tout petit peu les lèvres en même temps que lui.

Quand Papa arrive dans la chambre, tout le monde se donne des gros bisous : *smac smac !* Il me cherche des yeux et il me fait signe de venir aussi comme si c'était la fête. Il s'assoit à côté de Maman sur le lit et ils ressemblent à une pub pour un truc qui fait envie, tous les trois.

Après, le golfeur rate le trou. Il le rate. Le trou est vide avec la balle à côté et je sais pas pourquoi mais ça me rend un peu triste. Comme si le trou de golf était malheureux. La vieille dame qui fait peur me chuchote : « Eh, petit ! » en agitant encore la main pour que j'aille la voir. Je bouge plus du tout, je regarde la télé avec la tête tout en arrière et mes larmes vont se cacher dans mes cheveux.

Maman va bientôt rentrer à la maison et, moi, j'ai de plus en plus peur. Les sentiments sont méchants. Je m'essuie les yeux sans que personne le voie et je souffle pour chasser les tremblements de ma gorge.

« Hé, Ballesteros, viens par ici ! » dit Papa.

Je m'approche lentement et, pendant qu'ils parlent, je réfléchis au nombre de gens qui doivent mourir en ce moment. Combien font caca ou éternuent des microbes ? Et combien d'animaux sont en train de mourir ? Ils n'ont pas le choix, ils meurent tout seuls. Personne n'est là pour tenir la main aux animaux.

Il y a tellement de gens dans le monde que quelqu'un est sûrement en train de mourir, ici, dans cet hôpital ou d'être brûlé après la mort.

Tous les hôpitaux ont une cheminée par où les gens ressortent en fumée.

Papa me demande : « T'en penses quoi, toi ? C'est pas une bonne idée ? »

J'agite la tête pour dire oui même si je sais pas de quoi je parle.

Le monde est si grand, rien que d'y penser ça me gratte les méninges.

Papa et Robert sont sur le lit avec Maman. Papa dit qu'il va lui faire sa toilette au lit et elle le repousse. Je me tiens à la barre en métal, celle qui porte le panneau avec sa feuille de température pleine de microbes et, eux, ils continuent à se faire blablabla alors qu'on va tous mourir.

Après, Maman regarde ma figure et dit : « Oh ! » comme si j'étais le plus mignon du monde. « Viens là. » Sa voix est toute tendre, ses yeux deviennent humides, à elle aussi, et Robert doit se pousser vu qu'elle me prend tout contre elle. C'est bien son odeur de Maman, même si elle peut mourir d'une minute à l'autre.

Je déteste que Robert me voie pleurer.

Papa pense que Robert peut retourner à l'école mais que, moi, j'ai besoin d'un peu plus de temps.

Génial !

Il téléphone à mon école et comme tout le monde risque d'attraper des méningues aux coqs, ils sont plutôt contents de savoir que je reste à la maison. Ça veut dire que moi et Papa on sera les seigneurs du château ! Sauf que je suis inquiet vu que d'abord j'ai eu la diarrhée à cause de tous les antibiotiques que je devais prendre, mais maintenant que j'ai arrêté les médicaments, j'ai pas fait un seul caca depuis des jours.

Quand je le dis à Papa, il me court après dans toute la maison avec une ventouse.

Aujourd'hui, on s'occupe des haies. Il me donne de l'argent de poche en plus quand je trimballe les sacs noirs pleins de feuillages. J'aime bien travailler avec Papa, sauf qu'il veut jamais me laisser essayer le taille-haie. Il en est superfier mais c'est dangereux pour les enfants vu que c'est très tranchant et qu'il faut surtout pas couper le fil électrique orange (couleur spéciale anti-débiles).

« Ça n'existe pas, les haies orange ; si le cordon était vert, le monde entier serait débarrassé d'un bon gros tas de débiles. »

Parfois il me laisse lui donner le taille-haie quand il est déjà monté sur l'échelle et qu'il l'a oublié. Je suis obligé de le tenir à deux mains. Et des fois il me le passe pour redescendre. Elle est bien, l'échelle, mais le sol n'est pas bien plat alors Papa me laisse jamais monter ou sinon juste trois marches s'il est à côté.

On s'amuse bien jusqu'à ce que Robert rentre et nous gâche la fête. Il est assez grand pour prendre le bus tout seul maintenant. D'abord, il va dans la maison mais après il sort lire son livre sur les nuages et de temps en temps il nous les fait voir. Aujourd'hui, il nous en montre plein qui ressemblent à des haies. Plus un gros nuage en forme de pied.

Il y a eu trente-trois millimètres de pluie depuis que Maman est tombée malade.

Au bout d'un moment, Papa s'arrête de tailler les haies alors qu'il a pas fini. J'ai envie qu'il continue mais il dit que le dîner est plus important et que, de toute façon, Maman s remarquera sans doute même pas. Vaut mieux nettoyer la cuisine. Quand je l'aide à ranger le matériel, Robert vient nous aider.

« Non, Robert, c'est mon travail. PAPA !

– Laisse-le gagner sa croûte, Robert. Tu es un bon p'tit gars. »

Ce soir, on va à la patinoire même si Maman est encore à l'hôpital. Je me sens coupable mais juste trois secondes.

Robert est nul en patin à glace. Papa aussi, sauf qu'il est trop drôle ! Moi j'aime bien patiner mais, chaque fois que j'en fais ou que j'y pense, je peux pas m'empêcher d'imaginer que je tombe et qu'on me coupe les doigts en patinant dessus.

Certains trucs ne sont plus jamais pareils quand on sait ce qu'ils peuvent faire comme mal.

Robert tombe sur la glace et se cogne le menton. Je vois bien qu'il a mal mais il reste étalé là en souriant. Je m'approche et, pendant une seconde, j'ai envie de lui patiner sur les mains. Vraiment envie. Il y a des trucs qu'on a envie de faire même si on doit pas les faire. Et d'autres non alors qu'on devrait.

Après, il y a du poulet à la Kiev au dîner et aucun des trois n'a laissé couler son beurre d'ail – en plus on regarde *Dumbo* et j'ai le droit de rester debout aussi tard que Robert même si Maman revient demain. Papa et Robert sont heureux.

C'est presque l'heure du coucher et Papa sifflote en bas avec la radio qui blablate des trucs barbants pendant qu'il nettoie la cuisine. Je sors de mon lit et je me mets dans mon sac de couchage. C'est assez excitant que Maman revienne à la maison mais, en même temps, ça fait le même effet que les dimanches soir, les contrôles de maths, l'huile de foie de morue, les poireaux ou le dentiste. Je parie que Robert est réveillé lui aussi : il doit ranger sa chambre et s'entraîner à être tout gentil.

Maman rentre demain et tout le monde est content sauf moi. Je crois que je suis méchant.

15

Il y a des semaines qu'aucune sonnerie ne m'a tiré du sommeil à heure fixe, mais hier soir j'ai mis mon réveil assez tôt pour voir la réaction de Maman. Je me douche et m'habille aussi vite que je peux et avec le moins de bruit possible ; mon crâne souffre de tout l'alcool d'hier soir, mon ventre me rappelle la vitrine que j'ai cassée et la façon dont je me suis humilié devant Patricia. N'empêche que j'ai son numéro.

Debout dans la cuisine, je regarde les photos de Robert, toujours étalées sur la table, et ensuite je remonte notre rue d'un pas vif jusqu'à la boulangerie. Pas si amnésique que ça la mère ! Sans parler de son comportement avec moi, hier, dans la voiture.

Quand je reviens à la maison, comme il n'y a toujours aucun signe de son réveil, je vais au salon admirer mon œuvre. Je dois admettre que c'est réussi. Très réussi.

J'enfourne les viennoiseries et je dresse la table autour des photos de Robert en plaçant Maman du côté où elle aura une vue imprenable sur ma réplique.

Voilà, je l'entends se déplacer au premier étage, avec son pas traînant de zombie. Je sors les pâtisseries, je les pose sur une assiette et je suce mes doigts pour les rafraîchir – plus quelques miettes de pâte feuilletée au beurre, pour ma peine. Je sers le jus d'orange bien frais, recule un peu pour admirer l'ensemble et rapproche la corbeille à fruits de sa chaise. Elle trébuche à l'étage et quelque chose s'écrase par terre. Je vais au pied de l'escalier. « Ça va ? »

Une sorte de « oui » me parvient d'en haut. Mais la voix est morne, des larmes vont peut-être suivre.

Dans la cuisine, j'attrape le paquet de céréales, je verse du lait dans une carafe et ensuite je prépare bols et assiettes ; le soleil matinal projette un trapèze éclatant sur le tapis, tout est calme dans la rue.

Je me perche sur le bras d'une chaise et je contemple tous les portraits d'inconnus qui ont pris nos places sur les murs. Des clichés de pro, écœurants, ça déborde de visages maquillés et de sourires forcés.

J'aime voir comment une photo révèle les lignes de faille. En dépit du professionnalisme, on décèle une lutte subtile pour reléguer les autres au second plan face à l'objectif : des parents posent avec leurs enfants mais la mère les tient tous les deux et le père, un peu à l'écart sur le côté, se penche vers eux. Tout sourire quand même, le papa. Elles en disent long, les poses que prennent les gens le temps d'un déclic. Tout comme l'image que nous choisissons de donner – la place que nous avons l'habitude d'occuper dans une photo de groupe, au premier plan ou dans l'ombre des autres.

J'entre dans la cuisine et je mets la bouilloire en marche. Je siffle un des airs qui passaient hier soir au bar. Quand l'eau commence à gronder, j'aplatis la feuille où est noté le numéro de Patricia dont je regarde l'écriture comme si c'était sa personne que je contemplais – mon pied rageur a laissé un bout d'empreinte sur le papier.

Le bouton de la bouilloire bascule en position arrêt et, alors que je verse l'eau chaude, j'entends la vieille dame faire craquer les lattes du palier. Je lâche tout pour aller l'accueillir. Elle est là-haut sur la douzième marche : sa bedaine pointe, sa chemise remonte et laisse voir sa peau moite. Elle ne me reconnaît pas tout de suite. J'affiche un sourire de façade.

Quand elle pose lourdement son pied sur une marche, ses bajoues tremblent ; sa poitrine est presque plantureuse avec tout le poids qu'elle a pris et elle s'appuie sur la rambarde derrière laquelle je me postais pour épier mon monde. Elle pose délicatement l'autre pied : sa cheville bandée paraît énorme, mes bons soins d'infirmier font l'affaire, mais tout juste. Dans sa main libre elle tient le pilulier en plastique : la plupart des petits volets sont ouverts et on n'entend plus que quelques cachets à l'intérieur. Je l'ai rempli pas plus tard qu'hier.

Elle descend l'escalier en boitillant – délicate chorégraphie de la cancéreuse – mais je ne m'y laisse plus prendre. Je sais que la véritable Maman est toujours là-derrière.

Le poing levé en face de la bouche pour mimer le micro, j'annonce : « M*eeee*sdames et messieurs, voic*iiiii* : *Maman* ! » Je fais monter une brève salve d'applaudissements et elle sourit en fronçant les sourcils. « Comme vous pouvez le voir, Maman porte un ensemble tout à fait *exquis* aujourd'hui… » Elle continue à descendre pas à pas, le regard un peu réprobateur, mais pas vraiment surprise par mon baratin, comme si on faisait ça tous les jours de la semaine.

« Oui, messieurs dames, en avant-première et en exclusivité pour vous, voici "Chaos", la collection d'été de Cancer Klein. Une collection présentée en Europe à l'occasion d'un défilé trop mortel : "Phase terminale !" » Nouveaux applaudissements. « L'essence même d'une mode où les couleurs détonnent, messieurs dames. Notez la juxtaposition des différentes nuances de rouge. La chemise de travail, masculine, très femme active, se porte avec la petite laine en cachemire – message : "Je vis mes dernières heures mais mon style est décontracté !" Sans parler de ce bas de jogging blanc cassé qui invite le regard à glisser sur le ventre (tous nos remerciements à notre sponsor : les glaces MilkMaid !) pour se poser sur les jambes. C'est ce qu'on appelle la mode tout de travers, messieurs dames – et très souvent portée à l'envers, qui plus est. »

Elle est arrivée à la dernière marche et je la salue par une nouvelle série de *clap clap* enthousiastes auxquels elle répond par un sourire chaleureux sans cesser de se passer la langue sur les dents.

Le cœur battant, je me précipite vers la table de la cuisine sous les regards fixes des portraits où posent des familles inconnues (nos photos à nous, je les ai entreposées dans la cabane du jardin tout humide). Les nouveaux cadres ne correspondent pas aux carrés plus sombres qui apparaissent sur les murs décolorés par la lumière du jour.

Je lui montre la place de choix que je lui ai réservée en cherchant à deviner si elle a remarqué quelque chose. Je pose un élégant baiser sur sa joue : elle sent le dentifrice et le bandage commence à se défaire autour de sa cheville.

« Dormi ? » dit-elle avec un gentil sourire en s'asseyant. Ses yeux brillent dans sa petite tête à moitié chauve. Ensuite elle fixe les couverts comme s'ils lui parlaient chinois.

« Un feuilleté à la confiture, Maman ? » La main derrière le dos, je lui tends l'assiette. Elle regarde les viennoiseries, secoue la tête. Je remplis son bol de céréales, verse le lait et saupoudre le tout d'une bonne dose de sucre. Elle lève la tête vers moi ; grâce à la rétention d'eau et à l'embonpoint, les rides ont presque disparu de son visage et sa peau est aussi lisse qu'un genou enflé.

« Bien dormi ? demande-t-elle en modulant la fin de sa question d'une voix chantante.

– Oui. » Je la regarde un instant. « Tu as pris tes cachets, toi. »

Mon amie l'infirmière a dit que les pans de mémoire perdue peuvent resurgir n'importe quand, l'espace de quelques instants. Ou pas. Le sourire aux lèvres, Maman attend que je lui indique la marche à suivre. Je m'assieds, me sers des Krispies et du lait ; je plonge ma cuillère dans le mélange tout crépitant.

Sans lâcher son pilulier, elle observe chacun de mes gestes, son regard se pose sur ses couverts et revient encore une fois sur les miens. Quand je prends une bouchée de céréales, elle m'imite. Mais elle mâche la bouche ouverte et le lait lui coule sur le menton.

« Alors, tu as ressorti les photos de Robert, à ce que je vois, Maman », dis-je calmement, sur le ton de la conversation. Détaché.

Regard vide. Je pointe ma cuillère vers les clichés éparpillés à l'autre bout de la table. Elle contemple Robert, puis baisse à nouveau les yeux sur ses céréales, le visage crispé. En secouant la tête à mon intention bien qu'elle ne me regarde pas, je me penche et je fouille dans l'amas de photos pour retrouver celle où on le voit attablé à la même place qu'elle mais sanglé sur sa chaise, avec un torchon coincé dans le col pour protéger ses habits et un tapis en plastique étalé par terre. Je lance le cliché vers Maman, il atterrit presque dans le bon sens ; mon cœur cogne rageusement et mon ventre se contracte avec une force terrifiante.

Je lui montre l'image et je sonde son regard en essayant de garder une attitude neutre et lisse. « Finalement, tu te retrouves dans le même état que lui, Maman. » Comme je souris, elle fait de même, sans trop comprendre, essaie de manger une autre cuillerée de céréales, en rate la moitié et trempe son index dans le lait. Elle mâche pensivement comme une vache en train de ruminer, mais ce sont les portraits du photographe qu'elle regarde maintenant et tout mon épiderme se hérisse comme sous l'effet d'une force statique.

Elle contemple la photo où une famille entière pose en file indienne : le père, devant la mère, et tous les enfants à la queue leu leu derrière eux.

Elle passe au portrait du petit garçon, cheveux bruns et salopette jaune, à côté de son frère qui porte déjà des lunettes ; il n'a pas plus de huit ans. Sa petite main est posée sur l'épaule de son aîné et son visage reflète l'incertitude. On entend presque les ordres aboyés par les voix hors champ.

Pourquoi faut-il toujours sourire à l'objectif, d'abord ? Comme si on était toujours heureux ! Ce serait si terrible d'avoir des photos de la vie réelle encadrées sur nos murs ?

La vieille dame fixe ces inconnus, la bouche ouverte, la cuillère à la main, et le bout de son index trempe toujours dans le lait. Attentif à chaque tressaillement de son visage, je continue à mâcher lentement, en me tenant comme elle me l'a inculqué à force de tyrannie : droit et correctement. Je l'épie l'air de rien. Les Krispies me rappellent Robert après l'accident, un Robert explosif qui tressaillait de partout. Je me souviens de tous les dîners que nous avons endurés quand il est rentré de l'hôpital. Robert poussait des hurlements à cette même table. Robert voulait qu'on le détache de sa grosse chaise. Qu'on lui enlève son bavoir. Maman essayait de garder son sang-froid et, moi, je mangeais tranquillement, sans plus personne pour surveiller mes manières. Plus invisible que jamais, mais apaisé d'une certaine façon. Ou parqué dans ma chambre avec un plateau-repas et le volume de la télé assez fort pour couvrir le ramdam de Robert. Je me rappelle le cou cramoisi de Maman ; les rougeurs liées au stress s'étendaient sur sa peau mais elle se consacrait encore plus à Robert depuis qu'il dépendait totalement d'elle. Sans parler du petit paquet de Valium dans la salle de bains. Le paquet est devenu moins petit… et Maman a commencé à flotter parmi nous.

En ce moment même, un son navigue dans sa gorge tandis qu'elle pointe sa cuillère vers les photos ; un peu de lait goutte sur la corbeille à fruits et son unique pomme ridée.

« Quoi, Maman ? Qu'est-ce qui se passe ? Enlève tes coudes de la table. Tu sais bien que ça ne se fait pas. »

Sans un regard pour moi, elle ferme la bouche pour avaler et fixe tous ces portraits en plissant le front. Quand elle se retourne, sa chaise grince et d'autres inconnus l'observent. Dans certains cas, même leur origine ethnique est différente de la nôtre. Maman se retourne vers moi, le souffle court. Elle lève sa cuillère et la braque sur eux puis se lève à moitié, en vacillant sur ses jambes. « Qui ? » demande-t-elle.

Je replonge ma cuillère dans les céréales et je mâche en savourant le bruit qui envahit ma tête. J'avale. « Tu parles un peu, aujourd'hui, hein, Maman ? C'est un de tes bons jours, on dirait. » Je m'envoie une nouvelle bouchée de Krispies. Impassible, j'écoute le pilulier trembler sous l'effort dans la main de Maman, toujours à moitié levée de sa chaise. Elle n'est plus sous Valium mais une expression lisse et absente flotte encore sur son visage.

Enfin, pas maintenant : non, elle est revenue sur terre.

« S'il te plaît ! implore-t-elle, au bord des larmes.

– Tu as forcé sur les médicaments ? Fais-moi voir ça. » Je pose ma cuillère en mâchant la bouche fermée, j'essuie mes lèvres avec une serviette en papier et je tends la main ; comme elle refuse de me donner le pilulier, je me lève et je vais dans la cuisine pour en revenir avec le même torchon que celui de Robert, sur la photo. Je le coince dans le col de sa chemise.

« Voilà, dis-je de ma gentille voix spéciale enfants placés, c'est pas bien, ça, ma petite Maman ? Toi aussi, t'es un vrai petit cochon, maintenant ! »

Je place la photo de Robert bien en face d'elle mais elle continue à fixer les murs en fouillant dans sa mémoire et un bruit enfle dans sa gorge. La revoilà sur le petit bateau perdu dans les hautes mers de son cerveau : elle essaie de maintenir ses souvenirs en place sur les murs de la cabine. Voyez comme ils tombent et se fracassent sur le sol...

Je n'aime pas la voir souffrir mais une autre partie de moi a besoin de ce cri que j'entends monter dans sa gorge.

« QUI ? » supplie-t-elle, et sa lèvre inférieure tremble, mouillée de lait ; sa cuillère tombe bruyamment dans le bol mais ses doigts restent en l'air, tachés de blanc, eux aussi, alors que son visage se décompose et que les larmes commencent à couler – je ravale les miennes et je respire à fond pour chasser l'émotion.

« Qu'est-ce qu'il y a, Maman ? » dis-je tout à coup comme si je venais juste de comprendre. Comme si cet instant était de la plus haute importance. Je me retourne pour regarder les étrangers qui nous dévisagent sur les murs et ensuite je lui fais face et je vois son visage suppliant, brisé, cassé en deux.

Je prends l'air horrifié. « Quoi, Maman, tu ne sais pas qui sont ces gens ? » Je me penche en avant et je secoue lentement la tête : « Tu les as oubliés ? Oh, pauvre, pauvre Maman ! »

La pitié qu'elle lit avidement sur mon visage apaise un peu ses pleurs et ses hoquets. Un petit cachet blanc s'échappe du pilulier entrouvert et tombe sur la table. Elle le suit des yeux, me décoche un regard assassin mais je ne vais pas en rester là, pas question !

Elle se précipite sur le comprimé et appuie frénétiquement dessus pour le coller à ses doigts mouillés et le porte à sa bouche d'un geste maladroit, comme un géant mangerait un être humain. L'amertume la fait grimacer et elle veut prendre le jus d'orange mais je me jette en avant pour le lui enlever, ainsi que mon verre, plein, et la carafe de lait.

Je pose toutes les boissons sur le buffet avant de me retourner vers elle : la langue crayeuse, la main devant la bouche, elle écarquille les yeux. Maintenant elle a vraiment l'air de ne plus savoir qui je suis.

« Tu ne connais même pas ta propre famille ! » Je secoue la tête sans plus cacher mes larmes, comme si son amnésie en était la raison. Les hoquets qui la secouent sont si violents que j'ai l'impression qu'elle va mourir. Mais tout ce que je veux, c'est qu'elle entende mon désespoir, qu'elle me voie me mordre la lèvre.

« Pourquoi tu faisais ça, Maman ? Pourquoi tu te fichais de ce que je vivais, *moi* ? » Je sens le point rouge s'effacer sur ma peau, là où j'ai appuyé mon doigt. Maman me répond toujours par le même désespoir pathétique et bégayant auquel s'ajoute un bruit qui monte, enfle et se prépare à exploser pour de bon.

Je veux entendre cette putain d'explosion.

Je me lève et je me penche vers elle, les poings sur la table ; je tremble si fort que la vaisselle du petit-déjeuner oscille. « Regarde un peu ce que tu es devenue ! »

D'un bond, je contourne la table en faisant tomber ma chaise et je prends la photo de Robert sur le même siège et dans le même état qu'elle. Je la lui fourre sous le nez. « Le karma, c'est le karma, Maman ! Et toi qui me gueulais dessus, hier ! »

Je me précipite sur le cliché où on me voit, chez le photographe, il y a tant d'années. « J'avais huit ans ! Regarde-le, cet enfant. Il n'était pas assez bien ? Il n'était pas assez brisé pour toi ? »

Je laisse tomber la photo dans ses Krispies et je recule d'un pas en sanglotant. Maman regarde mon visage, inspire profondément et enfin…

Appuyez sur le bouton, vous aurez un bonbon !

À bout de souffle, elle finit par s'arrêter de crier et l'air s'engouffre dans ses poumons. Elle baisse la tête, voit le torchon toujours coincé dans son col… et ces inconnus sur le mur. Un autre hurlement jaillit : j'en ai la chair de poule mais, en même temps, ses cris me remuent les tripes.

Puis elle se tait et se tourne vers moi tandis qu'Alfie traverse rapidement la pièce et file dehors par la chatière. Son visage se décompose et elle se jette sur les photos de Robert ; à plat ventre sur la table, elle sanglote à n'en plus finir en les serrant frénétiquement contre elle ; la nappe glisse et manque de la faire tomber par terre, son bol de Krispies bascule et se déverse sur elle. Le front tout contre la table qui assourdit ses pleurs, elle rassemble tous les Robert et les prend dans ses bras… le papier se froisse.

« Pardon, Maman ! » J'essaie de la relever mais elle me repousse et la sonnette retentit comme à la fin d'un match de boxe.

Je me fige ; la vieille dame continue à pleurnicher, prostrée sur Robert. « Chut, Maman ! »

Je fais un pas vers la fenêtre en m'essuyant les yeux et je laisse Maman gémir sur la table, couverte de lait et de Krispies, avec son ventre qui dépasse.

Je remets de l'ordre dans mes habits et dans mes cheveux. Bien qu'un peu essoufflé, je me sens gagné par une sorte de calme dans ce silence relatif.

« Chut ! Je crois qu'il y a quelqu'un à la porte. »

Elle se tait, elle aussi, le temps d'écouter : toute la maison vibre encore après ce dernier séisme. Sans oublier ma grand-mère qui s'est vidée de son sang dans la salle de bains. Et mes parents qui se sont éloignés l'un de l'autre jusqu'au jour où le cœur de Papa a lâché : allongé sur le canapé, il regardait les programmes du matin, et interpellait la présentatrice météo à cause de ses seins ; elle faisait de grands gestes devant les nuages du nord et leurs hachures en diagonale. Le temps était à la pluie. En arrivant avec une pleine brassée de linge, Maman l'a trouvé étalé sur le divan, blanc comme un cumulus. Finie la météo pour lui.

L'averse prévue est arrivée le jour de l'enterrement. La pluie était déjà au rendez-vous pour les funérailles de Robert, des années et des années plus tôt.

Une femme policier apparaît à la fenêtre de devant et scrute l'intérieur, les mains en visière.

Je sursaute puis je réussis à lui faire un signe. « Oui, une minute ! »

Elle s'éloigne en parlant à quelqu'un, qu'on ne voit pas.

« C'est la police ! » Ma voix se brise et je m'agite dans la cuisine comme un merle pris au piège. « Mais regarde ce que tu as fait, Maman ! » Je retourne au salon et je retiens un gémissement en voyant toutes les photos volées qui me fixent sur les murs.

Passez-moi les menottes, je suis foutu.

Dans le couloir je prends le temps d'arranger mes cheveux et reprendre mon souffle. Même si elle parle, ils ne croiront pas une vieille dame sur le point de mourir. Bien sûr.

De nous deux, c'est moi l'innocent.

Je m'essuie encore les yeux, j'enlève quelques Krispies de mes vêtements et je longe le corridor.

« Il y a quelqu'un à la porte, Maman ! Qui ça peut bien être ? » Dans l'œilleton, les policiers ressemblent à des requins difformes. Ils sont deux.

Quand j'ouvre, la lumière me frappe en plein visage. « Bonjour, monsieur l'agent, madame l'agent, que puis-je pour vous ? » L'agitation est perceptible dans ma voix.

J'essaie de penser que, derrière l'uniforme, il y a un homme et une femme, mais non c'est bien à des policiers qu'ils ressemblent et ils me scrutent avec leurs yeux de flics.

La femme flic baisse le volume de sa radio pendant que son collègue se présente mais je suis trop occupé à penser pour écouter et je ne retiens que « sergent-chef » Machin et « Williamson ». La fliquette sourit. C'est sans doute elle, Williamson.

« On peut entrer une minute ? demande-t-elle.

– Bien sûr. » Je baisse la voix. « Mais je dois vous prévenir que ma mère a un cancer », dis-je comme si c'était contagieux. Silence, le temps qu'ils se composent un visage de circonstance et marmonnent quelque chose. « En phase terminale. Une tumeur au cerveau – très développée. Elle a les idées très confuses. » Je pince les lèvres et je hoche la tête solennellement, les invitant à prendre toute la mesure du problème. « Elle a du mal à parler… et quand elle le fait, on ne comprend rien à ce qu'elle dit, j'en ai peur. La pauvre. Du charabia.

– Eh bien, nous ne vous retiendrons pas plus longtemps que nécessaire », répond le sergent-chef, et je m'efface devant eux. Ma panique devient insoutenable tandis qu'ils s'essuient consciencieusement avant de passer devant moi – les effluves de parfum bon marché et d'eau de Cologne, le murmure des radios, tout cela brouille mes propres fréquences.

Je referme la porte sur les haies et j'escorte les gens de la police dans la maison. Restons calmes.

Nous nous retrouvons tous au salon ; la femme policier m'observe pendant que l'autre agent dit un « Bonjour, bonjour ! » à ma mère, d'une voix forte et condescendante. « Non, ne vous levez pas, ma petite dame, ajoute-t-il. Et ne vous inquiétez surtout pas. »

Ma petite dame !

« Vous voulez du thé, du café ? Des Krispies ? » dis-je d'une voix un peu aiguë, le sourire aux lèvres. Maman a posé les mains sur ses épaules, poignets croisés, comme pour se protéger des assauts d'un chien méchant. À croire que cette visite de la police est la première mauvaise nouvelle qu'elle a eue à affronter depuis des lustres. Cette maison en a vu bien d'autres, pourtant.

Les policiers balaient mes offres hypocrites d'un geste de la main. On ne voit plus que leurs uniformes, dans ce salon, et Williamson offre son derrière à mes regards quand elle se retourne pour aller jeter un coup d'œil aux portraits de famille. Elle passe de l'un à l'autre dans ses chaussures confortables. Maman l'observe comme si elle était venue lui expliquer qui sont ces gens.

Je surveille Maman en souhaitant ardemment que les mots lui restent au fond de la gorge. Elle prend le torchon à vaisselle, se met à le pétrir et les larmes se remettent à ruisseler sur ses joues bouffies ; les clichés de Robert sont toujours éparpillés sur la table, les céréales et le lait renversés sur elle et par terre. Et la nappe à la dérive. Il ne manque plus que le cadavre de mon père sur le canapé et Robert, dehors, dans le jardin. Sans oublier le tapis tout imbibé du sang de Grand-Mère, dans la salle de bains.

Pendant que j'observe Williamson, le sergent-chef Truc ne me quitte pas des yeux. Je les sens qui me fixent, comme si je l'avais encadré et volé, lui aussi.

« C'est rien, Maman, ces agents passent juste nous faire une petite visite – rien de grave, enfin, je pense. Presque tout le monde est déjà mort dans cette maison, pas vrai ? » Je la regarde en essayant de sourire mais elle s'est remise à sangloter. « Quelle est la raison de votre visite ? dis-je en haussant le ton pour couvrir les pleurs de la vieille dame. Comme vous le voyez, le moment est mal choisi. »

Une de mes jambes se met à marteler le sol sous mon pantalon. Il m'appartient vraiment ce corps ?

Williamson s'approche de moi, le sergent-chef Truc braque de nouveau son regard sur moi. « On nous a signalé un… »

Maman empoigne Williamson et lui marmonne quelque chose en tirant sur son uniforme – mais c'est sur moi que ses yeux se posent à plusieurs reprises. En boitant lourdement, elle ramène la femme policier vers les photos ; comme Williamson la suit à contrecœur, je suis bien obligé de le voir, ce décalage flagrant entre les cadres et les carrés plus sombres, poussiéreux, visibles sur les murs.

« Allez viens, Maman », dis-je. Les policiers l'observent en essayant de comprendre quelque chose mais je la prends par la main qui tient toujours le pilulier. Elle se dégage brutalement et pousse son cri sourd ; bien qu'inarticulé, le mot met le feu aux poudres et ma panique s'embrase, aveuglante.

« Vous avez des portraits de toutes sortes, pas que des photos de famille, on dirait, commente le sergent-chef Truc.

– Ah, oui. Ça fait vraiment bizarre, hein ? Je les ai changés de place aujourd'hui, en fait. Pour m'occuper, vous voyez, pendant… » Je désigne Maman d'un geste et je prends mon air le plus stoïque. « Mes parents ont été une famille d'accueil pendant des années. Tous ces enfants placés, on en a perdu le compte, pas vrai, Maman ? Il fallait sauver le monde ! Sur ces photos-là, ce sont les garçons. Et là, les filles. Des filles, aussi. Là, vous les voyez à l'âge adulte avec leurs familles. Une vraie dynastie ! Là-bas, c'est Marcus et, regardez, voilà Patricia. Patricia. Tu te rappelles Patricia, Maman ? »

Elle se tourne vers les policiers en secouant la tête et bredouille des choses inintelligibles. Son bandage défait traîne maintenant dans son sillage. Mon genou continue à battre tambour et les officiers de police échangent un regard.

Je fais un pas vers le sergent, surtout pour empêcher ma jambe de trembler. « Nous devrions peut-être aller dehors, ça vaudrait mieux, non ? » dis-je d'une voix étranglée qui monte et descend comme si mon angoisse jouait au yoyo.

Sans attendre leur réponse, je fais quelques pas dans le salon ; Williamson a posé les mains sur les avant-bras de Maman qu'elle contient d'un geste à la fois ferme et apaisant. Le sergent-chef et Williamson échangent un regard de connivence spécial coéquipiers.

« Ça serait peut-être mieux, en effet », dit-il.

Williamson s'apprête à lâcher prise mais Maman l'entraîne vers un des portraits sur l'autre mur, celui de trois enfants où l'aînée porte un bébé comme s'il était trop lourd. Ma mère montre la photo du doigt puis cherche la réponse sur son visage.

« Qu'est-ce qu'il y a, ma petite dame ? » Williamson a sa voix condescendante de femme.

« Vous voulez bien aller m'attendre dehors tous les deux ? S'il vous plaît. Je vous rejoins dans une minute. Elle ne sait plus où elle en est, la pauvre. Pas vrai, Maman ? » Et je l'empoigne même si elle me frappe et essaie de se dégager. Je la serre fermement en attendant que les officiers de police sortent et, les dents prêtes à mordre ma lèvre inférieure, je retiens une grimace de colère.

Dès qu'on entend la porte d'entrée se refermer, je la force à traverser la cuisine pour aller dans le jardin de derrière.

« Écoute ! » Je lui fais face, les deux mains sur ses épaules, en me mangeant la lèvre inférieure, mais ses yeux se révulsent et tout s'arrête : son corps ne répond plus, une salive pleine de bulles s'accumule dans sa bouche ouverte et on ne voit plus que le blanc de ses yeux.

« Maman ! »

Elle se met à trembler, claque des dents et mord un bout de lèvre pris au piège entre ses mâchoires. Un courant haute tension semble la traverser tout entière.

Ensuite, tout aussi brusquement, iris et pupilles réapparaissent et elle prend une longue inspiration qui chuinte comme une tornade.

« Mais bon Dieu, c'était quoi, ça ? Dis donc, tu m'as fait une de ces frayeurs ! » Je me demande quelle nouvelle percée le cancer vient de faire en elle, quelle nouvelle porte il a enfoncée. Il pille son cerveau. D'abord, elle a les yeux dans le vague mais, ensuite, son regard se fixe et, la bouche toujours pleine de salive, elle est de nouveau avec moi.

« Ça va ? Bon, reste ici une petite seconde. Tiens, assieds-toi. » Je la dépose dans l'herbe. « Regarde les nuages, par exemple. C'est reparti : tu es toute chamboulée, aujourd'hui. Tu le sens bien, non ? »

Elle hoche la tête, avachie sur la pelouse, les bras autour des épaules.

« Ça va te revenir, Maman. Demain, tu reconnaîtras tous ces visages, promis. » … Si je ne suis pas en prison.

À ces mots, son visage s'éclaire et elle cherche une confirmation sur le mien. J'acquiesce, l'air grave, en plongeant mon regard dans ses yeux.

Puis je m'agenouille et je referme mes doigts sur sa main qui n'a pas lâché le pilulier ; je la caresse avec mon pouce, amoureusement – sa prise sur le boîtier est molle et fraîche mais je la tiens lovée dans ma paume. Nous plissons les yeux dans l'éclat et la fraîcheur du jour et le prunier a l'air tout triste, là-bas, sur la pelouse.

Quand je la serre contre moi, elle ne réagit pas vraiment ; toute raide, elle garde les bras le long du corps. Je l'imagine les yeux ouverts et perdus au loin, l'air ennuyé par-dessus mon épaule. Les yeux fermés, je serre les paupières : son odeur me rappelle les bains bien chauds et le thé. Et Robert. Papa, aussi. Surtout Papa dont la douloureuse absence me frappe de plein fouet comme une locomotive. Maman ne me rend pas mon étreinte.

Je la laisse comme une naufragée dans le jardin lumineux, pieds nus et défaite sur la pelouse que je veux tondre depuis mon arrivée. L'herbe semble prendre le pouvoir sur elle. Je retourne à l'intérieur où je prends le temps de me ressaisir, les mains sur le plan de travail couvert de toutes les marques qu'on y a faites au fil du temps à force de préparer de petits trucs en vitesse et sans planche – un bout de fromage pour tenir jusqu'au dîner.

Je trouve une photo de Robert par terre, sous un tas de Krispies. Il est sur un lit d'hôpital quelques années après l'accident mais c'est ce jour fatal qu'elle me rappelle : je revois ses vrais parents arriver dans le couloir, l'air tendu.

Du haut de mes huit ans, je les ai tout de suite reconnus comme tels. Le regard de la mère, leur expression à tous les deux… on aurait dit qu'ils faisaient tache dans la sphère sociale quotidienne et même dans un hôpital. En marge de la société, ils appartenaient à l'ombre, à la périphérie. Leurs visages semblaient demander pardon sous l'amertume qu'on y lisait. L'odeur douceâtre de l'alcool les suivait partout.

Je suis resté dans le corridor désinfecté, tout petit, comme écrasé sur ma chaise alors qu'ils entraient dans le service des soins intensifs. Un bref silence a précédé l'hystérie – le fracas du verre brisé et les cris. Moi, je n'osais plus respirer et, à seulement huit ans, j'ai découvert que j'étais très très très méchant. J'avais l'impression d'être un sucre d'orge et que les circonstances de l'accident étaient imprimées en plein sur mon ventre. En lettres rouges. Elles sont toujours là, au fond de moi.

Je regarde les portraits d'inconnus sur les murs du salon avec l'envie de les décrocher et de les balancer par-dessus la clôture, mais Williamson m'observe à nouveau par la fenêtre. Je lui souris et je vais dans le couloir ; je m'y arrête une seconde pour m'essuyer le visage avant de les rejoindre devant la maison où mes yeux peinent à se réadapter à la lumière du jour.

« Nous sommes bien conscients que vous vivez des moments difficiles », dit le sergent-chef. Sa coéquipière esquisse un sourire, gage de leurs intentions pacifiques. « Ma mère a affronté le même genre de maladie, poursuit-il. Mais vous comprenez que nous devons faire notre travail, alors, si vous pouviez simplement m'expliquer…

– Les photos. »

Il lève les sourcils.

« Excusez-moi. » Je secoue la tête en rougissant. Quel idiot ! Robert est étendu sur le béton derrière moi, une jambe repliée sous son corps dans un angle bizarre. J'entends le bruit du taille-haie. « J'ai dû me faire flasher, dis-je comme si c'était très clair pour tout le monde, en cherchant le numéro de téléphone de Patricia dans ma poche. Je fais souvent des excès de vitesse. »

Ils échangent encore un regard. « Nous sommes ici parce qu'on nous a signalé un véhicule dont l'immatriculation correspond à cette adresse… » Il lit le numéro et je suis bien content qu'elle soit dans le garage, la Volvo, avec sa fenêtre béante, sa portière cabossée et tout. « Ce ne serait pas la voiture de votre mère, monsieur ? »

J'acquiesce.

« S'est-il retrouvé en votre possession au cours des dernières vingt-quatre heures ? Vous auriez pu l'emprunter, par exemple.

– Non. Qu'est-ce qui s'est passé ?

– Je suppose que votre mère ne conduit plus. »

Je lui lance un regard entendu.

« Si vous nous racontiez ce qui est arrivé hier, tout simplement ? intervient Williamson qui me tire des griffes de son coéquipier, alias Mr Hercule Poirot.

– Hier ? » Je ne peux pas m'empêcher de passer une main tremblante dans mes cheveux et je vois le sang de Robert tacher le bord des confortables chaussures noires de l'officier de police. Mon pied martèle le sol malgré moi. « Eh bien, j'ai emmené ma mère au salon de beauté et ensuite…

– De quel salon de beauté s'agit-il, s'il vous plaît ? » Le sergent-chef a sorti son calepin et son stylo. Il note ma réponse puis laisse retomber la main qui tient le carnet. « Je pense que vous savez pourquoi nous sommes ici. Nous avons recueilli la déposition du conducteur et celles de plusieurs témoins. Avez-vous été impliqué dans une altercation devant le salon de beauté ? »

Williamson va inspecter le garage, regarde à l'intérieur par la fenêtre.

« J'en suis désolé, monsieur l'agent, sincèrement. J'attendais ma mère et… » Je soupire. « Elle traversait la rue, toute pomponnée, toute contente. Ça faisait plaisir à voir. » Je sors mes cigarettes mais je regrette aussitôt de lui montrer à quel point je tremble. Je souris de nouveau quand Williamson revient de son petit tour d'inspection – mais ils ont dû en faire un avant d'entrer dans la maison. Je connais leurs ruses : à peine six semaines de formation et ils se prennent pour des enquêteurs de choc !

Je me retourne vers le sergent-chef et la petite croûte de sang, aussi fine qu'un flocon de neige, sur la coupure qu'il s'est faite en se rasant. Il a un sillon au milieu du menton.

« Elle traversait quand ce type est arrivé en voiture ; ma mère n'en a plus pour très longtemps et je suis seul à m'occuper d'elle, avec une infirmière qui passe l'examiner deux fois par semaine, c'est tout – et elle n'est même pas venue cette semaine. Ce type dans sa voiture tape-à-l'œil, il pouvait pas attendre quelques secondes alors que ma mère boitait sur la route ? » Je tire sur ma cigarette puis je la regarde en soufflant déjà la fumée : son goût me fait frémir. « Maman n'est plus aussi rapide qu'avant. Et l'autre, il la klaxonne ! Pas un petit coup de klaxon, un gros. Le capot de sa voiture à quelques centimètres d'elle. Du coup, elle est tombée. Pour moi, il l'a renversée. Enfin, sans la heurter. » Les officiers de police se regardent. « Elle aurait pu se casser quelque chose ou se mettre à courir sur la route ! Il aurait bien vu qu'elle est malade s'il l'avait regardée. Ça se voit, non ? » Je tire encore sur ma clope et ils hochent la tête. « Je n'en suis pas fier mais j'ai vu rouge, vraiment. Il n'est pas blessé, au moins ?

– Si, il est blessé. Pas mal de contusions et de griffures. Assez secoué. Sa clé a été cassée dans le contact.

– Ah bon ? » Je lâche ma cigarette et je détourne le visage le temps de l'écraser.

« Tout à fait. Il faut aussi compter la voiture qu'il a emboutie en faisant marche arrière. Celle du conducteur, endommagée. L'addition commence à être élevée. Pourquoi avez-vous quitté le lieu de l'accident ?

– Pourquoi ? » Gagner du temps pour réfléchir. « Je n'ai pas le devoir de rester sur les lieux si je n'étais pas au volant de la voiture qui a causé l'accident, quand même ? Et puis je suppose que je voulais ramener Maman à la maison. Elle était bouleversée par cet homme et…

– Et par votre réaction, j'imagine, ajoute la policière.

– Oui, je pense. Moi aussi, j'étais dans tous mes états, à vrai dire. Je n'ai pas fermé l'œil de la nuit. Qu'est-ce que vous voulez que je vous dise. Ma mère va mourir et il lui fait peur. Imprudence au volant. Il s'est arrêté à la dernière minute. Elle avait mis le pied sur la chaussée. Je serai heureux de présenter mes excuses au conducteur. Je suis absolument désolé.

– Il ne s'agit pas vraiment de régler un problème d'incivilité, nous parlons d'une agression. »

Revoilà Robert : là-bas, par terre. Le ciel se reflète dans ses yeux.

Le policier lance un regard à Williamson qui dit : « Le conducteur n'a pas encore décidé de vous poursuivre en justice. Il est au courant des problèmes de santé de votre mère. Tout dépend de nous. »

C'est dans la poche !

J'acquiesce en la regardant bien dans les yeux pendant quelques instants puis je baisse la tête.

« Nous pouvons engager des poursuites même si le conducteur y renonce », précise le sergent-chef.

Je me sens de mieux en mieux. C'est exponentiel. Le soulagement est certainement la plus agréable des émotions. Le bonheur n'est rien d'autre que cela, n'est-ce pas ? L'apaisement de la tristesse.

« Je vois. »

Les policiers attendent de voir l'effet de leurs paroles sur moi. J'essaie de garder mon expression de regret et de cacher ma joie. Ils veulent s'assurer que je suis conscient de leur pouvoir. Mais ils ne sont rien d'autre que des fonctionnaires – même si la plupart d'entre eux essaient de se convaincre du contraire jusqu'à la fin de leur carrière. Voilà pourquoi ils ont horreur de la paperasse administrative, des rondes de surveillance et des gens qui leur demandent leur chemin ou de les prendre en photo. Mais ils sont bel et bien au service des citoyens. On devrait leur faire tondre les pelouses.

« Je comprends », dis-je en regardant mes pieds comme si j'avais neuf ans et que je me retrouvais dans le bureau du directeur… Quelle école c'était, à l'époque ? J'en ai fréquenté des tas après l'accident de Robert. Nous allions souvent à l'église, Maman et moi, après l'accident. Papa, lui, n'a plus fait grand-chose à partir de ce moment-là, à part se laisser aller et manger. À part creuser sa propre tombe avec ses dents.

« Mais, vu les circonstances, nous n'allons pas le faire cette fois-ci, dit-il, avide de gratitude. J'ai décidé de me contenter d'une mise en garde. » Sa voix et son maintien changent, comme alourdis par le devoir de faire respecter la loi. Il se lance dans son baratin sur la mise en garde, dont il souligne toutes les clauses en petits caractères en précisant que si je commets une autre infraction celle-ci pourra être considérée comme une charge supplémentaire.

Arrivé au bout de son laïus, il demande : « Vous avez compris ?

– Oui. Merci. Vous vous êtes montré très juste. »

Il acquiesce, satisfait, et se dirige vers sa voiture tandis que Williamson s'éloigne de quelques pas, remonte le volume de sa radio et tend l'oreille vers l'appareil en me décochant quelques regards en coin. Je lui offre mon plus beau sourire.

Le sergent-chef Fesses au menton revient avec un calepin dont il arrache une feuille imprimée : c'est le texte de la mise en garde qu'il m'a lue, avec les numéros à appeler pour prendre conseil ou faire appel et des titres du style : « Vous vous estimez victime d'une injustice ? »

Je le prends mais je ne suis plus vraiment là, je suis simplement soulagé et je n'ai qu'une envie, manger, fumer et… faire tout ce qu'on fait quand on a eu très peur. Dès que j'ai une minute à moi, j'appelle Patricia.

« Il n'est pas impossible que le conducteur se constitue partie civile pour obtenir des dommages-intérêts. » Il hausse les épaules. « Mais, entre nous soit dit, tous mes vœux vous accompagnent, vous et votre maman. » Il me regarde dans les yeux et, pour la première fois, son visage est débarrassé du masque d'officier de police. Williamson se radoucit, elle aussi. Tout à coup, ce sont des gens plutôt que des agents, comme si, une fois la cérémonie terminée, on pouvait tous se détendre.

Ils prennent congé et s'éloignent entre les haies.

« Elles ont la folie des grandeurs, pas vrai ? » me lance le sergent-chef en les montrant du doigt. On dirait le petit mot de la fin du présentateur, au journal du soir.

« Oui, dis-je, prêt à faire signe à Williamson dès qu'il aura le dos tourné. Vous voulez me les tailler, monsieur l'agent ? »

Il sourit et s'apprête à déverrouiller les portières ; la tête de Williamson est tournée vers moi par-dessus le toit du véhicule. Je mime un téléphone près de mon oreille et je fais mine d'écrire en levant des sourcils interrogateurs. Elle esquisse un sourire d'incompréhension ; puis ça fait tilt et elle lance un regard à son collègue qui monte en voiture sans se douter de rien.

Ce serait carrément génial d'obtenir le numéro d'une femme flic en service – de la sauter dans son uniforme !

Moi qui ai si souvent espéré le sceau de l'approbation féminine, je la vois déjà à moitié déshabillée, le dos cambré. J'ai envie de baiser le bras de la justice...

Le sergent-chef est au volant et Williamson ouvre lentement sa portière ; les grosses lettres noires sur le toit, je suppose que c'est pour les hélicoptères. Ou pour que les oiseaux sachent sur quelles voitures lâcher leur fiente.

Elle me regarde en secouant la tête mais je crois bien qu'elle a envie de dire oui – c'est déjà pas mal, je suppose. Sa radio laisse échapper quelques crachouillis sonores et elle le porte à son oreille avant de rejoindre son collègue dans la voiture. Le Sergent-chef Face de cul me jette un coup d'œil bizarre avec sa coupure au menton.

Ils me laissent là, entre les haies, et j'agite machinalement la main quand le puissant moteur du véhicule se met à vrombir.

Le silence retombe après leur départ, mais une brise fait bruisser le jardin. Un peu plus grand, le vide palpite au creux de mon ventre. Je contemple le ciel, notre coin de ciel où les nuages ressemblent à des baguettes de pain fantaisie.

Je retourne à l'intérieur et je referme la porte ; les yeux cautérisés par l'éclat du soleil, j'avance comme un daltonien dans la pénombre stagnante de la maison chargée d'une humidité froide. Mon regard se pose sur les photos d'inconnus ; Alfie lape le lait sur la table et de petits grognements avides de cochon s'échappent de son nez cancéreux.

Je sors le numéro de Patricia, je lisse le papier sur le guéridon près du téléphone et, après avoir essuyé mes mains sur mon pantalon, je décroche. J'appelle et mes yeux se posent sur les portraits volés : mon cœur bat plus fort quand je repense à l'insistance avec laquelle Williamson les regardait.

J'arriverai peut-être à la ramener chez moi, après tout.

Les gens prennent une certaine voix pour enregistrer leur annonce et une autre pour dicter leur numéro de téléphone au répondeur. J'écoute celle de Patricia, attentif à tout le mal qu'elle s'est donné, au nombre de tentatives qu'elle a dû faire avant d'être satisfaite. Je laisse un message, ce qui n'est pas dans mes habitudes. Je lui donne mon numéro et lui demande de me rappeler.

Il était bien, mon message. Calme. Gentil. Bien maîtrisé, vu les circonstances.

Je traverse le salon pour aller caresser Alfie que je laisse profiter de son repas bonus. Dans le jardin de derrière, coiffé d'une auréole de guêpes, le prunier a pris son allure estivale. Certaines s'affairent autour des fruits qui pourrissent au pied de l'arbre.

Petit, j'adorais lancer les prunes sur la cabane de jardin pour voir si les guêpes qui étaient à l'intérieur allaient survivre à l'impact. Parfois l'insecte ressortait de l'épave et s'envolait mollement ; parfois elle se débattait dans la purée de fruit gluante et agonisait lentement. Papa me grondait à cause des taches sur le mur de la remise. J'arrive presque à en distinguer les traces aujourd'hui.

Maman n'est pas dans le jardin mais j'aperçois ses chaussettes dépareillées et son bandage abandonné qui pointent dans l'herbe comme de gros vers. Je m'assieds lourdement par terre.

La voilà, voilà la vieille dame. « Qu'est-ce que tu fais, Maman ? Je te vois. » Son visage s'éloigne des fenêtres crasseuses et disparaît dans l'ombre. « Pourquoi tu te caches dans la cabane ? »

Quand je m'allonge, une douleur prolongée au bas des reins me coupe le souffle une seconde avant que je pose le dos par terre.

Depuis tout à l'heure, un vent imperceptible a fait perdre toute leur uniformité aux nuages. Ils s'étirent en longueur et certains s'élèvent en tourbillons jusqu'à des centaines de mètres dans le ciel. Ceux-là sont des nuages orageux, des cumulonimbus. Les autres, ceux qui s'effilochent tout là-haut, s'appellent des cirrus. Il y a un nom pour chaque type de nuage, comme pour la neige dans la langue des Esquimaux. Je tourne la tête pour voir la remise d'où Maman m'observe.

« Viens dehors, Maman. » Je montre un nuage comme si j'y avais reconnu une forme. « Regarde ! » Mais en se penchant, elle se cogne la tête et recule à nouveau ; une trace apparaît dans la poussière et les toiles d'araignée qui obscurcissent la vitre. Je distingue encore un peu sa silhouette à l'intérieur, elle se tient le front.

Je me lève, j'attends que les mouches noires aient disparu devant mes yeux et ensuite je traverse la pelouse sous le soleil et j'entre dans la remise. Maman s'est réfugiée au fond et elle serre quelques-unes de nos vraies photos de famille contre elle.

« Bien joué, mère. Tu les reconnais, ceux-là ? »

Elle acquiesce lentement et recule vers les outils de jardinage, à l'autre bout de la cabane.

« Tu as l'intention de rester ici toute la journée ?

– Non. »

Elle voit mon visage tressaillir, électrocuté par cette simple réponse.

« Non. » Le doigt sur le bouton, elle m'envoie un deuxième choc électrique. Elle semble tout aussi surprise que moi de voir le mécanisme fonctionner. « Non ! » Le menton levé, elle me défie.

C'est reparti. « Tu as pris une triple dose de stéroïdes ce matin ?

– Non ! » Manifestement, elle ne répond pas à ma question, c'est juste qu'elle adore ce mot. Un mot si important pour notre sécurité. Non. Le plus difficile à dire quand on est enfant. Le plus impossible, en fait, pour un petit être aussi impuissant qu'un enfant. Alors qu'aujourd'hui… aujourd'hui « oui » est sans doute le mot le plus difficile à dire pour moi. Ma vie d'adulte me sert à surcompenser mon enfance.

« Écoute. Pardon pour tout à l'heure. Je suis un fils indigne. C'est vrai. Sors de la cabane, c'est plein de trucs pointus là-dedans. Et tu ne portes pas de chaussures. Ton pied saigne. Tu vas te faire piquer si tu marches sur les prunes. » Je tends la main mais elle serre les bras autour de nos photos.

« La police, dit-elle.

– Ils sont partis. »

Elle secoue la tête. « La police, quoi.

– Wouah ! Cette surdose de stéroïdes te fait…

– Qu'est-ce qu'ils voulaient ? »

À ces mots, nous sursautons tous les deux.

« Tu es un vrai moulin à paroles aujourd'hui ! » Je déglutis nerveusement sans pouvoir m'en empêcher. Elle sourit, fait quelques pas vers moi et se redresse ; sous son talon le sang adhère au sol en béton couvert de poussière – le sang et les restes d'une prune pourrie coincés entre ses orteils.

Je regarde tous les vieux outils de jardinage autour de nous, le petit miroir rouge de Papa accroché au mur, près de moi. J'aimerais tant l'y voir aujourd'hui ou le reconnaître un peu plus dans mon reflet quand je me vois dans une glace.

Il y a un fût de vin décoloré sur lequel il a dû s'asseoir pour boire en repensant au passé, plein de regrets. Quand j'étais un peu plus grand, on appelait la cabane son Coin du branleur. Il passait ses journées ici, seul, et de plus en plus gros... Mort d'un incorrigible optimiste. La souffrance et les conflits le terrifiaient à tel point qu'il sautait sur la moindre occasion de glisser et de se laisser porter aussi loin que possible, comme un joyeux patineur. Tout sauf plonger dans l'opacité, bien réelle, sous la glace.

Donc ce qui est arrivé est aussi sa faute. C'est pour lui que j'ai dû garder mon lourd secret pendant toutes ces années.

« Ils voulaient savoir, pour hier, devant Chez Lizzy. L'incident, dis-je, mais elle grimace. Tu te rappelles ? Je me suis mis en colère contre ce connard qui t'a fait peur. »

Elle hoche la tête. Puis une idée lui vient et son visage s'assombrit.

« Je te demande pardon pour tout à l'heure, Maman. » Je baisse la tête et mes yeux se posent sur le sang rouge foncé qui tache la peau squameuse de son pied. « Ce n'est pas facile à vivre pour moi, ta maladie. »

Quand elle s'approche, je reconnais le premier des portraits qu'elle porte ; il est tourné vers moi : nous voilà tous les quatre, le matin où nous sommes allés chez le photographe. Sur l'image Maman fixe l'objectif comme si elle était la reine et nous ses corgis. L'épaule de Papa disparaît derrière la sienne. Une de ces luttes subtiles que révèle l'objectif, le pouvoir qu'a la lentille d'amplifier le doute de soi... Mon père prend l'air courageux qu'il affichait toujours pour masquer sa peur et ses déceptions. Il se raccroche désespérément à la femme puissante et despotique qu'il a épousée.

Voyez ce qu'il reste d'elle maintenant, quel contraste avec le modèle de la photo ! Les deux femmes qui regardent droit dans ma direction sont censées être une seule et même personne. J'ai du mal à ne pas détourner les yeux. Comme la roue tourne…

Elle vient me caresser l'épaule d'un geste maladroit, hésitant, et les cadres glissent un peu, sous l'autre bras. La version actuelle et méconnaissable de Maman me console comme un gorille en consolerait un autre.

Sa gentillesse me désarme à tous les coups. Je lève les yeux vers le plafond où j'aperçois mon vélo couché sur les poutres. Papa a dû avoir tout le temps de l'examiner quand il buvait pour se consoler. Donc mon secret a toutes les chances d'être un secret de Polichinelle.

Elle pose les portraits et s'approche encore, me donne quelques caresses et observe la façon dont ça me prend aux tripes : quand je recule pour échapper à cette intimité, elle avance un peu plus.

À cet instant, je m'aperçois que, si je le disais enfin à haute voix, ce ne serait pas à ma maman mais à cette vieille dame que j'avouerais mon secret. Regardez un peu la différence entre la femme de la photo et ce qu'il reste d'elle aujourd'hui !

Après avoir passé tant d'années à imaginer que je le disais tout haut, après avoir passé tant de voyages en voiture à me tortiller à l'arrière avec l'envie de le révéler, à côté de Robert et de son siège spécial conçu pour l'empêcher de grimper à l'avant, sur la plage arrière, de sortir par la fenêtre ou de tirer sur le frein à main. Robert, dans le corps d'un jeune homme de dix-neuf ans, pour finir. Avec la force d'un adulte mais l'esprit d'un bébé et aucune retenue. J'avais autant peur que pitié de lui. Autant que je l'avais haï. À mes yeux, Robert est devenu le symbole vivant de ma noirceur. De l'abjection qui justifiait la négligence de ma mère à mon endroit, son dégoût apparent pour celui qu'elle avait mis au monde. Si j'étais né d'elle. De toute façon je disais à tout le monde que j'avais été adopté. C'était l'explication la plus évidente pour moi. À moins qu'il y ait eu confusion entre deux bébés à l'hôpital.

Pendant tout ce temps, je m'imaginais en train de dire mon secret tout haut, de l'écrire dans une lettre ou de le glisser dans l'éloge funèbre de Robert à son enterrement – et voilà que je m'apprête à le confier à cette étrange copie de ma mère, dans le Coin du branleur de mon défunt père. Après avoir rêvé toutes ces scènes de rédemption et d'absolution, ce serait ici, à cet endroit et maintenant ?

Les choses ne se passent jamais comme dans nos rêves, hein ?

« C'était moi, Maman. J'ai poussé Robert. »

Ses caresses de gorille s'interrompent et mes jambes m'obligent presque à m'asseoir.

« Je donnerais tout pour changer le passé, mais… je l'ai poussé. » Je baisse la tête mais je sens qu'elle continue à me regarder. « Je n'avais que huit ans. J'étais un gamin. » Je respire profondément et je m'essuie les yeux avec ma manche, les yeux rivés au sol. « Pourquoi je n'étais pas assez bien pour toi ? »

Je fais un pas vers les réponses que je cherche mais elles reculent d'autant, heurtent l'étagère, sur le mur du fond, et une vieille boîte rouillée d'engrais Gro-fast tombe par terre. Maman se retourne pour la regarder puis elle fait à nouveau face aux questions qui l'acculent au fond de cette remise.

Je pose la main sur son épaule en espérant qu'il lui reste encore assez de raison. Mais je n'en sais rien. Elle se contente de me regarder, le souffle court. Je lève la main pour lui montrer la cicatrice sur ma paume, je m'en veux de ne pas être revenu provoquer cette explication plus tôt, avant qu'il soit trop tard. Parce que, à voir Maman, on dirait que j'arrive trop tard.

« J'ai fait pipi au lit jusqu'à treize ans ! » Je donne un coup sur le plan de travail, le choc ébranle tous les outils et la poussière s'élève dans la faible lumière que filtrent les vitres encrassées. Ma lèvre inférieure se met à trembler. « Je faisais pipi au lit mais ça ne t'empêchait pas de m'envoyer en camp de vacances ! Tu imagines ce que c'était ? Dormir dans un dortoir plein de garçons en sachant ce qui allait se passer tous les matins quand je me réveillerais dans des draps mouillés ? »

Elle fait mine de partir mais je me campe sur le seuil. Voilà qu'elle est en larmes, elle aussi. Mais ses sanglots sont contenus – je reconnais sa façon de pleurer d'avant la comète.

« Dis quelque chose ! Tu l'as, ta réponse. Maintenant tu sais quelle est la vraie raison de tout ça. Je te dis que c'est moi. J'ai poussé Robert. Tu le sais, maintenant. Tu l'as toujours su, hein ? » Son visage change d'expression mais je n'arrive pas à en déchiffrer le sens.

Je suis son regard : accroché au mur, le petit miroir de Papa est couvert de poussière, sa surface réfléchissante toute grêlée et son cadre rouge décoloré aux endroits où le soleil doit l'atteindre.

« Il faut que tu admettes que tu es aussi responsable, Maman. Sainte Marie, trop occupée à prendre soin des enfants des autres. » Je ravale la nouvelle crise de larmes qui me prend aux tripes. « C'est toi qui as fait ça à Robert. »

À ces mots, ses dents s'attaquent à sa lèvre inférieure. Je recule instinctivement et elle s'avance vers moi avec une expression effrayante. Elle arrache le miroir du mur, le brandit et le tourne brusquement pour me montrer mon reflet.

Le voilà, mon visage. Voilà ce que je cherche à éviter. Sa main qui tremble trouble mon image. J'y vois la culpabilité que j'enfouis sous les reproches et la colère.

« Toi, dit-elle. C'est toi ! » Elle grimace de colère et j'ai à nouveau huit ans. Ensuite le miroir s'abat sur moi et me frappe à la tête. Pas fort, mais on n'a pas besoin de cogner fort pour faire mal.

Son visage réapparaît devant le mien tandis que le miroir s'écrase par terre où il vole en éclats de lumière. Je sors de la cabane, j'avance les yeux mi-clos dans le jardin envahi par la végétation et je m'effondre dans l'herbe sous les nuages blancs, paisibles et inoffensifs. Je les regarde pendant que Maman s'approche en boitant, sans cesser de marmonner.

Elle s'accroupit près de moi avec un grognement et je m'étends bien à plat sur le sol pour me sentir soutenu.

Maman s'assied, un pied sale à la peau fendillée tourné vers la maison, et se met à jouer avec une pâquerette entre ses jambes ; ses yeux encore pleins de larmes paraissent plus grands et des dreadlocks commencent à se former à l'arrière de sa tête, du côté où elle se couche chaque nuit pour ronfler dans le noir. La différence entre ma mère et l'obscurité est devenue si ténue.

Je la regarde s'allonger lentement à côté de moi, son pied se soulève un peu au moment où elle contracte son ventre pour s'étendre. Elle est tout près de moi : son visage tourné vers le mien m'oblige à détourner le regard.

Quand elle me prend la main, sa peau toute fine est si douce au toucher contre la cicatrice de ma paume. Je ferme les yeux très fort en serrant ses doigts et une sorte d'inertie tectonique s'insinue en moi. Nous nous tenons l'un à l'autre dans l'herbe et nous regardons les nuages en pensant à nos doigts enlacés.

Il est possible qu'elle ait oublié la vérité d'ici demain et qu'elle me laisse à nouveau seul avec mon fardeau, mais pour l'instant le passé est ici avec nous. Tout entier.

Sans me lâcher, Maman roule sur le côté et se retrouve contre moi. Je pose le bras sur mes yeux pour me cacher tandis qu'elle me caresse la poitrine, le visage niché contre mon oreille où elle déverse un flot de syllabes incohérentes. Ensuite les mots prennent forme : « Pas grave… chut… pas grave. »

Cela me donne envie de lui ouvrir mon cœur et de l'y blottir tout entière. De faire et de dire tant de choses, mais un torrent de larmes m'en empêche. Et, forcément, je me demande combien il y en a de millimètres.

16

En ce moment, je pleure beaucoup dans mon lit, alors j'ai réfléchi et j'ai décidé qu'il y a deux raisons.

1. Je sais pas pourquoi on est ici. Nous, les humains. Et ça me rend vraiment triste. À chaque fois que je demande à Maman et Papa, ils haussent les épaules en disant des petites phrases du genre : « C'est comme ça » ou : « Pour ranger notre chambre. »

Mais ça me rend un peu zinzin, de pas savoir la réponse. Il y a forcément une raison mais je la trouve nulle part et j'ai aussi posé la question au Père Noël, même si en fait c'était juste un monsieur.

En plus, Papa m'avait dit de monter sur ses genoux et de crier : « Hé, c'est quoi la bosse dans ton pantalon, Père Noël ? »

Quand je lui ai demandé pourquoi on est ici, le Père Noël s'est énervé et il a répondu : « Pour nous aimer les uns les autres. » Sauf que, ça, c'est ce qu'on fait ici mais ça n'explique pas pourquoi on s'est retrouvé sur terre au départ.

2. La deuxième chose, celle qui me fait pleurer encore plus, c'est qu'un jour Maman et Papa vont mourir.

Maman revient de l'hôpital demain et j'arrive pas à dormir. Robert aussi est réveillé, j'entends son plancher grincer. Sauf que, pour lui, c'est pas à cause des mêmes sentiments que moi. Robert a des sentiments normaux.

J'ai ma télé allumée mais, normalement, je devrais pas vu, que après neuf heures, il y a les infos et des films et on voit des gens qui meurent. Pendant la journée, ils passent des trucs sur l'école, sur le travail, des chansons et des émissions où on discute.

Alfie est là pour me consoler, sauf que je dois le tenir pour qu'il reste sur mon lit. À la fin, il va se fatiguer et ça sera comme s'il avait envie d'être ici.

Partout dans le monde, il y a des gens qui meurent. Même en ce moment. J'essaie de penser à ce qu'il y a de bien dans le monde ; combien de gens sont aux toilettes, combien se mouchent ou se mettent les doigts dans le nez… mais vu qu'on est le soir et que Maman va rentrer à la maison, à la fin je ne pense plus qu'au nombre de gens qui pleurent et qui meurent. On dirait que la tristesse vit la nuit. Comme les renards, les chouettes et les cambrioleurs.

Tout le monde meurt, ça veut dire Maman et Papa aussi : je pleure sans pouvoir m'arrêter, même si ça me fait plus peur quand je suis tout seul avec mes larmes. Et même si j'essaie de me retenir pour arriver à m'endormir et éviter d'être grognon demain. Je veux être joyeux et gentil pour le retour de Maman – n'empêche que je suis tout recroquevillé, en larmes, et je peux pas appeler Papa vu que si j'en parle à quelqu'un ça va arriver en vrai. Non, je veux pas que Maman et Papa meurent ni moi non plus et je crois que personne devrait mourir. Parce que, mourir, ça veut dire qu'on est mort.

Alfie essaie de se sauver alors que je le serre dans mes bras en le caressant. Je suis triste mais il s'en fiche. Comme je le serre plus fort, il me griffe et sur ma mauvaise main en plus.

Je le pousse par terre. Après je vais le chercher et j'essaie de faire la paix avec lui mais il gigote dans mes bras. Il veut aller en bas. Il s'en FICHE !

J'ouvre ma porte et je l'amène en haut de l'escalier.

Si les gens arrêtaient de naître peut-être que Dieu en ferait mourir moins. Les grandes personnes devraient simplement arrêter de faire des bébés… comme Maman et Papa ! Ça veut peut-être dire qu'ils ne mourront pas, après tout.

Je descends l'escalier très très lentement et Alfie essaie encore plus de s'échapper parce qu'il croit que je vais lui apprendre à voler.

Je pense que, quand Maman et Papa seront morts, je demanderai à Dieu de me laisser mourir aussi. Ou qu'on meure tous les trois en regardant la télé au lit.

Papa est en train de rigoler devant une comédie. Il rirait sûrement des infos, tellement il est heureux ce soir. Je serre Alfie très fort ; son corps est tout dur et il a sorti ses griffes. Quand j'ouvre la machine à laver, il veut rester dans mes bras et il s'accroche à moi mais je le mets dedans, je ferme le couvercle et j'appuie dessus. Ses miaulements font un bruit bizarre là-dessous.

Je regarde le cadran du lave-linge en essayant de choisir le programme. Je tourne le bouton tout doucement pour que Papa l'entende pas faire *clic clic.* « Délicat », c'est sûrement le mieux. Je mets le bouton sur « Délicat » mais j'allume pas encore la machine vu qu'il lui faut un bain à bulles, à Alfie, mais depuis que Papa s'occupe de la maison, rien n'est à sa place. Je trouve pas la lessive en poudre.

Dans le noir, les choses normales se transforment en mauvaise magie ; par exemple quand je me réveille en pleine nuit il y a un monstre tapi prêt à bondir sur moi mais, le matin, il redevient un cartable et un ballon de foot.

C'est à cause du noir que les animaux hurlent pendant la nuit et que les chouettes doivent être superfutées.

Maintenant Alfie pleure aussi, comme moi. Maman revient demain, ça devrait être bien sauf que je vais encore avoir tous les sentiments qui m'arrivent quand Robert et Maman sont là.

Parce que, Maman plus Robert, ça fait pareil que le noir.

Peut-être que je suis un renard. Eux aussi, ils pleurent tout seuls pendant la nuit. Parfois je les entends, c'est le deuxième cri le plus triste après celui des mouettes.

Le monde est si triste que même les animaux pleurent.

17

Quand j'émerge, j'entends Alfie ronfler tout éveillée. Sa tête est tout près de mon visage, l'excroissance est devenue plus grosse que son nez et je m'aperçois que ses râles de percolateur se sont insinués dans mes rêves sous forme d'ours et de coups de tonnerre.

J'ai l'impression qu'il est tard et pourtant je refuse de renoncer à dormir ; les yeux fermés, j'impose le calme à mon corps et j'ordonne à mon esprit de céder au sommeil mais mes pensées me ramènent à la façon dont j'ai craché le morceau, hier. Il se demande si, dans sa confusion, le cerveau de Maman m'a déjà fait ravaler mon secret. Donc, au bout du compte, j'ai eu droit au soulagement de l'aveu sans en subir la honte puisqu'elle ne sait plus rien.

Ou que j'ai avoué dans la douleur sans pour autant me sentir libéré de mon fardeau.

Hier, après s'être endormie dans le jardin, Maman n'arrivait plus vraiment à se réveiller. J'ai dû la porter jusqu'à la maison et l'étendre sur le canapé où je l'ai emmitouflée dans des couvertures avant de décrocher les portraits d'inconnus.

Plus je reste couché et plus je deviens nerveux, aussi je déloge Alfie pour me lever et aller jeter un œil dans la chambre de Maman, au cas où elle aurait quitté le salon pendant la nuit pour monter se coucher.

Vide.

Je ressors à pas feutrés, j'éteins la lumière que j'avais laissée allumée pour elle sur le palier et, en haut de l'escalier, je tends l'oreille, attentif au moindre signe de vie.

Aucun bruit à part Alfie qui se prend pour Dark Vador.

Je m'habille en prenant mon temps, le chat a quitté mon lit devenu froid. Je vérifie l'écran de mon téléphone : pas de Patricia. J'insère ma carte SIM canadienne dans l'appareil au cas où l'amour m'attendrait de ce côté-là. Silence radio.

Au rez-de-chaussée, je m'arrête sur le seuil du salon pour voir si Maman va bien ; je la trouve roulée en boule sur le canapé, les couvertures par terre. Installée près d'elle, Alfie ronfle toujours comme un sonneur.

« Maman ? » dis-je sur le pas de la porte en l'observant : toute recroquevillée, trempée de sueur, elle fronce les sourcils en position fœtale.

Je traverse la pièce pour ramasser la literie et ensuite je lui touche l'épaule. « Maman. » Je vérifie son pouls. La veine palpite même si la peau est moite. Quand je la secoue, Maman pose la main sur son front.

« Tu as mal à la tête ? » Elle acquiesce faiblement. « Je vais chercher tes cachets. » Je me précipite dans la cuisine. « Et des analgésiques. »

Je ne m'embête pas à chercher le pilulier de la semaine, je vide l'énorme flacon de stéroïdes et j'y ajoute quelques comprimés de paracétamol. Je prends un verre, j'ouvre le robinet pour le remplir mais, quand je tends le bras, l'eau jaillit et éclabousse mes vêtements.

De retour au salon, je soulève la tête de Maman aussi délicatement que si elle avait un nid d'oiseau à la place du crâne mais elle tressaille de douleur. Il lui faut une éternité pour avaler tous les cachets, sa gorge se contracte à chaque prise, son cerveau l'accule contre les parois blanches et immuables de sa boîte crânienne.

Je commence à composer le numéro des urgences, ensuite je raccroche pour essayer de joindre l'infirmière. Sur la carte qu'elle m'a donnée de petits rappels sont imprimés :

« Êtes-vous sûr que la réponse à votre question ne se trouve pas sur notre site Internet ? »

« Votre appel est-il absolument nécessaire ? Vous empêchez peut-être une autre personne d'appeler pour une véritable urgence. »

Une fois que j'ai raccroché, j'attire Alfie au grondement sismique dehors avec du lait et je vais fumer devant la maison. J'arpente le jardinet en m'arrêtant de temps en temps pour regarder Maman par la fenêtre et guetter l'infirmière dans la rue – elle a dit qu'elle arrivait.

Les haies ne sont taillées qu'à mi-hauteur, je m'étais dit que je finirais plus tard pour n'avoir à couper que ce que je pouvais atteindre sans échelle.

Il se passe un long moment avant que la petite voiture de service se gare à une quinzaine de mètres de chez nous. Je vais jusqu'au portail mais, au lieu de rejoindre l'infirmière dans la rue, je l'épie : elle se penche vers le rétroviseur, se maquille et se recoiffe. Ce qui lui prend environ deux minutes. Malgré la véritable urgence qui a motivé mon appel, ce spectacle m'excite.

Dès qu'elle sort de voiture, je me dépêche de retourner à l'intérieur et je referme la porte en me demandant pourquoi je fais semblant de ne pas savoir qu'elle est là. C'est idiot. Encore une de ces innocentes petites comédies que nous jouons aux autres. C'est comme arriver le premier à un rendez-vous, guetter fébrilement l'arrivée de l'autre et, l'air de rien, prendre la pose de celui qui est plongé dans son journal, le menu ou un livre. Nous sommes tous de petits menteurs.

« Voilà l'infirmière, Maman. »

Je l'observe remonter l'allée à travers le judas. La lentille optique lui donne l'air encore plus « volumptueux ». Le mot est de Papa, pas de moi. Il remarquait toujours les femmes volumpteuses, celle qu'il a épousée était pourtant tout le contraire.

Je la vois s'arranger les cheveux sur le seuil, jeter un coup d'œil à son décolleté et défaire un bouton de sa tunique. Puis elle le referme et remonte ses seins dans son soutien-gorge. Quand elle se décide enfin à sonner, j'attends un peu, le cœur battant.

« Vicky ! Je n'y croyais presque plus. » Je recule à peine, histoire de l'obliger à se glisser entre le mur et moi. Elle s'apprête à y aller par-devant mais ensuite elle se retourne maladroitement et me présente son derrière.

Vivement tout à l'heure…

« J'étais en visite chez un autre patient.

– Maman est dans le salon. »

Je la regarde longer le couloir, la démarche chaloupée, puis je referme la porte.

« Bonjour, Mary. C'est pas la forme, hein ? On va regarder ça. »

Vicky pose ses fesses au bord du canapé ; manifestement, Maman a vomi pendant que je faisais les cent pas dehors.

« Vous pouvez aller me chercher une bassine ou un seau ? »

Quand je sors du salon, le sentiment d'urgence qui fait battre mon cœur à coups redoublés n'est plus le même. Lorsque je reviens, Maman s'est remise à vomir. Vicky l'a tournée sur le côté et lui tient délicatement la tête. Ça sort tout vert. Ses hoquets sont écœurants mais Vicky lui caresse les cheveux avec tendresse et murmure des paroles apaisantes sans manifester aucun dégoût. Vicky se coltine une réalité que je ne suis pas sûr de pouvoir affronter alors qu'il s'agit de ma propre mère. Mais Vicky serait peut-être moins calme si c'était la sienne. Je l'ignore. Tout ce que je sais, c'est que les infirmières sont héroïques.

« Il me faudra aussi un mouchoir en papier », dit-elle de la même voix douce qu'elle a pour Maman. En allant le lui chercher, je vois Alfie embuer la vitre de l'autre côté de la fenêtre. Le fragment de roche à mica posé sur le rebord scintille et m'éblouit.

La roche à Michael, comme disait Papa.

À mon retour, Maman est à nouveau allongée, le souffle court, et Vicky lui caresse le front. Après lui avoir essuyé les lèvres, elle me tend la bassine. En évitant de la regarder, je la porte à bout de bras jusqu'à la salle de bains où je la vide en détournant la tête, sans respirer. Il est possible que quelques gouttes de vomi aillent rejoindre le sang de Grand-Mère sur le tuyau en U des toilettes. Je tire la chasse et je reviens au salon avec un seau.

« Vous m'entendez, Mary ? » Vicky hausse le ton comme si elle cherchait à couvrir le bruit du boulet de démolition à l'œuvre dans le crâne de Maman. « Je vais vous donner vos médicaments par intraveineuse, Mary. Ça va vous aider. Et de quoi arrêter les nausées. »

Tout en lui tenant la main, elle ouvre son sac. Maman ne lâche pas ses doigts, elle non plus.

Moi, je reste derrière le canapé à quelques pas d'elles. Trop loin pour lui tenir la main.

« Je venais de lui faire prendre des analgésiques et des stéroïdes, Vicky.

– J'avais remarqué », dit-elle.

Après l'injection, elle soulève les paupières de Maman et y braque un faisceau lumineux.

« À quoi ça sert ?

– Je regarde comment la pupille réagit et aussi la distorsion du nerf optique sous l'effet de la pression intracrânienne. La pression sur le cerveau. Vous voulez bien me rendre un service ? Allez chercher des glaçons à sucer pour votre maman, elle a sans doute soif. Et faites bouillir de l'eau pour le thé. Elle n'est pas la seule, figurez-vous. »

Quand elle a fini son examen, elle prend quelques notes et ensuite elle reste assise quelques instants à caresser le front de Maman dans un silence si complet qu'on nous entend respirer, tous les trois.

« Je vais bavarder un peu avec votre fils maintenant, Mary. Ça va aller, vous verrez. Restez sur le côté. Il y a un seau au cas où vous auriez envie de vomir mais les médicaments agissent très vite. Nous ne serons pas loin. »

Nous sortons sur la pointe des pieds comme si nous quittions un bébé endormi.

J'ai ouvert la porte de derrière pour nous donner un peu d'air, Vicky et moi, assis à la table de la cuisine devant nos thés fumants. Je sors mon téléphone de ma poche où il prend trop de place et je le pose sur la table.

« Elle prend la posologie maximale de stéroïdes maintenant. Ça ne va pas forcément stabiliser son état, l'avenir le dira. Mais je ne suis pas tranquille. Vous avez eu le temps de lire la brochure que je vous ai laissée sur l'établissement de soins palliatifs ? »

Je hoche la tête. Je l'écoute attentivement. Si, vraiment. Mais même le charme de son accent sud-africain commence à me distraire. Ses seins paraissent doux et accueillants dans son décolleté. Mon désir est entaché de culpabilité : et dire que je pense à ça alors que Maman est malade dans la pièce d'à côté ! Mais n'est-ce pas le meilleur moment pour chercher un peu de réconfort ? Et quel meilleur réconfort peut-on espérer ?

« Alors vous êtes d'accord pour que je les appelle et qu'ils lui réservent un lit ? Je ne pense pas qu'elle puisse rester encore très longtemps ici. C'est trop dur pour vous aussi bien que pour elle. Si le système médical fonctionnait mieux, il y aurait eu une meilleure prise en charge et plus tôt… » Elle a de jolies mains. Celle qui ne tient pas la tasse est posée sur la table, pas très loin de moi : je n'y vois ni alliance ni trace blanche sur le doigt au cas où elle l'enlèverait pour travailler. « … En tout cas, à ce stade de la maladie, votre mère remplit toutes les conditions et Santa Christi est un endroit parfait, je vous assure. Ils feront tout pour qu'elle… » Mon cœur se serre comme un nœud dans un tuyau d'arrosage, ma bonne main est prête et la poitrine de Vicky exposée. « … Pensez-vous que vous avez quelqu'un pour vous soutenir, vous aussi ? »

À l'instant où je pose ma main sur la sienne, j'ai l'impression d'être imprégné d'électricité statique. J'ai pris mon air sincère et je me *sens* sincère.

« Merci pour le réconfort que vous avez apporté à ma mère. Vraiment. »

Elle se raidit un peu à mon contact, pique du nez dans son thé et se redresse un peu sur sa chaise ; la main sur la sienne, je fixe le sommet de son crâne puis son décolleté. Mes doigts se promènent sur son bras et je vois aux mouvements de sa poitrine sous l'uniforme qu'elle respire à fond, plusieurs fois, mais je m'en fiche : je remonte jusqu'à l'épaule et je lui caresse la nuque. Voilà, j'ai sauté le pas et je n'ai pas perdu de temps. Je foule une terre inconnue mais je touche au bout, la victoire est à ma portée. Vicky me regarde, toute rouge, tendue par le désir et haletante, comme moi. C'est pathétique.

Appuyez sur le bouton…

« Vous êtes encore plus beau que sur les photos, dit-elle d'une voix essoufflée, toute timide. Mais c'est vraiment contraire à… » Tout mon corps se tend quand ma main s'approche de sa poitrine mais alors que je m'apprête à la refermer sur un de ses seins, elle se précipite vers moi, la bouche grande ouverte. Ses dents heurtent mes lèvres, le choc est brutal, sa langue tiède et pleine de salive, mais ensuite notre baiser trouve son rythme et nous nous levons sans cesser de nous embrasser. Elle se cogne la hanche contre la table et le thé se renverse mais nos mains sont partout et nos bouches toujours soudées quand je plie un peu les genoux pour passer la main sous l'ourlet de sa jupe. Au moment où je me redresse, mon téléphone se met à sonner, ce qui nous fait rire nerveusement mais Vicky me mord le cou si fort que je grimace de douleur, ses mains s'attaquent à ma ceinture. « Patricia » s'affiche sur l'écran de mon portable et je suis tenté de répondre mais nous sommes déjà pris par la frénésie de la chair : la table cogne contre le mur.

18

Maman est au lit, là-haut, les stéroïdes l'aident à combattre les incendies qui ravagent son cerveau et en bas les brochures du centre de soins palliatifs sont posées sur la table au milieu des canettes vides. Le ventre plein de bière, je fais les cent pas de la cuisine au salon, entre la télé que je laisse allumée, le son baissé, et le tapis encore humide là où je l'ai nettoyé.

J'ai rendez-vous avec Patricia, mais pas avant plusieurs heures, et je ne devrais même pas y aller. Je ne peux ni rester à la maison ni sortir, une hésitation qui me titille pile entre les deux lobes du cerveau. Et tout l'alcool que j'ai bu ne suffit pas à soulager la démangeaison.

Je monte m'habiller pour mon rendez-vous puis je vais jeter un œil sur Maman en espérant qu'elle aura l'air de dormir sereinement au fond de son lit pour que je puisse aller m'amuser.

Elle est au lit, certes, mais son sommeil n'a pas vraiment l'air paisible et son visage est couvert de grosses perles de sueur parfaitement rondes.

Je m'installe à côté d'elle, je défais le bouton de ma chemise et j'essaie de me résigner à rester ici : une bonne petite soirée à la maison avec la voix qui hurle dans ma tête.

En soupirant, je regarde le téléphone posé sur sa table de chevet.

Bingo !

Je décroche le combiné de son socle et je compose le numéro de mon portable. Dès que j'entends la tonalité d'appel, je repose l'appareil près de l'oreiller de Maman et je file récupérer mon portable pour décrocher.

Contact ! Maintenant que son téléphone est près d'elle et en communication avec le mien, je suis un babyphone ambulant.

En remontant la rue, je sautille presque avec mon portable tout chaud dans ma poche de poitrine, son chargeur dans une autre poche et une cigarette aux lèvres. Une de celles qu'on prend vraiment plaisir à fumer ; c'est si rare de ne pas avoir l'impression de se faire du mal ou d'obéir servilement à une addiction absurde.

Je sors mon portable pour écouter le silence à l'autre bout du fil. En tout cas, si elle crie, je l'entendrais. « J'ai encore trop bu, Maman », dis-je à l'appareil.

La nuit est tombée et la soirée un peu avancée… bientôt neuf heures et demie, le moment de retrouver Patricia pour dîner. C'était son idée ce rendez-vous tardif. Une bonne idée. Je sais ce qu'elle a derrière la tête et ce n'est pas pour me déplaire.

En attendant, je ne sais pas trop où je vais mais au moins je suis en mouvement et un autre moment de réconfort charnel est programmé – j'ai boutonné le col de ma chemise jusqu'en haut pour cacher le regrettable suçon de mon amie l'infirmière. Elle était toute paniquée après, alarmée par la transgression dont elle s'était rendue coupable.

C'est si facile de désavouer le plaisir une fois qu'on en a joui.

Un peu plus loin dans la rue, comme un phare dont les lueurs signalent la noirceur de mon âme, le studio du photographe apparaît : les lumières qui brillent à l'intérieur éclairent brutalement le trottoir. À cette heure-ci.

Je ne peux pas m'empêcher d'aller y jeter un coup d'œil : c'est sans doute lui, Gary, Bill ou Vincenzo – peu importe son nom. Il a la quarantaine. De nouvelles photos de famille sont accrochées aux murs. Une vitrine toute neuve a été installée. Assis à son bureau, il s'occupe d'une photo. Je n'en distingue pas le détail mais elle est grande. Ni visages maquillés ni semblant de bonheur. Rien que des formes et des couleurs. Apparemment, il vient de l'encadrer. Une expression calme et satisfaite sur le visage, il passe un chiffon sur le verre du cadre.

Avec toutes ces lumières à l'intérieur, il ne me voit pas sur le trottoir. Je prends mon téléphone et j'épie les sons émis par Maman en regardant le photographe reculer pour admirer son travail. Il serre son chiffon dans ses mains.

« J'y vais, Maman ? » Sans quitter des yeux l'homme dont j'ai saccagé la boutique, je tends l'oreille, attentif aux bruits de la liaison téléphonique. Les signaux empruntent sans doute un circuit beaucoup plus long que la véritable distance qui nous sépare. Comme les informations sonores sont converties en code binaire avant d'être transmises par ces réseaux, ce sont les 0 et les 1 de Maman que j'écoute.

Je frappe à la porte de la boutique malgré le panneau « Fermé » qui me fait face et je me sens tout noué, soudain. Le photographe plisse les yeux pour nous distinguer dans la pénombre, Maman et moi. Ensuite il s'approche. Je ferme nerveusement le col de ma chemise avant de le rouvrir.

La main en visière pour éviter d'être aveuglé par l'éclairage, le photographe regarde à travers la vitrine. J'affiche mon sourire le plus rassurant et, le téléphone toujours à l'oreille, j'essaie de ne pas trembler.

Il fait basculer le verrou intérieur, retourne ostensiblement le panneau pour afficher « Ouvert » et me sourit de toutes ses dents. Quand il passe la tête par la porte entrebâillée, je sens une odeur de marijuana. « Je peux vous aider ?

– C'est vous le propriétaire ?

– Oui. Un problème ?

– C'est une de vos photos que vous encadrez ? » Je lui montre celle qui se trouve sur le bureau.

« Comment ?

– Cette photo artistique, là. Elle ne ressemble pas aux autres. C'est votre travail personnel ? »

Il m'observe et son regard est attiré par le téléphone que je tiens d'une main tremblante. « Oui, elle est de moi, c'est...

– Vous en voulez combien ?

– Vous la voyez à peine d'ici. Pourquoi voudriez-vous... ?

– J'ai vu ce qu'on a fait à votre vitrine. Terrible. » Je le gratifie d'un *tss tss* tout ce qu'il y a de plus désapprobateur en secouant la tête. « Des gamins, je suppose ? »

J'imagine Maman en train de m'écouter dans l'obscurité de sa chambre, les yeux ouverts, fascinée. Comme si je passais à la radio pour la première fois de ma vie. Le photographe me dévisage tout comme les modèles retouchés, colorisés et encadrés des photos qu'il a mises en devanture.

« Je peux entrer jeter un coup d'œil ? Je suis marchand d'art. » Je tâte mes poches. « Je n'ai pas de carte sur moi mais... Les gentils petits portraits qui sont en vitrine ne m'intéressent pas ; vous avez sûrement d'autres choses aussi bonnes que ce que vous encadrez. » Je lève une main pour lui montrer que mes intentions sont pacifiques puis je pose le doigt sur le micro de mon téléphone. « Ça m'intéresse aussi ce que vous fumez. »

Il y a des bières vides partout sur la table et nous prenons nos aises, moi qui roule un joint et lui qui éteint le sien. Avec l'abandon de ceux qui ont trop bu, affalés dans des positions peu orthodoxes, nous nous balançons sur nos chaises. Les bras derrière la tête. Mon téléphone est posé sur le rebord de la vitrine, près de la porte. Je ne veux pas que Maman entende ça.

« Hé, j'ai menti : je ne suis pas marchand d'art.

– Sans blague ? dit-il. En tout cas, t'es mon premier acheteur. » Rayonnant, il tourne la tête vers la photo qui attend près de la porte elle aussi. « Enfin, le premier à m'acheter mon travail.

– Mais pas le dernier, j'en suis sûr. » Je commence à lécher le papier à cigarette puis je m'arrête : « Tu étais assuré ?

– Assuré ? répète-t-il en tripotant distraitement un truc coincé dans sa dent du fond.

– Pour la vitrine. »

Il hoche la tête sans sortir les doigts de sa bouche en me lançant encore un regard en coin. En dépit de notre franche camaraderie d'ivrognes, il continue à m'épier, à me surveiller comme si j'étais un type louche.

Je le regarde à la dérobée, moi aussi. J'observe cet homme à qui j'ai fait du tort – mais avec le sentiment d'avoir un peu réparé ma faute en dépensant une petite fortune pour sa photo.

« Alors tu fais quoi, comme travail ? » demande-t-il. Je jette un coup d'œil à mon téléphone et j'abandonne le joint que je préparais sur la table pour aller récupérer Maman. « Rien. Je l'ai perdu, mon boulot. » Je me tourne vers mon téléphone au cas où j'entendrais la réaction de Maman à cette révélation.

Mon compagnon de beuverie se moque de moi : « Qu'est-ce que t'as fait ? T'as couché avec le patron ?

– Oh, tu ne comprendrais pas. » Je regrette déjà d'avoir abordé ce sujet avec lui et je sens mon ventre se contracter un peu. Je me rassieds lourdement sur ma chaise et je pose Maman sur la table.

« C'est ça, hein, mon cochon ! dit-il, l'air lubrique et tout émoustillé. Une belle gueule comme ça, je parie que ça t'attire des tas d'ennuis avec les femmes. Y a qu'à regarder ton cou. »

Je repousse ma bière, je refoule mes émotions et je me dis que c'est ma dernière cigarette et mon dernier verre si je veux être en forme pour Patricia.

« Ça t'embête que je garde celui-là pour la route ? » J'agite le joint que j'ai à la main et je pose un regard éloquent sur son gros sachet d'herbe. « Je travaillais en prison, comme gardien. Un pédophile a été battu à mort, c'est moi qui ai trinqué.

– Ils n'ont que ce qu'ils méritent. » Il s'agite sur sa chaise et se penche vers moi. « Mais c'était toi ? Je veux dire, tu lui as éclaté la tronche ? »

Je coince le joint derrière mon oreille et, tout à coup, je me sens oppressé. Quand je me lève, je me sens encore plus défoncé qu'avant mais je tends la main vers sa provision d'herbe et j'en prends une bonne pincée. « Une petite douceur pour faire passer l'addition, vu la fortune que je viens d'investir dans ta nouvelle carrière ? »

D'un geste de la main, il élude la question. « Pas de problème. Mais qu'est-ce que tu lui as fait ? »

Je m'appuie de tout mon poids sur la table. « Qu'est-ce que tu ferais, toi ? Sans te mentir : de quoi serais-tu vraiment capable ? À mains nues ? » Je lui montre les miennes sans lui cacher ma cicatrice. « Enfermé dans une cellule, seul avec un vieux complètement terrorisé ? En toute impunité ? » Je me redresse et je le regarde.

Je ne lui raconte pas (ni à lui ni à Maman) que le fonctionnement du système carcéral m'aidait à tenir le coup. Que j'aimais appartenir à cette rude fraternité. J'adorais ça. Malgré sa mesquinerie et sa brutalité, c'était tout ce que j'avais au début.

Je ne lui révèle pas la raison évidente qui a amené quelqu'un comme moi à travailler avec des coupables.

« En fait, dis-je, plus calme, en empochant du tabac et des feuilles de papier à cigarette, qu'est-ce que tu ferais si tu étais seul à seul dans une pièce avec la personne qui a cassé ta vitrine ? »

Quand j'allume le joint, mes mains tremblent et la flamme qui me réchauffe un instant le visage éclipse la boutique autour de moi.

« Et s'il n'avait que huit ans, celui qui a fait ça ? Tu punirais un gosse de huit ans ? »

Je souffle la fumée et j'aspire une autre bouffée à pleins poumons en ravalant mes larmes : sur les murs, les enfants me regardent dans leurs beaux habits qui grattent, les cheveux tirés en arrière, relevés et retenus par des élastiques ou tout aplatis et tassés.

« Je pige pas, dit-il, et il avale lentement une gorgée de bière, penché en arrière sur sa chaise.

– J'étais en colère mais je ne voulais pas lui faire de mal. C'était un accident. Même Robert le savait. Je n'ai jamais voulu blesser personne. »

Une fois encore, c'est la réaction de Maman qui m'intéresse, pas celle du photographe. Je lui cache la mienne en me dirigeant vers la porte. Je l'ouvre en soulevant à grand-peine l'énorme photo que j'ai achetée.

« À plus, vieux ! » dis-je à la rue, debout sur le seuil, le dos tourné à mon hôte. « Désolé pour ta vitrine. »

19

Papa chante *Hey Now My Wife-Friend's Back* et rigole de ses blagues encore plus que d'habitude (ça veut dire qu'il rigole vraiment beaucoup). En plus il fait la tornade blanche dans la maison et il m'impose des tas de corvées. Il demande rien à Robert, c'est pas juste ! Sauf que Papa m'a prévenu que sinon il peut raconter à Maman que j'ai essayé de passer Alfie à la machine.

J'ai le choix entre les poireaux et les brocolis.

« Papa, où est la lessive ? » il dit et après il me regarde supersérieusement même si ça suffit pas à cacher sa bonne humeur. « Si je te revois avec ce chat, je t'étripe ! »

Je suis en train de faire des trucs dégoûtants alors que je devrais être dans ma tanière du lion avec mon Transformer. Aujourd'hui, il est en monstre.

Quand je serai grand, j'aurai plus aucun sentiment. Je serai un robot ou un ordinateur. En plus, je saurai tout comme les ordinateurs à la télé, ceux qui peuvent avoir une conversation, conduire un vaisseau spatial et résoudre des problèmes très compliqués en même temps. Pas comme Papa qui parle plus lentement quand il sort de l'autoroute.

Robert veut aller chercher Maman à l'hôpital avec lui mais, au lieu de répondre, Papa lui frotte juste la tête en souriant.

Maintenant on est assis à la table de la cuisine, Robert et moi, et on écoute la voiture passer en marche arrière : aujourd'hui, je trouve ce bruit horrible – c'est peut-être parce que d'habitude je l'entends à l'heure de se lever, le matin.

Robert a du mal à rester tranquille. Mon ventre aussi.

« Tu veux que je te prépare un truc ? » il demande en me montrant la cuisine.

Je secoue la tête. Je change mon Transformer de monstre en robot et, après, retour en monstre. Ma main guérit bien mais elle a encore un peu l'air brûlée à vie.

« Lequel des deux est moi et lequel est toi ? » Je lui montre le robot et je lève le doigt pour qu'il attende. Je transforme le robot aussi vite-vite que je peux et sans tirer la langue. Robert a l'air épaté.

Je lui montre le monstre.

Il hausse les épaules. « À ton avis ? »

J'en sais rien. Tout ce que je vois, c'est qu'il est supercontent et hyperexcité. Je refais le robot. Pendant ce temps, la maison est pleine de silence entre nous, comme si on était les pilotes d'un char d'assaut pressurisé où il faut rester assis pendant des jours. Comme si Robert et moi on avait la maladie des caissons.

Toute la maison ressemble à une caisse en métal remplie d'air comprimé avec des boulons partout qui peuvent se détacher d'une minute à l'autre.

Je me lève pour échapper à mon ventre et je vais dans la cuisine. Je tourne un bouton de la gazinière et j'allume le brûleur avec le truc spécial qui lance une étincelle. J'aime bien faire ça quand Maman n'est pas là.

Je fais voler le robot loin au-dessus de la flamme et après je touche sa figure pour voir comme il est chaud. Ça colle un peu aussi. Je recommence, tout excité, et je mets la tête de Robert le robot en plein dans la flamme bleue : ça la rend verte avec du violet dedans. Avec une fumée noire. Sa figure brûle. Ça me plaît. C'est TROP GÉNIAL !

« Qu'est-ce que c'est, cette odeur ? » Robot arrive dans la cuisine.

Je cache le Transformer derrière mon dos. « Bon, je vais faire du vélo. »

Je remonte la pente de notre rue en pédalant à toute vitesse comme si j'avais des ennemis à mes trousses, comme dans un film. Ou quand Papa me chronomètre.

Peut-être qu'on pourrait s'en aller, Papa et moi, et laisser Maman avec Robert. Comme les jours où je me sauve (avec de l'eau et des fruits) pour rester disparu très très longtemps et qu'ils s'inquiètent.

Parfois, je vais juste me cacher dans le panier à linge ou je vais dans le jardin et, si c'est l'été, je monte dans le prunier où les feuilles me camouflent. Sauf si les prunes sont mûres vu qu'il y a trop de guêpes. Les abeilles, elles meurent quand elles nous piquent.

En général, je m'ennuie à mort alors je rentre à la maison et ils ont même pas l'air de se sentir punis ou abandonnés. Mais si Papa et moi on partait, on leur manquerait vraiment et je ne m'ennuierais pas tout seul dans mon coin comme quand je me sauve sans personne. On attendrait des semaines ou peut-être des mois et des années, avant de revenir. Maman me prendrait dans ses bras en pleurant et Robert me serrerait la main en disant : « Salut, p'tit ! Tu m'as manqué, tu sais. »

Peut-être qu'il serait déjà reparti si ses parents comprenaient qu'on est plus dans les années 1960.

Je traverse Malfour Park… et si je m'arrêtais pour lancer des cailloux sur les pigeons ? Non, aujourd'hui je me sens assez courageux pour le « cratère de bombe ».

Le cratère de bombe, c'est une explosion de gaz qui a creusé deux gros trous mais Papa aime bien faire croire que ça vient de la guerre. Des bombardiers qui ont lâché des bombes.

Un des deux trous est plus gros que l'autre – pareil que pour les oreilles, les yeux, les nénés et les boules du zizi.

Comme j'ai un peu peur des cratères, je commence par m'asseoir au bord. Je regarde bien leur profondeur. Macavoy aux trois lippes, il aurait même pas peur.

Il y a des nouveaux trucs pourris là-dedans et toujours les mêmes vieux frigos et les mêmes grosses boîtes en métal, à croire que les bombardiers de guerre ont jeté des bombes tout usées.

Je regrette d'avoir brûlé mon robot. Je le change en monstre mais il est brûlé, lui aussi. C'est à cause de Robert. Je fonce dans le cratère à vélo même si c'est très penché et ça me coupe le souffle jusqu'à ce que j'arrive de l'autre côté. Rien qu'avec l'élan de la descente, je remonte presque jusqu'en haut.

Je pose mon monstre sur un vieux frigo pour qu'il monte la garde et, après, je fais des tours de piste sur les côtés du cratère comme un cascadeur à moto. Je dévale même l'Everest, la pente la plus à pic, et je fais le Tour du monde (c'est le grand circuit du fond, celui qui a un arbre au milieu). Mon monstre me surveille mais j'ai l'impression d'avoir le ventre plein de trucs pourris, moi aussi. Du vieux métal rouillé, des bouts de fil de fer et des frigos qui gonflent la peau rose et fine de mon estomac.

Le cratère me fait dresser les cheveux du cou. J'arrête mon vélo et j'empêche sa roue de tourner. Quelqu'un pourrait se cacher dans un frigo pour attraper les petits garçons. Quand je donne un coup de pied dedans, le côté d'un frigo reste un peu enfoncé. Je recommence : ça se creuse plus et la surface blanche se craque – c'est rouillé en dessous.

Je rentre à la maison aussi vite que je peux avec mon monstre vu que Maman est peut-être déjà rentrée et Robert en train de sourire et de faire son gentil petit Robert. Tout le monde s'embrasse et entre dans la maison et Maman a même pas remarqué que je suis pas là ! Ils vont juste fermer la porte et la poignée qui toque va rebondir, ça dépend comment on claque la porte.

Ils seront ensemble à l'intérieur et moi je resterai coincé dehors à les regarder par la fenêtre.

Je repasse dans Malfour Park en pédalant plus vite que l'éclair à cause des avions de guerre qui me foncent dessus et des bombes qui explosent : des frigos et des grosses boîtes en métal s'écrasent partout autour de moi, ça fait des trous et la terre gicle mais j'évite les obstacles et je me penche en avant même si le monstre s'enfonce dans mon ventre à travers ma poche. Je fonce comme un malade devant les bancs du parc et la mare aux canards où il y a plus vraiment de canards. Les bombes en métal tombent et j'entends les pilotes parler dans leurs radios.

C'est moi le grand méchant qu'ils veulent tuer dans cette guerre pendant que Maman et Papa tiennent Robert bien serré entre eux. Il leur montre un truc dans un livre et Maman et Papa ressemblent à une pub tellement ils sont contents de l'entendre. Je suis le seul à savoir que Robert est un robot espion. Mais les bombent pleuvent autour de moi, pas sur eux. Eux, ils sont blottis ensemble dans le lit pour regarder la télé. On voit des dauphins sur l'écran.

Quand je sors du parc, une dame doit s'écarter du portail alors elle me gronde. C'est qu'elle est pas au courant pour Robert et les bombes.

Je m'arrête au carrefour en attendant le feu vert, les avions me survolent. Et si un frigo s'écrasait sur la route à cet instant, devant une belle voiture ? Imaginez un peu...

Allez, passe au vert !

Je trépigne et je m'agite comme si j'avais envie de faire pipi ou des fourmis dans les fesses et je fais semblant de flairer la fumée des bombes – c'est comme sentir l'odeur des feux d'artifice.

Feu vert. Je me remets à pédaler en pleine guerre avec les avions qui descendent en piqué et lâchent des bombes et Maman qui va rentrer à la maison.

Quand j'arrive en haut de notre rue, je m'arrête et mes semelles dérapent sur le goudron. Finie l'attaque aérienne : je vois le jardin où l'échelle brille, là en bas, et j'entends un peu le bruit du taille-haie. Moi et le monstre, on regarde Robert couper les feuilles de Papa.

Depuis tout à l'heure, le serpent a tellement grossi qu'il va m'exploser le ventre en deux et tous les Krispies vont gicler par terre.

« Beau boulot, Robert ! » dira Papa quand ils rentreront à la maison et Maman sera épatée par ce grand garçon, ce gentil garçon.

Lui, il est en haut de l'échelle et, moi, en haut de la pente, j'ai la bouche ouverte comme si je hurlais à la mort. Comme si Mamie se vidait de son sang là-bas, dans la salle de bains, avec ses dents cassées partout et Papa qui lave et lave encore.

« T'as pas le droit, Robot ! »

C'est les haies de Papa et, quand il rentrera, Maman sera juste à côté de lui au moment où il dira : « Ça, c'est du beau boulot. » C'est ce qu'il me dit quand je fais de la peinture, que je change les vitesses ou quand j'ai mis le bazar quelque part. L'échelle brille comme si on était dans une pub pour les échelles.

« T'AS PAS LE DROIT ! »

Je lâche les freins et je pédale comme un fou. Le monstre m'appuie sur l'estomac et j'ai du vent plein les oreilles : on dirait qu'on a attaché des conques dessus et que j'entends tous les océans du monde. Je vole sur la pente, rapide comme l'éclair, si rapide que mon ventre se serre et j'arrive plus à respirer quand il fait ça. Je deviens tout rouge, tout dur et le macadam tout flou à cause de la vitesse mais le bruit du taille-haie grossit dans ma tête comme celui des guêpes dans le prunier.

Je traverse à l'endroit où le trottoir s'aplatit pour rejoindre la route comme si un monstre avait marché dessus pendant la nuit. Toutes les villes ont des trottoirs à rebord aplati à cause des monstres qui viennent enlever les enfants pas sages, la nuit.

J'oublie même de regarder s'il y a des voitures vu que je suis pas dans mon corps mais dans un hélicoptère qui me filme d'en haut. Ceux qui nous retransmettent des images de tout là-haut, au-dessus des stades, pendant les grands matches. J'aime bien ça mais je voudrais qu'un jour ils fassent tomber la caméra : tous les gens qu'on voit sur le grand écran pourraient piquer un superplongeon et s'écraser sur le terrain de foot !

Accroché au guidon, je passe le portail sans toucher par terre. Je fonce les yeux fermés, furieux contre les pieds de l'échelle, et le taille-haie continue son bruit mais je m'arrête pas.

Bang ! Je m'arrête d'un coup quand ma roue avant s'écrase contre l'échelle ; ça la tord un peu et, moi, je fais presque la culbute par-dessus le guidon. Le taille-haie rugit vraiment fort de près avec ses dents qui mangent l'air. Robert agite les bras, là-haut, et l'échelle ressemble à un gros arbre en fer secoué par le vent. La tête de Robert !

ATTENTION, ÇA VA TOMBER !!!

Ça ne me plaît pas du tout.

Il lâche le taille-haie qui se crashe par terre avec un énorme *crac !* mais il donne encore des coups de dent comme un barracuda. Ils en ont même sur la langue, les barracudas.

Les yeux et la bouche de Robert sont grands ouverts. Ça dure mille ans. Les gros bruits continuent avec un grand *boum !* quand l'échelle se renverse et Robert qui se cogne la tête tout fort par terre.

Après, on entend plus que le rugissement du taille-haie.

Sans regarder Robert, je pose mon vélo, je vais appuyer sur le bouton de verrouillage du taille-haie et il s'arrête. Papa serait fier de moi. J'ai mis les mains sur mes yeux et tout est très calme sauf que je suis essoufflé.

« Robert ? »

Je le regarde juste une seconde : il a les yeux ouverts et tournés vers les nuages. Ça n'a pas l'air confortable d'avoir la jambe tordue par-derrière, comme ça. Mais, lui, il a l'air calme. Pas du tout fâché. Il se fâche jamais vraiment contre moi. Il est très gentil, en fait.

Je le laisse se reposer et pendant ce temps je vais ramasser l'échelle mais c'est très dur et je fais des bruits pour qu'il sache que c'est très dur d'être sage.

« Papa sera furieux contre toi, Robert. C'est son travail, pas le tien. T'as pas à jouer ici avec ces trucs même si t'as 13 ans. Tu viens que de les avoir en plus. »

Je remets l'échelle debout mais une de ces jambes part un peu de traviole à cause de mon vélo... Dans une minute, Robert arrêtera de regarder les nuages et rentrera dans la maison.

« Robert. »

Si je pleurais, tout ça ferait encore plus peur. En plus, j'ai vraiment très envie de faire pipi mais, au moment d'y aller, je vois la superfissure dans le plastique rouge et blanc qui recouvre le taille-haie.

Au même moment, Robert se met à faire le smurf du robot par terre : on dirait le monsieur de la pub « Attention à l'électrocution ». Même si Papa dit que la pub devrait nous faire peur, elle nous fait toujours bien rigoler sauf que ça rend Maman toute bizarre alors il se passe la main sur la figure pour effacer son sourire et moi j'essaie de lui remettre – ça pique vu que sa barbe pousse toute la journée.

Robert imite superbien la pub, il serre les dents et les cris sont pris au piège dans sa gorge. Il se bave dessus. Les bruits qu'il fait sont horribles, comme si on l'étranglait en dedans. Il est couché sur le cordon électrique.

« Robert ? »

Je serre mon zizi à travers le pantalon pour retenir le pipi. Lui, il regarde les nuages. Ses yeux et ses habits, c'est tout ce qui a encore des couleurs sur lui.

« Robert ? » Je chuchote. « Robert ! » Je pleure un peu mais après j'essaie de m'en empêcher et en même temps je frotte mon zizi. « Maman va bientôt rentrer, Robert. Tu ne diras rien ? Je cacherai plus rien dans ta chambre et je te laisserai regarder ma télé. »

Il danse le smurf à fond et il a plein de mousse dégoûtante sur les lèvres comme si on lui avait lavé la bouche avec du savon. En plus, le taille-haie est craqué en deux et peut-être que Robert a l'arrière de la tête comme un œuf à la coque après le premier coup de cuillère (quand on va lui couper le chapeau pour sortir le gluant).

« Je vais juste ranger mon vélo, Robert. »

Il continue à faire ces bruits horribles ! Et par endroits, il devient tout tout raide. Il n'a pas cligné des paupières une seule fois. Je lâche mon guidon et je cours jusqu'à la maison pour débrancher l'électricité du taille-haie au cas où il aurait abîmé le cordon. Quand je reviens, il est toujours en train de se secouer – comme sur un château gonflable, quand on est couché et que tous les autres sautent.

Je cacherai plus jamais rien dans sa chambre, en plus, il m'a jamais dénoncé. Il a laissé Papa et Maman penser qu'il était encore plus chapardeur qu'ils le croyaient.

Quand il s'agite un peu moins, je vois de la bave pleine de bulles qui sèche sur sa figure et il a mouillé son pantalon.

Ça sent le vinaigre de la friterie.

Je sors mon monstre, je le change supervite en robot et je le pose près de Robert pour l'aider. Je reprends mon vélo. « Je reviens. » Il ne ressemble plus à Robert. À mon avis, il a dû se faire mal en tombant. Sa jambe n'a pas l'air bien du tout dans cette position. Il devrait la bouger.

« Arrête de faire semblant, Robert. C'est pas gentil. En plus, t'as fait dans ta culotte. Maman va bientôt rentrer. » Je serre le guidon et je me tortille un peu à cause de mon envie de pipi. Je longe la maison en poussant mon vélo qui roule un peu bizarrement avec sa roue avant tordue.

Je vais le ranger dans la remise comme Maman le dit (mais, d'habitude, je m'embête pas à le rentrer). Je le mets tout au fond et je ressors en courant vu que j'ai peur de la remise.

Après je retourne devant la maison pour jeter un petit coup d'œil à Robert. Il y est toujours. Je vois pas la voiture de Maman et Papa mais ça va pas tarder. Je vais vite ouvrir le col de la belle chemise que Robert avait mise rien que pour Maman. Je le desserre comme ils le font toujours à la télé.

Je le pousse un peu, je me penche pour l'empêcher de voir les nuages mais, quand j'agite la main près de sa figure, ses paupières ne bougent pas. Il a juste l'air très heureux et très calme. S'il a les yeux ouverts, c'est qu'il est pas mort. Sauf qu'il a un œil bizarre : le rond noir reste ouvert en grand comme pour nous laisser voir son cerveau par le trou. L'autre fait un tout petit cercle. Je crois qu'il s'est cassé les yeux en tombant, peut-être.

Je repose l'échelle par terre. C'est lourd et difficile mais je la remets où elle s'était renversée. Quand Robert est tombé. Toute pareille que quand j'ai trouvé Robert. Moi, j'étais au parc. Après, je vais à l'autre bout du petit jardin m'accroupir sous un buisson pour le regarder. J'arrive presque plus à me retenir de faire pipi. Lui, il reste couché là-bas.

Peut-être qu'on a la méningite, Robert et moi. C'est pour ça qu'il est tombé. Peut-être que je suis malade. Je vais chercher un fruit dans la maison. Maman dit que c'est bon pour nous. Je pose une banane à côté de Robert avec le robot qui monte la garde mais j'en garde une pour moi – plus une pomme.

« Robert, tu devrais manger des fruits ! » J'attends qu'il réponde en faisant la danse du pipi.

Je rentre en courant, je claque la porte et je fonce en haut, dans ma tanière du lion. Vu que j'ai oublié ma lampe de poche, je suis tout essoufflé dans le noir et je me fais peur rien qu'en respirant. Comme dans le congélateur. Je pleure un peu mais pas longtemps. Même si j'ai pas envie de manger, je me force à avaler un bout de banane – sauf que ça me donne envie de vomir. J'ai un goût de Krispies dans la bouche.

Je me tiens le zizi et je fais une prière à Mamie et à Dieu pour que Robert ne se soit pas blessé en se cassant la figure. Je leur demande pardon pour mes pipis au lit et pardon à Mamie d'avoir regardé sa tache de sang. Je lui promets de la nettoyer si elle nous aide. J'enlèverai la tache et je ferai plus jamais de bêtises.

Je me concentre pour plus bouger vu que je suis resté dans ma tanière du lion tout le temps.

Juste après, j'entends une portière claquer et Maman pousser un superterrible hurlement ; ça coule, je peux pas m'en empêcher, et si j'étais pas tout là-haut dans un hélicoptère, je pleurerais. Ça sent superfort l'odeur de vinaigre et de la friterie dans la tanière.

Je me sens tout petit.

Quand Maman s'arrête de hurler, il ne reste plus que mon souffle hyperrapide et l'odeur de pipi. *Vlan !* La porte d'entrée s'ouvre et la voix de Papa crie.

J'entends le téléphone raccroché d'un grand coup et Papa hurle mon prénom.

Ses pieds font un bruit de tonnerre.

Quand il entre dans ma chambre, la caméra fait un superzoom et je me mets à pleurer comme si j'avais retenu des tonnes de larmes. Il défait le zip de ma tanière du lion et me serre très très fort. Sa figure est toute changée. Il m'écarte un peu pour regarder mon corps et vérifier que je suis entier. Je sens qu'il tremble, Papa, et Maman appelle : « Robert, Robert ! » comme s'il devait rentrer maintenant. Le dîner va être froid et on a école demain.

Je voudrais que ça soit juste l'heure du dîner.

Papa me déshabille très vite, me met sous la douche et me savonne partout. Je l'entends pas parler et je ne dis rien. Je suis tout là-haut avec la caméra. Après, je suis sorti de la douche et mon corps tremble à cause de la serviette qui me frotte à toute vitesse, qui m'essuie les cheveux : il fait tout noir là-dessous, j'aimerais bien y rester.

Quand ça s'arrête, j'entends les sirènes approcher.

« Papa, où il est, Robert ?

– Il est tombé de l'échelle. Il s'est fait très mal à la tête et on va l'emmener à l'hôpital pour le soigner. »

Je fais oui avec le menton. Robert va guérir.

« Tu crois que tu peux m'expliquer ce qui s'est passé ? » demande Papa.

Je secoue la tête. « J'étais au parc. »

Les sirènes arrivent tout tout près ; quand elles s'arrêtent, des portes claquent, on entend des voix et Maman crie d'une drôle de voix pleine de larmes. Il y a d'autres sirènes plus loin comme si on allait tous avoir besoin d'une ambulance.

« Habille-toi », dit Papa, et je le vois faire la grimace de quand il a envie de pleurer.

Maman entre dans ma chambre avec mon robot ; elle agite son doigt si près de ma figure qu'il me rentre presque dans le nez et elle a l'air fâché d'un boxeur qui a perdu : « Qu'est-ce que tu as FAIT ? »

Papa l'attrape. « SORS D'ICI ! » Des racines d'arbre lui ont poussé sur le cou. « SORS D'ICI ! » Il pleure pour de bon maintenant et Maman repart en hurlant comme les sirènes d'ambulance.

Juste à ce moment-là, les Krispies ressortent de mon ventre.

20

Patricia est en retard. Mais j'aime arriver le premier à un rendez-vous. Quand vous êtes le premier sur place, les femmes ont l'impression de faire leur entrée et de vous avoir fait attendre, ce qu'elles pensent être une bonne chose. Mais, en fait, cela signifie qu'elles pénètrent sur mon territoire.

Si j'aime généralement arriver le premier alors que ça me donne l'air d'être vraiment mordu, c'est parce que cela me permet de choisir le siège d'où je verrai la salle. Si bien que celle qui me rejoint ne pourra regarder que ma personne et le mur. Ce sera moi qui appellerai le serveur, moi qui dirigerai les opérations. C'est si simple, quand on y pense, et pourtant je vois si souvent des hommes assis du mauvais côté.

Me voici donc aux commandes et, de toute évidence, Patricia est du genre retardataire. Difficile d'être à l'heure quand on a si peur de décevoir. Difficile de ne pas fuir. En clair, elle doit finir par faire exactement ce qu'elle cherche désespérément à éviter.

L'écho de ma visite chez le photographe résonne encore en moi. Mon cerveau chavire à cause de l'alcool et des pétards. Maman est toujours en ligne.

Je ne devrais pas être ici, sans parler de mon acquisition, cette photo débile et énorme posée contre le mur, à côté de moi. Je devrais être auprès de Maman. Demain, je passerai toute la journée à la maison, promis, et dès lundi, une ambulance viendra la chercher sans sirène ni gyrophare pour l'emmener vivre ses derniers jours ailleurs.

Je me suis déjà fait apporter la carte, j'y ai choisi ce que je veux et je l'ai renvoyée. Stressée par son retard, Patricia devra décider ce qu'elle commandera tout en essayant de se détendre alors que j'aurai déjà fait l'un et l'autre. Mais je prendrai quand même un menu, histoire de lui faire croire que je suis confronté à la même situation qu'elle, mais que je m'en sors mieux.

Je pose mon téléphone sur la table et je sors le chargeur de ma poche. Il y a une prise derrière moi. Je branche le portable.

Je devrais être chez nous et pourtant je reste assis là, dans la plus sympa de mes tenues « décontractées ». Sauf qu'elle n'a pas l'air tout à fait décontractée, vu que je dois porter la chemise boutonnée quasiment jusqu'en haut pour cacher la tache rose foncé que m'a faite mon amie l'infirmière en essayant de boire mon sang.

Ma deuxième double vodka embue le verre posé devant moi.

C'est un restaurant entre-deux, ni trop chic ni trop miteux, que Patricia a choisi. Parquet ciré, linge de table en lin – pas de nappes mais des sets de table – et des couverts dignes de ce nom.

Le goût de la vodka me ramène sans arrêt à mon verre. Je le repose. Je l'éloigne un peu et une petite tache humide apparaît sur mon set de table. Je l'échange avec celui de Patricia. Je pousse ma boisson un peu plus loin. J'essuie encore mes mains sur mon pantalon et j'ajuste mon col une nouvelle fois.

Tiens-toi tranquille ! Les mains sur les genoux. Les pieds par terre. *Enlève tes coudes de la table. Et évite de manger la bouche ouverte, merci.*

Je porte le verre à mes lèvres et je l'incline, la tête en arrière : les glaçons butent contre mes lèvres mais le liquide passe au travers et j'avale les quelques gouttes restantes.

Comme je repose le verre plus fort que prévu, des yeux se tournent vers moi. Je fais signe au serveur en soutenant le regard des autres clients qui bavardent à mi-voix devant leurs assiettes décorées d'un filet de sauce et posent couteaux et fourchettes le temps de mâcher.

Ma nouvelle boisson arrive et, avant d'emporter le verre vide, le serveur me lance un regard appuyé. En se dandinant dans sa tenue de pingouin, il retourne au nid auprès de sa congénère qui traîne du côté du percolateur et, ensuite, comme des pickpockets aux aguets, ils cherchent à repérer une assiette ou un verre à débarrasser.

Je bois une lampée de vodka en pensant au centre de soins palliatifs. Le dépliant, son papier glacé et ses adjectifs choisis avec précaution ne changent rien au fait que ces établissements ressemblent aux assiettes sales que je vois au fond de la salle, près du lave-vaisselle. Là-bas, les restes dont on ne veut plus se figent sur place jusqu'à ce que vienne le moment de les mettre à la poubelle.

J'ai les lèvres un peu engourdies et mon troisième verre est à moitié vide. Ou à moitié plein, ça dépend. Si je reste ici à penser à ces choses-là, c'est à cause de Patricia.

Patricia. Un si joli prénom ! La lettre finale vous laisse sur le « âââ », si distingué. Pââătriciââă. Atroce, écœurant ! Pourquoi pas Tracy ou Patty ? Ou n'importe quel autre petit nom, du moment qu'il lui enlève son côté tout gentillet. Mais non, elle s'est présentée en disant « Pââătriciââă ». Je parie qu'elle a horreur des diminutifs.

Je commande un autre verre et je commence à me demander s'il y a la moindre probabilité qu'elle m'ait posé un lapin. Je me déplace sur ma chaise et je décoince mes parties qui ont glissé un peu trop bas… Une petite curieuse surprend mon geste, mais qu'est-ce que j'y peux ?

Quand ma boisson arrive, je garde le verre vide contre mes lèvres et je fais attendre le serveur pour sentir encore le choc des glaçons, le temps d'avaler quelques gouttes de glace fondue et de vodka.

La vodka a le même goût que la laque, il faut bien le dire.

À contrecœur, j'échange le verre vide contre ma nouvelle boisson bien fraîche et je regarde le serveur s'éloigner tout en douceur comme un escargot sur une patinoire.

Après la première gorgée, je pose mon verre tout là-bas, à l'autre bout de la table. Dîner en tête-à-tête avec l'alcool.

Elle est sacrément en retard ! Pendant ce temps, *ipso facto* je continue à penser que je devrais être à la maison avec ce qu'il reste de ma Némésis[1]. En plus, Pet-tricia la Tardive me fait tant boire que je serai archi-cuit quand elle daignera enfin arriver. Ce qui veut dire qu'elle essaie de prendre le dessus.

La petite sournoise.

Pour l'instant, je suis sans doute à peu près *al dente*, éthyliquement parlant, mais je ne vais pas tarder à être trop cuit.

Al vodke.

Plus j'y pense et plus je me persuade qu'elle le fait exprès. Je bois plus vite quand je suis énervé. Ce qui me soûle encore plus. Et ça m'énerve encore plus. Non seulement j'ai les nerfs, mais en plus je commence à avoir les crocs.

J'ai les crocs *et* les nerfs !

Je pose mon verre sous ma chaise, je claque du bec pour réveiller un peu mes lèvres et je me rince la bouche avec une

1. Déesse grecque de la vengeance. (*N.d.T.*)

eau pétillante très classe. Je rajuste encore mes vêtements, me recoiffe avec les doigts. Je vérifie que mon col couvre le suçon.

J'allais reprendre la boisson sous ma chaise mais je me redresse.

Patricia devrait être ici en train de choisir ses plats et de se détendre en écoutant mes bavardages qui obligent habilement à acquiescer et à se montrer affable au lieu de me faire attendre.

Les gens ont toujours besoin de quelques minutes pour être vraiment là, raison pour laquelle elle va me demander, par exemple : « Tu sais ce que tu veux manger ? » Un code destiné à m'empêcher de lui parler/de la distraire/de la stimuler en m'imposant le silence, le temps de faire mon choix dans la carte. Mais, au bout de quelques secondes, j'aurai déjà refermé le menu. Elle paniquera encore plus et se pressera, elle lira les mots sans les comprendre : sole, sauté, saisie, coulis de framboises, filet, blanchies…

On peut juger un restaurant à ses adjectifs.

Sauf qu'elle n'est pas là, Patricia. Elle aurait dû être à ma place. Et moi, auprès de ma mère, à la maison puisqu'elle n'en a plus pour longtemps.

Pourtant, c'est bien moi qui suis venu, pas vrai ? En quête de réconfort et d'approbation. Moi, le couillon qui croyait avoir le ticket gagnant, je me retrouve assis en tête-à-tête avec une énorme photo dans son cadre et un téléphone portable pour toute compagnie. Tous les yeux sont tournés vers moi, à croire que je suis une mallette qui fait *tic tac* dans un aéroport.

Même mon verre me regarde fixement, sous ma chaise.

Et puis merde ! Je me penche pour le prendre. À Rome faites comme les Romains…

On peut vraiment juger un restaurant à ses adjectifs. Il suffit d'ouvrir la carte pour avoir une idée de ce qui nous attend.

Si c'est le genre de menu surchargé d'adjectifs où, faute de pouvoir utiliser des mots simples, on s'est senti obligé d'écrire *emplumé* et *chatouilleux*. Ici aucun de ces deux-là. Celui qui ne propose pas de fleurettes farcies aux caresses aromatiques ou autres, vous voyez ?

Voilà, mon verre, à nouveau vide, j'en pleurerais (comme si, par accident, je venais d'avaler un ami perdu de vue depuis longtemps). Mon ami le verre vide me manque déjà.

J'écoute, le téléphone contre l'oreille, et les gens me toisent, moi, le client solitaire assis en face d'une chaise – style « Devinez qui s'est fait poser un lapin ? »

En fait, ce que cachent les adjectifs du menu, c'est un bon coup de pied dans les couilles au moment de payer l'addition. Admettons-le, les adjectifs remplacent un bon repas.

Idem quand on va se faire couper les cheveux : après vous avoir fait enfiler une de ses blouses – ces camisoles de force à la con, le coiffeur vous fait asseoir et vous demande :

« Qu'est-ce que je peux vous offrir à boire, monsieur ? »

Offrir. Ne me faites pas rire. Alors on est là, dans sa blouse camisole et quand vient le moment de se faire offrir à boire, je me dis toujours : « Super ! Putain, trop génial : ça va être la baise ! »

Un jour, je vais répondre : « Non, rien à boire pour moi, merci bien. Vous n'avez qu'à le retirer du prix de la coupe et, tant que vous y êtes, si vous pouviez penser à autre chose qu'à m'enculer ! »

La porte s'ouvre et un couple entre.

J'essaie de claquer des doigts pour appeler le serveur. Je les lèche et ça marche mieux sauf que, après m'avoir jeté un regard, l'homme-pingouin au déhanché antarctique poursuit sa route vers les nouveaux clients si juteux.

Sur le point de siroter mon ami le verre, je m'aperçois qu'il est bel et bien mort.

Ma serviette est coincée entre mes jambes, roulée en boule compacte – comme un rocher. Je fais toujours ça. Certains achèvent leur repas avec une serviette lisse et nette, mais les miennes il faut toujours qu'elles finissent par ressembler à une vieille couille.

Conscient que c'est une métaphore évidente de mon psychisme, je m'efforce de ne pas les froisser. J'ai essayé de me défaire de cette habitude mais, manifestement, j'ai échoué.

Aujourd'hui, c'est la faute à Patty. J'abandonne ma serviette mi-froissée mi-lissée sur sa chaise, je prends la sienne de l'autre côté de la table à moitié vide (ou à moitié pleine) et je la pose élégamment sur mes cuisses… vivement la partie de jambes en l'air, tout à l'heure.

Le goût de la vodka me ramène encore une fois à mon verre ; la petite troupe de serveurs postés au bar le remarque et ils se parlent du bout des lèvres. On dirait que c'est moi la vedette ce soir. L'attraction.

Je claque encore des doigts dans leur direction et je leur fais signe d'approcher. Superserveur m'a oublié après avoir escorté les nouveaux venus jusqu'à une table. En plus, dans ce couple, l'homme porte son pull sur les épaules. J'ai horreur de ça. Vraiment horreur. Soit tu l'enfiles, ton pull, soit tu l'enlèves. T'es pas Batman !

J'ai beau faire signe aux pingouins, ils font exprès de regarder ailleurs. Je m'essuie la bouche du revers de la main, je donne un coup de poing sur la table et les couverts frémissent. L'autre pingouin lance un coup d'œil à Miss Expresso ; elle hausse les épaules et file récupérer une assiette vide comme un chien court après une balle. Ouaf !

Dans ma tête, c'est vendredi soir à la fête foraine.

Le serveur a les cheveux gominés et une moustache : une vraie caricature de sa fonction. Il se coule jusqu'à ma table et j'imagine la traînée luisante qu'il laisse derrière lui sur le parquet, les yeux d'escargot dressés sur sa tête.

Une fois près de moi, il garde une main derrière le dos – son dos visqueux – pendant qu'il débarrasse mon verre de laque vide. « Vous ne voulez vraiment pas attendre votre invitée pour commander le suivant, monsieur ? » Il affiche le genre de sourire qui n'atteint pas les yeux. « Vous avez peut-être faim. On pourrait vous préparer du pain et de l'huile d'olive, ou des toasts au beurre d'ail ? Pour vous aider à patienter...

– Et pourquoi pas une bonne petite liqueur d'ail !

– Pardon ? »

J'agite la main comme pour dissiper un pet. « Laisse tomber. » *Les mains sur tes genoux, redresse-toi !* « J'ai l'air incapable de boire un verre de plus ?

– Ce n'est pas ça, monsieur. Je me disais que vous aviez peut-être faim, voilà tout, vous attendez depuis longtemps. »

Il me lance un regard entendu.

« Elle ne me pose pas un lapin, vous savez. Absolument pas ! C'est vrai, j'ai une p'tite fringale. Mais j'ai plus soif que faim. Un autre verre, s'il vous plaît, Superserveur.

– Je m'en occupe, monsieur. »

Il pique un fard et s'éloigne, toujours aussi visqueux.

Je m'en suis superbien sorti !

C'est alors que la porte s'ouvre et qu'arrive la femme du jour avec son heure de retard. Je me lève à moitié en plaquant ma (enfin, sa) belle serviette repassée sur mes cuisses prêtes à tirer leur coup. Je me cogne légèrement contre la table, une fourchette ou un couteau tombe par terre et n'en finit pas de résonner.

Comme je n'ai pas envie de rompre le charme qui entoure ma personne, je me rassieds. Restons zen. Je ramasse le couteau. Il me reste environ deux heures pour ramener ma conquête à la maison, vérifier que Maman va bien et bingo !

Plutôt sexy, la petite Tracy. Bien coiffée, un genre de chemisier, jupe, collant. Un style négligé très étudié. Une pochette à la main, juste assez grande pour un bâton de rouge à lèvres ; pourtant elle ne porte que du gloss et, du coup, on dirait qu'elle a mangé des chips trop grasses en chemin.

Elle se penche vers moi et je la laisse m'embrasser sur la joue. « Désolée, je suis en retard », dit-elle, et je sens la caresse de son parfum. Tout à coup, ce n'est pas grave qu'elle m'ait fait attendre. Pas du tout.

Sur le point de s'asseoir, elle ramasse la serviette roulée en boule et la tient entre le pouce et l'index. Je fais semblant de chuchoter, derrière ma main : « On ne peut pas dire qu'ils mènent le personnel à la baguette ici. Quel laisser-aller, vraiment ! »

Gluant le pingouin s'approche, propose de débarrasser Patty de son manteau mais elle refuse et lui tend la vieille couille en lin. Il la prend comme si c'était une couche encore tiède.

Il me lance un regard qui en dit long et remplace le couteau que j'ai fait tomber par un autre.

« Qu'est-ce que tu bois, Tracy ? Je viens juste de me commander un verre. »

Le pingouin me gratifie d'un autre regard, un peu différent mais tout aussi chargé de sens, et Patsy, encore debout, essaie de réfléchir à ce qu'elle va manger.

« Qu'est-ce que tu prends, toi ? demande-t-elle – une habitude, chez les indécis.

– De la laque.

– Euh non, pas pour moi. Plutôt du blanc… un sauvignon ? »

Le pingouin acquiesce et s'éloigne à reculons avec la couche tiède. Pendant ce temps, Tracy s'assied, pose ses petites affaires et m'observe. Je serre mon col pour cacher ma morsure de vampire mais elle se tourne vers la grande photo posée contre le mur près de notre table et me lance un regard interrogateur.

« Je viens de l'acheter, Tra… Patricia. C'est de l'art, à ce qu'il paraît.

– Je n'irai pas jusqu'à dire ça. » Elle tapote mon verre de son ongle manucuré. « Tu t'es donné une bonne longueur d'avance.

– La journée a été dure.

– Ah oui, ta maman. Comment va-t-elle ? »

Pendant que je lui raconte le strict minimum, Patricia pose sa veste sur le dossier de sa chaise et se met à l'aise. Comme je le disais, les gens ont besoin de temps pour être vraiment là.

On nous apporte les boissons et les menus. Après un « Santé ! » nous ouvrons nos cartes. J'y jette à peine un coup d'œil, je le referme d'un coup sec et je le pose. J'ai coincé mes mains sous mes fesses pour me retenir de boire mais mes jointures blessées protestent douloureusement et je dois aussi vérifier que mon col cache le suçon. Pourquoi les gens font-ils des suçons ? J'ai horreur de ça. C'est hideux.

Je regarde les autres dîneurs avec satisfaction, eux qui pensaient qu'on m'avait posé un lapin… Et toc !

Mon téléphone affiche « Maison » et l'horloge qui indique la durée de l'appel égrène toujours plus de secondes dans son cadre foncé. Je le pose sur le haut de ma cuisse en imaginant que les radiations de l'appareil se propagent dans tout mon corps – une fois de plus, Maman me transperce le cœur.

« Qu'est-ce qui te fait rire ? demande Patty.

– Moi, dis-je en me ressaisissant. Je me moquais de moi-même. » Je me demande quelles autres pensées complaisantes me traversent l'esprit en douce.

Je lui montre le téléphone, le fil du chargeur branché, etc. « Au cas où Maman appellerait. » Je le mets sur la table.

Je commence à transpirer. Patricia me raconte sa journée et je retiens l'essentiel de son récit en essayant de repérer discrètement les aspects saillants de son anatomie. Elle a l'air en forme. Elle me parle des dernières semaines d'un cours qu'elle doit suivre avant de commencer un nouveau boulot absolument génial. De la neurophysitruc. Ils scannent des cerveaux.

« … Des gens qui ont eu la même maladie que ta mère, en fait », dit-elle, comme s'il s'agissait de la grippe. Son menu est ouvert devant elle, je pose mon doigt sur le micro de mon téléphone. Quel manque de tact, Tracy !

« Je vois », dis-je. J'avale une lampée d'alcool mais ce n'est pas une double vodka qu'ils m'ont donnée, c'est une simple. Et l'autre Batman n'a toujours pas enlevé sa cape en tricot, là-bas.

« Tu sais déjà ce que tu veux manger ? » demande-t-elle en me regardant – calé au fond de ma chaise, je me retiens d'avaler ma boisson cul sec. Ensuite, elle marmonne pour elle-même, lit la carte en diagonale et saute d'un adjectif à l'autre, soudain prise de panique.

Voilà qui me remonte le moral.

Mais mon cerveau s'est mis à faire des culbutes dans mon crâne et la salle de restaurant tourne devant mes yeux. Je vérifie mon col, je m'adosse plus fermement à mon siège et j'essaie de faire savoir à mon corps que, non, je n'ai pas le tournis. J'aimerais mieux être à la place de Patricia, face au mur, au lieu de voir cette salle tourbillonner. En plus, Superserveur a braqué ses cinq yeux sur moi. Patricia me regarde, elle aussi.

« Ça va ? dit-elle à un kilomètre de moi.

– Ouais. Je suis bien.

– Qu'est-ce qui est arrivé à ton cou ?

– Toilettes. » En trébuchant, je me mets à peu près debout. « C'est une tache de naissance, Patty. Du genre qui apparaît de temps en temps. Si le pingouin arrive, tu peux me commander… » Je fixe ma carte fermée. « Prends-moi… Merde !

– Quoi ?

– J'ai oublié… je prendrai la même chose que toi.

– La salade César ? »

Mais je reste planté là, je regarde la serviette roulée en boule dans ma main.

Je la jette sur la table et je pars à la recherche des toilettes en titubant alors que mon cerveau enchaîne les loopings.

Quand on cherche les toilettes dans un établissement inconnu, il est absolument interdit de s'arrêter pour regarder autour de soi. Il faut tenter le coup avec l'urgence du désespoir, pas vrai ? Avancer coûte que coûte. On se dit, ce côté-ci a plus l'air d'un coin à toilettes. Ensuite on inspire un grand coup et on y croit très fort.

En passant derrière Batman, je ne peux pas m'empêcher de tirer sur son pull. « T'as fait tomber ta cape, vieux. Tiens, je vais la poser sur le dossier de ta chaise. » Je mets un certain temps à coincer le tricot entre son dos et le siège… Super-serveur se coule vers nous, prêt à ramasser les morceaux.

En avant, marche ! Ne t'arrête pas. Marche, marche, marche !

Voilà la porte des toilettes. Dieu soit loué ! Je pousse le battant et… je me retrouve dehors.

Des toilettes extérieures ?

Je tourne au coin de la rue, je remonte une petite impasse pavée et je m'adosse au mur.

« J'ai trop bu », dis-je aux nuages, mais j'apprécie l'engourdissement que m'apporte l'alcool.

Je devrais être à la maison. En plus, Maman au bout du fil et Patricia sont restées attablées ensemble, à l'intérieur. Un peu prématurée, la rencontre avec les parents.

Je change tout le temps de position tout en essayant de garder la tête au bon endroit. Je la pose contre le mur en brique et je la cogne plusieurs fois.

Après, je me frotte la nuque et mon estomac commence à se contracter. Je ravale tout. J'inspire profondément en pensant à la mort de ma mère.

Je pense au chagrin, aussi. Si effrayant, parce qu'on ne sait pas quelle sera sa force. Ni dans quel état il nous laissera après nous avoir dévorés. J'ai tellement peur des sentiments.

Penché en avant je respire et j'essaie de ne pas vomir. La nausée m'assaille de la même façon que les sentiments.

Je me dis qu'il reste toujours le suicide, l'idée est si séduisante. C'est la couverture de secours qu'on garde à la cuisine en cas d'incendie : tout en espérant que cela reste une éventualité, cette solution compte énormément à mes yeux. Juste au cas où. Un rempart entre les émotions et moi.

Le serveur se pointe. Ils ne sont pas censés *attendre* ?

Il me tend mon téléphone et mon chargeur. « À mon avis, il vaut mieux que vous ne reveniez pas, monsieur. »

J'inspire pour contenir la nausée. « Non, il se trouve que je pense le contraire. Il se trouve que j'ai rendez-vous là-bas, avec cette Patty. Donc j'ai toutes les raisons d'y retourner, si vous voulez mon avis. »

Il s'agite un peu. « Je préférerais que vous n'y alliez pas, monsieur.

– Arrêtez de m'appeler monsieur. Et en quoi ça vous regarde que j'y retourne ou pas ?

– Eh bien, c'est mon restaurant, lache-t-il avec dédain. J'estime que j'ai le droit de décider.

– Votre restaurant ? N'importe quoi !

– Eh bien, je n'en suis pas propriétaire mais…
– Bien sûr que non ! »

Il prend un air fatigué mais je sens qu'il s'échauffe. On apprend ces choses-là à force de travailler avec des criminels – avec des gens dangereux. On sait où chercher, sur quel fil tirer pour que tout se disloque. En fait, il faut surtout apprendre à éviter certaines situations.

« L'entrée de ce restaurant vous est interdite, un point c'est tout, *monsieur* ! »

Quand on se carre l'un en face de l'autre, le contraste entre nos tailles respectives saute aux yeux et c'est alors que Tracy arrive à notre hauteur en traînant la photo encadrée.

Je regarde le serveur-pingouin, ensuite mes yeux se posent sur l'écran éclairé de mon téléphone où il a tapé #9 par erreur avec ses sales nageoires.

« Comme tu voudras, Happy Feet[1]. Comme tu voudras. »

« Ce n'est pas si grave d'être un peu soûl, proteste Patty pendant qu'on se baguenaude dans la rue. Tu lui as dit que ta mère est malade ? »

Je secoue la tête. Les lueurs orange des réverbères salissent la nuit, la rue est pleine de voitures immobiles et de parcmètres qui ont viré au rouge. La photo est déjà plutôt encombrante pour un homme sobre, alors pour Mr Al Vodke, je vous raconte même pas… Mais, malgré la maladresse du serveur, Maman est toujours suspendue au bout du fil.

« Je parie qu'il serait complètement bourré, lui aussi, à ta place.

– J'aurais moins bu si tu avais été à l'heure ! » Je lui décoche

1. Pingouin doué pour la danse, héros du film d'animation du même nom. (*N.d.T.*)

un sourire et, en réponse, je reçois une bourrade amicale dans l'épaule qui me fait carrément perdre l'équilibre jusqu'à ce qu'un mur me remette d'aplomb. La main devant la bouche, Tracy étouffe un grognement amusé.

« N'empêche, finit-elle par répondre, boire quelques verres, ce n'est pas un crime. »

J'aime l'entendre prendre ma défense, mais est-ce qu'elle le ferait si elle savait ?

« Et ton père, il est toujours là ? »

Je secoue la tête en levant les yeux vers le ciel. « Et toi ?

– Mes parents sont toujours de ce monde. Toujours ensemble. Désolée pour ton père.

– Des frères et sœurs ?

– Fille unique.

– Moi aussi, plus ou moins.

– Les gens pensent souvent qu'on est trop gâtés quand on est enfant unique, pas vrai ? dit-elle en s'animant. Ils ne nous imaginent pas coincés entre nos parents. Mais qu'est-ce que tu entends par "plus ou moins" ? »

Comme je soupire, elle me propose de m'aider à porter la photo et je lui en laisse un côté ; tournée vers le haut, la face vitrée reflète la lumière du lampadaire entre nous.

« Plus ou moins ? répète-t-elle, un peu plus docile.

– C'est une si longue histoire. »

Un silence s'installe, j'ai mauvaise conscience de m'en tenir là. Nous marchons un peu, j'ai envie de lui raconter que j'ai été adopté, que je ne connais pas mes vrais parents. Je voudrais lui parler de ma carrière dans l'administration pénitentiaire. Lui dire que, vivre au Canada, c'est vraiment génial.

Les bonnes vieilles conneries que je ressors à chaque fois.

« Hé, allons-y », propose-t-elle en me montrant Malfour Park. Je lui offre un sourire de façade et j'essaie d'avoir l'air enthousiaste alors que je ne demande qu'une chose : la ramener chez moi et m'offrir un moment d'apaisement avant d'affronter ma dernière journée au chevet de Maman.

À l'entrée du parc, nous piquons un fou rire en essayant de faire passer l'énorme photo par le tourniquet.

Ensuite nous allons nous percher sur les balançoires et nous nous laissons bercer par leur va-et-vient. Patricia a envoyé valdinguer ses chaussures et ses cheveux s'envolent lorsqu'elle atteint le sommet de son arc. Elle s'élance bien plus haut que moi – il faut dire que j'ai l'estomac encore mal accroché et que mes pensées me ramènent à la maison, auprès de Maman. Mais, d'un autre côté, je me réjouis d'être ici avec cette femme et, de temps en temps, j'ai envie de lui sourire.

Je laisse traîner mes chaussures sur le béton caoutchouté pour m'arrêter et, le menton sur la main qui tient la chaîne, je regarde Patricia aller et venir.

Au lieu de continuer, elle se laisse ralentir. « Tu ne dis plus rien.

– Désolé.

– Pas grave. Parle-moi de ton boulot. En prison, c'est ça ? Ça doit être superdur. »

Carrément désinvolte, tout essoufflée, elle doit être heureuse de se retrouver sur une balançoire – une sorte de nostalgie, je suppose. Son bonheur me rappelle douloureusement le fossé qui nous sépare les uns des autres. Du coup, notre rencontre me paraît absurde. Je me dis que, la plupart du temps, notre immense solitude est simplement due à cette manie qu'ont les sentiments de nous désynchroniser. L'attachement, la satisfaction, la tristesse. L'amour. Nous sommes si souvent seuls avec nos humeurs, c'est comme si Patricia et moi communiquions par lettres. D'où le décalage entre le moment où j'éprouve des émotions et celui où elle y réagit.

« Je ne travaille pas dans l'administration pénitentiaire. Je ne sais pas pourquoi je t'ai dit ça. J'ai perdu mon boulot il y a trois mois.

– C'est une très bonne année pour toi, hein ? »

Je lâche un petit rire faiblard et j'essaie de me mettre à l'unisson de son humeur. Ou au moins de la rejoindre à mi-chemin.

« Comment ça s'est passé ? demande-t-elle.

– Ah. » Je soupire, l'alcool a tiré mon frein à main. Je regarde le téléphone dans ma poche de poitrine. « Certains des surveillants se préparaient à lyncher un petit vieux. Il avait essayé d'abuser d'une gamine et, le problème, c'est qu'un des gardiens de la prison la connaissait, cette gosse. Le vieux est sans doute le plus malchanceux des pédophiles. Il s'est fait pincer et les flics se sont arrangés pour qu'il soit placé en détention provisoire chez nous en attendant le procès. J'en pouvais plus de fermer les yeux sur leurs exactions, alors j'ai averti les autorités.

– C'est vachement bien de ta part. » Sa voix trahit l'effort qu'elle fait en se penchant en arrière pour reprendre de l'élan sur la balançoire. « D'avoir pris fait et cause pour la justice, je veux dire. »

Je commence à avoir le tournis à force de la regarder se balancer. Chacun de ses passages m'envoie une brise parfumée. Je me prends encore une claque émotionnelle : Patricia trouve qu'il n'y a pas de quoi en faire un plat de mon histoire.

« Ça n'a rien changé, il est quand même resté chez nous. Officiellement, il s'est suicidé mais, moi, je sais ce qu'il a enduré. Ce que les surveillants lui ont fait subir en toute impunité. » Les larmes menacent de me monter aux yeux car je prends brutalement conscience de ce que cela m'a coûté, de mon besoin d'appartenir à cette fraternité. Je repense à ce que j'ai dû laisser passer pour me sentir intégré pendant toutes ces années. Sans parler des quelques abus que j'ai commis à mon arrivée, quand j'étais encore trop jeune et isolé. « Ils lui ont sûrement fait pire que ce qu'il a pu infliger à la gamine, ensuite ils l'ont laissé pendu toute la nuit avant de donner l'alarme. J'avais appelé pour dire que j'étais malade mais ils ont raconté que j'étais de garde pour prévenir les suicides cette nuit-là. »

Elle se laisse bercer et son va-et-vient ralentit. « C'est scandaleux. Tu as perdu ton emploi pour avoir essayé de protéger un pédophile qui n'avait pas encore été jugé !

– J'ai fait pire.

– Je voulais juste dire que je ne voyais rien de mal à ça.

– Ah bon ?

– Tu regrettes ton choix ? »

Plus ça va, moins j'ai le moral. « C'est juste que, parfois, ça revient au même, ce qu'on fait ou pas. »

Immobile sur le siège de sa balançoire, elle pose la main sur mon bras. Je ne peux pas m'empêcher de détourner la tête vu qu'elle me regarde comme si j'étais bizarre. Comme si elle se demandait pourquoi je lui raconte cette histoire.

Mais j'imagine que Maman nous écoute, blottie dans l'obscurité : une larme de fierté coule sur son visage.

21

Je veux plus devenir M. Météo quand je serai grand, je veux être ramasseur d'ordures. Les poubelles, ils les collectent devant notre maison les vendredis et même si ça pue et qu'on se lève tôt, au moins je ne travaillerai que les vendredis. Avec tous les autres jours de libres. Facile ! C'est mille fois mieux que l'école, et l'école, il paraît que c'est plus facile que le travail.

Chaque fois que j'ai pas envie d'aller à l'école, Papa dit : « On n'a qu'à échanger. Tu fais mon boulot jusqu'à sept heures du soir et je vais me reposer en écoutant une instit sexy. » Ça m'énerve et ça n'a rien à voir parce que je choisis pas entre le travail et l'école, j'essaie d'avoir le choix entre la maison et l'école, comme si on se demandait : « Chocolat ou poireaux ? » Sauf que lui, il répond : « Brocolis ou poireaux ? » Et il y a plus de chocolat !

Enfin, c'est du chocolat noir vu que Robert ne guérit pas.

Quand elle est pas à l'hôpital avec Robert, Maman m'emmène à l'église. En attendant, Papa doit rester à la maison pour trouver du travail. Il me fait un clin d'œil pendant que

Mama est en haut où on entend le bruit de ses pilules. Il dit que maintenant, la cuisine c'est son bureau.

Il grignote toujours en préparant le dîner et il explique que c'est juste pour goûter. Après, quand il vient à table, il dit qu'il en a plein le ventre mais d'habitude il hausse les épaules et il finit quand même par tout manger. Il est devenu sacrément gros, mon papa.

J'aime bien m'approcher de lui pendant qu'il regarde la télé. Je soulève son T-shirt et le mien aussi pour qu'on se frotte nos ventres. La peau adore toucher une autre peau. C'est pour ça que c'est si bon de se frotter les ventres.

Maman descend avec des cachets. Quand elle lui demande un verre d'eau, il lui en apporte un mais il dit : « Et si tu arrêtais un peu les médocs, juste une journée ? » Elle nous regarde, elle donne l'eau et les médicaments à Papa et elle remonte là-haut.

Papa s'est déjà fait des taches en mangeant mais c'est parce que son bedon dépasse vraiment beaucoup. Parfois je me dis qu'il va prendre feu à cause de la flamme de la gazinière et maigrir en une minute. Toute la graisse de son ventre fondra et il sera en bonne santé comme avant.

Les gens nous regardent à l'église, Maman et moi. Simon m'a dit qu'ils appellent tous ma mère « sainte Marie » dans son dos. Je lui ai répété pour qu'elle soit plus gaie mais elle a répondu que c'était pas gentil de leur part. Que l'appeler sainte Marie était sarcastique et qu'elle essaie pas de sauver le monde contrairement à ce qu'ils racontent tous.

Je crois que les adultes n'ont pas les idées très claires. Du coup, des trucs gentils peuvent devenir méchants et ça marche aussi dans l'autre sens.

Maman serre les paupières et ses lèvres bougent à toute vitesse alors qu'elle devrait écouter le prêtre, là-devant. Il explique qu'on est tous nés pécheurs. Ça veut sans doute dire qu'il y a que des méchants à l'église. Maman pense le contraire mais elle ne s'est jamais vraiment embêtée avec tout ça avant que Robert tombe malade.

Je cache des BD sous ma chemise quand on va à l'église ; comme elles sont pleines d'images, Dieu aura plus de mal à regarder derrière.

Dieu est terrible, ça se voit rien qu'à Sa maison. Toutes ces statues, avec leurs yeux et les images violentes sur les vitraux : les têtes portent des couronnes d'épines et Jésus saigne à cause de nos péchés. J'aime bien sentir les BD tout contre moi même si ça me fait transpirer et que des images se décalquent sur la peau qui se change en vitraux.

Elles me grattent, les bandes dessinées, et le prêtre ne parle que de péché, de péché et encore de péché. Il dit qu'on a le diable en nous. Je sens le démon dans mon ventre et j'aime pas ça.

Je sais qu'il est là qu'avec Adam et Ève, dans le jardin d'Éden, il y avait le diable, et c'était un serpent. C'est comme ça que j'ai deviné où il était. Mon serpent, c'est lui, mais je ne sais pas comment le faire sortir.

Quand je prends la main de Maman, elle sort de son rêve et elle grimace. Elle tourne ses bagues parce que je lui ai fait mal aux doigts en les serrant et elle me lâche.

Elle a une bague pour chaque naissance, mariage, demande de fiançailles et vrai anniversaire de mariage… et si Robert meurt, Papa lui en donnera une ? Mais il a sûrement plus les sous pour ça maintenant que son bureau c'est la cuisine.

Maman me tapote la jambe, elle me fait un bisou sur la tête et elle se tourne vers les gens qui nous regardent. Même le prêtre nous dévore des yeux et tous les vitraux nous fixent. Je prie pour que les BD bloquent tout, sauf que les prières peuvent sûrement pas traverser les BD non plus. Après, je prie pour que Maman et Papa ne perdent pas contre les enquêteurs et qu'ils n'aillent pas en prison.

Il y a une enquête sur nous depuis que Robert s'est fait mal. Je me demande ce qu'il ferait, Macavoy aux trois lippes. Il ferait ami-ami avec les policiers.

Je remonte ma manche et je me remets à gribouiller mon bras au stylo. Ça me plaît. Je vais le colorier en entier et peut-être tout mon corps – je suis déjà noir du poignet jusqu'au coude. Devenir noir et bleu, ça m'aide à me sentir mieux et, la semaine prochaine, j'aurai complètement changé de couleur.

Maman donne une claque sur le stylo et fronce à fond les sourcils.

Maintenant, le prêtre parle d'un homme qui s'occupait tellement des récoltes de ses voisins qu'il est arrivé malheur aux siennes, et sa famille n'a rien eu à manger. Il raconte l'histoire en dévorant Maman des yeux et, dès qu'il a fini et qu'on entend l'hymne, elle se penche vers moi et elle dit : « On y va.

– Mais le moment où on chante, c'est tout ce qu'il y a de bien ! »

Comme les nuages ont l'air en colère, eux aussi, on attend à l'arrêt de bus.

Quand il arrive, il lâche le sifflement que j'aime bien, comme s'il en avait marre de transporter des gens et qu'il s'arrêtait pour souffler. Comme les chevaux qui s'ébrouent, on dirait qu'ils disent : « La vache, je suis crevé ! » en langue cheval.

Le bus, c'est un cheval moderne : quand on monte, Maman et moi, il soupire, et après il descend la rue, *pataclop pataclop*. J'adore tout voir vibrer par la fenêtre quand le moteur fait un effort et s'arrêter de trembler au moment où il change de vitesse. Peut-être que le chauffeur me laisserait passer les vitesses à sa place ? Il y en a des tas, on dirait.

Mandy, l'assistante sociale, est venue à la maison hier et elle a amené la police. J'ai compris qu'on avait des ennuis à cause des policiers mais aussi parce qu'en arrivant ils avaient tous les trois les lèvres rentrées.

Je les ai espionnés entre les poteaux de la rampe. J'ai entendu plein de cris et de larmes – c'était Maman. Papa n'arrêtait pas d'aller mettre la bouilloire à chauffer mais il ne s'occupait jamais du thé. Après il retournait au salon. Et il repartait comme s'il avait envie d'aller au petit coin, par exemple. Pendant ce temps, la voix de l'assistante sociale n'allait ni à gauche ni à droite, ni en haut ni en bas. Elle était obligée d'avancer tout droit comme si elle était en haute montagne, sur un sentier dangereux.

Mandy a les mêmes yeux que les statues à l'église. Elle voit sûrement à travers les BD.

Après ils ont répété mon prénom des tonnes de fois, alors je suis allé dans ma tanière du lion et j'ai fait une prière à Mamie. On m'a remis une housse en plastique sur mon matelas et elle fait *scrouitch scrouitch* comme de la neige quand je m'agite.

« Deux pas en avant, trois pas en arrière », a dit Papa, pour la housse.

Je fais des tas de prières à Mamie, je lui demande d'arrêter mes cauchemars. Papa essaie de pas s'énerver quand je fais pipi au lit. Avant, il était supercalme tout le temps mais maintenant il a toujours les cheveux en épis à force de dormir devant la télé. Et il me crie souvent dessus et après on pleure tous les deux.

Ça m'intéresse pas, l'enquête sur l'accident, mais peut-être que Robert devra partir d'ici. Mandy m'a même posé des questions à moi, sauf que je sais rien vu que j'étais au parc.

En plus, s'ils essaient de me placer dans une autre maison, j'aurai qu'à me sauver. Et si Maman et Papa vont en prison, j'aurai qu'à y aller avec eux : on dormira dans des lits superposés, ça pourrait être marrant.

Papa dit que la prison ça donne mal aux fesses.

Maman dort sur le canapé au lieu d'être avec Robert à l'hôpital. Je vais dans la cuisine lui faire une tasse de thé. Avec plein de lait et un sucre.

Même si je suis grand pour ma taille, il me faut une chaise pour attraper les trucs pour le thé. Je mets le lait après le sachet et l'eau, comme ça je trouve pile la bonne couleur. Maman l'aime aussi beige qu'à la télé, dans les pubs. Je le réussis parfaitement, j'essuie tout et je le mets dans la tasse de Papa, celle qui a « Le Boss » marqué dessus.

Je m'approche à pas de loup : Maman a posé le journal par terre à côté d'elle et ses nouvelles lunettes pour lire sur le front alors qu'elle dort. Je pose le thé sur la table près d'elle, il est tout fumant.

Je vois du gris dans ses cheveux ; je me demande s'il y était déjà avant et que je l'avais pas remarqué ou si c'est nouveau, comme dans *Scooby-Doo*, quand ils voient un fantôme.

Elle pourrait casser ses lunettes en dormant avec, comme ça. Je tends le bras pour les prendre. Je respire plus du tout au cas où je la réveillerais ou si jamais ça faisait sauter ma main.

Je suis un espion et il y a un microfilm dans ces lunettes ! Je tire tout doucement mais elles sont coincées derrière ses oreilles qui se replient un peu.

Maman renifle et je m'arrête. Je tourne la tête pour respirer un petit coup. Je sens l'odeur de son thé bien chaud.

Je me tiens le coude avec l'autre main et je tends encore le bras pour attraper les lunettes sans mettre aucun doigt sur les verres, comme elle me dit de faire quand elle m'envoie les chercher en haut.

Quand je tire, un des crochets se détache de l'oreille. Je m'arrête. J'ai failli déclencher l'alarme. Si je suis tué à la guerre, il y aura une cérémonie militaire sans mon corps et Maman y sera : elle pleurera tellement tellement fort qu'ils seront obligés de la transporter jusqu'à la maison et de lui donner des cachets comme ceux qu'elle prend depuis que Robert a eu son accident. Ceux qui la font flotter comme une patineuse.

Parfois, je pleure rien qu'en imaginant Maman toute triste à mon enterrement. Elle serait VRAIMENT malheureuse.

Je reprends les lunettes et son front se plisse comme du linge pas repassé. Je tire un peu, son oreille bouge et elle se réveille en sursaut. Son bras part en avant et renverse le thé sur le tapis. Ses yeux sont tout vagues, rouges et effrayants quand ils se posent sur moi. « Mais qu'est-ce que tu FABRIQUES ? J'essaie de dormir ! »

Je recule de deux pas. « Je t'ai fait du thé.

– Parce que j'ai l'air d'en avoir besoin ? HEIN ? J'ai besoin de dormir ! » Elle pousse un gros soupir où on entend sa voix. « Et qu'est-ce que tu faisais avec mes lunettes ?

– Tu aurais pu les écraser. »

Elle se lève et part en soufflant. Je la suis. Elle va chercher le chiffon à vaisselle et elle le passe sous le robinet. Après, elle l'essore et elle prend aussi un torchon. Elle allait retourner au salon mais elle s'arrête en me voyant. Elle fait encore plus peur avec ses cheveux en broussaille.

« Quoi ? elle demande. Qu'est-ce que tu regardes ? »

Je secoue la tête et je baisse les yeux : l'ongle de son petit orteil ressemble à une croûte de sang. On dirait le dernier bout marron qui tombe quand on s'est fait mal au genou.

Elle passe devant moi. « Et si tu allais jouer dans la rue ? »

Échec de la mission, je répète, échec de la mission.

C'est la première fois que j'entre dans la chambre de Robert depuis qu'il s'est blessé. Je m'assois sur son lit et je regarde tout. Il a eu son accident parce que je me suis remis à faire pipi au lit. Et parce que je me suis brûlé la main. Parce que je suis méchant. Maintenant, Papa et Maman vont aller en prison et, moi, je serai envoyé chez des gens.

Un jour, j'y comprendrai quelque chose aux gens, comme Robert. Quand j'aurai son âge, peut-être. À 13 ans, peut-être.

22

Au moment d'ouvrir sa porte d'entrée, Patricia me lance un regard. « Ce n'est pas très bien rangé. »

Pendant qu'elle s'occupe des boissons et des amuse-gueules, je me mets en devoir de préparer le joint parfait, bien chargé, pour la détendre mais pas assez pour qu'elle soit complètement partie. Pendant ce temps, nos corps doivent faire chauffer certains circuits pour la suite des événements. Tourné vers notre for intérieur, notre esprit passe tout au crible : excitation, peur, réticence, culpabilité… ou tout autre ingrédient du cocktail émotionnel complexe que nous greffons sur un simple besoin animal. Juste pour avoir notre bonbon.

« Ça ne se fait pas de tirer la langue, dit-elle en posant le vin devant moi sur la table basse.

– Je ne peux pas me concentrer sans mes trois lèvres. »

Avec un petit sourire forcé, je retourne à la confection du joint.

Dès qu'elle repart, je sors mon téléphone surchauffé par l'appel prolongé mais la communication a été coupée pendant qu'il était dans ma poche. L'écran n'affiche rien.

Je me lève et je fais le tour de la chambre, les tripes nouées par l'angoisse.

Patricia entre pas à pas, une bougie allumée dans une main, les doigts de l'autre en bouclier pour la protéger du courant d'air créé par son déplacement. « Ne me juge pas », dit-elle pour plaisanter en penchant un peu la tête vers la bibliothèque que je fais semblant d'inspecter. Elle ressort. Je m'assieds, je me laboure le cuir chevelu et, malgré le hamster qui fait tourner sa roue dans ma poitrine, je me résigne à attendre encore une petite heure avant de retourner auprès de Maman.

Je lèche le joint, je l'allume à la flamme de la bougie et je laisse mes chaussures glisser par terre (mais j'approche rapidement un pied de mon nez pour en vérifier l'odeur).

« Charmant ! dit-elle sur le seuil.

– Je voulais juste voir si ton tapis était propre. »

C'est à mon tour de rougir et au sien de rire. Elle vient s'asseoir à côté de moi et frotte son nez contre mon cou, par timidité, je pense. Je passe mon bras autour de ses épaules et je me contente de fumer mon joint en essayant de contrôler mon souffle. Et ne parlons pas de mon cœur qu'elle entend sans doute battre.

Elle sent vaguement l'alcool, peut-être qu'elle a bu un petit coup en douce dans la cuisine. Pour lubrifier l'inévitable mécanisme.

« Je pige pas », dis-je en lui tendant ma création toute fumante. Quand je m'éloigne un peu pour mettre les pieds sur le canapé, les bras autour des genoux, et un système anticyclonique se désagrège sur son visage. Elle tire sur le joint puis elle le jauge du regard, admirative.

« Qu'est-ce que que tu ne comprends pas ?

– Pourquoi tu me ramènes chez toi. C'est ton truc, les catastrophes ambulantes ?

– Oh, arrête ! On est tous des catastrophes ambulantes. En plus, j'ignorais tout de ta vie quand je t'ai rencontré. Je t'ai trouvé séduisant l'autre soir, c'est après que j'ai su.

– Su quoi ?

– Pourquoi t'es comme ça, tout à coup ? »

Je tends les doigts pour récupérer le joint et elle me le tend gentiment. Je prends une taffe. « Comme quoi ?

– Agressif. »

Je hausse les épaules. « J'aurais pas envie de moi, si j'étais toi, c'est tout.

– Eh bien, tu n'es pas moi. Par ailleurs, je t'ai demandé de venir boire un verre, pas de m'épouser. »

Je souffle et je fais des ronds de fumée.

« Je ne suis pas idiote, tu sais, dit-elle. J'y crois pas à ton numéro de beau gosse solitaire. J'en sais plus que tu le penses sur ton compte. On a une connaissance en commun, toi et moi. »

Je me fige alors que je lui passais le joint et j'attends la suite.

« C'est atroce, ces petites villes, hein ? reprend-elle, toute contente d'avoir un scoop. Ma mère t'a eu comme élève ! Quand tu allais à l'école Wilson. Tu te rappelles Mrs Stevens ? » En voyant mon visage changer d'expression, l'exactitude de ses infos confirmée, elle sourit, radieuse, au côté « décidément, le monde est petit » de ce moment.

Je hoche la tête en regardant le tapis. « Je n'y suis pas resté longtemps. Même pas une année scolaire.

– Mais tu t'es présenté sous un autre prénom… tu l'as fait changer ? » Elle se penche vers moi mais je m'écarte. « Ma mère ne m'a pas raconté grand-chose. Elle a juste parlé d'enfants placés et d'un accident. Ça a l'air tragique cette histoire. Ta mère était une femme extraordinaire, on dirait.

– *Est* une femme extraordinaire.

– Oui, pardon. Maman a été attristée par la nouvelle de sa maladie. Vous avez toute sa sympathie.

– OK. »

Mes yeux ne quittent plus ce bout de tapis même quand Patricia essaie de se rapprocher et m'enlace. Je me raidis mais elle soulève mes bras l'un après l'autre, se blottit contre moi et les referme sur elle.

« Allez viens, dit-elle, mes intentions sont pacifiques, beau gosse. »

Je me lève pour me soustraire à sa sympathie écœurante.

« Et merde ! lâche-t-elle, les genoux ramenés contre la poitrine et le menton posé dessus.

– Quoi ? » Mais je vois très bien où nous allons et je n'en ai pas plus envie qu'elle. Pourtant je fais tout pour que cela arrive, comme une voiture qui dérape sur la glace : on a beau freiner de toutes ses forces, elle glisse inexorablement…

« Ne fais pas l'innocent !

– Vas-y, explique, puisque tu sais déjà tout de moi.

– Laisse tomber. » Toute rouge et l'air blessé, la voilà qui s'échauffe maintenant. « Va les fourguer à une autre ton faux prénom et tes anecdotes déprimantes sur un boulot que tu ne fais même plus ! »

Je m'apprête à prendre une taffe rageuse mais le joint s'est éteint et quand la colère de Patricia se transforme en éclat de rire, je m'esclaffe à mon tour… pas pour longtemps, les battements de mon cœur plombent cet accès de joie.

« Allez viens, dit-elle en s'adoucissant. À moins que tu ne supportes que les rencontres purement sexuelles du style “Moi, Tarzan. Toi, Jane” ? Ça, tu peux le gérer ! » Elle essaie de me faire rire mais elle se retrouve seule, exposée, avec sa bonne humeur pendant que je la dévisage en me demandant comment un type comme moi pourrait se raconter à une fille comme elle.

Je prends mon téléphone et ma veste. « Tu as raison, Tracy. Laisse tomber. Je retire tout ce que j'ai dit. Tout. »

Elle se lève : « Quoi ? demande-t-elle, devinant une ouverture. Tu veux retirer quoi ? »

Mais j'ai compris, c'est pour elle que la chasse est ouverte. C'est elle qui mène la danse. Je suis le cheval au paddock et elle a un licol à la main.

Alors je détale ; sa voix me poursuit mais je suis déjà dehors, dans la nuit, et la porte d'entrée claque derrière moi. Je ne tarde pas à me retrouver à une cinquantaine de mètres de chez elle, les pieds froids dans mes chaussettes mouillées et un joint éteint à la main. Essoufflé au milieu de ce petit parc complètement nul, je regarde la porte de Patricia. J'ai l'impression de mesurer un mètre trente-cinq.

J'ai peur qu'elle ne sorte et une frousse terrible qu'elle ne le fasse pas : l'éternel conflit entre l'insupportable chaleur de l'intimité et l'isolement glacial. À croire que, dans mon système solaire, c'est soit Mercure soit Pluton.

Poireaux ou brocolis ?

Je m'approche d'un banc situé en bordure du parc, près d'une allée – la nuit est calme. Je n'ai pas encore repris mon souffle. Les bras croisés, les mains sur les omoplates, je m'étreins comme j'aurais dû l'étreindre, elle.

Je me retrouve encore une fois dehors, dans le froid : j'ai l'air d'un con et la chair de poule.

Je m'assieds sur le banc en écoutant des sirènes trouer le silence, au loin. Je ne suis pas le seul à avoir une urgence ce soir.

Là-bas, dans l'allée, un vieil homme se promène dans les flaques de lumière qui s'étalent au pied des réverbères. Son chien le précède : ses pattes griffues cliquettent doucement sur le sol et il s'arrête à chaque poteau pour le renifler et peut-être pisser dessus.

Quand le vieux arrive près de moi, je lui demande une allumette et il tâte ses poches. Je vois ses yeux chassieux à la lumière orange des lampadaires, il dégage une certaine tristesse mais il a cet air intrépide qui se rencontre chez les hommes d'un âge avancé. À croire qu'ils sont trop vieux pour être rattrapés par la violence.

« On faisait juste notre promenade, Rocket et moi », dit-il sans cesser de se tâter les poches. Son colley écossais tourne la tête et agite la queue, avec l'envie de continuer sa route, mais comme il a atteint la distance tacite qu'il aime mettre entre son maître et lui, il trotte d'un côté et de l'autre, la queue en l'air, le derrière tourné vers moi. Je décide que ce spectacle est des plus réjouissants.

Je m'essaie à prononcer son nom : « Rocket.

– Oui, un sacré chien ! dit le vieux, tout amour. Si je le sors pas, sa truffe humide me tirera du lit en pleine nuit. Petit filou ! »

Il trouve sa blague à tabac, l'ouvre et en sort un briquet qu'il me tend. J'allume mon joint puis je le lui rends en le remerciant. Mais il ne le prend pas, ne remarque pas mon geste, et je garde le briquet à la main pendant que je souffle ma fumée en détournant la tête. Sa blague à tabac sous le bras, il se prépare une cigarette d'une main experte et, après avoir léché et roulé le papier, il recrache quelques brins qui s'étaient collés sur sa langue – et voilà !

« Vous allez attraper la mort, sur ce banc » – son petit signe de tête me rappelle que je suis en chaussettes. Ses préparatifs terminés, il rassemble ses accessoires et les range dans sa poche.

« Ça a bardé avec ma nana », dis-je en roulant les yeux, une invite à nous liguer pour la forme contre les femmes.

« Ah, le beau sexe ! »

Il tâte à nouveau ses poches, fronce les sourcils et ressort sa blague à tabac. Il regarde à l'intérieur, la range, et se remet à chercher en levant les yeux pour mieux sentir ce qu'il palpe.

Quand je lui tends son briquet, il rit sous cape, allume sa clope et me le rend.

« Merci, dit-il.

– Il est à vous.

– Oh, je peux pas l'accepter. C'est très gentil et tout, mais j'ai le mien. Quelque part. » Ses mains se posent à nouveau sur ses poches.

« Non, sérieusement : c'est le vôtre.

– Ah, oui ! » Il rit, plus fort que la plupart des gens âgés, il rit vraiment. « Une pente dangereuse, la vieillesse, vous savez. Maintenant j'achète des bananes encore vertes, au cas où ça m'aiderait à rester jeune. »

Je m'esclaffe aussi, pour lui. « Vous n'êtes pas si vieux. » Un coup d'œil vers la porte de Patricia et je prends une taffe en sautillant sur place pour essayer de me réchauffer.

Il se redresse, comme pour se faire tirer le portrait : « Quel âge ?

– Je ne joue pas à ce jeu-là.

– Allez, je peux l'encaisser. Quel âge ? »

Rocket nous regarde en aboyant mais son maître le fait taire.

« Alors devinez le premier. Donnant-donnant.

– Oh la la.

– Exactement. Il est atroce ce jeu. » Je tire encore sur ma cigarette. Il m'imite en me regardant et soudain une lueur différente illumine son visage.

« Et puis merde ! Je vais le trouver ton âge. Attends, laisse-moi prendre mes repères. Ça devient de plus en plus dur à mesure qu'on vieillit. Les jeunes font l'amour à douze ans, de nos jours, on dirait. » Il recule de quelques pas, déploie son grand et épais manteau. « Alors, tu m'en files un peu de ce pétard, ou quoi ? »

Je regarde son sourire, je devine le loup tapi sous sa peau ridée – simple camouflage. L'âme est restée jeune sous le poids des années. Je lui souris. « Vous êtes sûr que vous tiendrez le coup, mon vieux ? J'ai pas envie de vous tenir les cheveux pendant que vous vomirez.

– Quels cheveux ?

– Tout juste. » Je lui tends le joint et il me confie la garde de sa clope toute brunie et imbibée de salive d'un côté. Il tire sur le pétard et en admire la qualité de fabrication, sensible à la différence. Ensuite, ses yeux se posent sur moi et j'essaie de soutenir son regard mais je suis sans cesse distrait par la porte d'entrée, là-bas.

« Tu as environ vingt-cinq ans, je dirais, mon mignon. Mais t'as encore sacrément besoin de grandir, pour devenir un homme. J'étais déjà marié depuis trois ans à ton âge. T'es marié ? »

Je secoue la tête.

« Je m'en suis bien tiré ? demande-t-il en reprenant une taffe.

– Vous n'étiez pas loin. J'ai vingt-huit ans. Qu'est-ce qui vous fait dire que j'ai besoin de grandir ?

– Le mariage.

– On n'est pas tous obligés d'en passer par là. C'est vieux jeu.

– Alors tu ne vis pas vraiment ta vie, mon gars – pas tant que t'es pas allé à l'autel. Tout devient beaucoup plus facile à partir du moment où tu n'es plus centré sur toi-même. On tourne toujours en rond, tu sais, quand on ne pense qu'à soi. »

Il me rend le joint et reprend sa cigarette. « Merci pour la fumette. ROCKET ! »

Je regarde derrière moi, en quelques bonds le chien sort d'un jardin et nous rejoint, la langue pendante. Il s'élance vers son maître puis se tourne vers moi et me fait la même fête. Pendant que je lui caresse les oreilles, je sens que mon vieil ami m'observe.

Peut-être que si j'avais un chien… Ils sont de bonne compagnie.

« Il t'aime bien, dit-il. Les animaux voient notre âme, tu sais. Comme les enfants. Je me dis toujours : "Mon vieux Reg, si Rocket le trouve bien, il est assez bien pour toi." »

Reg.

Je me penche et je laisse Rocket me lécher le cou – c'est chaud et mouillé jusque dans mon oreille : la bouche ouverte et les yeux fermés, je grimace. Ensuite je me redresse et je m'essuie. « Impossible de penser à quoi que ce soit quand un chien vous lèche le cou. Il faudrait faire breveter une machine à léchouilles.

– Bien vrai, dit-il. Et ce pétard, tu l'as épousé ? »

Je tire dessus et je le lui repasse ; notre rencontre semble sur le point de prendre fin et pourtant nous restons là, tous les deux, à attendre quelque chose, à espérer une sorte de vérité.

« Alors, mon âme vous paraît bonne, à vous ? » je demande en posant un instant les yeux sur lui.

Il souffle la fumée, inspecte ce qu'il reste du joint et le déplace entre ses doigts pour mieux le tenir. « Oui, dit-il résolument, avant de prendre une autre taffe et d'expirer. Alors, quel âge tu me donnes ? Vas-y. » Une fois encore, il bombe le torse pour la photo de groupe.

« Ça ne fait quasiment plus aucune différence après soixante-dix ans, si ?

– Merde alors ! Qui a dit que j'en ai plus de soixante ? »

Il part d'un éclat de rire qui menace à chaque instant de s'engluer dans une crise d'asthme endémique – ses mucosités font un bruit de crécelle dans sa gorge.

Une fois remis de ses émotions, il se redresse, dans l'expectative, puis jette le joint dans l'herbe et l'écrase. Je tourne autour de lui pour un rapide état des lieux.

Prudent, je soustrais quelques années : « Soixante-huit. » Il encaisse le verdict avec un sourire où je ne peux déceler ni satisfaction ni déception. « Quand on atteint des âges pareils, quelques années de moins ce n'est pas un grand compliment, je suppose, dis-je en lui souriant.

– Pas si loin, commente-t-il. Pas si loin. T'en as encore, de l'herbe ? » Il a les yeux encore plus injectés de sang qu'avant et ils brillent à la lueur des réverbères.

« Oui, il m'en reste.

– On s'assied ? » propose-t-il en regardant le banc, refuge pour mamans épuisées qui viennent y garer leurs poussettes, tôt le matin. Pour les adolescents qui s'y pelotent à la tombée de la nuit et les hommes qui sortent fumer à l'insu de leurs femmes… ou téléphoner à leurs maîtresses.

Pendant que je nous roule un joint, je sens un sourire titiller mes lèvres. Nous sommes assis là, sans rien attendre d'autre, deux inconnus qui s'offrent un bon moment avec de l'herbe. C'est lui que j'ai envie de prendre dans mes bras !

« Alors, pourquoi vous vous êtes disputés, ta nana et toi, si je peux me permettre ?

– C'est une longue histoire. »

Avec un petit grognement, Rocket se couche aux pieds de Reg ; tête dressée, vif et alerte, il perçoit des sons qui nous échappent.

« Eh bien, si le message c'est : "Mêle-toi de tes oignons", pas de problème. Sinon… » Il me regarde. « J'ai tout mon temps. »

Je m'occupe du pétard. Quand une porte claque de l'autre côté du parc, je relève les yeux mais Patricia n'est nulle part en vue.

« T'es au courant pour la vieille usine chimique ? demande-t-il.

– Non.

– Elle a pris feu. L'incendie n'est toujours pas éteint. Un truc terrible. Ils en parlent sur les chaînes nationales. »

À cette nouvelle, une bulle jaillit dans mon ventre et s'en échappe : « Ma mère va bientôt mourir. »

Il se redresse. Au lieu de le regarder, je me détourne et il reste assis là, les yeux dans le vague.

« Tu m'en vois désolé, dit-il d'une voix très douce et égale. De quoi ? Si ce n'est pas trop indiscret.

– Cancer.

– Ah, cette saleté ! Je suis vraiment désolé, mon petit gars.

– Oh, vous savez... » Je lèche le joint.

« Quel âge elle a ? »

Sa question m'oblige à réfléchir, à remonter le temps en fonction de mes propres repères chronologiques. « Soixante-deux ans. » Je lui tends le pétard : à lui l'honneur de l'inaugurer.

Il me lance un regard mais, au lieu de prendre le joint, il se remet à fixer un point dans le vide. « Après toi, petit gars. Après toi. »

Petit gars.

« Comment elle s'appelle ta mère ?

– Mary.

– Reg, dit-il en me serrant la main.

– Michael. » Le même mensonge qu'à Patricia – ça n'a pourtant pas marché avec elle. Reg sourit, les yeux dans le vague, la voix lointaine. « Un cancer de quoi ? Mais c'est trop douloureux, peut-être ? On peut parler de la pluie et du beau temps si tu veux. Je peux aussi me la fermer pendant un bon bout de temps. C'est une chose qu'on apprend à faire à mon âge, quand on a assez de choses à taire. Il vous arrive tant de trucs, à soixante-quatorze ans, qu'on devient très doué pour éviter les sujets sensibles.

– Soixante-quatorze ? Je ne m'en serais pas douté, Reg. » Je lui souris mais il attend ma réponse. « Tumeur au cerveau. Elle ne peut quasiment plus parler. Apparemment, elle a la forme de cancer la plus agressive qui soit. Une chance pour nous. »

Il ravale un soupir entre ses fausses dents et le ponctue d'un *tss-tss !* « Et ton père, il est encore de ce monde ?

– Crise cardiaque. »

À ces mots, Reg se tasse un peu. « À quel âge, lui ? »

Je m'aperçois que les vieux posent toujours cette question. Chaque fois qu'il se passe quelque chose, ils veulent connaître l'âge de la personne, comme pour atténuer leurs propres craintes : ils sont passés à travers. On ramène toujours tout à soi.

« Il n'aurait pas loin de votre âge maintenant, s'il avait survécu. Il avait soixante-quatre ans. Il est mort il y a sept ans. Un matin, avant d'aller au boulot, il était assis là et il a dit à ma mère : "T'es bien jolie." Elle est remontée chercher quelque chose et, quand elle est revenue, une ou deux minutes plus tard, il était mort. Il souffrait de boulimie, il était devenu gros comme une maison. Quand il nous a quittés, je suis parti pour le Canada. J'en pouvais plus. Mais c'est pas mal comme dernières paroles : "T'es bien jolie."

– Soixante-quatre ans ! » Il souffle un peu de fumée, un début de toux lui chatouille les bronches mais il la maîtrise.

« Je parie que vous êtes bien content d'être tombé sur moi, hein, Reg ? »

Il esquisse un pâle sourire. « Les meilleurs partent les premiers.

– Je devrais être éternel, dans ce cas. »

Nous partageons un moment de silence, les nuages glissent dans le ciel.

« Alors pourquoi vous vous disputez avec ta dame ? Vous en avez traversé, des épreuves.

– On ne peut pas vraiment appeler ça une dispute. J'en sais rien. Je ne la connais pas depuis longtemps. »

Je continue à surveiller la porte de Patricia en levant la main pour qu'il prenne le joint.

« T'as des frères et sœurs ?

– Non. Y a plus que moi. J'avais un frère qui est mort il y a quelques années. Robert. Mais j'ai été adopté alors ça n'a pas grande importance. Enfin… » Je soupire. « C'est Robert qui a été placé chez nous. Moi… » Rocket se met à aboyer et Reg m'observe, les yeux humides, mais c'est peut-être l'âge.

Quand il plonge son regard dans le mien, j'ai l'impression de voir le visage du Temps lui-même – tout en rides, décrépitude et taches de vieillesse – où luisent deux billes bleues. Malgré son expérience, il est tout aussi perdu que moi. Son âge se lit dans ses yeux. Soixante-quatorze ans. Après toutes ces années, il est assis là, presque en bout de course. Mais, comme moi, il n'en revient toujours pas.

En fait, il est plus optimiste que moi, persuadé que tout va s'arranger. Mais cela n'arrivera pas. Rien ne va s'arranger. C'est complètement faux. Il va mourir. Seul, peut-être. Il se sent sûrement seul en ce moment même. Tout ce qui lui reste, ce sont ces promenades et le plaisir de fumer. Pourtant il ne profitera pas de tous ces bons moments, il ne jouira même pas pleinement d'un seul bon moment. Tout ce qu'il peut encore espérer, ce sont ces rares échappées où la vie fait claquer ses ailes une seconde et où les choses semblent s'arranger. Ces instants où on se dit que les choses ne vont pas si mal.

Comme le geste réconfortant de Maman, hier. Comme la présence de Reg, qui s'intéresse et fait preuve de gentillesse. Et quand je traverserai le parc, tout à l'heure, pour aller frapper à la porte de Patricia jusqu'à ce qu'elle me laisse entrer, dans tous les sens du terme. Ensuite, je retournerai au chevet de Maman.

« Quelqu'un t'aide, mon garçon ? Qui s'occupe de ta mère ? »

Voilà donc à quoi se résume la vie : de petits moments où ça peut aller. Peut-être une existence se mesure-t-elle à leur nombre. De telle sorte que si nous choisissons le suicide, l'alcool, la violence ou le ressentiment, c'est parce que, pendant un long moment, il n'y a pas eu de mieux.

C'est sûrement là que j'ai trébuché, à huit ans.

Pour une raison qui m'échappe, voir cet homme de soixante-quatorze ans aussi perdu que moi ne m'effraie pas. Cela me donne de l'aplomb. « Personne, Reg, dis-je. Je devrais sans doute y aller. » Je lui tends la main, Rocket se remet à aboyer et la nuit lui renvoie son écho. Je serre la main de Reg entre les miennes parce qu'une chose est sûre : si ce septuagénaire ne détient pas les réponses, c'est qu'il n'y en a pas. Et donc les miennes font aussi bien l'affaire que les autres. Toute carte est bonne à prendre, quand on est perdu. D'ailleurs, c'est tout ce que j'ai pour me guider.

Quand je m'éloigne, il me rappelle : il reste planté là et il bredouille, parce qu'il sent qu'il a besoin d'autre chose mais sans savoir quoi ni comment l'obtenir.

« Hé, dit-il, et j'entends le doute frémir au fond de sa gorge imprégnée de tabac. Si t'as besoin de quoi que ce soit, fais-le-moi savoir. Peut-être que je pourrais t'aider. Ou, si par malheur… venir présenter mes respects, quand… tu vois. »

Je me détourne un instant de la chaleur que me procure la fenêtre éclairée de Patricia… comme si une mort heureuse m'attendait chez elle ou comme si j'étais un Martien sur le point de remonter dans son vaisseau illuminé pour quitter le chaos terrestre.

« Vous n'en avez pas assez vu, des enterrements, Reg ? »

Mais je regrette aussitôt mes paroles, parce qu'il change de visage. Une nouvelle petite tache de tristesse se propage en lui et j'en suis la cause. Je n'ai pas voulu cela, je m'approche de lui. En voyant mon expression, il devine ce qui va suivre et se redresse un peu.

Quand je le prends dans mes bras, aussi chétif qu'un oiseau, il tremble de tout son corps. Je le sens si fragile : soixante-quatorze années l'ont si bien rongé qu'il me fait l'effet d'un poids plume. La vie pourrait le balayer d'un coup de vent. Une tragédie de plus, une insulte de plus. Il sent l'huile de friture brûlée et la cigarette. Je perçois aussi d'infimes pulsations… s'il était en quartz, on pourrait régler une montre sur sa mélancolie.

Mais c'est Papa que je serre contre moi.

Ensuite, je le laisse se remettre de ses émotions. Je commence à traverser le parc, toujours en chaussettes, mais je m'arrête le temps de lui lancer : « Ça se passera à l'église Sainte-Margaret, le moment venu, Reg. »

Il lève la main en guise de réponse et Rocket trottine déjà devant lui, la queue en l'air, occupé à renvoyer des signaux dans l'univers canin.

Je me voyais déjà dans les bras de Patricia mais, quand j'arrive à sa porte, je trouve ma photo posée à l'extérieur de la grille, une de mes chaussures sur la dernière marche du perron et l'autre ici, en plein milieu du trottoir – sur le côté.

Je vais quand même frapper, sans beaucoup de conviction.

Après un long silence, je hoche la tête en regardant la porte, je mets ma chaussure, je redescends les marches pour enfiler l'autre et je laisse la photo là où elle est, au cas où.

Je lance un dernier regard à sa maison avant de rentrer au pas de course. L'incendie de l'usine chimique projette ses lueurs orange, au loin. J'entends le hurlement assourdi des sirènes.

23

Robert peut sortir de l'hôpital aujourd'hui. En plus, la police est revenue avec Mandy du service social.

Papa ne va pas les voir. « J'ai un tas de choses à faire dans la maison ! »

Il met des protections spécial Robert partout. Il y a un siège redépliable rien que pour lui dans la douche, mais j'aime bien monter dessus vu que le pommeau de douche m'asperge en plein sur la tête et que l'eau fait un gros bruit dans mon cerveau comme si j'étais dans une canette de Coca toute secouée. En plus, j'arrive presque plus à penser quand le jet me tombe tout fort sur la tête !

Il y a aussi un machin en métal autour du lit de Robert maintenant, comme dans un hôpital. Pour l'empêcher de tomber. Papa appelle ça la barrière spécial Robert.

Ça me dérange pas que Robert rentre à la maison, je crois. Sauf qu'il reviendra peut-être pas si l'enquête décide qu'il est tombé de l'échelle à cause de nous.

Je vais dans sa chambre où il y a plein d'outils et de fils par terre. Papa a mis la tête sous le lit de Robert et la raie de ses fesses se voit un peu. Normalement, ça me fait rigoler.

« Papa ? »

Il se retourne et après il se remet à bricoler. « Coucou !

– Pourquoi tu te rases plus ? C'est parce que t'es triste ? »

Il s'arrête une seconde. On dirait qu'il va mettre des trucs mous sur tous les coins pointus du lit. Il paraît que Robert va faire beaucoup de convulsions maintenant. Il n'ira pas à l'école avant un bon moment et il ne retournera pas à la même alors qu'on venait de lui acheter son uniforme ! Je devrai sûrement le porter quand j'aurai grandi.

« Tu peux pas aller jouer ou te trouver une occupation ? Papa a plein de choses à finir et Robert sera bientôt là. Tu as fait ce que ta mère t'a demandé ? »

J'agite la tête.

« C'est vrai ?

– Oui.

– Tout ? »

Je fais oui avec le menton : « Oui.

– Bon garçon. »

Je fixe sa perceuse. J'essaie de m'en empêcher, mais j'imagine qu'elle me troue la main ou la tête. Ou je me vois en train de la prendre et de trouer Papa d'un coup, comme par accident. La tige en fer s'enfonce en plein dans les bosses qu'on voit au milieu de son dos, celles qui ressemblent un peu à une colonne vertébrale de dinosaure. Il les a dès qu'il se penche.

Ce genre d'idées, ça me rend toujours nerveux et inquiet, alors je me tiens les mains au cas où je le ferais en vrai. Je veux pas ! Mais mon corps, peut-être qu'il en a envie.

« Papa ? »

Il soupire et il s'arrête de travailler mais sans se retourner. Il sort presque pas la tête de sous le lit. « Écoute, si je ne me rase pas, c'est parce que je ne suis pas payé pour ça en ce moment. En attendant que je retrouve du boulot. » Il me regarde avec un drôle de sourire pour de faux qui dure une seconde. « Elle te plaît pas, ma barbe ? »

Comme je secoue la tête, il hausse les épaules et se remet à bricoler.

« Tu fais quoi ? »

Sa voix est plus dure, on dirait, quand il répond : « Dès que j'aurai branché la perceuse, je fixerai ces protections au lit de Robert... merde, il n'y a pas une seule prise de terre dans cette maison ! »

Gros mot. « Mais il va guérir ? »

Les épaules de Papa se mettent à trembler comme si je l'avais fait rire sans le vouloir. Il reste encore un peu sous le lit et il inspire un grand coup. Après, il ressort, il s'essuie la figure et ça se finit en gros ébouriffage de cheveux.

« Tu veux une tasse de thé, Papa ? Et si j'allais t'en faire ? »

Il regarde par terre en secouant la tête.

Ça me fait peur quand les gens pleurent. Tout le monde pleure tout le temps en ce moment, je me demande combien de millimètres ça donne en tout.

Quand il met la perceuse en marche, je sursaute et les petits bouts de bois retombent partout sur les draps de Robert. Papa s'arrête, dit un vilain mot et arrache les draps du lit : ils lui ont mis une housse en plastique sur son matelas, à lui aussi !

Il recommence à faire des trous. Il s'arrête et tourne à moitié les yeux vers moi.

« Je la veux bien cette tasse de thé.

– OK ! » Noir et sans sucre, vu qu'il est gros. J'y vais.

« Avec un peu de lait et quelques sucres, pour donner des forces à ton papa. Et vois s'il y aurait pas moyen de me rapporter un ou deux petits gâteaux en douce.

– D'accord. »

Il me tourne le dos et se penche sur le trou qu'il va faire, la tige de la perceuse déjà posée à l'endroit qu'il a marqué.
« Hé ! dit-il.

– Oui ?

– Je t'ai réparé la roue de ton vélo, hier. Il roule superbien maintenant. Pas la peine d'en parler à ta mère. »

J'allais répondre mais il a déjà mis sa perceuse en marche.

Quand Robert arrive, il ne se ressemble pas et pourtant il s'était juste cogné la tête. C'est comme si on l'avait remplacé par un espion. Il n'arrête pas de faire des grimaces, on dirait une marionnette à qui on tire pas bien les ficelles. Même ses cheveux ont changé et il a une grosse cicatrice derrière la tête avec des dents en métal féroces qui me font peur. Vu qu'ils lui ont rasé un peu de cheveux, Papa essaie de raconter des blagues sur Frankenstein mais Maman se met en pétard.

Robert peut pas rester assis tranquille, il fait des tas de bruits et il a l'air plus heureux qu'avant. Il s'excite facilement et alors sa bouche se tord bizarrement comme s'il mâchait sa langue ou sa joue. On dirait presque la grimace fâchée de Maman, sauf que, lui, il est content.

Mais il pique aussi des colères et, ça, c'est nouveau. Il pleure et il a de la peine – assez nouveau. Le coup sur la tête a dû débloquer tout ce qui était coincé à l'intérieur sans pouvoir sortir.

On lui a monté le son ou quoi ?

Toute l'attention de Maman est pour lui mais je m'en fiche un peu maintenant. Je regarde beaucoup la télé. Maman et Papa disent que je dois m'occuper tout seul plus souvent et être très sage : en gros, que je dois juste me dépêcher de grandir. C'est sûrement pour ça que j'ai des douleurs de croissance.

Maman et Robert se couchent à la même heure. Moi, je reste debout plus tard qu'eux. Quand je demande à Papa si Robert va un tout petit peu mieux, il répond pas vraiment alors que, lui, il arrête pas de crier sur les politiciens, à la télé, en répétant : « Il n'a pas répondu à la question ! » Parfois, il lance sa pantoufle sur l'écran. Après, je dois aller la chercher. Mais, à la fin, il la jette encore.

Le plus souvent, quand il fait ça, Robert hurle. Il crie beaucoup, Robert. Parfois, c'est qu'il est content et, d'autres fois, c'est qu'il est fâché. Ou triste aussi, des fois. Sinon, ça peut être les trois en même temps.

C'est les bruits de Robert qui me réveillent le matin, maintenant, plus la boîte de vitesses de Papa.

Papa doit chercher un nouveau travail vu qu'il a perdu le dernier. N'importe quel travail. Même plus obligé que ça soit des calculs d'opérations. Maman dit qu'il traîne les pieds. En plus, sa barbe est superlongue, c'est peut-être pour ça qu'elle veut pas l'embrasser.

Quand je fais pipi au lit, ça fâche tout le monde mais j'y peux rien, c'est la faute à Dieu.

« Comment oses-tu ? a répondu Maman quand j'ai dit ça. Ne répète jamais ça ! » Après, elle m'a serré si fort que les yeux me sortaient de la tête.

Je regarde presque tout le temps la télé dans ma chambre. En général, je me mets dans ma tanière du lion avec les yeux tout près du zip pour y voir et j'ai l'impression d'avoir des superlongs cils, comme Madonna.

Je suis en haut et Papa mange dans le salon. Maman a mis des écouteurs pour regarder une petite télé devant la chambre de Robert qui dort. Elle se couche sur un canapé dans le couloir mais, en fait, il est trop grand alors on doit se glisser sur le côté. J'aime bien passer par-dessus en courant. Parfois, le matin, Maman y est encore, sauf si elle est en train de se battre avec Robert dans la salle de bains. Et des fois, quand je dors à moitié, Papa va lui chuchoter à l'oreille pour essayer de la convaincre d'un truc.

Mais ils s'embêtent plus à aller dans la voiture pour se disputer.

Vu que Robert porte des couches, Maman et Papa doivent les changer. Elles sont énormes et il n'arrête pas de les enlever alors Maman est triste et fâchée contre lui. Ça lui arrive souvent, la peine et la colère ensemble. Comme si elle savait pas trop choisir. Robert enlève ses couches et Maman doit faire attention quand elle s'occupe de lui. Un jour, il lui a donné un coup de tête et elle a eu l'œil tout noir pendant superlongtemps.

Robert est plus petit que moi en ce moment, même s'il est plus vieux en âge. Je suis l'aîné et ça me plaît.

Papa dit que tout ça va s'arranger.

Scoop ! Si je mouille pas mon lit pendant une semaine, j'aurai le jouet que je veux et j'ai déjà choisi : c'est une voiture télécommandée comme celle de Ralph et de Simon. Elles ont des suspensions énormes, trop géniales, et elles roulent supervite sauf que ça use beaucoup les piles.

Maman et Papa ne me laissent plus boire après cinq heures de l'après-midi et parfois j'ai vraiment soif, mais Papa dit que ça serait idiot, de boire : à ce moment-là, on pourrait directement prendre mon zizi pour arroser le lit.

Maman ramène Robert à l'hôpital des tonnes de fois. À cause de ses convulsions. Ils vont peut-être devoir lui couper un petit truc dans le cerveau pour empêcher un côté de parler à l'autre. Papa me l'a montré sur un chou-fleur. Il fait la sauce Béchamel au fromage comme personne.

Cette semaine, j'étais à trois nuits sans pipi au lit mais les parents de Robert vont venir aujourd'hui.

Je suis le seul enfant de 8 ans qui sait se servir d'une machine à laver. Je grandis vite et j'ai même un petit escabeau pour m'aider à accrocher les draps dans le jardin. Mais, moi, j'aime bien utiliser une chaise.

C'est pas moi qui mouille le lit, c'est ma vessie mais, quand je le dis à Papa, il répond : « Eh bien, dans ce cas, c'est pas moi qui te donne une fessée, c'est ma main. »

En ce moment, j'ai le droit de monter mon dîner dans ma chambre et de manger devant la télé. Je peux aussi utiliser la gazinière pour me préparer mes repas. Je me fais des omelettes au fromage par exemple et parfois mes recettes sont bonnes même sans ketchup.

Les parents de Robert vont bientôt arriver et Maman a l'air d'un Frankenstein en jupons vu que Robert nous use toute notre énergie. Je dors avec des mouchoirs en papier dans les oreilles pour bloquer les cauchemars et les cris de Robert. Maintenant, tout est soit très fort soit très silencieux dans la maison. Robert ne m'aidera plus à faire mes devoirs.

En plus, aujourd'hui, au lieu de me laisser m'occuper de mes draps mouillés, Maman me crie que je dois me prendre en main, que j'ai 8 ans et qu'à mon âge elle ne faisait plus pipi au lit, nom d'une pipe ! Sauf qu'elle dit pas « d'une pipe » mais son nom à Lui et après elle me rejoint et elle me prend dans ses bras mais Papa arrive avec une couche à Robert et du marron plein les mains. Maman me lâche et se laisse tomber par terre devant la machine à laver, elle serre mes draps mouillés et elle va bientôt se mettre à pleurer.

« Pleure pas, Maman. » Mais je pleure, moi aussi.

Maintenant je les entends se crier dessus, et pourtant je suis en haut, dans ma tanière du lion.

Je peux me retenir de respirer pendant quarante secondes. Mais je dois me boucher les oreilles comme à la piscine, au cas où ma tête se remplirait d'eau et où je coulerais. Ma tête, c'est déjà le plus lourd dans mon corps. À part mes jambes, peut-être. Ça pèse beaucoup les têtes.

C'est presque l'heure des parents de Robert et je suis aux W-C quand Maman entre dans la salle de bains, tout d'un coup, prend ses cachets pour flotter comme une patineuse et ressort supervite.

Quand ils arrivent, j'espionne de l'escalier. La grosse Mandy de la protection de l'enfance les accompagne et elle mène tout à la baguette. Moi, je ris un peu parce que, quand elle sera partie, Papa parlera de ses seins style Zeppelin.

Zeppelin, c'était une femme célèbre pendant la guerre.

Derrière la femme Zeppelin, il y a les parents de Robert. Je me les rappelle de l'autre fois, aux soins intensifs. Ils sont maigres, tout pâles et nerveux comme les méchants dans les films. Ils me voient, c'est bizarre parce que normalement les gens qui arrivent ne me remarquent pas, là-haut, dans mon coin d'espion. Eux si, et j'ai envie de me sauver mais je reste quand même. Tout est leur faute et ça m'inquiète qu'ils connaissent notre adresse vu qu'ils pourraient venir enlever Robert. Ou même moi.

La mère ressemble beaucoup à Robert mais pas le père alors que c'est un monsieur et que Robert est un garçon. C'est à la mère qu'il ressemble. Papa est allé leur ouvrir la porte, Maman est dans le jardin avec Robert.

Quand ils sont passés sous l'escalier, je cours dans ma chambre et je monte sur mon lit en chaussures (il y a pas de draps, juste la housse en plastique qui glisse) : dehors, Maman essaie de forcer Robert à se tenir tranquille, je vois un paquet de ses biscuits rien qu'à lui mais Robert est tout glissant comme s'il était recouvert de plastique, lui aussi.

J'ai peur que Maman se mette à pleurer mais j'en ai envie aussi, comme ça Papa cassera la figure aux parents de Robert.

Il a l'air assez costaud pour battre son père sauf s'il a un couteau et il est bien le genre de type à en avoir un.

Je descends en courant pour prévenir Papa mais je m'arrête pour lui prendre un couteau, que ça soit un combat égal. D'habitude, le range-lames est près de l'évier, mais quand j'arrive dans la cuisine, quelqu'un l'a mis ailleurs. Je le cherche en me disant qu'ils l'ont peut-être caché pour empêcher les parents de Robert de faire un mauvais coup.

Ça y est, je le vois tout là-haut, où on peut pas l'attraper. Papa dit que je suis grand pour ma taille. Il répète ça depuis le jour où il a voulu dire que j'étais grand pour mon âge sauf que les mots sont sortis de travers et maintenant il fait exprès de dire faux à chaque fois. Moi, j'aime bien être grand pour ma taille.

Je vais chercher une chaise, je la mets devant et je grimpe mais en même temps j'entends crier dehors… et Papa qui n'a pas de couteau ! Maman dit : « Ce n'est pas pour l'argent. Comment OSEZ-vous me dire une chose pareille ! Il s'agit de ROBERT ! »

La chaise n'est pas vraiment assez haute pour attraper les couteaux sur le placard. Je me dresse sur l'archipointe des pieds mais, en une seconde, la chaise tremble et patatras ! C'est tout dur, un bruit explose dans ma tête, je vois un éclair violet et je me retrouve par terre. Je saute tout de suite sur mes pieds et je me mets à sautiller en appuyant sur mon zizi et en me tenant la vessie. Je fais des petits bonds à pas de loup en attendant que la douleur et la lumière blanche partent, mais ça ne veut pas passer. J'ai vraiment supermal à l'intérieur de la jambe, juste en dessous des parties sensibles : je crois que je me suis cogné la cuisse au robinet vu qu'il coule un peu.

Ma jambe est un peu mouillée.

Je me dépêche d'écrire « IL A PEUT-ÊTRE UN COUTEAU » sur un bout de papier. Macavoy aux trois lippes connaît ce genre d'astuce. Je plie le papier et je sors en courant : les femmes sont tout près l'une de l'autre et elles agitent le doigt pendant que les papas restent bien à l'écart où ils discutent en les regardant. Robert mange des biscuits, le nez dans les nuages, il est couché sur le dos dans l'herbe avec son air superheureux et je lui saute par-dessus en tenant mon zizi à travers mon pantalon. Je passe le petit mot à Papa comme ils font, parfois, pendant les infos, avec le présentateur. Je lui dis de le lire. Quand je repasse par-dessus Robert, il pousse un cri alors je le fais des tonnes de fois. À la fin, je suis tout essoufflé, sa mère hurle tellement fort qu'on y comprend plus rien et Maman lui rit au nez mais Papa s'est mis entre elles et il a toujours pas lu mon mot ! Il a sorti son chéquier.

J'ai mal à la jambe et c'est mouillé mais je ne regarde pas.

Après, la Zeppelin du service de protection de l'enfance sort de la maison où on entend la chasse d'eau : elle se met au milieu d'eux et elle leur dit avec une grosse voix bien forte de maîtresse d'école : « Asseyez-vous et exprimez-vous comme des ADULTES ! »

Comme elle les gronde, ils ont tous l'air de vouloir s'asseoir sauf qu'ils le font pas. Quand la mère essaie de relever Robert, il se met à crier et il tend les bras à ma maman.

On dirait un de ces moments terribles, à la télé, que Maman regarde en se cachant la bouche.

C'est Mandy qui soulève Robert et je vois bien qu'il est lourd pour elle vu qu'elle tire comme si elle allait lui arracher un truc. Elle passe Robert au père.

« Rentre à la maison ! » me dit Papa, alors je file à l'intérieur ; je sautille sur place en me tenant la vessie et j'ai peur à cause de la douleur dans ma jambe. Quand je regarde, il y a un peu de rouge sur mon pantalon. Je cours dans ma chambre, je monte sur mon lit et je les regarde bouger les lèvres : ils pleurent beaucoup.

Combien…

Ça donne…

… en millimètres ?

Ma fenêtre s'embue très vite mais on dirait que Mandy et Robert sont les seuls à pas pleurer. Mon thermomètre dit vingt et un degrés et la mauvaise mère se lève, elle commence à partir sauf que Papa lui parle, alors elle se retourne à moitié et elle se met à crier. Elle est affreuse !

Après, sa figure change et elle tend la main au mauvais père qui cherche au fond de ses poches et lui donne quelque chose. Elle lance un long regard à Robert, comme Papa quand il regarde Maman, et après elle rentre dans notre maison.

Je fonce à toute allure de l'autre côté et j'écarte les rideaux de la fenêtre ouverte : la maman de Robert sort devant chez nous et elle s'arrête à l'endroit où Robert est tombé… et elle fume.

Les cigarettes, Maman dit que c'est la mort en petits tubes. Je sors la tête et un peu de fumée m'arrive dans le nez sauf que j'avais jamais senti une odeur pareille. Je me retiens de respirer vu que je ne veux pas mourir.

La mère de Robert pleure comme si c'était la fin du monde. Elle marche un peu et elle fume très vite. Les adultes ont un drôle d'air quand ils pleurent vu qu'ils s'entraînent pas souvent.

D'ici, mon regard tombe à pic sur elle. Quand elle lève les yeux, je me cogne la tête à la fenêtre et je dois me la frotter supervite (c'est tout ce qu'il y a à faire quand ça arrive). Et aussi froncer les sourcils.

« Comment tu t'appelles ? » elle demande en s'essuyant les larmes des deux mains, même celle qui tient l'espèce de cigarette, et j'ai cru qu'elle allait mettre le feu à ses cheveux.

« Vous l'aimez, Robert ? »

Elle se remet à pleurer comme une Madeleine en agitant le menton ; ça lui fait une drôle de tête. Après, sa bouche forme des mots mais sans le son. Je devine qu'elle essaie de dire « beaucoup ». Je le lis sur ses lèvres.

« Pourquoi vous n'êtes pas sa maman, alors, si vous l'aimez ? » Alors, là, elle ressemble à un arbre qui a reçu le tout dernier coup de hache, une petite seconde avant qu'il commence à tomber. J'aime bien voir ce que j'ai fait à sa figure.

« Je suis sa maman. » Elle répond d'une voix tout aiguë comme si elle chantait dans une chorale ou qu'elle se tenait les boules du zizi.

« C'est à cause de vous qu'il est malade. »

ATTENTION, ÇA VA TOMBER !!!

Il y a des gens qui sont vraiment affreux quand ils pleurent. Elle a l'air plus vieille que ma maman. Papa dit toujours que les gens qui font plus vieux que leur âge, c'est qu'ils ont été élevés dans du papier de verre.

On dirait qu'elle a un goût de citron dans la bouche.

Elle s'essuie encore les yeux et son ventre fait un gros hoquet. « Je ne peux pas être sa maman de tous les jours en ce moment, c'est tout. » Elle dit ça avec des larmes dans la voix.

« Pourquoi ? »

Elle réfléchit longtemps, les bras serrés autour d'elle pour s'empêcher de trembler. Son espèce de cigarette pourrait mettre le feu à ses habits, maintenant. J'aimerais bien voir ça. Après, elle me regarde : « Certaines personnes trouvent la vie un peu plus dure que d'autres. Tout le monde n'est pas aussi bien loti que tes parents. Pas aussi gâté. Il y a des gens qui mangent de la vache enragée.

– Ma maman dit que c'est pareil pour tout le monde, c'est juste que certains ont moins d'appétit que les autres. »

Elle me regarde et elle renifle avec un petit sourire en coin.

« Et qu'ils savent pas se tenir à table », j'ajoute quand je me rappelle la fin du dicton.

« Si tu veux savoir, Robert est malade parce qu'on l'a laissé seul à la maison ! Pour qui tu te prends, petit merdeux ? » Elle s'essuie les yeux.

« C'est un gros mot ! » je lui fais remarquer. Je suis plus courageux d'en haut. « Vous vous croyez dans les années 1960 ?

– Quoi ?

– Papa a dit que vous et le père de Robert, vous croyez… »

Mandy Zeppelin sort, là en bas, pour voir ce que la mauvaise maman regarde et je me cogne encore la tête en rentrant, alors je la frotte vraiment très fort. Mon jean est encore plus humide et collant.

Quand j'entre dans ma chambre, j'entends plein de cris alors je retourne de l'autre côté : le mauvais papa arrive dans le jardin de devant, il trébuche un peu en marchant et Papa le poursuit avec ses manches relevées mais Mandy hurle quelque chose et les sépare. La mauvaise mère prend un chèque des mains du mauvais papa et le jette vers mes parents, sauf qu'il se balance en l'air avant de retomber et le mauvais papa a l'air idiot quand il court partout pour essayer de le rattraper : il est obligé d'attendre que le chèque soit par terre. Moi, je saute sur place et je fais la bagarre avec mes poings pour encourager Maman et Papa à se défendre !

Je fonce en bas pour les aider et je vois Robert par la fenêtre, toujours couché dans l'herbe, sur le dos, en train de sourire aux nuages. Maman ferme la porte d'entrée et Papa passe juste devant moi en criant : « Non mais, quel culot ! » Il est tout rouge avec les marques que j'ai déjà vues sur son cou et Maman est fripée de partout.

Ils se mettent à rire et j'ai l'impression qu'ils vont jamais s'arrêter sauf qu'après Maman commence à pleurer et, à la fin, Papa la console.

Je me colle à leurs jambes et je serre très fort au cas où toutes ces larmes nous emporteraient. Normalement, les grandes personnes, ça ne pleure pas.

24

Je marche sur Hawke Street Hill tête baissée, le souffle coupé d'avoir essayé de me dessoûler en courant. Les lueurs orange de l'incendie ne sont plus qu'un rougeoiement à l'horizon.

Je m'arrête pour humer l'air à peu près à l'endroit où je m'étais arrêté à vélo pour regarder Robert sur l'échelle.

Je regrette ce jour comme on est censé regretter l'être aimé. J'aimerais le revivre. J'en ai si souvent réécrit le scénario que je ne peux pas m'empêcher de me demander où je serais, aujourd'hui, si c'était possible d'être ailleurs.

Quand j'enlève mes chaussures et mes chaussettes humides, je sens le contact agréable du béton bien frais sous mes pieds. Le calme de la nuit m'enveloppe dans cette banlieue résidentielle où les gens dorment dans leurs lits, derrière toutes ces fenêtres identiques. Leurs rideaux bien tirés.

J'allume une cigarette et j'essaie de retrouver avec exactitude l'état mental du petit esprit de huit ans qui se tenait ici. Je m'agenouille pour que ma tête soit à la même hauteur qu'à l'époque. Comme si cela pouvait perturber le continuum spatiotemporel et me permettre d'influencer les pensées qui se sont formées. Ici même.

Je vois les haies. Derrière moi, Malfour Park est endormi et le cirrus qui flotte dans le ciel teinté de rouge par l'incendie de l'usine chimique. Les gens sont probablement sortis en peignoir, le visage marqué par le sommeil, pour le regarder.

J'ouvre notre portail et les haies mal taillées m'accrochent au passage quand je me glisse dans l'allée. Au lieu d'aller jusqu'à la porte d'entrée, je contourne la maison pour aller farfouiller dans la cabane obscure, j'y trouve ce qu'il reste d'un siège et je m'assieds.

Maintenant que je suis là, après avoir couru retrouver Maman, je m'arrête à quelques mètres d'elle.

Je me prépare un joint à la lumière d'une bougie, histoire de m'offrir un peu d'oubli, et je vais le fumer dehors, assis dans l'herbe.

Ensuite, le joint encore allumé au coin des lèvres, je retourne faire tout un remue-ménage dans la remise, sous le vélo suspendu au plafond. J'exhume la rallonge électrique et le taille-haie, je sors l'échelle… vacillant, en plusieurs allers-retours, je vais tout installer dans le jardin de devant.

J'éteins le joint et je souffle le reste de fumée que je regarde se disperser et disparaître là-haut, dans la nuit. Les nuages qui glissent en silence au-dessus du toit ont encore changé de forme. L'aube ne doit plus être à des millions de kilomètres.

En déroulant le cordon du taille-haie jusqu'au bout, j'y découvre un gros morceau de ruban adhésif : le scotch noir ultrarésistant est enroulé plusieurs fois autour du cordon orange.

Toutes ces histoires de couleur spéciale anti-débiles ! Je regarde le rafistolage comme si c'était un bout de Papa. Ses empreintes digitales sont sûrement quelque part là, sous les longueurs de ruban adhésif. Je lève encore une fois les yeux vers le ciel en caressant le scotch avec mon pouce.

Les gens, on ne les perd jamais tout à fait. Ils restent ancrés en vous, ils impriment leurs motifs partout.

Je ne peux pas m'empêcher de penser à sa tristesse et à sa solitude. Sa vie lui apparaissait peut-être comme une tragédie. Lui qui a vécu l'âge de glace, une fois que la comète a pulvérisé son monde. La comète, c'est moi.

Je serre le cordon qu'il a rafistolé et j'ai envie de pleurer sur toutes les fois où j'ai dû lui planter un peu de chagrin dans le ventre. Sur tous les moments où je l'ai snobé d'une façon ou d'une autre. Chaque fois que je piquais une colère. Chaque fois que je me tournais vers Maman et pas vers lui. Tous ces moments où il avait l'impression de ne pas être assez bien, tous ceux où je ne le trouvais pas assez bien.

J'ai aussi envie de pleurer sur le jour où c'est moi qui ne l'ai pas été… j'avais huit ans.

Mais quel enfant de huit ans y arriverait ? À vingt-huit ans, je ne me trouve toujours pas assez bien.

Aujourd'hui, Papa est au cimetière mais je donnerais n'importe quoi pour qu'il m'ouvre ses bras. Je ne le rejetterais plus jamais. Une partie de moi voudrait dérouler le scotch et le passer sous une lumière ultraviolette pour faire apparaître la trace de ses doigts imprimée sur la surface adhésive. Retrouver cette petite parcelle de lui.

La lumière ultraviolette pourrait peut-être aussi déceler l'endroit où Robert est tombé, là-bas : on verrait quelque chose, une trace noire là où sa tête a heurté le sol.

Je sors mes clés, j'ouvre la porte d'entrée et, dès que j'entre, la rallonge à la main, la maison me donne la chair de poule. Il fait noir à l'intérieur et je suis défoncé et nerveux. Je cherche une prise où brancher le taille-haie mais un bruit m'arrête ; on dirait le grincement d'une porte mais il est plus rauque et plus aigu à la fois. Le bruit vient de la cuisine. Des haut-le-cœur. Sans lâcher la rallonge, je me couvre instinctivement la bouche.

Maman est en train de vomir. La pression de la tumeur sur son cerveau est trop forte pour son organisme, la purge est la seule issue. Je me bouche les oreilles, je ferme les yeux et, muré dans l'obscurité, j'écoute les bruits de mon propre corps où la vie cogne encore plus fort.

Ces hoquets étranglés me rappellent Robert. Après l'accident, il avait l'estomac fragile d'une mauviette. On devait lui donner des aliments faciles à avaler, de la purée de carottes et de patates douces, par exemple. On passait notre temps à tout mixer mais Robert continuait à faire ce bruit. La verseuse du robot mixeur attendait toujours dans l'évier, pleine d'eau et de morceaux de fruits ou de légumes visqueux. La maison tournait autour du chaos qui régnait dans ce crâne fendu.

Ensuite, pendant environ une heure après manger, si on ne l'obligeait pas à se tenir tranquille, les nausées arrivaient et je montais le son de ma télé. Je fermais la porte de ma chambre. Ce hoquet sonore qui lui remontait du fond de la gorge, Maman en avait toujours une peur panique. Elle et sa phobie du vomi.

Aujourd'hui, elle fait le même bruit que Robert et je retiens mon souffle, accroupi, le fil électrique toujours enroulé autour de la main. Les doigts dans les oreilles. Les haut-le-cœur sont si rapprochés qu'ils se chevauchent presque et elle essaie de reprendre son souffle en quelques secondes : elle lutte pour surnager en haute mer. Une autre vague la submerge, l'engloutit et la fait chavirer. Elle remonte à la surface pour respirer mais en voici une autre qui arrive, et encore une autre. Le manque d'oxygène grandit en elle.

Elle remonte encore, crache un peu d'eau des fonds marins. Son propre corps la tire vers le bas et fait d'elle un simple témoin horrifié, tout comme moi. Implacables, électriques, les rouages de ma panique tournent à plein régime et mes turbines intérieures s'emballent. Parce que, pour ma mère, il n'y a ni : « J'ai l'estomac barbouillé » ni : « Tu verras, ça ira mieux demain. »

Le cancer n'est pas un petit problème vite oublié.

Le dos calé contre la paroi de son crâne, la noix obscure pousse sur son cerveau avec ses souliers ferrés, elle l'expulse de son poste de commandement, l'éjecte de sa propre tête.

Je branche la rallonge juste pour m'en débarrasser en jetant un coup d'œil sur le ruban adhésif pour voir s'il devient fluorescent et fait apparaître les empreintes de Papa dans le noir… l'ombre d'une main à tenir.

Maman pousse un cri et je me précipite vers la cuisine où l'odeur me frappe de plein fouet. Les lumières sont éteintes, on n'y voit rien : je marche sur une flaque glissante dans l'obscurité tout en déversant un flot de paroles sur la forme qui ressemble à ma mère, près de l'évier. Je ne distingue pas son visage, pas très bien, à peine une étincelle à la hauteur de ses yeux. Je devine l'abjection de sa déchéance.

Je n'arrive pas à croire que j'ai puni cette femme défaite.

Je m'agenouille près d'elle même si mon propre estomac menace de se révolter. « Où sont tes stéroïdes, Maman ? Tu as dû les oublier, tout simplement. »

Quand elle me prend la main, je remarque qu'elle a remis toutes ses bagues alors que ses chairs sont trop enflées pour cela. Tous les souvenirs que l'infirmière l'a forcée à enlever, les revoilà coincés à mi-phalanges, juste après les premières articulations. La bague que Papa lui a offerte pour ma naissance, sans doute. Et celle qu'il lui a donnée le soir où il l'a demandée en mariage, à l'hippodrome.

L'anneau en or tout simple qu'il lui a passé au doigt le jour du mariage que j'ai vu sur les photos. Des clichés pleins d'insouciance – mais l'énorme camion y était déjà, quelque part à l'arrière-plan, invisible. Ce camion caché dans toutes les images de bonheur, qui approche à grand fracas avec sa cargaison de réalité. Le voilà, ici même. Le camion est ici dans la cuisine avec Maman et moi. J'entends son chuintement au moment où le chauffeur tire sur le frein à main.

« Non, Maman ! Pas encore ! »

En essayant de la retenir, je fais tomber une bague et, malgré les soubresauts qui l'agitent, elle la cherche à tâtons par terre. Je l'aide à retrouver l'anneau, je l'essuie et je le lui glisse au bout du doigt. C'est l'annulaire. Cette bague, elle a continué à la porter même quand son mariage tout entier s'est vidé de sa substance à cause de Robert et de son crâne fendu.

Je vais allumer la télé, source de bruit et de réconfort… juste un peu de lumière ! L'image picote l'écran puis apparaît : il y a un match de cricket quelque part et les commentateurs bavardent au micro. Quelque part, il fait beau.

À quatre pattes sur le sol, Maman pousse un cri et tend la main vers moi. Tête baissée, elle se concentre pour contrôler ce qui se passe en elle. Sur le pont d'un navire en détresse, elle essaie de maintenir le cap.

« Tu veux que j'appelle une ambulance, Maman ? dis-je en partie parce que j'ai besoin d'échapper à cela, le temps d'un coup de fil. Oui ? C'est ça ? J'appelle une ambulance ? » Mais je retourne m'agenouiller près d'elle. « Non, s'il te plaît ! Oh, PARDON ! » Des mots aussi douloureux qu'un coup de hache dans le sternum.

Tout en s'agrippant à ma main, elle se débat comme un poisson pris dans un filet, sur le pont du bateau où nous sommes. Je m'accroche à Maman et elle essaie de respirer encore un peu. J'essaie de l'y aider de tout mon corps. Nous voilà tous les deux au centre d'un tourbillon obscur, au milieu d'un océan capricieux. Il n'y a personne avec nous. Personne pour nous porter secours. Nous sommes seuls face à cette simple réalité de la vie, qui nous isole. Seuls face au camion. Avec notre immense solitude à tous. Tout-Seulitaires. Moi, je ne peux pas aider Maman alors que je suis juste à côté d'elle. Le match de cricket à la télé. Les joueurs dans leurs tenues d'une blancheur immaculée. Les voix calmes et raffinées qui commentent et l'agonie de ma mère.

En bafouillant, elle se laisse tomber sur mes genoux où je la berce d'avant en arrière, maladroitement serrée contre moi. Elle ne s'agite plus, ses grands yeux bleus de poisson me fixent et le soleil de la télé s'y reflète, pris au piège. La foule applaudit et les joueurs courent ; la batte en l'air, l'un d'eux fait un bond à mi-parcours entre deux guichets. Dans mes bras, dilaté et exténué, le poisson contemple l'écran. Les hublots du bateau laissent entrevoir les premières lueurs rouges de l'aube.

Les commentateurs rient. Le batteur se rajuste l'entrejambe avec son énorme gant… et crache par terre.

Quand Maman me regarde, quelque chose s'éclaire ou se remet en place dans ses yeux. Un râle lui échappe tandis qu'elle lutte contre un mouvement ou un changement qui s'opère en elle. Une ultime reconfiguration interne, peut-être. Malgré les sons que cela lui arrache, elle a l'air calme et la bouche fermée alors même que sa gorge frémit. La mer est comme encalminée autour de notre frêle esquif et Maman resplendit, magnifique. Une veine bat à sa tempe, les bagues luisent à ses doigts dans la lumière verte qui éclaire les murs de la cuisine lorsque la caméra zoome sur la balle de cricket et la suit jusqu'au bord du terrain. Applaudissements. Le visage de Maman n'exprime que du regret. On y lit à livre ouvert : « Comment se fait-il que je te quitte ? »

J'enfouis mon visage dans son cou, celui où j'ai si souvent pleuré quand j'étais petit. Au creux duquel je me nichais les soirs où elle me portait pour me mettre au lit, écrasé de fatigue et au bord des larmes. Je retrouve la nuque qui a su guérir tant de chagrins. Chaque fois qu'elle me soulevait et me consolait.

Elle lève l'épaule et, ensuite, au ralenti, comme une grue ou une vergue, son bras décrit un arc de cercle pour venir se poser sur mon dos : le geste est sûr, l'intention simple. Enlacés dans cette position inconfortable, nous écoutons cogner nos cœurs. Quelque part, très loin de nous, sur la terre ferme, la foule acclame les joueurs de cricket.

Quand Maman laisse retomber sa main, je me précipite sur le téléphone et je fais le numéro si vite que je tape trop de chiffres, ce qui m'oblige à raccrocher. Je recommence mais je n'entends rien dans l'écouteur. J'appuie frénétiquement sur le bouton pour couper la communication, j'écoute à nouveau. Silence.

Je sors de la cuisine en trombe et je monte l'escalier dans un vacarme assourdissant : toujours décroché, l'autre téléphone est posé sur son lit. Je commence à appeler le numéro d'urgence dans la chambre puis je raccroche et je me rue en bas où j'entends de lointains applaudissements à la télé.

« Attends, Maman ! »

Dès que la voix clinique me répond, je dis « Ambulance » d'une voix toute tremblante et la foule fait crépiter une autre salve d'applaudissements. Le batteur a renvoyé la balle qui s'envole dans les airs. Il salue les spectateurs et va rejoindre son coéquipier tandis que la balle atterrit dans les tribunes.

Immédiatement, l'action repasse au ralenti : le batteur se penche en arrière, les lèvres rentrées, cueille la balle en plein vol et ferme les yeux au moment de l'impact. Le caméraman a un vrai génie pour suivre la trajectoire de cette petite tache rouge perdue dans l'immensité – l'espace d'un instant, les murs et les fenêtres de la cuisine sont bleu ciel.

L'espace d'un instant, tout reste suspendu dans le vide.

Quand mon regard se pose à nouveau sur Maman, sa poitrine s'est creusée, ses yeux sont révulsés... et la balle de cricket se perd dans un océan de mains tendues.

« Service des ambulances. Quelle est votre demande ? » Le standardiste doit entendre tant de voix blanches et urgentes au bout du fil. Pour lui, une autre nuit de garde a commencé, une tasse de thé fumante et la photo de sa femme sont posées sur son bureau. Comment fait-il pour écouter ces appels au secours nuit après nuit sans se précipiter chez lui et rester toujours auprès d'elle ?

« Ma mère agonise. Elle a un cancer. » J'imagine le petit magnéto rouge qui tourne et enregistre la communication.

« Elle respire ? »

J'observe Maman à la lueur de l'écran mais la caméra fait un plan sur le gros nuage bas et noir qui couvre la ville, juste derrière le terrain de cricket et les commentateurs baissent un peu la voix pour parler du sternum immobile de ma mère.

Combien d'entre nous ont vu cela dans leur vie ? Une poitrine qui ne bouge plus. Ma mère est sous l'eau.

« Maman ?

– Monsieur ? » dit la voix clinique à la surface et la télé montre un homme dans la foule, il brandit la balle qu'il a attrapée. Il ressemble à Papa. Il est là, il me sourit.

La cuisine change encore de couleur à cause des spots aveuglants et tapageurs qui défilent à l'écran.

« Maman ! » Je raccroche pour retourner près d'elle. J'hésite puis je me penche. Je touche son visage et ensuite je coupe brusquement le son avec la télécommande : muettes, les pubs se succèdent et un calme soudain nous enveloppe tandis que les murs continuent à changer de couleur tandis que les images défilent. Son corps est immobile mais le visage de Maman reflète toujours la même expression douce et aimante, pleine de regret.

Je m'assieds par terre et je pose sa tête sur mes jambes. Le téléphone se fait entendre au milieu du silence et ne veut plus s'arrêter de sonner.

Puis il se tait.

Au bout d'un moment, les larmes me montent aux yeux. Des larmes vides et lentes qui ne me concernent pas vraiment. Assis là, je lui caresse le front alors qu'elle dort déjà.

25

Vieux Débris dit qu'il y a un endroit spécial pour les enfants pas sages en enfer et que le diable revient tous les soirs après le travail pour les brûler. En plus, les parents n'ont pas le droit d'aller les voir.

Quand on arrive chez elle, Papa m'aide à décharger mes affaires et me serre fort fort dans ses bras – horrible. Vieux Débris attend à l'entrée, elle prend toute la place dans la porte. Ça m'a pas plu, comme il m'a serré contre lui, même s'il devient très câlin en ce moment. C'est ce qu'il faisait, avant, quand il avait eu une mauvaise journée au travail. Ces jours-là, je les reconnaissais à ses cheveux plus en broussaille que d'habitude.

En ce moment, ses cheveux sont tout le temps hérissés alors qu'il a plus aucun travail.

En plus il va me laisser tout seul avec Vieux Débris et, ça, c'est pareil que d'être abandonné dans la maison d'un homard géant. Elle ressemble vraiment à un homard, Tante Debbie. Un homard qui aurait des poils sous les bras et une moustache. Énorme et tout rose avec des yeux de merlan frit, des pinces à la place des mains et une carapace très dure… si on la mangeait, elle nous rendrait sûrement malade. Comme le jour où Papa en avait mangé, quand on était en vacances, et qu'il se goinfrait.

Tahir, à l'école, il a un Dieu musulman à la place de notre Dieu. Il a pas le droit de se groinfrer vu qu'il ne mange pas de porc. Lui, il s'empiffre de mouton.

J'y comprends rien et Tahir non plus. Il répète juste les blagues de son papa comme si elles étaient de lui. C'est idiot !

En allant chez Tante Debbie, Papa m'a expliqué qu'on va essayer d'adopter Robert si on gagne l'enquête. « Je voulais juste que tu le saches, il a dit, histoire que ça fasse son chemin dans cette grosse caboche à malice. » Après il m'a ébouriffé les cheveux.

Moi, je me suis recoiffé.

J'aurais cru que ça me ferait quelque chose de l'entendre dire ça, pour l'adoption, mais quand j'ai plongé ma jauge à sentiments dans mon ventre, elle est ressortie vide.

« L'audience aura lieu après-demain, tu ne resteras chez ta tante que quelques jours. Ne fais pas cette tête, on a juste besoin d'un peu de temps, ta maman et moi. Tu sais à quel point c'est important pour elle d'accueillir des enfants. Elle a besoin d'une petite période de calme, sans la moindre anicroche. Les services sociaux nous ont à l'œil et si ça se passe vraiment mal à l'audience… »

Vieux Débris me montre ma chambre qui sent le potpurée : il y a une serviette rose sur le lit plein de dessins de fleurs et une fenêtre tout en haut du mur comme dans une prison. Mais sans barreaux. Au début, quand j'entre dans sa maison, j'arrête pas d'avaler ma salive et juste avant que Papa s'en aille, ils se chuchotent des trucs entre eux.

En regardant sa voiture partir, je sens dans mon ventre que je le reverrai jamais.

« Je ne VEUX PAS de tes sales petites pattes sur mes voilages, merci ! »

J'ai envie de pleurer. Plus je resterai ici et plus Maman et Papa vont me désaimer.

« Je peux rentrer à la maison, s'il te plaît, Tante Debbie ?

– Certainement pas. Arme-toi de patience et sois sage. » Elle allume une cigarette et s'assoit dans son fauteuil qu'elle remplit en entier. « Je te conseille de faire profil bas pendant que tu seras ici, mon garçon. Compris ? "Sensible", mon œil ! »

Papa a mis mon Transformer dans mes affaires même si je joue plus avec. Je le laisse juste en demi-robot brûlé et en demi-monstre brûlé.

Au dîner, je dois rester à table jusqu'à ce que j'aie fini ma soupe POIREAUX-pommes de terre ! Ça dure mille ans et la soupe est déjà froide alors que j'en suis qu'à la moitié. Pendant ce temps, Tante Debbie a fini et elle regarde la télé quand elle m'espionne pas ; moi, tout ce que j'ai devant les yeux, c'est la soupe et le mur où on voit des photos de Vieux Débris en robe plus courte et avant qu'elle ait une moustache.

Parfois, Papa sort sa blague « Quelle est la différence entre un morse et Vieux Débris ? » Je me mets toujours à rigoler comme un fou et Maman lève les yeux au ciel. Réponse : « Le premier a une moustache et pue le poisson et le deuxième est un morse ! »

On dit toujours la fin ensemble, même Robert le faisait avec nous.

Je pose ma cuillère dans mon bol pour me reposer mais Tante Debbie me crie de TOUT MANGER ! Comme je sursaute, ma main retombe sur la cuillère qui m'envoie de la soupe.

En m'essuyant la figure et le T-shirt (avec la même éponge qu'elle doit prendre pour laver les assiettes pleines de viandes et de trucs dégoûtants), elle dit : « Et tu ferais mieux de ne pas mouiller ton lit, ici. Tu ferais bien de prendre sur toi et de t'endurcir un peu, mon petit gars. »

Je suis pas *son* petit gars. Je serai jamais à elle !

Elle lance l'éponge dans l'évier sauf qu'elle atterrit par terre alors Tante Debbie dit un vilain mot ; après, quand elle me sèche la figure avec un torchon, ça me tire la lèvre du bas et ça m'écrase le nez. À travers le tissu, je l'entends dire qu'à chaque fois que je salirai des trucs, ça sera au dodo une demi-heure plus tôt et debout une demi-heure plus tard : à la fin, je serai tout le temps enfermé dans ma chambre s'il n'y a que ça pour me remettre les idées en place.

Je veux pas rester ici. Pas question. Plus je resterai et plus je risquerai de m'y retrouver coincé pour toujours. C'est pareil quand on fait des grimaces et qu'on risque de rester bloqué comme ça.

Si je reste ici avec Vieux Débris, je vais devenir fou, c'est sûr. Je me mettrai à parler tout seul et à croire qu'il y a des rats dans mon lit en train de me grignoter la peau jusqu'au blanc de l'os. Quand Jimmy McGee s'est cassé le bras dans la cour, on pouvait voir le blanc parfait de l'os à côté du sang, blanc comme s'il avait jamais vu la lumière du jour. C'est ce qu'il dit, Papa, quand il parle du porte-monnaie de Vieux Débris.

Le soir, dès que je l'entends ronfler, j'ouvre mes couvertures et… TADAM ! Je suis déjà habillé. Elle l'a même pas remarqué quand elle est venue me dire bonne nuit.

C'est moi le chef !

Je vais l'espionner ; elle dort comme un loir devant la télé qui a le son coupé. Je marche tout doucement jusqu'à la porte et je l'ouvre pour jeter un petit coup d'œil dans la rue. C'est tout calme et effrayant, j'ai peur de rentrer à pied mais aussi peur de rester. J'ai envie d'être avec Maman et Papa, pas de me faire renvoyer comme un méchant.

Je regarde la route sombre des deux côtés et aussi la voiture de Tante Debbie, garée juste sous un lampadaire comme si elle venait d'avoir une idée.

Je rentre dans la maison et je trouve le trousseau où il y a une clé de voiture. Je ne ferme pas la porte d'entrée, je me mets juste à courir pour échapper aux mains de monstre qui vont m'attraper par-derrière.

Elle sent pas très bon, la voiture, avec son odeur de cigarette et de vieux yaourt. Mais ce qui me plaît ici, c'est que je peux fermer les portes pour de bon. En plus, c'est pas le même silence que dehors.

Le seul problème, c'est que si je mets les pieds sur les pédales, je vois presque pas la route. Je cherche une trousse de secours ou un autre truc mais je vois que des paquets de cigarettes vides et des papiers de chocolats.

Je recule le siège du conducteur, comme ça j'arrive à peu près à regarder la route par le trou du volant en posant mes fesses au bord du fauteuil. Heureusement que je suis grand pour ma taille, du coup mes pieds peuvent toucher les…

Il y en a que DEUX ! Je regarde le levier de vitesse : c'est une boîte automatique. Pour ça, on peut compter sur Tante Debbie !

Je vais juste voir si la voiture démarre. C'est tout. Juste pour voir.

Je commence à avoir la trouille tout seul dans la nuit avec le moteur qui tourne. Je surveille la porte de Vieux Débris et la rue où il fait noir. Macavoy aux trois lippes gratterait une allumette sur sa joue mal rasée pour fumer un gros cigare.

Sur le levier de vitesses il y a P et R et après N et D, et encore après 2 et 1. Je règle le miroir pour me voir dedans, comme Maman. Je vais juste baisser le frein à main. C'est tout. Vu que je sais pas ce que les lettres veulent dire, j'ai mis le levier sur 1 et la voiture commence à rouler toute seule sans que j'appuie sur la pédale !

Je tourne le volant très vite, j'ai presque pas touché la voiture garée devant moi… C'EST MOI QUI CONDUIS TOUT SEUL !

Quand je passe sur 2, ça va plus vite et j'ai toujours pas besoin d'appuyer sur la pédale d'accélérateur.

Je peux tout faire sans personne maintenant. Maman dit que les gens ne vous aiment pas si vous avez tout le temps besoin d'aide et que le plus sûr c'est d'être indépendant.

Une voiture me croise en klaxonnant. Je lui fais un doigt.

J'ai superpeur mais je suis aussi supercontent, supertriste et superexcité. Tout en même temps, comme Robert.

Jusqu'au moment où je vois le gros rond-point au bout de la rue. J'essaie de deviner ce qu'il ferait, Macavoy aux trois lippes. Lui, il roulerait à 150 à l'heure et il conduirait avec les genoux.

Je m'arrête au rond-point. Je peux pas le traverser mais je peux pas descendre et rentrer à pied vu que je dois continuer à appuyer sur le frein pour empêcher la voiture d'avancer toute seule… en plus les autres conducteurs se fâchent contre moi. Pendant ce temps, Maman et Papa jouent à la petite famille heureuse avec Robert et moi, plus personne ne m'aime.

Les voitures font des files indiennes de partout, avec leurs klaxons et leurs moteurs qui rugissent. Je pleure, je leur crie des trucs en appuyant sur le frein et j'ai mal à la jambe à force de retenir cette voiture qui fait que ce qu'elle veut.

Je pense aux clés et je coupe le moteur ; après je tire très fort sur le frein à main et je grimpe à l'arrière. J'ai un trou à la place du ventre et toutes les portes sont fermées comme l'autre fois, sauf qu'il y a ni Robert, ni Maman, ni la pluie, rien que des voitures qui me grondent et la nuit.

Macavoy aux Trois Lippes saurait quoi faire en voyant les lumières de la police. Il agite la main : « Circulez ! » mais elles veulent pas partir. On peut vraiment pas dire que Macavoy roule vite mais les policiers continuent à le suivre avec leurs rayons qui tourbillonnent dans sa voiture comme si c'était une discothèque. S'ils sont pressés, ils ont qu'à le serrer de près et doubler ! Il leur fait un doigt et après il retourne du côté où ça se passe au cas où il faudrait filer en vitesse.

Macavoy allume les phares. Non, il les avait pas oubliés, c'est qu'il restait en mode camouflage en attendant d'être assez loin du méchant homard.

Maintenant, un énorme flic s'approche de la voiture de sport de Macavoy pour essayer de voir par la fenêtre. Mais Macavoy continue à fumer son cigare, supercool. Il a déjà une affaire assez dure à cuire sur les bras sans que les forces de l'ordre lui collent au train ! Peut-être que la justice est dans le coup, elle aussi.

Le policier toque à la vitre. Il veut sans doute de l'argent pour se taire. Macavoy aux trois lippes se laisse pas acheter. Quand il baisse sa fenêtre, l'agent a l'air surpris. Macavoy tire sur son cigare, supercool.

« Dégage, poulet ! Je suis sur une affaire ! »

26

Toutes les haies ont disparu, il ne reste plus rien entre moi et la rue à part les petites souches qui pointent encore. Dans la clarté du petit matin, je suis couché sur la pelouse jonchée de lambeaux de feuillages : il y en a tout autour de moi comme si je nichais dans le jardin, devant la maison. L'échelle est couchée sur le côté, le câble électrique orange dessine un gribouillis sur l'herbe.

Je me lève et je retourne à l'intérieur, les mains toutes déchirées, couvertes d'entailles incrustées de débris de feuilles, les paumes en sang.

Je m'assieds à la table familiale où je bois de la vodka à même la bouteille en observant ma main brûlée à vie : j'ai posé mon poignet sur le bord de la table, mais ça ne l'empêche pas de trembler. Je la regarde. Je ne peux pas contrôler ce mouvement, pourtant il vient de moi.

À qui on téléphone quand quelqu'un meurt ? Quelle est la procédure officielle ?

Je m'approche de son corps. De Maman. La bouteille de vodka m'accompagne, elle pendouille au bout de mon bras ballant ; mon poing vacille devant mes lèvres et ma paume toute piquée de verdure me lance.

Maman ne bouge plus mais je remarque que sa poitrine se soulève régulièrement et même ma main cesse de s'agiter. Je cherche à déceler un autre mouvement perceptible.

« Maman ? »

J'ai entendu parler de ça, je m'en souviens. Une remarque parmi d'autres au répertoire des conneries qu'on se raconte pendant les nuits de garde. Frank m'avait dit qu'un cadavre peut avoir l'air de respirer. Notre cerveau est tellement habitué à voir des poitrines en mouvement qu'il en crée l'illusion. Nous sommes toujours un peu plus près de la fiction que de la réalité.

Quand je repense à mon enfance, c'est la même chose. Je ne sais plus démêler le vrai du faux entre la négligence et la jalousie. Laquelle était bien réelle ? N'y avait-il que ma jalousie, ou aussi de la négligence ?

Je vois déjà l'ambulance arriver et les mains gantées de ceux qui m'enlèvent ma mère. Sans sirène. Sans gyrophare.

Elle ressemble à une pomme qu'on a oubliée dans la corbeille à fruits.

Ce visage, je le connais depuis toujours mais cet instant marque le début d'une autre partie de ma vie. Une vie sans elle. Pour la première fois, j'aborde la vie après Maman. Un jour, j'aurai vécu plus longtemps sans elle qu'avec elle. Pareil pour Papa. Un jour, j'aurai passé plus de temps seul qu'associé à d'autres. Malgré ce que la séparation aura eu de douloureux.

J'imagine l'arrivée des brancardiers qui vont l'emmener dans cet état, toute sale. Je me vois assis dans l'église déserte, à ses obsèques ; je regarde son cercueil en sachant à quoi elle ressemble, là-dedans.

Quand je mets les mains dans mes poches pour les empêcher de trembler, les égratignures me font mal. Il ne se passe pas grand-chose dans ma tête mais j'y cherche un sentiment. Je me sens vide alors qu'ils devraient se bousculer en moi… une idée émerge du marasme. Je pense surtout aux vêtements crasseux dans lesquels on va l'enterrer. Elle va pourrir comme ça. Avec une seule pantoufle.

Je longe la maison à pas lents jusqu'à la remise où je commence à me rouler une cigarette, sous mon vélo, en écoutant les oiseaux chanter.

Puisque je peux fumer dans la maison, je retourne à l'intérieur, un œil fermé à cause de la fumée. Je regarde la silhouette de Maman. Elle m'appartient enfin. Je peux m'approcher d'elle autant que je veux. La toucher autant que je veux. Pourtant je sens toujours le même champ de force autour d'elle.

J'avale plusieurs gorgées d'alcool coup sur coup, je jette ma clope dans l'évier et je pose la bouteille ; je respire difficilement à cause de l'angoisse et des vapeurs acides, médicinales, de la vodka.

Quand je passe mes bras sous ses aisselles pour la soulever, sa tête part en arrière, sa bouche est ouverte… ses yeux aussi. Je la repose par terre et ses pieds s'écartent l'un de l'autre. D'un geste incertain, je lui ferme les yeux et ensuite je la prends dans mes bras en détournant la tête pour ne pas voir son visage. Le regard ailleurs malgré la curiosité avide. Je suis obligé de me tourner sur le côté pour nous faire passer la porte.

Au pied de l'escalier, je suis tenté de la transporter jusque dans la rue et de me mettre à hurler. Réveillez-vous, venez tous voir ce qui est arrivé ! Ma mère est morte et, eux, ils dorment.

Je la pose par terre et je m'assieds sur une marche, essoufflé, les yeux dans le vague – le silence qui nous entoure est si définitif. La vodka m'embrume le cerveau.

Je reprends Maman à bras-le-corps et je me redresse péniblement ; sa tête part en arrière tandis que la mienne, saturée par l'effort, menace d'exploser.

J'arrive à la quatrième marche, à la cinquième… à chacun de mes pas correspond un choc sourd lorsque je la hisse un cran plus haut en serrant le ventre pour me dérober à la proximité de son corps. La lumière du petit matin change très vite maintenant et, à mesure que la maison se colore, l'atmosphère change. Le chant des oiseaux est d'une douceur cruelle.

Quand j'atteins le palier, je chancelle, incapable de la porter plus longtemps et je la pose par terre aussi délicatement que possible.

Dans la salle de bains, j'ouvre les robinets et je m'assieds au bord de la baignoire, le temps de laisser l'eau froide asperger mes mains et mes poignets et un peu de mon sang rosir le bain.

Lorsque le jet se réchauffe, je tourne les robinets – je veux trouver la bonne température pour ma défunte mère. Je les laisse ouverts et je vais m'agenouiller à côté de Maman, sur le palier. L'espace d'une seconde, j'ai encore l'impression que sa poitrine se soulève. Mon cerveau me joue des tours. Les robinets font gronder leurs torrents d'eau.

« Allez, Maman, on va te laver. » Je la soulève, je me relève péniblement et je la fais pivoter sur ses jambes. Nous vacillons ensemble, sur le point de dégringoler tout l'escalier, mais je m'arc-boute, une épaule contre le mur, et je nous propulse tant bien que mal dans la salle d'eau aux vitres embuées où je repose son corps par terre, à côté de la baignoire. Haletant, je respire à pleine poitrine.

Quand je ferme les robinets, le silence retombe, encore plus retentissant en présence de l'absente. Je m'essuie les yeux, je sèche ces larmes qui ne me concernent toujours pas. Je redoute celles qui viendront vraiment de moi.

Assis au bord de la baignoire, je me penche à nouveau vers elle et je coince mes bras sous ses aisselles. Je la hisse sur mes genoux et ensuite je me faufile de côté pour me dégager. Quand je pose son dos sur le rebord de la baignoire, ses omoplates l'empêchent de glisser par terre et je pousse sur son ventre pour la maintenir là-haut. Son corps n'est pas encore froid. Je me dépêche de lui soulever les jambes et je protège sa tête au moment où elle bascule dans le bain : son pied va buter sur les robinets et, du coup, l'un des deux se referme presque. L'eau va et vient dans la baignoire, va lécher les murs d'un côté et revient nous éclabousser, moi et le lino. Sans un bruit, la flaque coule jusqu'au couloir où une tache sombre s'étale sur la moquette.

Je maintiens sa tête hors de l'eau en regardant ses habits flotter à la surface et ses yeux qui se sont rouverts. Je les ferme, je retire ma main de sous sa tête et je me relève.

Elle reste assise là, dans une position assez inconfortable : comme le rebord de la baignoire lui appuie sur la nuque, son cou est perpendiculaire à son dos et elle a le menton collé sur sa poitrine comme si elle regardait son ventre. Le test de la méningite. Je ne peux pas m'empêcher de l'imiter en me rappelant le jour où sa peau était jaune comme le beurre, à l'hôpital. Je revois aussi Robert, assis sur son lit : il avait l'air de l'aimer si fort alors qu'il s'efforçait simplement de se faire aimer.

Je descends chercher la vodka. Son goût me fait grimacer mais j'en apprécie la saveur décapante. Le pas lourd, je remonte lentement une marche après l'autre avec ma bouteille. Au milieu de l'escalier, la bague de fiançailles de Maman traîne sur la moquette.

De retour dans la salle de bains, j'ai un coup au cœur à la vue de ma mère. J'avale une lampée d'alcool pour encaisser.

Je ferme le robinet qui goutte, je hais le silence qui s'installe dans la pièce.

Je prends son unique pantoufle entre le pouce et l'index pour la lui enlever et je pousse son pied, celui qui était resté sur le rebord de la baignoire, dans l'eau. Mes mains se sont remises à trembler.

Je vais dans sa chambre et je commence à fouiller dans son armoire pour y dénicher une tenue qu'elle trouverait élégante. Je sors des vêtements que je jette sur la moquette les uns après les autres. Je pose une robe sur ma poitrine pour me donner une idée de sa taille, je la balance sur le côté et j'ouvre un des tiroirs du bas où je ne trouve qu'une grosse boîte en carton et du linge. Je me penche pour la tirer vers moi, mais elle est plus lourde que je ne le supposais. Après avoir soulevé le couvercle et jeté un coup d'œil à l'intérieur, je prends le paquet qu'elle contient.

Dans ce carton, il y a mon enfance. Chaque photo, chaque bulletin scolaire – même les mauvais –, un carnet de santé du nourrisson dont chaque section a été complétée : l'évolution de ma croissance, le détail de mes premières nourritures solides, la date de mes premiers pas… une mèche de cheveux de bébé. Il y a des photos de moi dans mon berceau. On dirait bien que c'est moi. Sur un autre cliché, on voit aussi le gros rocher du cimetière, celui qui ressemble au fragment de roche noire que nous avons toujours, en bas. Et voici quelques dents de lait.

Elle a recueilli chaque goutte de mon enfance. Mon poème du *Petit Tout-Seulitaire*, qui a gardé les plis du jour où elle l'avait froissé. Les rubans que j'ai gagnés à des compétitions sportives. Sous d'autres peintures et gribouillages d'enfant, sous d'autres cartes d'anniversaire fabriquées de mes mains, je découvre un guide de voyage sur le Canada qui s'ouvre de lui-même à la page concernant la ville où j'habitais. On y a même glissé une brochure sur les métiers de l'administration pénitentiaire.

Un cri m'échappe quand je me dis que Maman a essayé de comprendre ma vie. Qu'elle a vécu ici, seule et triste. Alors que j'étais là-bas, seul et triste. En train de bouder.

Je trouve aussi un début de lettre qui m'est adressé, plusieurs débuts laissés en suspens où on a raturé des mots pour réécrire par-dessus. J'arrive à lire la première phrase, ensuite ma vue se brouille et je dois refermer le couvercle pour l'instant. Je glisse sa lettre inachevée dans ma poche humide.

Au moment de remettre le carton à sa place, j'aperçois la cassette vidéo de Robert au fond du tiroir. Je m'assieds pour regarder le boîtier et ses deux rouleaux de bande magnétique, visibles sous la petite fenêtre en plastique. Je me relève et je vais la poser en haut de l'escalier.

De retour dans la salle de bains, je suis encore plus secoué que la première fois en voyant Maman. Sa tête est sous l'eau et ses yeux encore ouverts, fixes… quelques bulles d'air lui sortent du nez. Je me mets à genoux sur le sol trempé, je plonge les bras dans l'eau et je la remonte à la surface. Quand j'écarte ses cheveux pour lui dégager le visage, l'eau lui ressort par la bouche.

Après avoir tiré les rideaux pour masquer la lumière du jour et avalé quelques gorgées d'alcool, je commence à la déshabiller.

Quand j'ai fini, l'eau est froide et sale et j'ai bien entamé le contenu de la bouteille de vodka. Je tire sur la bonde, entre ses jambes, et je ne peux pas m'empêcher de regarder : le bain s'écoule, le siphon aspire avidement son contenu et le corps de Maman s'affaisse lentement sur lui-même. Il se dégonfle. Un de ses poings est serré.

Je la couvre avec une serviette de bain avant de descendre au rez-de-chaussée sans oublier la vodka et la vidéo. J'allume la radio pour avoir un peu de compagnie et je remplis un seau d'eau chaude dans l'évier. J'éteins la radio, le vieux magnétoscope va reprendre du service. J'y glisse la cassette.

Tout en lavant le sol de la cuisine, je vais parfois regarder les images de Robert assis dans l'avion, au bord de ce grand pan de ciel, tout échevelé par les bourrasques qui s'engouffrent à l'intérieur de l'appareil.

« Un ! »

Quelle explosion de bonheur pour une vie si tragique.

« Deux ! »

Comme je dois passer la serpillière autour de la deuxième pantoufle abandonnée par terre, je finis par craquer : je la prends et je la balance dehors sur la pelouse, derrière la maison, poursuivi par les cris préenregistrés de Robert. Comme à l'époque où il était encore vivant. Où nous l'étions tous.

Au moment d'ajouter de la Javel à l'eau de rinçage, je commence à avoir un peu plus chaud au cœur et le sentiment illusoire de reprendre le contrôle de la situation, d'agir enfin comme il faut pour Maman, même si j'ai l'impression que c'est trop tard.

Le menton sur le manche à balai, je m'immobilise dans la pénombre chlorée du petit matin ; le film est terminé, il n'y a plus que de la neige à l'écran et je regarde par la fenêtre. Mes larmes coulent lentement comme si elles appartenaient à quelqu'un d'autre.

Je prends un chiffon dont je trempe un coin dans l'eau javellisée et je vais dans les toilettes où je repère la tache ocre un peu estompée sur le tuyau en U des toilettes, côté mur. La tache de Grand-Mère.

Mon père s'est agenouillé dans cet espace exigu pour nettoyer tout son sang, pour que ma mère n'ait pas à affronter cette réalité. Ou pour ne pas avoir à affronter son désarroi. À genoux dans ce même espace exigu, je finis le travail à sa place : la vieille tache de sang granuleuse résiste un peu avant de s'effriter.

Après m'être lavé les mains – ce doit être la trentième fois aujourd'hui –, j'ai la peau aussi fripée que si je m'étais prélassé dans un bain.

Je retourne à l'étage et je m'arrête sur le seuil de la salle de bains. Je m'attendais à ce que Maman ait la chair de poule mais aucun signe de vie n'est perceptible sur sa peau dont la couleur s'estompe progressivement. Un silence épais remplit toute la maison.

La sortir de la baignoire est plus difficile que de l'y mettre. D'autant qu'elle est plus lourde : chaque fois que je la repose pour reprendre mon souffle, j'entends l'eau clapoter dans son corps. Je me souviens quand j'étais petit et que je buvais plein d'eau pour la faire glouglouter dans mon ventre en gigotant.

Lorsqu'elle est enfin habillée et sur son lit, je suis en nage. Ses vêtements sont un peu de travers. Sans trop savoir pourquoi, je lui trouve l'air plus maladif qu'avant, l'air d'une poupée de cire.

On ne dirait pas qu'elle est couchée sur son lit. Elle est là et le lit aussi, c'est tout.

Je pose une fesse au bord du lit et l'instant d'après je dévale l'escalier et je me précipite sur le magnétoscope. Mais quand j'appuie sur eject, la cassette se coince dans l'appareil. Je tape dessus plusieurs fois en m'acharnant sur le bouton eject. J'entends patiner les vieux moteurs. Quand la cassette ressort, je la serre contre moi et je m'apprête à remonter l'escalier mais mes yeux se posent sur le fragment de roche à mica, au bord de la fenêtre. Je vais le chercher, lui aussi, ensuite je retourne auprès de Maman les déposer l'une et l'autre sur le lit. Je lui dénoue le poing.

C'est réconfortant de la voir avec ces deux artefacts majeurs de son existence. J'efface les rides du souci de son front et je m'allonge à côté d'elle.

Son corps sent bon le propre et net. Ma tête n'est pas loin de la sienne mais je redoute de la nicher au creux de son épaule… dehors, les premiers signes d'activité se font entendre. Je reste couché là, je n'ai jamais été aussi proche d'elle alors même qu'elle n'a jamais été aussi loin de moi. Tout est immobile, calme et tranquille dans la chambre ; aux murs, les cadres des photos de famille débordent de cieux ensoleillés, de gerbes de confettis et de larges sourires. Autant d'instants fixés sur le papier puis affichés pour que la vie ait l'air cohérente. Agréable. Digne d'être célébrée.

Immobile à côté d'elle dans cette qualité de silence bien particulière, je sens un calme inhabituel me gagner, moi aussi. Rares sont les bruits, voitures ou voix humaines, qui rompent le charme… L'impression que le monde s'est arrêté.

Quand je me décide enfin à redescendre, je sors dans le jardin avec les habits sales de Maman que je laisse dans l'herbe. Je fais le tour de la maison, je reviens en charriant les branchages des haies que je jette en tas à côté des vêtements mouillés. Ensuite, je retourne en chercher d'autres.

Quand j'ai fini, il y a une traînée de feuilles entre le jardinet, à l'avant, et la pelouse, à l'arrière. J'entasse le tout et ensuite je vais dénicher une vieille boîte en carton dans la remise. Je déchire l'emballage vide en lambeaux graisseux encore imprégnés d'engrais chimique. De petites flammes bleu-vert s'en dégagent quand j'y mets le feu.

Mais la haie refuse de brûler, elle se contente de crépiter et de fumer. Je retourne explorer la cabane et j'y trouve une vieille boîte en étain d'un rouge passé où il reste un peu d'essence qui servait pour la tondeuse. La vodka me fait vaciller et trébucher.

J'arrose le feu de joie avec l'essence puis j'y verse une bonne quantité d'huile d'olive que j'ai rapportée de la cuisine pour ralentir la combustion. Après en avoir avalé une lampée, je vide aussi la bouteille de vodka sur les flammes, écœuré à la fois par le goût de l'alcool et par ma façon de boire en douce.

Je prends un bâton dans la pile de branchages, j'en allume l'extrémité enduite d'essence et d'huile et je la jette sur le bûcher qui flambe d'un coup ! Cela me fait sourire. J'y ajoute les portraits volés : les familles, les mariées et les couples dont les visages se consument peu à peu tandis que la fausse dorure des cadres s'écaille dans une flamme verte. L'or du sot – aussi illusoire que la famille.

À l'aide d'un autre bâton, je ramasse les habits trempés de Maman et je les pose sur le feu où ils chuintent plaintivement. Une autre attache qui disparaît. Sa pantoufle fume au sommet du bûcher.

Quand le brasier commence à donner des signes de fatigue, je rentre dans la maison, à la recherche de nouveaux objets à brûler. Je rassemble nos vraies photos de famille… et celle de Robert en combinaison orange. Tout le monde l'adore, cette photo du fameux jour qu'on voit sur la vidéo. Je prends celle où je pose avec mon nouveau vélo dans l'allée, devant chez nous. Celle de ma première rentrée des classes. Celle d'un Robert brisé, sanglé sur sa chaise barbouillé de chocolat. Et l'autre Robert, dans son uniforme d'école tout neuf, le jour de son anniversaire : Maman le tient par les épaules et ils ont la tête coupée par le cadrage. Le cliché où Papa n'a d'yeux que pour sa femme qui regarde gaiement l'objectif, pleine d'assurance. Et nous voilà tous chez le photographe. Dans ses habits les plus rêches, l'enfant de huit ans se détache sur une toile de fond huileuse.

Je pose un doigt couvert de suie sur son visage. Sa tête est ridiculement grosse par rapport au reste de son corps. Cet enfant continue à tourner en rond quelque part au fond de moi. Il est le petit fusible qui a sauté dans notre foyer. Comme il était la partie la plus sensible de l'ensemble des circuits, tout le système a cessé de fonctionner quand il a lâché. Il était le seul à exprimer des choses que les autres taisaient dans cette famille. Sa colère. Son destin brisé. Sa déshérence.

Et aujourd'hui, qu'est-ce que je suis ?

Je n'en sais rien, mais il ne reste que moi.

J'enlève mes vêtements mouillés et je les ajoute au bûcher. Le soleil matinal est doux sur ma peau mais la seule idée qui me traverse l'esprit, c'est que Maman ne le sent pas. Elle ne verra plus le jour se lever. Elle ne peut pas sentir l'odeur de la fumée, une odeur qui me ramène aux dimanches d'automne quand nous étions en pull-over dans le jardin à la tombée de la nuit. Papa ratissait les feuilles mortes et les soulevait avec son râteau et son autre main pour les déverser sur les flammes qu'il étouffait presque sous l'avalanche. Les joues gonflées, les yeux fermés et les paupières serrées, il ressortait du nuage de fumée en trébuchant. Il jurait à mi-voix tout en riant. J'entendais des bruits de vaisselle dans l'évier et je sentais déjà mon ventre se nouer à l'approche du lundi matin et de la semaine d'école.

Le mal au ventre du dimanche soir m'a taraudé pendant presque toute mon enfance.

En face de moi, il y a les fenêtres de la remise. J'y aperçois la trace que Maman a faite dans la poussière quand elle s'est cognée en regardant les nuages, l'autre jour.

Voilà, c'est tout ce qu'il reste, les traces laissées par les gens.

Je me recouche dans l'herbe, sous notre coin de ciel : tout là-haut dans le bleu, un nuage s'effiloche et bute peut-être contre l'espace. On dirait un os sur une radio. Je le regarde s'amenuiser et dériver vers l'est. J'essaie de discerner sa nouvelle forme avant qu'il disparaisse. Comme le ferait Robert. Comme il le faisait.

Maman ne verra plus jamais un seul nuage.

27

Le soleil me rappelle que mon deuil est tout à fait anecdotique. Pas un nuage dans le ciel. Je m'assieds pour fumer une cigarette au goût âcre pendant que les employés des pompes funèbres, jeunes et boutonneux, s'apprêtent à emporter le corps de Maman. Ces types, on les verrait plutôt traîner dans des salles de billard ou dans les coins à dealers. Ils me parlent de l'incendie de l'usine chimique comme si la nouvelle devait m'impressionner, un jour comme aujourd'hui.

« Je sais, j'étais debout cette nuit. »

Ils hochent la tête d'un air compréhensif. « Bien sûr », disent leurs visages.

Nous attendons que le médecin vienne m'annoncer ce que je sais déjà. Pendant qu'il s'affaire à l'intérieur – une journée de travail parmi tant d'autres, pour M. le docteur – les croque-morts fument dehors. Là, sur le trottoir, dans leurs costumes bon marché et leurs cravates noires bien serrées qu'ils enlèveront sans en défaire le nœud à la fin de la journée, ils envoient, par leur simple présence, un faire-part de décès à toute la rue.

Quand le médecin sort de la maison, on dirait qu'il est simplement passé prendre des cigarettes et du lait. Il m'explique comment faire pour obtenir le certificat de décès en bonne et due forme. Ensuite, il détache les duplicatas du formulaire qu'il a rempli. Les employés des pompes funèbres en reçoivent un exemplaire, le rose. Et moi le bleu. Il garde le blanc et repart dans sa belle voiture au moment où les croque-morts passent la porte avec un chariot et un sac mortuaire.

J'attends dans le jardin en tisonnant le feu.

« Excusez-moi, vous voulez qu'on emporte la pierre et la cassette vidéo avec le corps ? »

Je hoche la tête. Le type s'éloigne à reculons, pivote sur ses talons et retourne à l'intérieur.

J'ai cherché son testament partout mais elle ne m'a pas fait cet honneur.

Je vais dans la remise et je regarde mon vélo, là-haut. Quand je le décroche, la poussière qu'il déplace me tombe dans les yeux et flotte dans la lumière. Je sors en le portant cérémonieusement au-dessus de ma tête et un grognement m'échappe quand je le balance sur le bûcher d'où jaillit une gerbe d'étincelles.

J'entends une portière claquer et un des pneus du vélo, presque à plat, lâche un petit *pop !* minable.

Je contourne la maison et je vois un des croque-morts revenir vers moi. Maman est allongée dans un sac à l'arrière de la camionnette, le regard aveugle.

Il me présente une liasse de documents imprimés sur un bloc-notes : la page a déjà été complétée pour m'éviter d'attendre trop longtemps. Même ces types-là sont passés maîtres dans l'art de prendre des gants avec le chagrin des autres. Ils doivent faire preuve d'autant plus de finesse que leurs clients manquent de pratique. Chaque jour, ces hommes travaillent au contact de gens aux prises avec ce qu'il y a de plus éloigné du quotidien.

Debout près du fourgon, j'ai l'impression qu'il vibre ou bourdonne légèrement. Comme une clôture électrique. Je signe un papier et un des croque-morts me demande où elle se trouvait quand elle s'est éteinte. Il dit bien « quand elle s'est éteinte ». À croire qu'il parle d'une lampe.

« Au lit. » Mais en quoi ça les regarde ?

Il me donne le formulaire rose et va ranger le bloc-notes dans la camionnette dont il referme doucement la porte avant de revenir vers moi.

« C'est juste qu'il y a de l'eau dans son corps », dit-il. Il sent la cigarette. Son collègue et lui ne me lâchent pas des yeux.

« J'ai d'autres papiers à signer ? »

L'un d'eux finit par rompre le silence.

« Non, c'est tout, merci monsieur. »

Monsieur.

« Encore toutes nos condoléances », ajoute l'autre. La suspension grince sous leur poids quand ils montent dans leur véhicule. « On vous recontactera pour discuter des obsèques. »

Les deux claquements ont une fraction de seconde d'écart. D'ici environ un an, peut-être qu'ils seront simultanés. Ces deux types auront travaillé ensemble assez longtemps pour que même leurs portières soient synchrones.

Quand le moteur démarre, je sursaute ; le pot d'échappement lâche un nuage noir et un vacarme s'élève sous le capot bien astiqué. Je regarde Maman partir. De plus en plus petite, la camionnette s'éloigne sur Hawke Street Hill et son clignotant s'allume lorsqu'elle arrive au sommet de la rue en pente. Ils ont sûrement déjà mis la radio. Dans le flot de la circulation, tout le monde ignore qu'il y a une morte parmi eux.

Le soleil brille. Ma mère et toute l'eau qu'elle contient sont secouées à l'arrière du fourgon.

Je m'apprête à rentrer dans la maison mais tout ce que je me sens capable d'affronter, c'est le jardin : je m'installe près du feu et j'enlève mon T-shirt ; le soleil et les braises réchauffent ma peau. Les haies se consument peu à peu en dégageant de l'humidité et une fumée rampante, chargée de vapeur, jette un voile sur la pelouse. Le vélo est tout calciné mais pas déformé.

Mon téléphone me réveille en sonnant dans ma poche. Je mets quelques minutes à comprendre où je suis vu qu'hier soir j'ai sombré dans un sommeil comateux dans la remise, allongé dans mon vieux sac de couchage. Je fouille à tâtons, au cas où ce serait Patricia, mais c'est un type des pompes funèbres qui m'appelle du perron.

Le bûcher fume encore, le vélo est carbonisé au milieu des décombres : les rayons se sont détachés de la jante et il ne reste plus qu'une souche gluante à la place de la selle.

Au lieu de l'inviter à entrer, je laisse l'entrepreneur des pompes funèbres sur le seuil, dans son costume sombre, et je m'aventure à l'intérieur, le temps de mettre la bouilloire en marche, de m'asperger le visage dans l'évier et de lisser un peu mes cheveux. Je reviens avec deux sièges que j'ai pris dans la salle à manger et je nous installe dans le jardinet, à l'avant, tout en culpabilisant d'avoir sorti les belles chaises de Maman. Nos tasses de thé fumantes nous envoient leur vapeur dans la figure.

En l'absence de testament, je dois deviner ce qu'elle aurait souhaité. J'opte pour la crémation, ses cendres seront dispersées sur la tombe de Papa et de Robert. Je parie que les femmes se font plus souvent incinérer que les hommes. Une ultime vanité. Plutôt brûler vite fait que pourrir lentement.

Je suis toujours assis là, le regard dans le vague, face à une chaise vide et à la tasse de thé froid crânement penchée dans l'herbe – le croque-mort est parti sans même y toucher – quand une voiture de police s'arrête devant la maison.

Je mets la dernière main au joint que je ne devrais pas rouler et je le tape plusieurs fois sur mon ongle pour en tasser le contenu. Quand la portière du véhicule s'ouvre, je glisse mon pétard dans la poche de ma chemise. Je croise les jambes et ensuite je les décroise.

Un type en costume sort et verrouille la voiture avant de s'approcher de la maison avec une expression bien particulière sur le visage. Le physique soigné, la quarantaine, il est beau gosse et il le sait. Un requin en civil.

Il vérifie le numéro sur la grille mais entre dans le jardin en passant par la rangée de haies décimées. Il enjambe les souches et se retourne pour les regarder avec insistance. Il me donne du monsieur pour me témoigner un semblant de respect alors que tout le pouvoir est de son côté.

Il ne me serre pas la main, me montre son badge mais je ne le lis pas vraiment, je le regarde comme un sujet d'examen qu'on vient de retourner.

« Je peux vous demander pourquoi vous n'avez pas répondu à mes messages ?

– Je n'ai pas écouté le répondeur. »

Il hoche la tête comme s'il en savait plus long que ce que je lui dis. « Vous préféreriez peut-être un peu d'intimité. Si nous allions à l'intérieur ? »

Je secoue la tête.

« Vous permettez que je m'asseye, dans ce cas ? demande-t-il et il s'installe sans attendre ma réponse.

– Une tasse de thé ? » Je lui montre celle que le type des pompes funèbres a laissée.

Le détective me regarde puis il se penche et la prend entre le pouce et l'index pour la poser un peu plus loin et éviter de la renverser. Il ne faudrait pas qu'il ternisse son image.

« Tout d'abord… », dit-il – et voilà, j'ai l'impression qu'on vient de m'aspirer tripes et boyaux par en bas –, « … je voulais vous présenter toutes mes condoléances dans ces moments difficiles.

– Très bien. Et la raison de votre venue ? »

Son costume est d'un bleu profond. Il présente bien, lui. Contrairement à moi. Je me déplace encore une fois sur ma chaise et je me lève juste assez pour remonter mon pantalon. Il ouvre son calepin. Les flics adorent les accessoires. Il tire un beau stylo de la poche intérieure de sa veste.

Clic clic.

« Désolé mais j'ai quelques questions à vous poser sur les circonstances du décès de votre mère. Simple procédure dans la plupart des cas, cependant vous comprendrez que nous devons nous y conformer. Il n'y a sans doute pas de quoi s'inquiéter.

– Comment ça ?

– Il y a des incohérences que nous devons tirer au clair.

– Un cancer en phase terminale, c'est sans doute une de vos affaires les plus épineuses. »

Il lève la main – le geste est apaisant, les ongles manucurés. « Avant de vous laisser poursuivre, je dois vous informer que… »

Pendant qu'il débite le discours officiel sur le droit d'être représenté par un avocat, je me sens partagé entre différentes impulsions contradictoires. D'un côté, je n'ai pas peur : Maman est morte alors l'État, la police et la procédure, on s'en fout. Face à la mort, le plus petit dénominateur commun, il n'y a pas de joker.

D'un autre côté, je suis terrorisé.

« Je sais que votre mère souffrait d'un cancer mais vous avez déclaré aux pompes funèbres qu'elle est morte dans son lit, je me trompe ?

– Non, c'est bien ça. »

Il s'agite et se penche en avant sur son siège et il attend, les yeux sur moi.

« Vous pensez que j'ai tué une morte, monsieur l'agent ?

– Nous n'en sommes pas au stade des accusations. Le corps semble contenir de l'eau. Raison suffisante pour venir vous poser quelques questions préliminaires. » Il se tait et me lance un regard. « Tenons-nous-en aux faits, si vous le voulez bien, pas de conclusions hâtives. L'autopsie devrait clarifier la situation. S'il y a de l'eau dans les poumons… » Je pourrais l'enterrer dans le jardin, ce flic. L'entraîner derrière la maison et lui fracasser le crâne à coups de pelle : son costume bleu flashy serait éclaboussé de sang. Ou sinon je pourrais le balancer dans le feu, avec mon vélo.

« Je n'ai pas donné mon accord pour une autopsie, personne ne m'a parlé d'autopsie. Elle avait une tumeur au cerveau. » Mon corps part en avant mais, au lieu de me lever, je fais semblant de m'agiter une fois de plus : je rectifie encore le tombé de mon pantalon, je me rassieds et je croise les jambes.

Le détective m'observe et sort un formulaire d'un geste presque aussi théâtral que celui d'un magicien, avant de reprendre d'un ton monotone : « Il est de mon devoir de vous informer que vous n'êtes pas obligé de signer ce papier. Cependant, si vous refusez l'autopsie, nous devrons demander l'autorisation aux tribunaux. Elle nous sera très probablement accordée, mais, d'ordinaire, la procédure retarde d'autant l'inhumation des proches et entraîne… » Je pourrais le noyer dans la baignoire. « … peine plus lourde dans l'éventualité où des poursuites judiciaires seraient entamées. Et en cas de condamnation. Les délais d'attente peuvent également brouiller les résultats de l'autopsie quant aux causes du décès, ce qui compliquerait toute enquête criminelle susceptible d'en résulter. Je dois vous rappeler que vous avez fait l'objet d'une mise en garde mais que vous avez le droit… »

Je le regarde mais je suis distrait par le clapotis que font mes sentiments dans mon ventre. Lui, il me présente le formulaire posé sur le rabat de son calepin et me tend le stylo.

Je laisse l'un et l'autre en suspens dans l'espace qui nous sépare et je croise les bras. « À vous entendre, on dirait que je n'ai pas vraiment le choix. »

Il soutient mon regard sans ciller. « On ne vous accuse de rien. Il ne s'agit pas encore d'une enquête criminelle. Mais, à votre place, je signerais, je répondrais à quelques questions et nous veillerions à ce que tout rentre dans l'ordre, n'en doutez pas. Je ne suis pas ici pour rendre les choses encore plus difficiles qu'elles ne le sont déjà. Les poursuites sont rares mais nous devons mener la procédure jusqu'à son terme. »

Il pose le formulaire à côté de lui dans l'herbe, laisse tomber son badge dessus pour qu'il ne s'envole pas et ne garde que son petit carnet. « Laissons l'autopsie de côté pour l'instant, si vous le voulez bien. Concentrons-nous sur les circonstances du décès de votre mère. Étiez-vous avec elle quand il est survenu ? »

Non, je n'étais pas là. J'étais au téléphone comme un lâche. Je l'ai abandonnée alors qu'elle avait besoin de moi pour la dernière fois. « Oui.

– Comment ?

– Oui ! » Je fourre mes mains égratignées dans mes poches en grimaçant de douleur.

« Et où se trouvait-elle à ce moment-là ?

– Dans la cuisine avec le colonel Moutarde… »

Il rentre la bille de son stylo et se tapote doucement les lèvres avec le bouton sur lequel il vient d'appuyer. Jolies lèvres. Je sors mon petit joint et je recommence à le tasser sur mon ongle. « Vous permettez que je fume ? »

Il opine du chef, j'allume le pétard et il attend que j'aie fini mon petit manège. Je me force à prendre mon temps, je range le briquet que j'ai chipé au photographe et je souffle la fumée par-dessus mon épaule – mais la brise la rabat vers nous et il la reçoit dans la figure. Il lève le nez une fraction de seconde pour en humer l'arôme. Le cœur battant, je ne le lâche pas des yeux. Je tire une autre taffe, chasse une poussière inexistante de mon pantalon et je me laisse aller en arrière sur ma chaise, fasciné par mon attitude stupide et irascible.

Il m'observe. « Pourriez-vous me relater les événements qui ont précédé le décès de votre mère et la manière dont il s'est produit. Sans rien omettre. »

Je fais tomber la cendre de mon pétard et sans la quitter du regard. « J'étais sorti.

– Avec ?

– Il faut vraiment la mêler à ça ?

– Le mieux pour vous, c'est de tout me raconter en détail.

– Vous pourrez revenir me poser vos questions après l'autopsie, non ? Vous n'avez rien tant que l'autopsie n'a pas eu lieu.

– Et si vous n'avez rien à cacher…

– Je suis rentré vers une heure du mat', l'usine chimique était en feu… un incendie criminel ? » Il répond par un haussement d'épaules. « Maman était par terre dans la cuisine, en train de vomir. » Je tire sur mon joint sans rien faire pour lui éviter de recevoir la fumée. Il agite la main pour la chasser et, sans trop savoir pourquoi, je me sens un peu apaisé en voyant apparaître une veine sur sa tempe. « J'ai appelé une ambulance mais pendant que je… »

Il relève les yeux de son calepin. « Vous avez appelé une ambulance ?

– Je les ai appelés mais pendant que j'étais au téléphone… »

Mon corps menace encore de se lever.

« Vous avez passé cet appel depuis la maison ou de votre portable ?

– De la maison.

– J'ai ce numéro, je crois. » L'air un peu énervé, il feuillette son carnet.

« Vous m'avez dit que vous aviez laissé un message.

– Oui. Bien. Vers quelle heure c'était, pour l'ambulance ?

– Aucune idée.

– Bon, c'était peu de temps après votre retour ?

– Désolé, j'étais soûl.

– Et défoncé ? »

Je lui souris avec une belle assurance, totalement gâchée par le rouge qui me monte aux joues. J'écrase prématurément mon joint et je glisse le mégot dans ma poche pour qu'il ne puisse pas prélever de preuves. Il me regarde faire avec satisfaction.

« M. Rossiter et… » Il consulte son carnet. « … Mr Marchant ont déclaré que le corps de votre mère se trouvait à l'étage, dans sa chambre, quand ils l'ont emporté. Comment se fait-il qu'il était en haut si elle est morte dans la cuisine ? »

C'est bizarre de l'entendre dire « monsieure » et donner un nom de famille à ces types. Je les aurais bien vus s'appeler Kev et Jonno, par exemple – chacun aurait son appartement sordide et une femme qui fume alors qu'elle est en cloque.

« Je l'ai transportée jusqu'à la salle de bains pour la laver. Je ne voulais pas qu'on l'enterre toute sale. Oui, c'est illégal. » Je lui tends mes poignets. « Vous pouvez m'emmener, monsieur l'agent.

– Détective. » Il referme son calepin et cligne lentement des yeux. « Plusieurs possibilités s'offrent à moi dans cette situation. La loi m'autorise à faire ce que je juge opportun. Gardez bien cela à l'esprit. Je pourrais vous placer en détention provisoire en attendant l'autopsie. Je suis presque sûr que votre mère s'est noyée et donc je pourrais retarder... » Ses lèvres continuent à bouger mais la panique me fait bourdonner les oreilles. Tout en moi s'effondre au souvenir des bulles qui sortaient de sa bouche. De ses yeux que je devais tout le temps refermer. « ... que vous vivez des moments difficiles, bien sûr, je suis prêt à faire un effort pour vous mais ma patience à des limites. »

Il reprend son calepin et demande : « Ça n'a pas dû être facile de la monter jusque là-haut. Vous étiez seul ? Pas d'autres membres de la famille ?

– Ils sont tous morts. »

Il lève les yeux.

« Et, non, je ne les ai pas tués. » Si, c'est ma faute. C'est moi qui les ai tués.

Trois d'éliminés... à mon tour.

« Une fois à l'étage, qu'est-ce que vous avez fait ?

– Un bain.

– Comment ?

– Je lui ai donné un bain.

– Je vois. Dans la baignoire ? »

J'acquiesce.

« Et pendant ce temps, l'eau a-t-elle pu pénétrer dans son corps à un moment ou à un autre ?

– Je l'ai quittée une minute et, quand je suis revenu, elle avait glissé sous la surface. »

Il note quelque chose et revient quelques pages en arrière dans son carnet. « Il arrive qu'on retrouve un peu d'eau dans l'estomac d'une personne décédée qui a été immergée. Mais votre mère semble en contenir une quantité importante. Elle a aussi des ecchymoses, sans parler de la cheville foulée. Et des contusions sur la peau. » Il me regarde. « Toutes ces blessures ont été occasionnées par le bain, je suppose. »

Les mains dans mes cheveux, je fixe ses chaussures bien cirées. Je l'entends feuilleter son calepin.

« Ensuite vous l'avez habillée et mise au lit, d'où les habits secs, c'est ça ? »

Je hoche la tête comme si je répondais à ses chaussures et je ferme les yeux.

Il referme le carnet d'un coup sec. « Avez-vous vérifié qu'elle était morte avant de la baigner ? »

Je le regarde. Il réprime un sourire et s'agite nerveusement – c'est la première fois.

« Quoi ? »

Il répète sa question, je crois.

Je secoue vaguement la tête. « Si j'ai… ? »

Il sourit pour de bon. « Eh bien, dit-il gaiement, comment savez-vous que votre mère était morte avant de lui donner son bain ? Avez-vous vraiment vérifié ? Peut-être qu'elle avait simplement eu une attaque, par exemple. Vous avez pris son pouls, vérifié qu'elle ne respirait plus ?

– Elle ne respirait plus. » Moi, si. Je respire. La poitrine de Maman se soulevait aussi. Son visage sous l'eau, ses yeux ouverts…

« Eh bien, comment le savez-vous ? » Il ne me quitte pas des yeux, il voit le feu d'artifice qui se déclenche en moi et il apprécie le spectacle.

« Je… Elle ne respirait pas. Elle était morte. Elle était toute… » Je me lève en faisant tomber ma chaise. « Je sais à quoi ressemble un mort ! »

Mais je revois sa poitrine se soulever et le visage de Frank quand il m'a raconté son histoire de cadavres qui respirent.

Une jambe toujours nonchalamment croisée sur l'autre, le visage levé vers moi maintenant que je suis debout, il ne me lâche pas du regard. Ensuite, il dit lentement : « Je vois. Mais vous comprendrez que les faits peuvent donner une autre impression. Un cadavre qui contient de l'eau, dont le corps porte des traces d'ecchymoses et des contusions. Un fils qui s'occupe seul d'une mère qui souffre. Sous le coup d'une mise en garde pour agression. »

Je m'éloigne de quelques pas, puis je reviens.

« Donc vous n'avez pas tâté son pouls ? demande-t-il.

– Je vous en prie, ne faites pas ça.

– Pardon ?

– Vous savez très bien que non ! Elle était MORTE. Et en admettant le contraire – pourtant elle était bel et bien morte –, je n'ai pas voulu… Elle s'est éteinte sous mes yeux. J'étais au téléphone avec le service des ambulances. Ils ont enregistré cet appel. Écoutez l'enregistrement ! C'était entre deux et trois heures du matin. Vous y entendrez sans doute ce qui s'est passé à ce moment-là. Allez parler à Patricia, avec qui je suis sorti.

– Qu'est-ce que vous n'avez pas voulu ? » répète-t-il calmement, d'une voix très douce, comme si cet entretien représentait un intermède agréable dans son travail habituellement administratif.

Je reprends d'un ton plus calme, moi aussi : « Elle était morte. » Je ressuscite ma chaise et je me laisse tomber dessus.

« L'adresse de Patricia ? »

Je lui indique la rue, une hypothèse fantaisiste sur le numéro de sa maison. Et voilà, je peux faire une croix sur cette idylle.

Il ramasse le formulaire d'autorisation un peu humide et me le tend avec un stylo. « Vous auriez dû dire aux messieurs des pompes funèbres que vous avez dû la monter à l'étage. Et que vous lui avez donné un bain.

– Et vous devriez vous occuper de vraies affaires criminelles, espèce de…

– De quoi ? demande-t-il d'un ton impérieux, le menton levé. Espèce de quoi ? »

Je regarde ailleurs.

« Au fait, dit-il en se levant pour partir après avoir empoché ma signature sur son formulaire à la con. Vous aviez de bonnes relations avec votre mère ? »

28

Les gens ont une autre façon de marcher dans les églises. Et ils parlent moins fort, pour pas réveiller les morts qui dorment aux cimetières. Mais chanter, ça les réveille pas. C'est le meilleur moment à la messe.

La dernière fois que j'étais à un enterrement, c'est quand Mamie est morte mais j'ai pas eu le droit de la voir descendre dans la terre.

Papy, il s'est fait brûler tout entier avec son cercueil et j'ai eu le droit d'y aller, ce jour-là, alors que j'étais encore plus petit. J'avais 3 ans. Mais pour Mamie, je suis resté pour le moment superbarbant et après j'ai dû rentrer à la maison avec Tante Debbie et, ça, c'est pire que de voir quelqu'un descendre dans la terre.

Aujourd'hui, j'ai le droit de tout voir en entier, sauf que c'est pas un enterrement mais une cérémonie du souvenir. Et sans corps, vu qu'il a déjà été coupé en morceaux et brûlé il y a des années. Pour la science.

Il y a un mois, des gens ont téléphoné chez nous pour parler de Michael. Après, Maman a pleuré, Papa essayait de la prendre dans ses bras pour la consoler et Robert s'excitait comme un fou avec une casserole et une cuillère en métal. Quand il a une cuillère, il l'échangerait contre rien au monde, Robert. À part de la glace, peut-être, mais alors il lui faut une cuillère. Les haussements d'épaules, on les a inventés exprès pour ces cas-là.

Les gens de l'association, au téléphone, ils ont dit qu'ils avaient trouvé où l'hôpital a mis tous les corps (quand les docteurs ont fini de faire des recherches dessus) et qu'on pouvait assister à une cérémonie. C'est aujourd'hui : mes habits sont trop serrés, ils grattent et j'ai pas le droit de me mettre du gel dans les cheveux, juste de l'eau.

Il n'y a pas beaucoup de gens ici, dans l'église. C'est surtout des femmes du même âge que Maman ou plus vieilles. Elles portent presque toutes des couleurs sombres, à part certaines – celles-là, elles font croire qu'à l'église on s'habille comme au supermarché.

On chante *All Things Bright and Beautiful*, qui est jolie, pour une chanson d'église.

Après, on doit se recueillir tous ensemble au cimetière ; il faut y aller en voiture alors Robert doit se rasseoir à l'arrière dans son grand siège avec des ceintures partout. Il ne montera plus jamais devant. Ça me fait de la peine pour lui mais, si on l'attache pas, il s'amuse à tirer sur le frein à main pendant qu'on roule.

C'est Papa qui conduit. Maman a mis la main sur sa bouche et sa figure tout contre la vitre. La radio est allumée, mais le son est si bas que c'est pareil qu'éteint.

À chaque fois qu'on est dans la voiture, je suis nerveux vu que Maman et Papa se souviennent qu'ils sont fâchés contre moi. Pourtant Papa dit que c'est sa faute s'il est trop gentil et s'il m'a appris des trucs sur le côté où ça se passe.

On a dû payer pour les voitures que j'ai égratignées. Et aussi pour celle de Vieux Débris. D'après Papa, quand il lui a raconté ce que j'avais fait, elle a eu si peur qu'elle a failli tomber dans les pommes.

Comme pour nous, les garçons, quand on a les boules qui descendent.

N'empêche que je suis monté dans une voiture de police. Peut-être que je serai policier plus tard.

Quand on arrive au cimetière, qui est loin loin, presque en dehors de la ville, il y a plein de gens en train de se garer. Certains prennent un peu plus qu'une place.

Ma télé me manque mais Papa me prévient que s'il m'entend encore pleurnicher pour ça, c'est mes fesses qui vont me manquer. Il m'a emmené discuter dans un coin et il m'a expliqué que je devais pas m'en vouloir même si les services sociaux l'ont su, pour l'accident de voiture que j'ai fait.

Maintenant, on n'est plus famille d'accueil et je sais que c'est ma faute mais Papa dit que non.

Le jour où elle a su que je m'étais échappé, Maman a emmené Robert chez Tante Debbie et Papa et moi, on ne les a pas vus pendant des semaines.

En tout cas, on peut adopter Robert. C'est notre prix de consolation. Sûrement qu'il coûte trop cher à s'occuper, alors les services sociaux n'en veulent pas. Et ses vrais maman et papa, déjà qu'ils y arrivaient pas quand il était sage, alors maintenant qu'il est tout cassé…

On met très longtemps à trouver une place. Papa a sa petite boule sur la mâchoire et même Robert se tient tranquille, les doigts dans la bouche – sauf que Papa lui dit pas qu'il va les faire fondre s'il continue et, du coup, Robert ne rigole pas.

Il y a plein de gens et d'enfants dans le cimetière, et aussi du soleil. Les petits sont contents mais les parents ont l'air triste. J'ai mon nœud dans le ventre.

On voit un gros rocher noir au milieu des tombes. Ils l'ont mis là exprès pour aujourd'hui. En plus, le soleil brille vraiment beaucoup, comme si ça comptait pour rien, le chagrin des gens.

Papa emmène Robert à l'écart et Maman est à des millions de kilomètres de tout. Elle a son air de zombie et la figure toute blanche. C'est sûrement parce qu'elle a plus le droit d'être mère d'accueil.

Parfois, Papa m'appelle Ayrton Senna quand il y a personne d'autre pour l'entendre. Je crois qu'en secret, il est fier de moi. Maman est la seule à savoir que je suis méchant.

Papa dit qu'on a assez à faire comme ça et que Robert vaut bien vingt enfants placés.

Avec moi, ça fait vingt et un.

Je trouve ça bizarre de marquer la place de tous ces petits bébés morts avec un truc comme ce gros rocher noir qui dépasse. Pourquoi ils mettent pas une aire de jeux dans le cimetière, avec plein de jolies couleurs et un toboggan ? Le prêtre pourrait dire son blablabla pendant que les enfants joueraient à la balançoire. Pas moi, je suis trop grand. Les balançoires, c'est pour les petits. Mais peut-être que ça leur plairait, à eux.

J'avais 2 ans quand Michael est né, sauf qu'il n'a vécu que vingt-trois heures. Maman n'est pas allée le voir après sa mort. Papa, si.

Michael, il a même pas eu un certificat de naissance. Il faut vivre toute une journée, donc il lui manquait une heure pour l'avoir – c'est comme rater un contrôle.

Papa est le seul qui l'a vu après sa mort, mais avant que les docteurs le découpent pour voir ce qu'il avait de cassé. Après, ils l'ont sûrement jeté au feu.

Tous les hôpitaux ont une cheminée et, dans la fumée, il y a des gens.

Papa dit qu'on vient juste de comprendre ce qu'il faut faire quand un tout petit bébé meurt et qu'à l'hôpital ils auraient dû réfléchir un peu. Eux, ils l'ont juste fait disparaître.

Il y a aussi des mini-plaques pour les bébés, en plus de la grosse pierre. Sauf qu'elles ont une seule date, le plus souvent. Pas « de... » et « à... » comme sur la tombe de Mamie. Rien qu'une date.

Certains bébés ne sont même pas restés vivants assez longtemps pour avoir un nom. Michael, si. Sur les plaques sans nom, c'est écrit « bébé Greene », « bébé Jones » et pareil pour les autres.

Tiens, il y en a un qui s'appelle « bébé Strong » !

Le rocher du souvenir est pointu avec des petits trucs qui brillent au soleil. C'est une roche à mica, m'explique Papa qui s'est tout essoufflé à rien faire.

Une roche à Michael.

Toutes les mamans qui ont perdu un bébé sont là. Il y en a une jolie en manteau bleu, elle est toute seule. Elle a pas l'air comme les autres. Papa est parti par là-bas avec Robert et un paquet de gâteaux. Maman est ici, sauf qu'elle est ailleurs.

Toutes les familles restent un peu chacune dans son coin au lieu de se regrouper. Quand le prêtre dit : « Approchez-vous », tout le monde avance mais ils sont pas vraiment moins loin. Certains des tout-petits vont s'asseoir juste devant le rocher : ils sont tout excités et le prêtre leur fait *tchtch* très doucement. Aujourd'hui, c'est le jour où il faut être gentil avec les enfants.

Une des filles a une grosse tache de naissance rouge sur le front, on dirait une framboise.

Papa regrette de pas avoir pris au moins une photo de Michael mais, dans ma tête, je le vois comme un extraterrestre : c'est à ça qu'ils ressemblent, quand on voit les bébés dans le ventre de la maman, à la télé. Des extraterrestres avec des doigts tout écrabouillés et des groseilles à la place des yeux. En plus, il devait y avoir plein de coupures sur son corps vu qu'ils ont fait des expériences dessus, après, pour savoir pourquoi il était mort. Comme s'il venait d'une autre planète et qu'il ne pouvait pas survivre sur terre, alors ils l'ont coupé en morceaux pour apprendre des trucs sur l'espace.

Parfois, je me dis que je viens d'une autre planète. Et des fois, je crois qu'ils se sont trompés, à l'hôpital. Peut-être que le premier bébé de ma maman zombie est mort, lui aussi, sauf qu'ils l'ont confondu avec le bébé d'une autre dame. Donc, ma vraie maman pourrait être ici, au milieu des gens, et elle me pleurerait comme si j'étais mort. Si elle y était, je pense que ça serait la jolie dame au manteau bleu.

Même le prêtre s'est mis à pleurer. Moi, je pleurerai pas

La maman au manteau bleu a des mèches plus claires dans les cheveux et la figure un peu de traviole. N'empêche qu'elle a l'air gentil et des yeux superbleus. Elle pleure mais tout doucement, comme si elle portait un truc très fragile en équilibre sur la tête. Celle qui est à côté de moi, ma maman officielle, elle pleure pas. Le prêtre, si. Peut-être qu'il a un bébé disparu sous ce rocher, lui aussi.

Il dit que les petits bébés morts jouent au paradis maintenant et que leur beauté nous éclaire toujours, qu'elle est juste là, dans les petites paillettes de lumière du rocher. C'est complètement idiot vu que la pierre a des millions d'années alors que les bébés, ils n'avaient que quelques heures.

Il explique que ces bébés ont été portés, mais jamais dans les bras, et qu'ils seront toujours chéris faute d'avoir été bercés. Il regarde tout le monde et il rentre ses lèvres. « Chéris, faute d'avoir été bercés. » Il parle comme un disque rayé.

Après, il change de voix comme pour nous raconter un secret. Il sait qu'il y a aussi une pierre dans chaque maman.

Il sait qu'elles ont des cailloux dans le ventre à la place de ces enfants. Et qu'elles sont très courageuses de porter ces cailloux. Qu'elles les porteront toujours à cause du bébé qu'elles ont perdu.

Quand il dit ça, les femmes pleurent encore plus. Toutes ces mamans ensemble et chacune dans son coin avec un caillou dans le ventre.

À mon avis, c'est un nouveau, ce prêtre, parce qu'il les console pas beaucoup, je trouve.

Après, il dit que Dieu va les aider à porter ces cailloux, mais je vois pas pourquoi Dieu n'a pas aidé les bébés, tout simplement. Après avoir pensé ça, je lève les yeux et je lui demande pardon, au cas où.

J'aurais dû mettre mes BD sous ma chemise.

La jolie maman au manteau bleu pleure en s'accrochant les mains aux épaules. Elle a l'air très seule. Pendant ce temps, ma maman zombie est debout à côté de moi vu que j'ai survécu et que j'ai mon certificat de naissance, mais elle est amoureuse d'un enfant mort qu'elle n'a jamais serré dans ses bras et qui n'est même pas resté vivant un jour entier.

J'enfonce mes ongles dans mes paumes pour me freiner, j'ai des larmes dans les yeux. Robert pleure aussi mais c'est pas à cause des bébés, il a du biscuit mouillé partout sur la figure. Papa a les cheveux en broussaille et il le suit entre les tombes – ça doit faire frissonner tous ces gens du passé. Quand on marche au-dessus d'eux, ça leur donne des frissons dans le passé.

Je marche un peu au milieu des gens tristes pour mieux voir la dame au manteau bleu. J'ai envie de lui dire qu'ils se sont trompés, à l'hôpital. Elle m'enveloppera avec son manteau et peut-être qu'on rentrera chez elle en se tenant par la main.

Je parie qu'elle a une de ces mains superchaudes et douillettes.

Quand je vais de son côté, le sol est plein de bosses sous mes chaussures d'école mais je me change en statue pour pas l'effrayer. Elle continue à pleurer tout doucement parce qu'elle m'a perdu. Regardez comme elle m'aime !

Quand elle tourne la tête vers moi, je vois ses yeux tout bleus et mon cœur s'arrête. Mes poumons aussi. Tout s'arrête.

Maman !

Elle est un peu floue, c'est peut-être à cause de mes larmes. Je les essuie comme un grand garçon et je m'approche tout près d'elle, même si ça me fait peur.

Elle me sourit et, moi, je souris si fort que mes oreilles bougent.

Pendant que je regarde sa main, le prêtre récite un truc de la Bible, il le sait par cœur mais il a le livre, au cas où. Je vois Papa derrière une pierre tombale : Robert doit être en train de marcher sur une tombe sauf que Papa essaie de garder son calme et de le retenir – mais je vois qu'il a envie de le bousculer. Robert fait plein de bruit, c'est la honte et les gens le regardent en fronçant les sourcils, comme toujours.

Un attardé, on peut pas lui dire : « Tais-toi ! »

Quand Papa tend un petit gâteau, la main de Robert apparaît derrière la pierre tombale et l'attrape.

La main de la dame au manteau bleu est juste là, au bout de sa manche bleue. Elle a une bague au doigt et elle pleure parce que je lui manque tellement.

Je lui prends la main.

Elle est VRAIMENT chaude et douillette et en plus la dame me laisse faire ! Même si je la regarde pas, je sens ses yeux sur moi. Elle va me reconnaître d'une minute à l'autre : mon corps tremble et se dresse de partout comme si j'étais un hérisson, un porc-épic ou un stégosaure.

Un très gros saure, comme dit Papa.

J'ai les yeux à moitié fermés et je ne lâche plus sa main ; le prêtre est obligé de parler plus fort vu que Robert crie. Les gens se balancent d'un pied sur l'autre en s'essuyant les yeux ; moi, je ne bouge plus, je respire plus ni rien. Je sens que ma nouvelle vraie maman me regarde mais je fixe la petite fille qui a une tache de naissance. Et je me dis qu'elle a dû se la faire en restant couchée sur la pierre de chagrin pendant neuf mois, quand elle était dans le ventre de sa maman.

Après, le prêtre dit : « Prions », alors la dame enlève sa main. Elle me sourit une seconde et elle me tourne le dos, un grand dos bleu. Elle s'en va faire le tour du rocher.

Elle est pas au courant qu'ils se sont trompés, à l'hôpital.

Je regarde ma main. Comme il doit rester un peu de la chaleur de la dame dedans, je ferme le poing et je serre.

J'aurais pas dû lui donner ma main brûlée à vie.

Pendant ce temps, une dame de l'église passe voir tout le monde avec un plateau où il y a des petits bouts de pierre tout pareils que la grosse roche à mica : c'est en souvenir des bébés morts.

Elle laisse chaque maman prendre son morceau à emporter et elles lui sourient en s'essuyant les yeux. La dame au plateau a les lèvres rentrées.

Je ne veux plus être petit mais j'ai pas envie de grandir.

Si je dois vraiment grandir, je me fabriquerai une vie géniale et je serai sûrement un présentateur météo célèbre, mais rien qu'en été, comme ça je ne serai pas obligé d'annoncer des mauvaises nouvelles et tout le monde m'aimera.

Sinon, je serai ramasseur de poubelles vu qu'ils viennent juste un jour par semaine et j'aurai tous les six autres jours tout à moi pour m'amuser et être gentil avec ma famille.

Ce qui est sûr, c'est que j'aurai des enfants pour plus être obligé de jouer tout seul. Ça devrait être interdit par la loi d'avoir un seul enfant comme en Chine. Et Robert, je peux pas jouer avec lui.

En plus, quand je serai grand, mon ventre ne sera plus habité par des trucs vivants et les gens mettront des jouets et des trésors à la poubelle sans faire exprès. Ça sera trop génial !

Je serai un éboueur pirate avec une dent en or et une main en bois brûlée à vie : je me tiendrai à l'arrière du camion-benne comme si j'étais sur le pont d'un gros navire. Avec les mouettes qui me poursuivent. J'aurai dix dents en or et je deviendrai riche vu que les gens jettent plein de trésors gaspillés. Le soir, moi et ma famille, on regardera la télé au lit, tous ensemble, et je ne serai plus embêté par ce que j'ai dans le bidon.

Maintenant, je repense au cachet que j'avais pris dans le sac à main de Maman, un jour : peut-être qu'il m'a transformé en zombie, moi aussi, parce que j'ai envie de pleurer mais ça veut pas venir. Je reste juste debout, tout seul, et en me disant que ce zombie, là-bas, est peut-être ma mère, en fait. Peut-être que je vais en devenir un en grandissant, moi aussi. À croire qu'on est une famille de zombies. Mon papa avec ses cheveux en broussaille et Robert avec son cerveau abîmé. On est tous des morts vivants.

Après, tout le monde dit : « Amen », sauf Maman.

29

Je me réveille dans la cabane du jardin et je me précipite dehors pour pisser, les tripes encore nouées par les cauchemars de la nuit, pourtant déjà presque effacés de ma mémoire.

Je m'aventure dans la maison où je trouve Alfie étalée par terre dans le salon. Elle respire difficilement et par intermittence, ses gargouillis et ses ronflements n'ont jamais été aussi sonores.

Quand je la prends dans mes bras, elle miaule de douleur. Je suis content de me retrouver dehors ; une chape de nuages bas couvre le ciel mais le chat me réchauffe la poitrine. Je suis ressorti pieds nus et sans doute complètement hirsute.

C'est bon de sentir Alfie contre moi, mais son souffle rauque et ténu me rappelle Reg.

Le monde entier me paraît soudain fragile. Comme ces gens, au volant de leurs voitures, ceintures attachées, sous le ciel gris qui se reflète dans leur pare-brise : leurs pneus adhèrent à la route et leurs cœurs battent… pour l'instant. Tout cela ne tient qu'à un fil, celui de nos pulsations cardiaques.

Quand je traverse Malfour Park en parlant à Alfie, j'apprécie la fraîcheur de l'herbe sous mes pieds nus. Je passe devant les cratères, désormais recouverts de béton, devant les skateurs aux cheveux longs et aux postures avachies qui se succèdent mollement sur leurs pentes. Je me rappelle l'Everest. Le Tour du monde.

Une fois ressorti du parc, lorsque je traverse la route, les voitures gardent un peu plus leurs distances que d'habitude, par respect pour la spectaculaire maladie d'Alfie. Devant la boutique d'un marchand de journaux, j'aperçois les gros titres du journal local sur un panonceau :

« INCENDIE DE L'USINE CHIMIQUE : 11 MORTS ».

À mon entrée, une sonnette criarde se déclenche et le vieux marchand me détaille. Derrière les cartes de condoléances, le papier cadeau et les boîtes de chocolats luisantes, je trouve le rayon papeterie. Quand je me penche pour attraper un gros marqueur, Alfie miaule de douleur.

Je jette un billet sur le comptoir avant de ressortir. La sonnette retentit encore une fois et le marchand me crie quelque chose à propos de ma monnaie.

Mes genoux craquent lorsque je m'accroupis pour barrer le « 11 » et inscrire un « 12 » sur l'affiche.

Je suis obligé de zigzaguer dans la rue principale très fréquentée où les gens vaquent à leurs affaires, s'arrêtent pour échanger des nouvelles de leurs enfants, de l'incendie, des choses auxquelles ils consacrent leur temps et leur argent. En voyant Alfie dans mes bras, ils me lancent des regards attendris.

Je poursuis ma route. Sous mon nez, la pointe du marqueur et son odeur toxique me renvoient des effluves d'adolescence. Des souvenirs des années où je quittais l'école en douce pour aller me planquer derrière les arrêts de bus. Mes graffitis étaient partout dans la ville, comme un signal de détresse codé.

J'arrive devant un autre magasin de journaux où je rectifie un autre « 11 » en « 12 ». Les passants s'arrêtent pour regarder, l'un d'eux me demande si quelqu'un d'autre est mort pendant la nuit. Quand je me relève, ils se figent, bouche bée.

« Ma mère. »

Une femme s'adresse à son mari ou à son compagnon pour savoir ce que j'ai dit. Je suis là, à deux pas d'elle, mais elle lui pose la question comme si je passais à la télé et qu'elle ne pouvait pas me parler. Je suis une attraction. Le type tourne un peu la tête sans me quitter des yeux et lui répond : « Il dit que sa mère est morte dans l'incendie, elle aussi. »

J'entre chez le vétérinaire : le sol est couvert d'un lino résistant et la salle sent le désinfectant. Je fais pivoter mon pied mais, comme je n'ai pas de chaussures, ça ne couine pas.

À l'accueil, l'infirmière comprend la situation en un clin d'œil et me gratifie d'un sourire compatissant.

Je m'assieds et j'attends. La tête d'Alfie retombe mollement sur ma cuisse quand je ne la soutiens pas et j'ai des poils partout sur mes habits. Elle a le souffle court. Un petit chien gémit derrière la porte grillagée d'un panier en osier. Son maître lit un magazine et, moi, j'essaie de me concentrer sur un losange de lumière… dehors, les nuages se dissipent. Encore une belle journée ensoleillée.

Zéro millimètre.

En caressant la chatte, j'éprouve la sensation que m'apporte toujours le contact d'un animal, comme si on comprimait légèrement ma poitrine. Je me blottis dans ce bien-être en réconfortant doucement Alfie, le visage tout près d'elle.

« Le docteur va l'examiner. » Plutôt que de m'appeler depuis son bureau, l'infirmière vient me parler. Je la suis jusqu'à une petite pièce meublée d'une table surélevée et où l'odeur de désinfectant est encore plus forte. Elle sort et le vétérinaire entre. Il devrait être en couverture d'un magazine avec sa peau satinée et ses pommettes saillantes.

« Bonjour, dit-il en me serrant la main avant de donner une petite caresse à Alfie, dans mes bras. Oui, je la reconnais. Une belle bête, hein, ma jolie ? Je suppose que c'était votre maman que j'ai vue, les autres fois.

– C'est bien ça. »

Quand il prend la chatte, nous nous efforçons de la déplacer en douceur. Mais elle miaule quand même.

Pommettes saillantes me montre bien qu'il l'examine avec soin. N'empêche que, dans ses bras, elle ahane encore plus vite. Nous savons aussi bien l'un que l'autre de quoi il retourne mais il fait comme si un check-up complet s'imposait, alors que l'infirmière active peut-être le feu dans l'incinérateur, à côté. Allez, encore une bûche !

« Écoutez, finit-il par dire avec douceur, votre maman a toujours voulu garder Alfie. Et, à l'époque, je comprenais son désir. Mais à ce stade de la maladie, il n'est pas utile de la faire souffrir à ce point. Elle a très mal, cela ne fait aucun doute pour moi. Le cancer est très certainement métastasé. »

Je reprends la chatte et, tout en hochant la tête, je me concentre sur les caresses que je lui prodigue. Elle est si belle dans sa fragilité. Les animaux possèdent une pureté qui reste inaccessible aux hommes. De quel droit devrait-on leur enlever cela avec nos seringues ? Je perçois aussi un peu de l'innocence de Maman en elle.

« D'accord. »

Pommettes saillantes acquiesce. « Vous voulez passer un coup de fil à votre maman, d'abord ?

– Ça ferait trop loin.

– Comment ?

– Non, c'est bon.

– Alors je vous laisse un moment avec Alfie », dit-il en me tapotant l'épaule. Quand il quitte discrètement la pièce, j'ai à moitié envie de lui faire un croche-pied. Il fait coulisser la porte et j'aperçois ses bottes en caoutchouc sous l'ourlet de sa blouse blanche.

Je regarde les posters autour de moi : divers animaux fixent l'objectif, et les affiches nous rappellent qu'il faut les vermifuger et leur implanter une puce électronique.

Au revoir, ce n'est pas pour les morts. On se le dit en fin de soirée ou avant de se séparer pour une semaine. Au revoir signifie « À bientôt ». Pas « On ne se reverra jamais ». On a besoin d'un mot plus grand.

J'enfouis mon visage dans sa fourrure : c'est l'odeur de notre maison, avec toutes les bonnes choses qui s'y sont passées, pas seulement les mauvaises. Les rires. Les moments où on se comprenait. Les moments positifs qui arrivaient à l'improviste. Pas forcément aux anniversaires ou à Noël mais quand la voiture de Papa était en révision au garage et que nous le conduisions au travail tous ensemble avant d'aller à l'école. Quand j'étais malade ou qu'il y avait une tempête et que je pouvais aller me blottir entre eux, dans leur lit, et faire le plein de chaleur adulte – en sandwich !

Les jours où on faisait beaucoup de route pour aller rendre visite à des amis de la famille, dans la ville natale de Maman. Cela se terminait à la nuit tombée et on me portait jusqu'à la voiture dans mon sac de couchage. Pendant le voyage du retour, blotti bien au chaud, à l'arrière, j'avais vue sur les lumières magiques du tableau de bord et ensuite je faisais semblant de dormir pour qu'on me mette au lit, toujours dans mon sac de couchage.

J'entends un petit *toc toc* à la porte et Pommettes saillantes entre avec un haricot recouvert d'une petite serviette. Il le pose à l'abri de mes regards, ensuite nous installons la chatte sur la table d'examen stérile.

« Vous croyez qu'elle sait ? » Quand je lui pose la question, mon genou recommence son petit numéro de tremblote.

« Qu'elle est malade ?

– Non, ce qu'on va faire. Vous pensez qu'elle est d'accord ? »

Il s'appuie sur la table le temps de réfléchir et il caresse Alfie. « Les animaux marchent beaucoup à l'instinct. Je pense que, si elle s'en doute, elle comprend pourquoi on le fait. Je pense qu'elle nous pardonne. »

Son visage se crispe quand il voit le mien se décomposer. Je n'arrête pas de m'essuyer les yeux, aussi discrètement que possible pour qu'Alfie ne le voie pas. Le véto s'affaire en lui disant des mots doux.

« Je peux la prendre dans mes bras ? »

Il me regarde et acquiesce. « Laissez-moi juste finir de la préparer. »

Je lui souris mais je ne maîtrise plus du tout mon corps. Je repense au premier Alfie, sous la douche brûlante : les oreilles couchées, il griffait la cloison mobile de la douche. Mais le soir, il me laissait quand même le caresser. Il me pardonnait à chaque fois, il se livrait et il recommençait à souffrir, encore et encore.

Comme Robert. L'amour dont il avait besoin, il a fini par le trouver chez ma mère mais j'étais incapable de la partager avec lui, même pour quelques mois, le temps pour lui d'attendre que sa vie reprenne son cours normal.

Robert McCloud, aussi innocent qu'un animal.

Le vétérinaire découvre une partie du haricot, en sort une canule et pose la main sur la patte d'Alfie. Il murmure un *tch* rassurant en glissant doucement l'aiguille sous sa peau. La chatte ne proteste pas. Elle ne s'apitoie pas sur elle-même comme je l'ai fait tout à l'heure.

« Bien, si vous voulez la tenir dans vos bras, il vaudrait mieux vous asseoir… Il y a une chaise, là. »

Quand je soulève Alfie, son corps se dérobe un peu. Elle est si chaude contre moi ; la bouche ouverte, elle respire difficilement. « Par terre. Je veux qu'on le fasse sur le lino.

– Quoi ?

– S'il vous plaît. » Je m'assieds entre la table et la porte. « Ici, comme ça. Je vous en prie. »

Il me regarde et il pousse un gros soupir. Je lui souris, les yeux à nouveau noyés de larmes.

Pommettes saillantes a pris sa seringue remplie de mort. Il n'en fait pas jaillir quelques gouttes pour chasser l'air, pas la peine. Il évite de me la montrer mais je la cherche avidement des yeux.

« Vous la serrez trop fort, essayez de vous détendre. »

Il s'agenouille et se tourne vers la tablette latérale pour saisir le reste du matériel. Ensuite il dit : « On y va ? » et en même temps il pique avec la canule dans l'autre main, il enfonce la pointe fine et tout en longueur : nous voilà armés, prêts à agir. La chatte me fixe et ensuite son regard se perd dans le vague mais elle est bien, là, avec moi. Si pure dans son abandon et sa vulnérabilité. Haletante, elle lutte pour ne pas lâcher prise.

Le pouce du vétérinaire force le piston à couvrir les quelques centimètres qui l'emporteront infiniment loin. Je cesse de trembler, comme Robert, le jour où il était perché au bord du vide, dans l'avion, harnaché à un autre parachutiste. J'écarquille les yeux pour ne pas perdre une miette de cet instant... celui que j'ai raté hier.

Son corps s'affaisse comme si, au lieu d'injecter la mort, la seringue aspirait la vie. La langue d'Alfie glisse et pend sur le côté, ses yeux s'obscurcissent. Je revois les nuages dans ceux de Robert. Tout est calme maintenant qu'on n'entend plus ni râles ni ronflements. Maintenant qu'elle ne souffre plus. Mon corps est aux prises avec sa propre débâcle silencieuse.

Pommettes saillantes, sans attendre, sort son stéthoscope et le pose sur la chatte en fixant un point sur le mur pour écouter. Une fois encore, je ne respire plus. Je regarde son visage et j'attends.

Il reprend le stéthoscope, retire les embouts de ses oreilles et hoche la tête sans me regarder dans les yeux.

« Vous êtes sûr ? »

Il acquiesce à nouveau, retire la canule et utilise la boule de coton qu'il avait préparée pour escamoter les réalités malvenues de cette mort qui saute aux yeux.

Il range tout le matériel dans le haricot et murmure un « Désolé » à peine audible avant de refermer la porte du petit réduit où je reste seul, assis par terre, avec mon paquet de chagrin dans les bras.

30

Assis sur mon banc, pieds nus, je regarde la porte de Patricia, de l'autre côté du parc. J'ai toujours le collier d'Alfie, sur lequel reste accroché un peu de fourrure. De temps en temps, je tourne la tête pour voir si Reg apparaît, précédé par Rocket et sa queue dressée.

J'ai remonté la manche de ma chemise et je me sers du marqueur pour noircir mon bras avec tant d'application que je tire la langue. Le coloriage avance bien, mais des fragments de peau et de la sueur adhèrent à la pointe du feutre et je dois m'interrompre pour les essuyer aux feuilles d'un arbre. Plusieurs d'entre elles se retrouvent zébrées de lignes noires et chimiques qui souillent leur pureté verte.

Comme la photo encadrée n'est plus sur le perron de Patricia, j'ai un peu envie d'aller jeter un coup d'œil par sa fenêtre pour voir si elle l'a accrochée au mur.

Hier soir, je lui ai téléphoné et j'ai laissé un message où je lui demandais de m'excuser pour la visite de la police, s'ils étaient passés la voir. Je lui ai parlé des obsèques, s'il y en a. Je lui ai demandé de m'appeler, si elle en avait envie.

J'ai encore fait le même cauchemar, cette nuit : Maman était couchée dans le vieux congélateur qui ressemble à un coffre de pirate, celui où elle m'a enfermé un jour. Une lampe au néon clignotait avec un petit déclic caractéristique – on dirait des cils en verre qui papillotent. Maman avait le visage bleu et tout émacié sous un maquillage d'adolescente... ou de travesti.

Cette femme morte, j'avais l'impression de la découvrir comme si je venais de la rencontrer. Comme Robert a dû la voir, la première fois. Comme la caissière, au supermarché, ou le chirurgien qui l'a opérée de sa tumeur. C'étaient les traits d'un visage qu'on n'a pas encore commencé à aimer. Avant que tous les sentiments, le passé commun et la familiarité ne s'y déposent en surimpression. Si bien qu'après avoir chéri nos proches pendant des années, on arrive parfois à ressusciter leur premier visage, celui d'inconnus.

Mais c'est en cela que nos parents sont uniques, non ? On n'est jamais hanté par l'autre visage, celui de l'époque où ils n'étaient pas à nous. Nos parents, ils sont censés avoir toujours été à nous.

Dans mon rêve, je déboutonnais son chemisier d'un geste mal assuré : brutale, irrégulière et inutile, la cicatrice de l'autopsie entamait profondément la chair de son abdomen. Maman portait une tenue réglementaire à la place des vêtements que je lui ai choisis.

D'une main tremblante, je soulevais une de ses paupières entre le pouce et l'index et, avec un coup au cœur, je découvrais son œil fixe. Sa pupille dilatée.

Je traînais ma mère jusqu'à la cuisine pour voir si elles se contractaient à la lumière de la télé, où il y avait un match de cricket.

Ensuite, je me retrouvais dans l'escalier, avec elle, et nous hurlions pendant que je la hissais en haut, une marche après l'autre. Quand je la remettais dans la baignoire, les petits pois et les blancs de poulet à la Kiev trempaient déjà dans l'eau, avec nous.

J'essayais encore une fois d'observer ses pupilles dans la salle de bains pour savoir où était maman quand ses pupilles ont cessé de réagir à la lumière. Pour savoir où elle était quand elle est morte.

Pour savoir si je suis toujours mauvais.

Et maintenant, assis sur ce banc, j'attends que les battements de mon cœur chassent le souvenir de ce rêve. Comme je n'arrive pas à colorier l'arrière de mon bras, je m'attaque à l'autre et quand je sens une légère nausée monter en moi, j'espère qu'elle est due à l'encre chimique du marqueur. Tout en me noircissant la peau, j'imagine que Reg arrive pour de bon, qu'il m'invite chez lui où nous découvrons qu'il a perdu un fils, comme j'ai perdu un père. Nos blessures correspondraient.

La lettre que Maman a essayé d'écrire, je l'ai déjà lue et relue je ne sais combien de fois. Ce n'est pas vraiment une lettre, plutôt une série de faux départs et autres bribes de phrases.

Tu es un déraciné et je m'en veux. Tu m'en veux, toi aussi, je l'accepte. Avoir des enfants, c'est accepter les responsabilités.

Être mère ressemble à un éternel repentir pour des péchés impardonnables. Pour ces choses que je t'ai infligées à des moments simples et humains. Sauf que ces moments jouent un rôle déterminant dans nos existences. S'il y a une injustice, elle est là. Comment sommes-nous censés continuer à être des parents alors que la vie est si précaire ? C'est à peine croyable. »

Michael est un de ces instants qui changent le cours d'une existence. Lui et ma roue avant, qui a buté sur une échelle. Et l'incapacité de Robert à retomber sur ses pieds. La souffrance de sa mère. Celle de sa mère avant elle. Et de la sienne avant elle. Ce sont les gens blessés qui font du mal aux autres.

Parfois ta souffrance menace de faire exploser mon cœur.

Je soulève ma chemise et je commence à colorier ma poitrine. La lumière baisse, les réverbères s'allument mais les fenêtres de Patricia sont toujours plongées dans l'obscurité.

Mon sentiment de solitude ne se résume pas à l'isolement. Il est lié à ce qui m'habite quand je me retrouve seul. Je ne sais pas comment rester seul avec tout ce qui peuple ma solitude.

Je me suis toujours demandé si la bonté est innée chez un enfant, et je sais que tu étais bon. Je crois à ta bonté aujourd'hui. Je ne cesserai jamais d'y croire. Mon regret, c'est de ne pas avoir toujours été capable de faire vivre cette certitude en toi.

Quand mon téléphone se met à vibrer, je tourne instantanément les yeux vers la maison de Patricia, électrisé par la poussée d'adrénaline qui se déclenche chaque fois qu'il sonne, ces jours-ci.

Je décroche et chaque parcelle de mon corps s'immobilise lorsque j'entends la voix du détective au bout du fil. Sans attendre, il m'annonce : « Vous êtes lavé de tout soupçon.

– Quoi ?

– Le coroner veut qu'on en reste là. Il n'y aura pas de poursuites. Vous êtes tiré d'affaire. »

La tête penchée en arrière, je regarde la voûte d'arbres, au-dessus de moi. « Ça veut dire que vous ne pouvez rien prouver ou qu'elle ne s'est pas noyée ? Et l'autopsie ? »

Temps mort : j'écoute le silence et l'appareil me chauffe l'oreille.

« Si nous sommes convaincus de votre innocence, je pense que vous pouvez l'être vous aussi », dit-il.

Tout simplement. Comme si, d'un coup de stylo, le coroner pouvait faire disparaître toute la noirceur de mon âme. Abracadabra !

« Mais j'ai besoin de savoir, moi. »

Je l'entends soupirer. « Je vous avais expliqué que ces procédures débouchent rarement sur une enquête. Pas la peine de creuser. On vous dégage de toute responsabilité. »

Je fléchis le torse et les jambes pour m'asseoir dans l'herbe encore tiède après un après-midi ensoleillé et, le téléphone serré contre mon oreille, j'écoute le policier s'excuser de sa voix la plus douce. Il regrette les désagréments occasionnés et l'entretien de l'autre jour. Il ajoute qu'il va envoyer un fax aux pompes funèbres et les appeler de façon qu'on puisse garder le créneau prévu pour les funérailles. Il dit qu'il s'en occupera dès qu'il aura raccroché. Ensuite, il ne peut pas s'empêcher de mentionner la procédure, une fois de plus : il espère que je comprends. Mais je le hais parce qu'il a ouvert une nouvelle blessure. Je contemple le ciel où dérivent les nuages aux formes changeantes – ils me regardent, eux aussi.

Un jour, le monstre du loch Ness est passé par là.

Bientôt, la lumière change de couleur. Incapable de les attendre plus longtemps, je suis le chemin que prennent Reg et Rocket, pour leur promenade quotidienne. Je me baisse et j'essaie d'écrire sur le macadam mais l'encre du marqueur n'adhère pas. En regardant autour de moi, je trouve une pierre qui laisse des traces blanches sur le revêtement de l'allée.

Je m'approche d'un lampadaire pour que mon message soit éclairé et, à genoux, je trace des lettres géantes par terre.

Ensuite, pieds nus, comme la dernière fois, je traverse le petit parc et je vais m'agenouiller devant la maison de Patricia.

31

Quand la flèche de l'église Sainte-Margaret apparaît au loin, je vais me ranger près d'une haie, à une dizaine de minutes à pied, pour cacher la fenêtre cassée et la portière abîmée de la voiture. Après avoir boutonné le costume trop grand de mon père, je reste assis là, bien à l'abri dans le cocon d'un véhicule garé dans une des rues tranquilles de ce quartier résidentiel. J'essaie de discerner ce que Robert a gribouillé au stylo sur la paroi intérieure du toit.

C'est peut-être la dernière fois que j'aurai à faire un effort sur moi-même et j'essaie de calculer à combien de personnes je vais devoir manifester mon chagrin.

Tante Debbie a rameuté le monde entier, je l'ai deviné au nombre de cartes de condoléances qui sont arrivées chez nous.

Je claque la portière plus fort que je le voulais et je longe le trottoir sans me presser, en me concentrant sur les arbres, là-haut, et sur les formes qu'ils découpent dans le ciel. Mes pas résonnent sur le macadam, j'ai le bord des chaussures crotté. Des petits oiseaux sautillent et s'agitent dans les branchages. Tous mes sens sont en alerte.

La flèche de l'église grandit entre les arbres. Quand je donne un coup de pied dans un caillou, un oiseau s'envole en pépiant pour avertir les autres.

Voici le vieux bassin à sec, au milieu du carrefour, et le terrain communal avec son arbre et un petit banc, en dessous. Le monument aux morts, minable hommage de pierre, si froid, à ceux qui sont morts et enterrés… le pourtour en est parsemé de mégots et de bouteilles abandonnés par les adolescents qui doivent se retrouver ici et, déjà désenchantés, s'assomment dans les plaisirs abrutissants de l'alcool et du sexe. Comme moi.

L'enterrement de Robert a eu lieu dans cette même église, six ans après son accident. Sa chute n'avait pas abîmé que son cerveau, il y avait aussi laissé ses défenses immunitaires. C'est une pneumonie qui a fini par l'emporter, et ensuite une ambulance. Sans sirène ni gyrophare, sans précipitation. Quand elle a démarré, Papa a posé la main sur sa carrosserie, à l'arrière, et l'a regardée s'éloigner. Maman était quelque part dans la maison.

La distribution des rôles avait été la même à la mort de Michael : Papa s'était montré à la hauteur et Maman distante. Papa l'avait serré dans ses bras, pas elle.

On ne se découvre que dans ces situations extrêmes, je suppose, car, dans ces moments, notre comportement reflète forcément nos véritables sentiments.

Je me rappelle les parents de Robert à l'enterrement. Ils étaient assis d'un côté de l'église et mes parents de l'autre. Tous ceux qui étaient venus nous soutenir étaient du même côté que Maman et Papa, si bien que les parents de Robert avaient la moitié de l'église rien que pour eux. Moi, seul au fond, j'avais l'impression que j'aurais dû les y rejoindre. Ils étaient les mauvais parents et moi le mauvais fils.

Une foule de gens était venue assister à l'enterrement. Des gens qui avaient disparu de nos vies depuis l'accident. Ils étaient venus nous regarder comme des bêtes curieuses. Maman s'appuyait sur Papa et ils présentaient un front uni pour l'occasion. Elle le touchait pour la première fois depuis bien longtemps. Je me souviens d'avoir été jaloux de ce contact. J'ai aussi eu l'audace d'espérer que ses mains se posent à nouveau sur moi. Ou ses yeux. Et tant pis si son regard était embrumé par le Valium.

J'enjambe la clôture basse et délabrée, à côté de l'église, et je marche lentement dans le cimetière jusqu'à la pierre tombale où sont gravés les noms de mon père et de mon frère adoptif. Sauf que pour lui, on lit « Robert McCloud ». Il y a aussi un petit nuage sculpté dans la pierre.

Aux obsèques de Papa, j'ai dû m'asseoir devant, avec Maman. Après avoir jeté leur poignée de terre dans la fosse, les gens se sont éloignés du cercueil sans se presser, ils ont claqué leurs portières et démarré, et moi je suis resté à l'écart sur la pelouse de l'église en buvant de la bière et en évitant de me joindre aux autres pour la veillée. Je les haïssais tous de se pointer à l'enterrement de Papa alors qu'ils l'avaient lâché de son vivant. J'en voulais à ces gens endeuillés d'être en vie alors que mon père était mort.

Quand je suis rentré en titubant, tard dans la nuit, Maman m'attendait en peignoir et elle m'a mis un chèque dans la main. J'ai pris l'avion dès qu'il a été encaissé.

Je retourne jusqu'à la clôture, je l'enjambe et, quand je traverse le pré communal, des brins d'herbe trempés de rosée se collent à mes chaussures cirées. Je ne me sens pas bien dans ce costume dont j'ai dû resserrer la taille du pantalon avec une épingle pour qu'il m'aille. Papa le portait sans doute aux obsèques de Robert.

Je retrouve ma place sur le petit banc au pied de l'arbre, je sors le tabac à rouler et je me prépare une cigarette. J'y ajoute ce qu'il reste de marijuana au fond du paquet en me demandant si c'est une bonne idée.

Pendant ce temps, mon esprit fait un panoramique, tout là-haut, au-dessus de l'église : je suis minuscule par rapport au chêne, au milieu de la verdure – un homme en costume sur un banc, au pied d'un arbre, devant une église. Cette simple réalité, nous la surchargeons de signification.

Je tasse le tabac dans la cigarette en la faisant rebondir sur le banc où des adolescents ont marqué leurs prénoms. Des déclarations d'amour éternel et plus fort que tout sont visibles sous les moisissures et la patine du temps.

Peut-être que tout ceci ressemblera à ces inscriptions, un jour : tout sera gravé en moi mais émoussé par le temps.

Il y a des nuages dans le ciel, l'un d'eux ressemble à une libellule. Ou à un biplan. Quand j'allume ma clope, une tête apparaît entre mes jambes et me fait sursauter.

« Rocket ! Salut, mon chien ! » Il agite son derrière et le petit panache blanc de sa queue. « Rocket… » Ma main se perd dans ses poils, sur son dos et autour de ses oreilles.

Je le prends dans mes bras. Il pousse un petit grognement de protestation mais il me laisse faire et, quand il se couche sur mes genoux, les os de ses pattes s'enfoncent dans mes cuisses. Je me penche vers lui pour mieux sentir sa présence. Les yeux fermés, le visage dans sa fourrure, je l'étouffe presque.

Un homme sur un banc sous un arbre devant une église, qui serre un chien.

« Brave bête. Et ton vieux maître, où peut-il bien être ? »

C'est alors que je l'aperçois, élégant et bien droit dans son costume, un filet de fumée s'étire derrière lui… On dirait un vieux bateau à vapeur.

Rocket saute par terre en prenant appui sur mon entre-jambe et le voilà qui traverse la pelouse à toute allure, les oreilles en avant.

Je ne résiste pas à l'envie de me lever et de m'éloigner de l'arbre pour que Reg remarque ma présence. Quand j'agite la main, il lève la sienne d'un geste hésitant et s'approche, un peu gêné.

Je retourne sur mon banc où je m'agite nerveusement en l'attendant. Rocket revient vers moi en aboyant et, sans cesser de courir, fait la navette entre nous.

« Qu'est-ce que vous faites là, Reg ? » je lui demande dès qu'il est à portée de voix. Il s'arrête net.

« C'est toi qui as écrit le message, dans l'allée. J'imagine. »

Comme je lui souris, il se remet à marcher en souriant à son tour.

« Je me suis dit que j'aimerais venir. Présenter mes respects », dit-il.

Il tire sur sa cigarette mais elle s'est éteinte. Je lui tends son briquet plutôt que mes bras alors qu'il semblait prêt à me donner une accolade.

« C'était pas bête, cette idée de message. Ils fonctionnent encore très bien, ces deux-là, ajoute-t-il en montrant ses yeux, content de lui. De toute façon, je regardais les annonces de décès dans le journal de la paroisse. Tu avais bien dit que ta mère s'appelait Mary, hein ? »

J'acquiesce.

Il rallume sa cigarette et empoche le briquet, ce qui me fait sourire. Il a l'air soigné en costume, ses cheveux humides plaqués sur le crâne, enfin presque. Son visage paraît encore plus réel, à la lumière du jour… marqué par la vie.

Je me décale sur le banc, il l'essuie et il s'assied en croisant ses jambes osseuses.

« Ça me rappelle le Ghana, l'herbe qu'on a fumée l'autre soir. J'étais dans la marine marchande. Pendant dix-huit ans. En Afrique il y a de vraies femmes. Partout ailleurs, c'est rien de plus que des filles. Alors, vous avez fait la paix, toi et ta copine ? » Pour la première fois, il me regarde vraiment. « Comment ça va, fiston ? »

C'est moi qui regarde ailleurs, aujourd'hui.

« C'est pas des moments faciles, hein ? Pas faciles », dit-il, et nos yeux se perdent dans le vague.

Je sors mon matos et je commence à rouler une autre cigarette.

« Merci d'être venu, Reg.

– Pas de quoi. Essaie de m'en empêcher, pour voir ! »

Comme une voiture s'arrête devant l'église, Reg rappelle Rocket.

« T'attends beaucoup de monde ? » Je secoue la tête. « Oh ! reprend-il. Je t'ai apporté quelque chose. » Il se redresse un peu et fouille dans ses poches. Une autre voiture arrive, là-bas, et je sens l'agitation familière qu'elle provoque dans mon ventre... Reg continue à chercher, il sort sa blague à tabac, mon briquet et les fait passer d'une main dans l'autre pour continuer à chercher.

Il finit par trouver un mouchoir blanc soigneusement plié qu'il me tend. « En cas d'urgence, explique-t-il, tout content de lui.

– Merci, Reg.

– Onze ans que je l'ai.

– Il a été lavé une ou deux fois, j'espère.

– Je l'ai reçu quand on a enterré ma femme, dit-il, en repoussant mes tentatives de diversion. Il me vient de mon beau-frère. Un homme réservé, mon beauf, ça donne encore plus de sens à son geste. Je l'ai gardé pendant tout ce temps. Je l'ai agité plus d'une fois, ce petit drapeau blanc. À mon âge, on n'est plus très souvent invité à des mariages... c'est l'époque des enterrements. Bref, il est à toi, maintenant. Et il tombe à pic, on dirait. » Reg détourne les yeux pendant un moment. Le museau humide de Rocket apparaît sur mes genoux. Des portières claquent, des gens entrent dans l'église.

Une autre voiture s'arrête. Je m'essuie les yeux, je vérifie l'heure et mon estomac se rappelle à moi. Il ne peut pas y avoir un service avant les obsèques de Maman. Mon cœur passe à la vitesse supérieure. On n'est vulnérable qu'en présence de témoins. Sans eux, ce n'est pas de la faiblesse, seulement de la tristesse.

« N'oublie pas que t'as déjà commencé à guérir, fiston. Oui, c'est ça. Pleure tout ton soûl, si tu veux. » Stoïque, Reg regarde au loin. « Oh, merde ! Voilà que je m'y mets aussi, tiens. »

Deux hommes sur un banc au pied d'un arbre, en larmes.

Voilà le corbillard. Voilà Maman. Debout au milieu de la pelouse, Reg ne sait pas s'il doit revenir vers moi, rester où il est ou entrer dans l'église. Comme il n'a pas de chapeau à enlever, il se recoiffe machinalement mais ses mains glissent sur son crâne dégarni.

À l'approche du fourgon mortuaire, les gens qui s'étaient rassemblés dehors s'éloignent du corps qu'il transporte et se dirigent vers l'entrée de l'église.

Je traverse le pré communal et je pose la main sur l'épaule de Reg. « Vous voulez bien m'aider à la porter ? »

D'abord, il ne comprend pas mais ensuite il regarde le corbillard qui roule au pas avec une solennité factice. « J'en serais heureux », dit-il d'un ton qu'il veut enjoué.

Sans se presser, les employés sortent du corbillard. Ils ont revêtu des costumes qui conviendraient aussi bien à une audience judiciaire. Pourtant, la dignité des porteurs de cercueil est si admirable. J'ai envie de laisser ces hommes s'en charger, de la voir honorée de cette façon, tout simplement. Mais j'ai aussi besoin de sentir son poids sur mon épaule, la morsure du bois dans ma chair.

Nous sommes debout à l'arrière du corbillard : le hayon est ouvert et le cercueil dépasse. Un des employés nous explique tout, à Reg et moi. Le visage blême, Reg écoute attentivement et lèche ses lèvres toutes sèches.

Les croque-morts le placent à l'avant et moi au milieu, derrière lui. Peut-être pour m'aider à cacher mon visage.

En portant la bière, je me concentre sur le dos de mon ami, sur mes pieds, sur ma main qui serre son épaule et sur la paume de l'autre homme, qui pèse sur ma clavicule. Reg tremble sous la charge et penche vers l'extérieur et trébuche de temps à autre.

Le poids d'une main inconnue sur mon épaule, cela suffit pour que je ferme les yeux avec l'envie de poser ma joue dessus. Là-dehors, personne ne nous regarde porter Maman, sauf Rocket, attaché à la clôture. Pourtant, avec des pierres tombales pour seuls témoins, nous avançons pas à pas sur le gravier dans nos chaussures bien cirées.

Bientôt, l'intérieur froid et humide de l'église en pierre nous engloutit. Une trentaine de personnes nous y attendent, réparties des deux côtés de la nef. Au moment de tourner pour nous engager dans l'allée centrale, les autres porteurs nous prodiguent des encouragements discrets mais fermes, à Reg et moi.

Tout le monde se lève en voyant entrer ma mère et, moi, je me redresse des pieds à la tête, électrisé par la fierté et la chair de poule. Maman sur mon épaule, une main solidaire sur l'autre, je regarde Reg chanceler et l'assemblée debout pour rendre hommage à ma mère, ces gens sont venus pour elle : ma poitrine se gonfle et devient aussi vaste que la chapelle. Mes ténèbres s'illuminent, multicolores, comme des vitraux. Je suis sensible à tout cela, tant de solennité, tant de respect. Pour Maman.

Mais qu'elle est lourde, malgré la beauté de cet instant. Nous le sommes, tous les deux. Assez lourds pour me donner l'impression que les dalles vont se fendre sous nos pas dans l'allée.

Le prêtre attend à l'avant et, malgré leurs efforts, les gens ne peuvent pas s'empêcher de regarder le cercueil. Une petite fille crie mais sa maman la fait taire. Reg est tout essoufflé. Tiens bon, Reg, tiens bon !

Quand nous arrivons au bout de l'allée, les employés des pompes funèbres nous chuchotent de nouvelles instructions et nous déposons le cercueil sur les tréteaux.

Je regrette d'avoir critiqué ces hommes. Sans eux, je n'y serais jamais arrivé. Je ne serais pas debout ici, devant tout le monde, à côté de ce cercueil – symbole brutal de la réalité de la vie. Maintenant je me fiche de savoir qui ils sont, d'où ils viennent, à quoi ressemblent leurs maisons ou s'ils savent bien écrire : ils m'aident. Ils sont là pour accomplir des gestes simples dans les moments les plus insurmontables de notre existence.

Maman repose sur les tréteaux en acier trempé et tous les porteurs se sont écartés. Reg longe l'allée centrale en s'essuyant le front et les croque-morts se replient vers les bas-côtés. Resté seul, là-devant, j'ai l'impression que je devrais dire quelques mots mais le prêtre s'avance et pose la main sur mon dos.

De part et d'autre de la nef, le premier banc est vide. Malgré mon envie d'aller m'asseoir au fond, cette fois encore, je me laisse conduire à la place que j'occupais avec Maman aux obsèques de mon père.

Aujourd'hui, j'ai tout le banc pour moi. Assis sur le dur siège en bois, les yeux baissés, j'attends que le prêtre prenne la parole mais il se penche vers moi en retenant sa soutane. Il me dit qu'il a essayé de me joindre par téléphone et, comme je ne lui ai pas répondu, il a choisi les hymnes pour le service. Quelqu'un a demandé à rendre hommage à ma mère, est-ce que je suis d'accord ?

J'acquiesce sans y réfléchir. Il pose la main sur mon épaule et l'instant d'après il s'éloigne en donnant le signal pour que la cérémonie commence.

Je sors le mouchoir de Reg, que je remplis presque d'un coup, et j'essuie mes yeux. Je jette un coup d'œil à la couverture bariolée d'une vieille BD, visible entre les pans de ma chemise dont un bouton est défait : son contact me rassure.

Dehors, Rocket aboie et je suis pris d'une forte envie de rire mais je réprime cette réaction incongrue en regardant le cercueil.

Quand l'orgue se fait entendre, tout le monde se lève.

Je suis le mouvement tant bien que mal, je prends un livre de cantiques, je trouve la bonne page et j'écoute l'organiste qui nous guide comme il peut.

All Things Bright and Beautiful.

Et je le chante, cet hymne. De temps à autre, je me tourne vers l'assemblée avec une vague fierté, heureux que ces gens soient venus, mais en me demandant qui ils sont. Parmi les inconnus, je finis par reconnaître le visage chafouin de Vieux Débris qui me regarde. Puis Marcus. Et Mandy. Par déduction, je devine qui sont les autres.

Quand la musique cesse, nous nous rasseyons tous et le prêtre présente Mandy comme l'assistante sociale qui a travaillé en liaison avec Mary pendant de nombreuses années.

Je ne me retourne pas, je reste assis, raide comme un piquet, le regard fixe, pendant qu'elle s'avance.

Sans un regard pour le pupitre, tout en retenue et maîtrise de soi, elle s'arrête au pied des marches, devant l'estrade.

Quelques feuilles de papier à la main, elle garde le silence pendant un instant. Elle porte une robe lilas et une sorte de broche très recherchée – on dirait un bonbon qui a fondu au soleil.

L'assemblée se fige : Mandy capte l'attention comme elle a toujours su le faire. Elle a ce pouvoir. Elle met ses lunettes et, pour la première fois, elle nous observe.

« C'est bien triste d'avoir à dire au revoir à quelqu'un comme Mary. Mais cette journée est aussi l'occasion de célébrer ce qu'a été sa vie. Mary n'était pas seulement une maman, une nièce et une épouse ; même si tout cela est déjà extraordinaire, personne ne peut modifier ces liens ni s'immiscer dans ces relations. Mary était aussi une mère de cœur. »

Mandy pince les lèvres et enlève ses lunettes pour nous regarder, en proie à une émotion particulière, dirait-on.

Elle les chausse le temps de consulter les papiers qui oscillent à peine entre ses doigts, relève les yeux et baisse à nouveau ses lunettes. « Le legs d'une existence, c'est la somme de ce que nous laissons derrière nous en disparaissant. Il y a aussi les souvenirs, bien sûr. Et l'amour. Donc quand j'ai appris que Mary avait été vaincue par le cancer, je n'ai pas eu besoin de réfléchir bien longtemps à l'hommage que je voulais lui rendre. » Elle se tourne vers moi. « Merci de m'en avoir donné l'occasion. » Quand elle me sourit, le sang me monte si vite au visage que mes cheveux doivent se dresser sur ma tête.

« Tout le monde est là ? » demande-t-elle en scrutant la foule. Elle reporte son attention sur des visages qu'elle n'avait pas vus jusqu'alors et le rouge lui monte aux joues. « Marcus ? »

En faisant grincer leurs bancs, les gens se retournent d'un côté et de l'autre pour voir Marcus qui se lève à moitié, rajuste sa chemise et sa cravate et rougit, lui aussi.

« Toby ? »

Je le reconnais, l'homme qui agite la main : mêmes taches de rousseur, mêmes yeux gris. C'est celui qui avait mis le feu au fond de la remise.

Mandy plisse les yeux pour lire ses papiers mais elle a toujours ses lunettes à la main. « Oh, et si vous vous leviez tous ? Tous les enfants placés chez Mary, si vous êtes là, dit-elle en souriant. Allez-y ! »

On entend les gens quitter leurs sièges et l'assemblée se retourne sur les hommes qui émergent de la foule. Ils restent debout, plus ou moins à l'aise sous les regards.

« Mary a accueilli neuf garçons au total, reprend Mandy d'une voix qui tremble à peine. Cela représente environ trois ans d'accueil, vingt-quatre heures sur vingt-quatre. Sans parler des sept années qu'elle a consacrées à Robert. Des années difficiles. » Les lunettes ont retrouvé leur place. « Ces enfants négligés ont été recueillis, ils ont reçu une aide et un soutien déterminants de la part de Mary et de sa famille. Et regardez-les aujourd'hui ! Des hommes, grands et forts ! »

Au fond, Reg commence à applaudir mais comme il est le seul, il s'arrête. D'autres rient.

« Les mères qui se consacrent aux enfants des autres sont encore plus rares que les anges, poursuit Mandy. Mary m'a beaucoup manqué après l'accident de Robert. Notre service l'a laissée tomber à ce moment-là. Une erreur tragique parmi tant d'autres dans un système qui manque à ses devoirs non seulement envers les jeunes qui ont tant besoin de lui mais aussi envers les familles dont il a tant besoin lui-même. En tout cas, Mary a continué avec Robert. Elle ne laissait pas grand-chose l'empêcher de jouer ce qu'elle estimait être son rôle dans la vie. »

Mandy enlève ses lunettes et sourit. « Mary nous a quittés, mais il reste ces neuf personnes, autant de jalons qui témoignent d'une existence remarquable. Celle de Mary. »

De petits reniflements et des soupirs émus se font entendre ici et là dans l'assistance. Mandy me regarde et me fait signe pour m'inviter à me lever mais je secoue la tête.

« S'il te plaît », dit-elle en me faisant les yeux doux.

Je me lève sans trop savoir comment. Quand elle s'approche, je recule involontairement jusqu'à ce que je me retrouve coincé contre le dossier du banc. Elle parle plus bas, les yeux brillants, mais elle reste droite comme un i. « Ta famille s'est sacrifiée pour que ces jeunes puissent s'épanouir. Ils ont même fondé leurs propres familles, regarde ! Ta maman a fait des choses extraordinaires. Vous avez fait des choses extraordinaires, tous les trois. Et toi aussi. Regarde autour de toi. »

Elle pose la main sur mon épaule, transforme le geste en accolade et, moi, je m'accroche à elle parce que, si elle s'écarte, tout le monde me verra dans cet état. Quand elle le fait, je suis obligé de m'asseoir et je m'affale sur le banc d'une dureté impitoyable. On me tapote l'épaule par-derrière. Les gens se mouchent, Tante Debbie s'effondre sur une vieille dame à côté d'elle.

Je regarde tous ces visages.

« Il est loin d'être négligeable, conclut Mandy en pliant ses papiers pour les ranger, le legs que Mary nous laisse en héritage. »

Toujours tourné vers l'assemblée, c'est la vie de Maman que je vois dans cette foule aux yeux brillants. Il y a des enfants qui sucent leur pouce. Elle est là, ma mère. Elle a servi à cela, mon enfance.

32

Je conduis et Reg est à côté de moi avec Rocket sur ses genoux. Le chien a passé la tête par la fenêtre béante et ses oreilles claquent au vent. Nous suivons le corbillard, là-devant.

« Eh bien, ma foi, c'était un discours émouvant en l'honneur d'une femme de bien, fiston. »

Je tourne la tête juste assez pour qu'il me voie acquiescer, ensuite je desserre un peu la cravate et le col de chemise de Papa.

« Et la jolie fille que tu m'as présentée devant l'église ? reprend Reg.

– Qui, Tante Debbie ?

– Arrête tes conneries, bougre d'insolent ! Je parle de l'autre, la jolie fille. Lætitia, c'est ça ?

– Patricia. C'est avec elle que je me suis disputé l'autre soir. Elle est venue par pure politesse. »

Le visage inexpressif, je laisse Reg m'observer.

« En tout cas, c'est pas moi qu'on prendrait à me disputer avec elle. Elle me mènerait par le bout du nez. » Il pousse un petit sifflement. « Elle s'intéresserait pas à un vieux comme moi, ça non. Mais quand j'étais jeune…

– Et si je vous arrangeais le coup, Reg ? Bonne idée, non ?

– Et si t'arrêtais de tourner le dos aux cadeaux que la vie te fait, fiston ? C'est pas une bonne idée, ça ? »

La boîte de vitesses proteste et le cercueil de Maman me regarde dans le fourgon mortuaire.

« Excuse-moi, reprend-il. Mais il y a un truc que je pige pas très bien.

– Quoi ? » C'est parti…

« Qu'est-ce qui te ronge ? Bon, excuse-moi d'aborder le sujet. T'as bien assez à faire en ce moment. Mais il y a autre chose. J'arrive pas à mettre le doigt dessus.

– Je vous en parlerai une autre fois, Reg. »

Le silence retombe, enfin, ce qu'il peut y avoir de silence en l'absence de vitre, côté passager. Reg trouve un éclat de verre coincé dans l'encadrement de la portière. Moi, je m'agite sur mon siège à l'idée de lui raconter mon secret. Je grimace à la pensée qu'il en a deviné l'existence.

« Ces égratignures sur tes mains, c'est lié à l'accident de voiture ? demande-t-il en indiquant la fenêtre béante.

– Non, au jardinage. »

Son visage s'éclaire. « Mon jardin est une vraie jungle, j'aurais bien besoin d'un peu d'aide. Je pourrais te payer. » Il tapote Rocket mais, en réponse, il se fait copieusement lécher la figure et repousse le chien. « Alors, tu prendrais combien pour venir à bout de ma jungle, Tarzan ? »

Je repère la cheminée du crématorium avant d'apercevoir le bâtiment lui-même. Comme elle est arrêtée, je me demande s'ils brûlent tous les corps en une seule fournée, pendant la nuit. Sinon, en arrivant pour un service, on verrait les cendres du précédent partir en fumée. Comme si un chirurgien venait vous voir avec du sang plein les mains.

Nous nous garons sur le parking et le corbillard fait le tour jusqu'à l'entrée des morts.

« Qu'est-ce que tu veux que je fasse, maintenant ? » demande Reg dans le silence complet qui suit l'arrêt du moteur.

Je regarde la chapelle en brique du crématorium : elle est morne, carrée, fonctionnelle. Construite dans les années 1960 ou 1970, quand les architectes étaient trop occupés à porter des pantalons moulants et à se droguer pour avoir des préoccupations esthétiques.

« Je pense que je vais y aller sans vous.

– T'es pas obligé de faire ça tout seul, tu sais. »

Un homme m'attend à l'intérieur. Un Frankenstein en costard, très avenant et affreux.

« Vous êtes un parent de la défunte ?

– Son fils, dis-je, pénétré de cette réalité.

– Vous attendez d'autres proches ?

– Non. »

Je me demande combien il en a brûlé qui ont fini leur vie tout seuls. Les vieux qu'on a oubliés à la maison de retraite. Ceux qu'on retrouve chez eux seulement quand l'odeur de leurs cadavres en décomposition commence à déranger les voisins. Un signe d'indifférence parmi d'autres, dans un monde qui se lasse trop vite de lui-même.

« Je suis habilité à dire une petite messe, si vous le souhaitez.

– Non, merci. Je voudrais juste rester quelques instants avec elle, avant… »

Il acquiesce.

Un des employés des pompes funèbres arrive à notre hauteur. « On a fini, nous. Si vous n'avez plus besoin de rien, on y va.

– Merci. Sincèrement. »

Sa main est chaude dans la mienne. Je le regarde s'éloigner même si Frankenstein est pressé de me voir entrer dans la chambre mortuaire et repartir.

Je le suis à l'intérieur d'une fausse chapelle avec fenêtres à croisillons et plafond en contreplaqué. De la religion en carton-pâte.

Il me conduit à l'avant de la salle où Maman attend déjà sur le tapis roulant, devant un rideau. Il m'emmène si près que je me cogne au cercueil en bois.

« Quand vous serez prêt, vous n'aurez qu'à appuyer sur ce bouton et sortir. Je vous ferai signer les papiers et vous pourrez revenir chercher les cendres demain. Il faudrait que ce soit terminé d'ici la demie, je dois préparer la salle pour le prochain service. »

Il affiche un sourire qui le rend encore plus laid et il sort par une porte latérale.

Tout le monde n'est pas attiré par les métiers associés à la mort. De même qu'être famille d'accueil n'est pas à la portée de tous. Pas plus que la capacité à aimer correctement.

Et savoir pardonner, ce n'est pas donné à tout le monde.

Je passe ma main sur le cercueil de Maman et je pousse un peu le couvercle pour voir s'il s'ouvre. J'aimerais pouvoir prendre ses poumons, les poser sur le banc, au premier rang, et vérifier que je ne lui ai fait aucun mal, cette fois-ci.

Mais, comme le couvercle est bel et bien scellé, je m'éloigne et je vais m'asseoir au deuxième rang. Au même moment, comme le soleil se cache derrière un nuage, la lumière change à l'intérieur.

Quand je toussote, il y a un écho et je ne peux pas m'empêcher de me demander qui viendra à mon enterrement. À cette pensée, je me lève et je retourne près du cercueil. Je me penche vers l'ouverture par laquelle Maman va partir et j'essaie de voir derrière les rideaux. L'espace d'un instant, je me dis que les anges du paradis, Papa et Robert l'attendent de l'autre côté, mais il n'y a rien qu'un tapis roulant et une fenêtre carrée qui donne sur une autre pièce, de l'autre côté du mur.

Comme l'instant ne me semble pas plus mal choisi qu'un autre, j'appuie sur le bouton. Rien ne se passe. Je m'essuie les yeux et je recommence.

Enfin, un moteur vrombit et le cercueil s'éloigne avec une solennité ridicule. Il tressaute en passant derrière les rideaux et disparaît peu à peu dans le tunnel. Quand j'essaie de le toucher une dernière fois, ma main heurte son revêtement en bois.

Le tissu retombe sur ma main, Maman est partie.

Le bruit mécanique s'arrête et je jette un coup d'œil par l'ouverture : je la vois, là-bas, dans l'autre pièce. Je lâche le rideau.

Voilà, c'est fini. À partir de maintenant, ma mère sera ce que mon esprit voudra bien retenir, elle dépendra de mes souvenirs, ceux que j'arroserai et ceux que je laisserai s'étioler. Avec le même soin qu'on met à distinguer les plantes des mauvaises herbes.

Je sors de la chapelle proprement dite et je m'attarde dans le foyer.

Dehors, de lourds nuages gris foncé se sont accumulés et les premières gouttes commencent à tomber. Reg écrase sa cigarette et va se mettre à l'abri dans la Volvo même si elle n'a plus de fenêtres. Rocket lève la patte, prêt à pisser sur la seule autre voiture du parking, mais comme la pluie redouble, il court rejoindre Reg.

L'averse tambourine sur le toit du funérarium et il fait nuit en plein jour.

Ce moment, je le reconnais. C'est l'instant d'avant. Celui où l'on retient son souffle avant de continuer sa route. Même si je suis épuisé, à bout de course et déprimé, même si j'en ai assez de me laisser traîner dans la poussière par le forcené en colère qui me force à aller de l'avant.

L'enterrement de Robert ne ressemblait pas à celui-ci. On ne célébrait pas une vie, puisqu'il n'en avait pas eu. Il n'y avait rien à célébrer, ce jour-là, rien que de la grisaille. Maman reniflait mais elle souriait quand même en regardant la vidéo et Robert qui grimaçait de bonheur face à la caméra pendant qu'on lui mettait son harnais. Son visage ressuscité me regardait droit dans les yeux. Quelqu'un a commenté sa belle allure en tenue orange.

Ensuite ses cheveux flottaient au vent et, derrière lui, on apercevait un homme avec des lunettes d'aviateur. De Robert, on ne voyait que la langue, les dents et les mouvements. Jouet de son cerveau vacillant, il trépidait sous l'effet de l'excitation.

Il existe une version longue de l'enregistrement.

Ses cheveux volent dans tous les sens et, sanglé au moniteur, il hurle de peur et de ravissement. On le pousse sur les fesses et, selon les déplacements de la caméra, on voit Robert – les parois – Robert. Ensuite, par la porte ouverte, on aperçoit les nuages. De gros nuages ondoyants dans un ciel immense. La caméra fait un zoom sur un altimètre au poignet de quelqu'un. Robert McCloud, à quatorze mille pieds d'altitude.

« Un ! »

Il tremble toujours, ses yeux sourient. L'homme lui dit de pencher la tête en arrière et l'euphorie de Robert fait jaillir un rire aigu.

« Deux ! »

Il est parfaitement immobile. Je me souviens que toute l'assemblée s'était figée, elle aussi. Tous ceux qui étaient venus à ses obsèques avaient retenu leur souffle.

« Trois ! »

Le caméraman, Robert et l'homme auquel il est harnaché tombent dans le vide. On voit le ciel – les nuages – le ciel – les nuages et ensuite Robert : totalement immobile, le visage fouetté par le vent, la peau tirée vers les cheveux, il dégringole. Maman, moi, Papa, tout le monde pleurait et laissait les plats refroidir sur la table à tréteaux en regardant la chute interminable de Robert.

Soudain, l'écran devient tout blanc.

Dans toute cette blancheur, on aperçoit une toute petite tache orange et on entend un immense hurlement de bonheur. Nous sommes tous là-haut, avec lui, avec Robert McCloud. Il traverse les nuages dans sa combinaison orange, avec ses lunettes d'aviateur et son cerveau endommagé n'en finit pas d'exploser de joie. Rien qu'un écran blanc et des cris.

Les secondes s'étirent en longueur, ensuite tout redevient bleu et lumineux, l'humidité de la couverture nuageuse fait briller un arc-en-ciel dans l'objectif de la caméra qui capte les rayons du soleil et en décompose les couleurs. Robert n'arrête pas de rire malgré les assauts du vent et son visage trempé de pluie. Dans la pièce, tout le monde s'était mis à rire avec lui, sauf moi. J'ai éclaté en sanglots.

C'est à ce moment-là que Maman m'a pris dans ses bras, pour une fois. Malgré son intime conviction. Malgré le mal que nous nous étions tous fait les uns aux autres. Elle nous a serrés contre elle, moi et mes larmes. J'ai enfoui mon visage dans son cou irremplaçable et, blotti sur sa poitrine, j'ai refermé mes bras autour de sa taille pendant qu'elle resserrait son étreinte. Caché dans ses cheveux qui sentaient le thé et les bains bien chauds, j'entendais Robert rire à la télé.

Ensuite, le moniteur a tiré sur un cordon et Robert s'est éloigné, en apesanteur sous une voilure d'un blanc éclatant.

Remerciements

Je souhaite exprimer toute ma gratitude à Marie-Pierre Gracedieu pour sa patience et son soutien. Elle a su croire en ce roman qui n'aurait pas pu trouver une meilleure mère adoptive. Sincères remerciements à l'équipe de Stock et à Virginie pour tout le travail investi dans une traduction aussi minutieuse.

Ce livre doit beaucoup à Marika, à Cherry et à Julie qui ont retroussé leurs manches pour m'apporter leur aide avant que Scribe arrive en renfort. À Aviva, Henry et toute l'équipe de Scribe, je veux exprimer mon humble reconnaissance.

Juliette, Linda et toute l'équipe de l'agence littéraire A. P. Watt ont vraiment su défendre mon roman (et s'accommoder de quelques excentricités). Merci.

Mes remerciements les plus sincères et les plus chaleureux à Elena Lappin (dont on peut trouver une photo dans le dictionnaire, à « Culot »).

Je ne suis pas sûr que j'écrirais aujourd'hui sans les premiers encouragements que m'a prodigués ma sœur, à une époque où ma production se signalait surtout par la quantité de papier utilisé et le choix du lettrage. Elle me soutient encore aujourd'hui. Avec mon amour, ce livre t'est dédié, Jo.

Merci aussi à Jane D. pour avoir lu la nouvelle qui a donné naissance à ce roman et formulé la petite remarque dont a jailli une grande aventure romanesque ; à Karla et à sa famille pour avoir consacré un après-midi à parler d'événements très personnels ; à Jodie et B. pour m'avoir permis de me familiariser avec tout ce qui concerne les familles d'accueil et aux Wilkinson pour des raisons qui nous regardent. Je voudrais témoigner mon immense gratitude à Glen, qui m'a aidé à être moi-même.

Sans oublier l'armée bienveillante de lecteurs, d'écrivains et d'artistes qui ont soutenu ce livre avec générosité : J. M. Coetzee, David Malouf, M. J. Hyland, Cate Kennedy, Peter Goldsworthy, Peter Straus, Andrea Goldsmith, Kate Holden, M.-P. Gracedieu, Tom, Lisa, Gemma, Ruby, Brudder Zac, Phoebe, Tash, Hazey, Michelle, Nicole, Moo, Mal, Derek, Anne, Pierz, Stefania, Convery, Trudi, Jackson, Sahar, Jess, Dan, Helene, Mankymarkcuthbertyson, les Vampires, Margot (je reprends mon souffle) et, enfin, merci à mon père.

Que ce roman procure nourriture et réconfort à ceux qui portent encore le fardeau de leur enfance.

***

La Cosmopolite
(Collection créée par André Bay)
(Extrait du catalogue)

Kôbô Abé	*La femme des sables*
	La face d'un autre
	L'homme-boîte
Vassilis Alexakis	*Talgo*
Jorge Amado	*Tieta d'Agreste*
	La bataille du Petit Trianon
	Le vieux marin
	Dona Flor et ses deux maris
	Cacao
	Les deux morts de Quinquin-La-Flotte
	Tereza Batista
	Gabriela, girofle et cannelle
Maria Àngels Anglada	*Le violon d'Auschwitz*
	Le cahier d'Aram
Reinaldo Arenas	*L'assaut*
Sawako Ariyoshi	*Kaé ou les deux rivales*
	Les années du crépuscule
James Baldwin	*Si Beale Street pouvait parler*
	Harlem Quartet

Elena BALZAMO (sous la dir. de)	*Masterclass et autres nouvelles suédoises*
Herman BANG	*Tine*
	Maison blanche. Maison grise
Julian BARNES	*Le perroquet de Flaubert*
	Le soleil en face
Mario BELLATIN	*Salon de beauté*
Karen BLIXEN	*Sept contes gothiques*
Ivan BOUNINE	*Le monsieur de San Francisco*
André BRINK	*Un turbulent silence*
	Une saison blanche et sèche
	Les droits du désir
Louis BROMFIELD	*La mousson*
Ron BUTLIN	*Appartenance*
Karel ČAPEK	*La vie et l'œuvre du compositeur Foltyn*
Raymond CARVER	*Les vitamines du bonheur* suivi de *Tais-toi, je t'en prie* et *Parlez-moi d'amour*
Gabriele D'ANNUNZIO	*Terre vierge*
Kathryn DAVIS	*À la lisière du monde*
	Aux enfers
Federico DE ROBERTO	*Les princes de Francalanza*
Lyubko DERESH	*Culte*
Anita DESAI	*Un héritage exorbitant*
Tove DITLEVSEN	*Printemps précoce*
Carmen DOMINGO	*Secrets d'alcôve*
Emma DONOGHUE	*Room*
Monika FAGERHOLM	*La fille américaine*
	La scène à paillettes
Lygia FAGUNDES TELLES	*Les pensionnaires*
Kjartan FLØGSTAD	*Grand Manila*
	Des hommes ordinaires
Tomomi FUJIWARA	*Le conducteur de métro*
Horst Wolframm GEISZLER	*Cher Augustin*

Alberto GERCHUNOFF	*Les gauchos juifs*
Robert GRAVES	*King Jesus*
Wendy GUERRA	*Tout le monde s'en va*
	Mère Cuba
	Poser nue à La Havane
Farjallah HAÏK	*L'envers de Caïn*
	Joumana
Samantha HARVEY	*La mémoire égarée*
Alfred HAYES	*In Love*
Mark HELPRIN	*Conte d'hiver*
Hermann HESSE	*Demian*
E.T.A. HOFFMANN	*Les élixirs du diable*
Yasushi INOUÉ	*Le fusil de chasse et autres récits*, édition intégrale des nouvelles de l'auteur publiées dans La Cosmopolite
	Histoire de ma mère
	Les dimanches de Monsieur Ushioda
	Paroi de glace
	Au bord du lac
	Le faussaire
	Combat de taureaux
	Le Maître de thé
	Pluie d'orage
Jens Peter JACOBSEN	*Niels Lyhne*
Henry JAMES	*L'autel des morts* suivi de *Dans la cage*
	Le regard aux aguets
Tania JAMES	*L'atlas des inconnus*
Eyvind JOHNSON	*Le roman d'Olof*
Ismaïl KADARÉ	*La ville sans enseignes*
Yoram KANIUK	*Adam ressuscité*
	Confessions d'un bon Arabe
Jack KEROUAC	*Maggie Cassidy*
Ken KESEY	*Vol au-dessus d'un nid de coucou*

Pär LAGERKVIST	*Le nain*
	Le bourreau
	Barabbas
Selma LAGERLÖF	*L'anneau du pêcheur*
	Jérusalem en terre sainte
	L'empereur du Portugal
Eduardo LAGO	*Appelle-moi Brooklyn*
	Voleur de cartes
D.H. LAWRENCE	*Île mon île*
Sinclair LEWIS	*Babbitt*
LUXUN	*Le journal d'un fou*
Thomas MANN	*Tonio Kröger*
	La mort à Venise
Katherine MANSFIELD	*Nouvelles*
	Lettres
	Cahier de notes
Trude MARSTEIN	*Faire le bien*
Predrag MATVEJEVITCH	*Entre asile et exil*
Carson MCCULLERS	*Le cœur est un chasseur solitaire* suivi de *Écrivains, écriture et autres propos*
	Le cœur hypothéqué
	Frankie Addams
	La ballade du café triste
	L'horloge sans aiguilles
	Reflets dans un œil d'or
Gustav MEYRINK	*Le Golem*
Henry MILLER	*Tropique du Capricorne*
	Un dimanche après la guerre
	Entretiens de Paris
	Virage à 80
	Tropique du Cancer suivi de *Tropique du Capricorne*
Henry MILLER / Anaïs NIN	*Correspondance passionnée*
Antonio MONDA	*Le goût amer de la justice*

Vladimir NABOKOV	*Don Quichotte*
	Austen, Dickens, Flaubert, Stevenson
	Proust, Kafka, Joyce
	Gogol, Tourgueniev, Dostoïevski
	Tolstoï, Tchekhov, Gorki
Nigel NICOLSON	*Portrait d'un mariage*
Anaïs NIN	*Les miroirs dans le jardin*
	Les chambres du cœur
	Une espionne dans la maison de l'amour
	Henry et June
	Journaux de jeunesse (1914-1931)
Joyce Carol OATES	*Eux*
	Bellefleur
	Blonde
	Confessions d'un gang de filles
	Nous étions les Mulvaney
	La Fille tatouée
	La légende de Bloodsmoor
	Zombi
	Les mystères de Winterthurn
Kenzaburo OÉ	*Une affaire personnelle*
Sofi OKSANEN	*Purge*
	Les vaches de Staline
OLIVIA	*Olivia par Olivia*
O. HENRY	*New York tic-tac*
Robert PENN WARREN	*La grande forêt*
Jia PINGWA	*La capitale déchue*
Ruth PRAWER JHABVALA	*La vie comme à Delhi*
Lucía PUENZO	*L'enfant poisson*
	La malédiction de Jacinta
Thomas ROSENBOOM	*Le danseur de tango*
Vita SACKVILLE-WEST / Virginia WOOLF	*Correspondance*

Moshe SAKAL	*Yolanda*
Arthur SCHNITZLER	*Madame Béate et son fils*
	La ronde
	Mademoiselle Else
	La pénombre des âmes
	Vienne au crépuscule
	Mourir
	L'étrangère
Mihail SEBASTIAN	*Journal 1935-1944*
Isaac Bashevis SINGER	*Le magicien de Lublin*
	Shosha
	Le blasphémateur
	Yentl et autres nouvelles
	L'esclave
	Le beau monsieur de Cracovie
	Un jeune homme à la recherche de l'amour
	Le manoir
	Le domaine
	La couronne de plumes et autres nouvelles
	Les aventures d'un idéaliste et autres nouvelles inédites
Muriel SPARK	*Le pisseur de copie*
Saša STANIŠIĆ	*Le soldat et le gramophone*
	Le soldat et le gramophone (théâtre)
Sara STRIDSBERG	*La faculté des rêves*
	Valerie Jean Solanas va devenir Présidente de l'Amérique (théâtre)
	Darling River
Junichiro TANIZAKI	*Deux amours cruelles*
Rupert THOMSON	*L'église de Monsieur Eiffel*
Carl Frode TILLER	*Encerclement*

Léon TOLSTOÏ	*La mort d'Ivan Ilitch* suivi de *Maître et serviteur*
Ivan TOURGUENIEV	*L'abandonnée*
	Dimitri Roudine
	L'exécution de Troppmann et autres récits
B. TRAVEN	*Le visiteur du soir*
Magdalena TULLI	*Le défaut*
Anne TYLER	*Toujours partir*
	Le voyageur malgré lui
	Le déjeuner de la nostalgie
	Le compas de Noé
	À la recherche de Caleb
	Leçons de conduite
Fred UHLMAN	*La lettre de Conrad*
	Il fait beau à Paris aujourd'hui
Sigrid UNDSET	*Olav Audunssøn*
	Kristin Lavransdatter
	Vigdis la farouche
	Printemps
Birgit VANDERBEKE	*Le dîner de moules*
Ernst Emil WIECHERT	*La servante du passeur*
Oscar WILDE	*Intentions*
	De profundis
	Nouvelles fantastiques
	Le procès d'Oscar Wilde
Christa WOLF	*Scènes d'été*
	Incident
	Trois histoires invraisemblables
	Cassandre
	Médée
	Aucun lieu. Nulle part
	Trame d'enfance
	Le ciel divisé
Virginia WOOLF	*La chambre de Jacob*

Au phare
Journal d'adolescence
Journal intégral (1915-1941)
Instants de vie
Orlando

Kikou YAMATA — *Masako*
La dame de beauté

Stefan ZWEIG — *Nietzsche*
Vingt-quatre heures de la vie d'une femme
Le joueur d'échecs
La confusion des sentiments
Amok
Lettre d'une inconnue

Pour l'éditeur, le principe est d'utiliser des papiers composés de fibres naturelles, renouvelables, recyclables et fabriquées à partir de bois issus de forêts qui adoptent un système d'aménagement durable.

En outre, l'éditeur attend de ses fournisseurs de papier qu'ils s'inscrivent dans une démarche de certification environnementale reconnue.